HEYNE‹

MATTHIAS WITTEKINDT
RAINER WITTKAMP

FABRIK
DER
SCHATTEN

KRIMINALROMAN

WILHELM HEYNE VERLAG
MÜNCHEN

Sollte diese Publikation Links auf Webseiten Dritter enthalten,
so übernehmen wir für deren Inhalte keine Haftung,
da wir uns diese nicht zu eigen machen, sondern lediglich
auf deren Stand zum Zeitpunkt der Erstveröffentlichung verweisen.

Penguin Random House Verlagsgruppe FSC® N001967

Originalausgabe 07/2022
Copyright © 2022 by Matthias Wittekindt und Rainer Wittkamp
Copyright © 2022 dieser Ausgabe
by Wilhelm Heyne Verlag, München,
in der Penguin Random House Verlagsgruppe GmbH,
Neumarkter Str. 28, 81673 München
Redaktion: Lars Zwickies
Printed in Germany
Umschlaggestaltung: DAS ILLUSTRAT, München,
unter Verwendung eines Motivs
von Vintage Germany/Sig. Uwe Ludwig
Innenklappe (U2/U3): Karte »Europa 1910«:
Das Illustrat unter Verwendung eines Motivs
von Cartarium/Shutterstock;
Innenteilkarte: Karte »Reichsland Elsaß-Lothringen«:
Das Illustrat unter Verwendung eines Motivs
von Piotr Przyluski/Shutterstock
Satz: Leingärtner, Nabburg
Druck und Bindung: GGP Media GmbH, Pößneck
ISBN: 978-3-453-42509-5

www.heyne.de

*Ich möchte hier an meinen Freund und
Co-Autor Rainer Wittkamp erinnern,
der am 29. Dezember 2020 gestorben ist.
Noch immer sehe ich uns beide hinter den Geranien
auf meinem Balkon oder in Rainers Wohnung
nebeneinandersitzen, überlegen und schreiben.
Amüsiert.
Völlig d'accord.
Völlig im Widerspruch.
Und immer haben wir einen Weg gefunden,
der für uns beide der richtige war.
Ich denke nicht ständig, aber doch sehr lebendig
an diese Situationen und an einen Freund.
Die hier vorliegende Geschichte*, Fabrik der Schatten,
haben Rainer und ich noch gemeinsam geschrieben.

Matthias Wittekindt, Berlin im März 2022

*Als sein Agent, kann ich nur sagen und wiederholen:
Es war mir eine Ehre, lieber Rainer!
Dein Elan, Deine guten Texte,
die wunderbaren Streitereien und Eklats mit Dir und um Dich,
dass ich dank Dir Matthias kennenlernen durfte,
Unsere gemeinsame Begeisterung für Musik,
Deine Ideen,
Du fehlst.*

Lars Schultze-Kossack

PERSONENVERZEICHNIS

Die wichtigsten Figuren in der Reihenfolge ihres Auftretens

Albert Craemer, Major, Leiter der Abteilung Spionage Frankreich

Gottfried Lassberg, Oberst, Leiter der Abteilung Inlandspionage

Ferdinand Kurzhals, Hauptmann, stellvertretender Leiter der Inlandspionage

Josephine Sonneberg, Telegrafenschreiberin

Frank Grimm, Chemie-Doktorand und Weltverbesserer

Heinrich Kessler, Chemiestudent

Ludwig Schädelbauer, Chemiestudent

Lena Vogel, Agentin des militärischen Geheimdienstes

Paul Brinkert, stellvertretender Polizeipräsident der Rheinprovinzen

Pankraz Schütte, Gendarm bei der Binger Polizei

Gustav Nante, Leutnant, Flieger und Agent des militärischen Geheimdienstes

Berthold Stielke (eigentlich Maurice Demoulin), Flieger

Enno Huth, Luftfahrtpionier, Besitzer der Albatros-Werke

Simon Brunnhuber, Flugpionier

Carl Wilhelm von Eisleben, Bankier aus Wiesbaden

Professor Dr. Leo Davidsohn, Chemieprofessor an der Universität Bonn

Helmine Craemer, Albert Craemers Gattin, Chefin einer Spirituosenfabrik

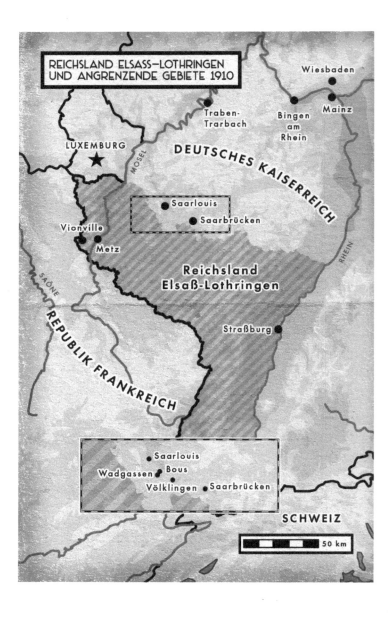

1910, BINGEN / DEUTSCHES KAISERREICH

Der Bahnübergang lag so still da, so bläulich und kalt, dass er wie ein Gemälde wirkte. Da die Gleise das Licht des Mondes reflektierten, konnte man ihrem Verlauf zwischen den Weiden ein gutes Stück weit mit den Augen folgen. Die Strecke beschrieb hier einen eleganten Bogen und war, wie in späteren Vernehmungen mehrfach betont wurde, gut einsehbar.

Man hörte die beiden Cabriolet-Limousinen lange bevor man sie sah. Sie waren noch etwas entfernt, als die Lichter der Lokomotive hinter einem Wäldchen aufblitzten. Während der Güterzug dem vorgegebenen Bogen zwischen den Weiden folgte, näherten sich die beiden Automobile mit hoher Geschwindigkeit dem Bahnübergang.

Lokführer Fritz Eucken kannte die Strecke wie seine Westentasche. Trotzdem kam er seiner Pflicht nach und lugte hin und wieder nach vorne, wobei er sich seitlich aus dem Fahrerstand lehnte. Anders ging es nicht, da das kleine Bullauge in Fahrtrichtung ständig verrußte. Die Strecke war frei, in einer guten halben Stunde würden sie in Wiesbaden sein.

Während die Lok stampfte und der Heizer hinter ihm schippte, hing Eucken dienstlichen Gedanken nach. Der Bremser im Bremserhäuschen am letzten Wagon schlief vermutlich. Das war zwar gegen die Vorschrift, beunruhigte Eucken aber nicht weiter. Hier im flachen Gelände wurde ein Bremser nicht gebraucht. Euckens Augen tränten etwas im Fahrtwind. Ein Gefühl, das er mochte, da es für ihn der spürbare Teil seiner Pflicht war. »Augen wie Leder«, hatte mal ein anderer Lokführer zu ihm gesagt, als es um Tränen ging. Eucken hatte sofort gewusst, was er meinte.

Alles lief, wie es laufen sollte, das Leben war nach Euckens Dafürhalten letztlich auch nichts anderes als ein durchstrukturierter Fahrplan.

Doch in dieser Nacht folgte das Leben keinem verlässlichen Plan. Zwischen den vereinzelten Gebäuden neben der Strecke blitzten plötzlich Lichter auf, die sich schnell Richtung Bahnübergang bewegten.

Der Fahrer der ersten Limousine sah die Lok sofort, als sie am letzten Haus vorbeifuhren.

»Merde!«

Von dem schnell ausgestoßenen Fluch abgesehen, sagte er nichts. Es war überflüssig. Er wollte nicht sterben. Aber er würde sterben, wenn er auf die Bremse trat und das Verfolgerfahrzeug sie einholte. Der Mann neben ihm hatte denselben Gedanken, sprach ihn nur anders aus.

»Allez! Allez!«

Eine überflüssige Anweisung. Der Fahrer hatte das Gaspedal bereits bis zum Bodenblech durchgetreten.

Die rechte Hand seines Beifahrers kam hoch, suchte nach etwas, woran sie sich festhalten konnte, doch das verdammte Renault-Cabriolet hatte ja nicht mal ein Dach. Er berechnete die Entfernungen, glich sie mit seinem Gefühl für die Geschwindigkeit ab. Die Lok war noch wenigstens hundertfünfzig Meter vom Übergang entfernt, und sie waren gleich rüber.

Als der Lokführer Fritz Eucken die Autos sah, fluchte er. Nur ganz leise. Er reagierte in Sekundenschnelle. Richtig und vorschriftsmäßig, wie spätere Untersuchungen ergaben.

Die Lok gab einen wütenden, lang anhaltenden Ton von

sich, ein grässliches Geräusch von Metall auf Metall ertönte. Es war dieses Kreischen, das alles entschied.

Der Fahrer erschrak, ein fehlgeleiteter Überlebensinstinkt zwang ihn nun doch dazu, den Fuß vom Gas zu nehmen. Er hatte vermutlich noch vorgehabt, auf die Bremse zu treten, doch dafür blieb nicht das kleinste Fitzelchen Zeit zwischen dem Moment des Erschreckens und dem Tod.

Die Lok erwischte die Limousine mit einem brutalen Schlag gegen die Kühlerhaube, und das Cabriolet wurde mit einer solchen Wucht herumgeschleudert, dass das Genick des Fahrers augenblicklich brach.

Sein Beifahrer hatte nicht das Glück, schnell zu sterben. Er wurde aus dem Wagen geschleudert, flog durch die Luft, landete in flachem Winkel auf dem Bahndamm, federte hoch, ging erneut zu Boden, rollte wie ein tolldreister Junge ein Stück über das frisch gesenste Gras neben den Schienen. Zuletzt lag er so, dass ihm die Wagons, einer nach dem anderen, über die vordere Hälfte seiner Füße rollten. Der Schock. Das Adrenalin. Er spürte es nicht einmal. Seine hart auf die Wunde aufgepressten Stiefel verhinderten, dass er verblutete.

Die Lokomotive war zu diesem Zeitpunkt noch nicht fertig mit ihrer Arbeit. Die kinetische Energie, das Trägheitsmoment, kam zur Wirkung. Das schwarze Ungetüm schleppte die funkenspeiende Limousine weiter neben sich her, denn sie war nach einer Volldrehung seitlich unter die malmende Lok geraten, hatte sich dort verkeilt. Fritz Eucken betrachtete von oben, was unten geschah. Es kam ihm falsch vor, und war ganz gewiss nicht fahrplangemäß.

Benzin entzündete sich, mächtige blaurote Flammen schossen auf, zerstörten Euckens Gesicht. Den Heizer hinter ihm rissen der tödliche Flammenstrahl und der explodierende Kohlenstaub augenblicklich in den Tod.

Das Heck der Limousine sichelte unterdessen einen Hühnerstall weg, riss eine Kuh in zwei Hälften.

Dann endlich Ruhe. Sechshundert Meter hinter der Unfallstelle kam der Güterzug zum Stehen.

Das Feuer war auf die offenen, mit feinster Bruchkohle beladenen Wagons, auf ein Fachwerkhaus mit Schreinerei sowie zwei Heuschober übergesprungen. Weitere Staubexplosionen waren zu hören.

Und doch ging kein Licht an in Bingen. Noch nicht.

Die zweite Limousine hatte es geschafft, rechtzeitig zu bremsen. Zwei Männer stiegen aus, bewegten sich schnell und gebückt. Der eine flüsterte einen militärisch klingenden Befehl, wie der Bremser später aussagte. Sie schienen etwas zu suchen. Als sie den Fahrer der Renault-Limousine dicht am Bahndamm entdeckten, schossen sie ihm zweimal in den Kopf und zweimal in die Brust.

In den Häusern waren nun Lichter angegangen, die ersten Bürger kamen zum Bahndamm gelaufen. Die beiden Verfolger mussten daher ihre Suche nach dem zweiten Mann abbrechen. In geduckter Haltung rannten sie zu ihrem Fahrzeug zurück, wendeten und rasten davon.

Ein Geselle des ortsansässigen Schlachters geriet dabei vor das seitlich auskragende Schutzblech. Sein Bein wurde zur Hälfte abgetrennt, und er verblutete, obwohl ein Schmied noch geistesgegenwärtig versuchte, die Wunde in seiner Werkstatt auszubrennen.

Die Feuerwehr kam schnell und vollbrachte Heldentaten, die noch Wochen später in der Wirtsstube mit Freibier und Krustenbraten belohnt wurden. Es gelang den Feuerwehrmännern, zwei brennende Häuser zu löschen, die nah an einem Petroleumlager standen. Nur eine Bettlägerige konnten die Männer nicht mehr retten.

LOTZIN / DEUTSCHES KAISERREICH

Die Heeresversuchsanstalt Lotzin lag in der Schorfheide nördlich von Berlin und war erst ein Jahr zuvor vom Großen Generalstab als Testgebiet für Artilleriewaffen und schwere Kampfgeräte auserkoren worden. Es handelte sich um ein weiträumig eingezäuntes Waldgelände mit mehreren gerodeten Heideflächen und aufgelassenen Forstgebäuden. Für den heutigen Tag stand ein wichtiger Waffentest an.

Auch Major Albert Craemer war abkommandiert, daran teilzunehmen. Dabei arbeitete er eigentlich beim militärischen Nachrichtendienst, einer Untersektion des Großen Generalstabs. Mit Artilleriewaffen hatte er für gewöhnlich nur auf dem Papier zu tun, denn wer in der Abteilung III b Dienst tat, war eher zum Planen bestellt als zum Feuern. Craemer wusste um das übergeordnete Ziel der Behörde, denn in seiner Abteilung am Königsplatz 6, nur wenige Schritte vom Deutschen Parlament entfernt, wurden jene Pläne erstellt, die dem Reich bei zukünftigen Kriegen den Sieg garantieren sollten. Von der Mobilmachung, dem Einsatz der Streitkräfte, der Beschaffung von Kriegsmaterial bis hin zur Spionageabwehr wurde hier alles strategisch erdacht und organisiert.

Nach ihrer Gründung im Jahr 1889 hatte die Abteilung III b zunächst ein Schattendasein geführt. Gerade einmal eine Handvoll Offiziere waren mit geheimdienstlichen Aufgaben betraut gewesen. Da die Welt, und mit ihr die Konflikte, täglich komplexer wurden, fand zwanzig Jahre später ein Umdenken statt. Für die militärische Elite schien ein Krieg unvermeidlich. Man brauchte Männer, die diesen neuen Aufgaben gewachsen waren.

Daher war das Personal massiv aufgestockt worden, und man hatte geeignete Personen mit militärischer Ausbildung eingestellt. Einer dieser Männer war Albert Craemer.

Von Berlin aus war Lotzin bequem mit der Heidekrautbahn erreichbar, ein Umstand, der Craemer die ungeliebte Pflichtaufgabe etwas erträglicher machte. Die Heide stand in voller Blüte, und der Anblick der farbenfrohen Kräuter nahm sein Auge gefangen.

Der Major und Leiter der Abteilung Spionage Frankreich hatte sich in ein Abteil mit ihm unbekannten Offizieren gesetzt, um einer Konversation möglichst aus dem Weg zu gehen. Er hatte noch immer nicht die geringste Ahnung, warum er vom Großen Generalstab zu dieser Vorführung einbestellt worden war.

Auf dem Versuchsgelände von Lotzin angekommen, war eins für Craemer sofort klar: *Ein großer Tag für das Heer, keine Frage.*

Eine militärtechnische Novität sollte vorgeführt und erprobt werden. Ein Minenwerfer, von dem man sich im Grabenkampf des Stellungskriegs bei der Erstürmung feindlicher Verteidigungsposten große Wirkung versprach. Hunderte Offiziere der Artillerie, Infanterie und Kavallerie hatten sich am Leitstand der Heeresversuchsanstalt eingefunden. Sie bestaunten den Minenwerfer, der einige Meter entfernt stand und an dem mehrere Kanoniere letzte Vorbereitungen trafen. Die Männer trugen die feldgraue Litewka, den bequemen Uniformrock der Kanoniere sowie die preußische Schirmmütze der Mannschaften.

»Die Kröte«, wie Craemer den Minenwerfer in Gedanken sofort nannte, war erheblich kürzer als ein herkömmliches

Geschütz. Er sah aus, als würde er am Boden hocken, wirkte gedrungen und trutzig.

Bereits nach wenigen Minuten entdeckte Craemer unter den Offizieren seinen Kollegen Oberst Gottfried Lassberg, der die Inlandspionage Deutsches Reich leitete, sowie dessen Stellvertreter Hauptmann Ferdinand Kurzhals. Lassberg war ein mittelgroßer, feingliedriger Mann von Anfang fünfzig, mit unruhig hin und her eilendem Blick. Hauptmann Kurzhals, ein Enddreißiger mit kahl geschorenem Schädel und einer Hasenscharte, die nur notdürftig von einem Oberlippenbärtchen kaschiert wurde, wirkte so sehr in sich ruhend, dass es schon fast etwas Stumpfes hatte.

Die drei Männer begrüßten sich militärisch knapp und begannen ein Gespräch über die anstehende Präsentation. Kurzhals schien nun zu erwachen und äußerte sich begeistert über die neue Waffe.

»Sie hat eine maximale Reichweite von 1050 Metern, das müssen Sie sich mal vorstellen. Mit ihrem Steilfeuer können wir sämtliche Arten von Unterständen in null Komma nichts auseinandersprengen.«

»Sie arbeitet mit Wurfminen, nicht wahr?«, fragte Oberst Lassberg.

»Die Dinger haben eine ungeheure Zerstörungskraft, obwohl sie nicht danach aussehen«, antwortete Kurzhals. »Es wurde ja auch dringend Zeit, dass das deutsche Heer sich um Modernität bemüht und nicht länger ausschließlich traditionellen Methoden verhaftet bleibt. Die französische Militärdoktrin ist uns leider auf manchen Gebieten inzwischen stark überlegen.«

»Worauf führen Sie das zurück?«, fragte Craemer.

»Vorsichtig ausgedrückt würde ich von einer ›taktischen Stagnation‹ sprechen. Das unveränderte Festhalten an den militärischen Strategien Graf von Moltkes und Graf von Roons ist eindeutig kontraproduktiv.«

»Diesen genialen Generalfeldmarschällen haben wir den Sieg über unseren französischen Erbfeind zu verdanken«, sagte Lassberg mit deutlicher Schärfe. »Das ist Ihnen schon klar, Kurzhals, oder?«

In diesem Moment ertönte eine Signalpfeife, die Gespräche brachen ab, und alle Militärs drehten sich zu dem Minenwerfer. Mit einer Signalflagge gab der Geschützführer seinen Kanonieren das Zeichen zum Einsatz. Routiniert wurde die Kanone gerichtet, die Munition eingelegt und kurz darauf abgefeuert. Die Wurfmine schoss aus dem Rohr, flog etwa achthundert Meter weit und schlug dann in einen großen Holzstapel ein, der sofort in Flammen aufging.

Während all das geschah, kurbelte ein Operateur wie verrückt an seiner hölzernen Kamerabox, um keinen Moment zu verpassen. Begeisterung machte sich unter den vierhundert Offizieren breit, viele klatschten, man hörte Bravo-Rufe.

Dann wiederholte die Geschützmannschaft den Vorgang neun weitere Male mit anderen Zielen in verschiedenen Entfernungen. Ein präziser Vorgang ohne Abweichung. Das Auswischen des Rohres, die Neuausrichtung des Geschützes und das Einlegen der Wurfmine nahmen bei jedem weiteren Vorgang ein paar Sekunden weniger in Anspruch.

Der leitende Offizier der Heeresversuchsanstalt wandte sich an die Anwesenden. »Meine Herren, Sie sehen, dass die deutsche Armee über ungeheure Fähigkeiten verfügt. Und dies ist nur eine von vielen neuen Waffen, die wir Ihnen schon bald zu präsentieren hoffen.«

Lautes Klatschen, heftiger Applaus und Hochrufe auf den Kaiser erschallten.

»Ich darf Sie jetzt alle zu einer zünftigen Mahlzeit einladen«, sagte der Offizier. »Es gibt leckeres Hirschragout aus der Gulaschkanone und ein ganz vorzügliches Schwarzbier. Lassen Sie es sich schmecken.«

»Das hört sich doch gut an«, sagte Kurzhals zu Craemer.

»Muss leider passen. Ich habe in zwei Stunden einen Termin im Großen Generalstab.«

»Schade. Dann ein anderes Mal«, sagte Lassberg.

Craemer nickte seinen Kollegen zu und verschwand in der Menge der Offiziere.

◆ ◆ ◆

Der Major sinnierte noch immer über das Gespräch mit Oberst Lassberg und Hauptmann Kurzhals, als er das Gebäude des Großen Generalstabs betrat. *Merkwürdig – der eine scheint die Franzosen zu mögen, der andere hasst sie geradezu. Was für ein Gespann ...*

Im Büro erwartete ihn bereits seine Mitarbeiterin Lena Vogel. Sie trug ein sportlich geschnittenes zweiteiliges Kostüm, dessen Rocksaum mit den Fußknöcheln abschloss. Ihre üppigen kastanienbraunen Haare hatte sie hochgesteckt, was sie wenigstens fünfzehn Zentimeter größer machte. Wie immer trug Lena auch heute keinen Hut. Auf Außenstehende wirkte sie mit ihrer kecken Stupsnase und den zahlreichen Sommersprossen oft so, als wäre sie gerade von einer ausgedehnten Landpartie zurückgekehrt.

»Gibt's was Neues?«, fragte Craemer.

»Nachricht aus Bingen. Auf Ihrem Tisch.«

Lena Vogel arbeitete zwar erst seit einem Jahr für ihn in der Abteilung III b, doch in dieser Zeit war sie zu seiner wichtigsten Vertrauten geworden.

Craemer überflog die Fernschreiben.

»Nun gut, eine schlimme Sache«, erklärte Craemer, während er die Papiere zurück auf seinen Schreibtisch legte. »Da haben sich offenbar einige Schwerverbrecher ein Duell geliefert. Oder sehen Sie mehr darin, Fräulein Vogel?«

»Ein Insasse schwer verletzt, ein zweiter tot – Kopf fast abgerissen.«

»Hab ich gelesen.«

»Und trotzdem noch zwei Schüsse in die Stirn und zwei in die Brust? Für mich sieht das nicht nach Gaunern aus, eher nach einer militärischen Operation. Das war, wenn Sie mich fragen, eine regelrechte Exekution.«

»Meinen Sie? Und warum, wenn das Profis waren, lagen dann Patronenhülsen neben dem Toten?«

Lena zeigte auf die Fernschreiben.

»Die Sache hat sich nachts ereignet, und das Zugunglück hat die halbe Stadt geweckt. Vermutlich blieb schlicht keine Zeit, die Hülsen zu suchen.«

»Sie hören mal wieder die Eulen pfeifen, Fräulein Vogel.«

»Sie meinen, dass Eulen pfeifen können?«

»Ich bewundere Ihren Scharfsinn und Ihre Kenntnisse, das wissen Sie, aber ... Warten wir erst mal ab, ob noch was kommt.«

Es war sicher verfrüht, aus einem Duell zwischen Ganoven – denn das war es nach Craemers Ansicht – auf etwas Großes zu schließen, das möglicherweise einen für den Geheimdienst relevanten Hintergrund hatte.

Craemer überlegte, ob er vielleicht seinen Kollegen Lassberg informieren sollte. Aber das konnte warten. Wenn in den nächsten zwei, drei Stunden keine weiteren Fernschreiben mit ähnlichen Hiobsbotschaften aus Bingen eintrudelten, konnte er den Oberst morgen früh immer noch informieren.

Craemer kannte zwar sein Fräulein Vogel; sie hatte ein gutes Gespür. Trotzdem handelte es sich bei dem Vorfall am Bahnübergang von Bingen aller Wahrscheinlichkeit nach um eine isolierte Aktion ohne weitere Bedeutung für seine Abteilung. Ein Geheimdienst, so Craemers Überlegung, hätte sicher keine so auffällige Hinrichtung veranstaltet.

BONN / DEUTSCHES KAISERREICH

Als der Doktorand Frank Grimm zusammen mit seinen Kommilitonen Ludwig und Heinrich die Friedrich-Wilhelms-Universität Bonn verließ, regnete es noch nicht, aber die Wolken hingen bereits so tief und der Himmel war so verdüstert, dass man fast hätte meinen können, es würde bald Nacht. Dabei war es erst sechs Uhr abends.

»Also noch mal zur Frage aller Fragen.« Ludwig Schädelbauer führte wie so oft das Wort und schien den unbedingten Wunsch zu haben, das Gespräch möglichst weit wegzulenken von anorganischer Chemie oder den gängigen Verfahren zur Verflüssigung von Sauerstoff, Stickstoff und anderen Substanzen flüchtiger Art. »Wenn Bier und Wein wirklich so schädlich für Geist, Physis und Sinn wären, wie unser verehrter Professor uns glauben machen will, dann frage ich mich natürlich ...«

»... warum du in den Seminaren noch mitkommst.« Heinrich liebte diese kleinen Wortgefechte mit Ludwig, vor allem nach vier Seminarstunden Chemie.

»Ich dachte da eher an unsere Geistesgrößen.«

»Zu denen du dich zählst?«

»Versteht sich. Aber mal im Ernst: Goethe zum Beispiel soll deutlich mehr als eine Flasche Wein pro Tag verkostet haben. Und auch Baudelaire forderte: ›Man muss immer trunken sein!‹«

»Was dem einen nützt, schadet dem anderen«, murmelte Grimm, der nicht viel mit dieser Märchenstunde in Sachen

Bier, Wein und Goethe anzufangen wusste. Grimm war ohnehin etwas tiefer vertäut als die beiden Freunde. Sein Interesse galt dem Frieden unter den Völkern. An der Universität galt er als Kämpfer für eine Welt ohne Waffen. Angeblich korrespondierte er sogar mit so bedeutenden Persönlichkeiten wie Bertha von Suttner, Andrew Carnegie und Anatole France. Beliebt gemacht hatte er sich damit nicht. So waren ihm am Ende nur Heinrich und Ludwig als Freunde geblieben. Und das vermutlich vor allem deshalb, weil er ihnen kostenlos Nachhilfe erteilte. Frank Grimm war, was die Chemie anging, der Beste seines Jahrgangs. Im Gegensatz zu den beiden anderen war er bereits Doktorand.

»Goethes Vater war Weinhändler, wusstet ihr das?«

»So ein Quatsch!«

Grimm war dieser lächerliche Disput egal, denn er hatte es eilig. »Seid mir nicht böse, aber ihr lauft mir zu langsam.«

»Oh, Pardon.«

»Ich will noch in die Bibliothek.«

»Wir ebenfalls.«

»Das mag sein, aber bei eurem Tempo werdet ihr zu spät kommen. Wir sehen uns morgen.«

»Schönen Abend noch, und denk dran: Auch zu leben ist eine Kunst!«

Grimm ging nicht darauf ein, sondern beschleunigte seinen Schritt, als wäre er auf dem Weg zu einem lebenswichtigen Treffen.

»Er ist uns eben immer voraus«, erklärte Heinrich, als Grimm sich bereits gut dreißig Meter von ihnen entfernt hatte.

»Ist es dir auch aufgefallen?«, fragte Heinrich, als sie den kleinen Park erreichten.

»Was sollte mir aufgefallen sein?«

»Er ist so still in letzter Zeit.«

»War er das nicht immer? Er ist eben ein Denker.«

»Ich finde, das mit dem Denken wird zu einer richtigen Marotte bei ihm.«

»Nun, wir studieren«, gab Ludwig zu bedenken.

»Grimm sondert sich mehr und mehr ab. Das ist nicht gesund. Auch nicht im staatlichen Sinne.«

»Vielleicht hat er ja doch eine Freundin.«

»Grimm? Bestimmt nicht. Ich glaube, in seinem Kopf drehen sich pausenlos irgendwelche Schrauben und Räder«, erklärte Heinrich und machte dabei eine entsprechende Bewegung mit der Hand. »Er perzipiert kaum noch, was um ihn herum vorgeht. Und Weiber kommen zwischen seinen ratternden Rädern ganz sicher nicht vor.«

»O doch! Denk an Bertha von Suttner.«

»Glaubst du, dass der wirklich mit all diesen berühmten Leuten in Kontakt steht?«

»Ich glaube, zum Lügen fehlt ihm was.«

»Das Menschliche?«, hakte Heinrich nach, wobei er sich ein Grinsen nicht verkneifen konnte.

»Was mich wieder auf Goethe bringt.«

»Allein dieser komische Gang ...«

»Bei Goethe?«

»Grimm. Ist dir das noch nie aufgefallen? Ich sag dir, der denkt pausenlos über Dinge nach, die für uns wenigstens zwei Nummern zu groß wären.«

Grimm hatte den kleinen Park bereits halb durchquert, und zweimal war er gestolpert. Das passierte ihm öfter in letzter Zeit. Den Fehler hatte er längst identifiziert: Er hob die Füße beim Gehen nicht richtig an, war auch immer zu schnell unterwegs. In seinem Kopf ratterte es tatsächlich. Doch dabei ging es nicht um Chemie, sondern um Moral.

Denn er hatte sich mit dem französischen Erzfeind in Verbindung gesetzt.

Hochverrat. Das Wort spukte ihm nun schon seit fast zwei Wochen im Kopf herum. *Und die Franzosen haben mir nicht mal geglaubt!* Schlimmer noch, Grimm fühlte sich seit dem letzten Treffen von ihnen verfolgt. Schatten. Gestalten, die ihm nachgingen. Er wusste jetzt, dass er zu viel riskiert hatte. *Idiot, immer glaubst du, alle wären wie du. Sind sie aber nicht.* Dabei war er sich so sicher gewesen, dass die Franzosen ihm für seine hochbrisanten Informationen dankbar sein würden. *Irgendwann setzen sie dich fest. Entweder du fällst den Franzosen in die Hände oder unseren Leuten. Dann landest du im Kerker. Dann werden die Eltern vernommen.*

Da Grimm unentwegt verschiedene Bedrohungsszenarien durchspielte, fiel ihm der Mann, der ihm entgegenkam, nicht weiter auf. So erschrak er regelrecht, als der Fremde ihn plötzlich ansprach.

»Monsieur Grimm?«

»Pardon?«

»Frank Grimm?«

»Ja. Was kann ich für Sie tun?«

»Riens.« Der Mann zog eine Pistole und schoss ihm mitten in die Stirn. Es ging so schnell, dass der begabte Doktorand seine eigene Hinrichtung nicht einmal bemerkte.

Nachdem Grimm zu Boden gegangen war, drehte der Fremde ihn auf den Rücken. Grimm bekam einen weiteren Kopfschuss und dann noch zwei Kugeln ins Herz.

Der Mörder handelte routiniert, schien keine Eile zu haben. Er steckte seine Waffe wieder ein, warf einen kurzen Blick in Richtung Parkausgang und setzte seinen Weg dann ruhigen Schritts fort. Als er kaum dreihundert Meter gegangen war, kamen ihm zwei junge Männer entgegen.

»Haben Sie das auch gehört?«, fragte ihn der kleinere, als er schon fast an ihnen vorbei war.

»Pardon? Je ne comprends pas.«

»Les coups de feu.«

»Non. Excusez-moi, je suis pressé.«

»Dann wollen wir Sie nicht aufhalten.«

Zwei Minuten später fanden die Freunde Grimms Leiche.

Heinrich sprach wie ein Wissenschaftler. »Viermal«, sagte er in einem Tonfall, als gälte es, ein Experiment zu beschreiben.

»Und der Franzose eben hat behauptet, er hätte keine Schüsse gehört.«

»Du meinst, der war das?«

»Hast du sein Gesicht gesehen?«

»Nicht drauf geachtet. Er war ja schon halb an uns vorbei.«

Nachdem sie den Fund ihres toten Freundes in der Gendarmerie gemeldet hatten, wurden Heinrich und Ludwig vernommen.

»Also der Reihe nach und ganz in Ruhe«, bat der Gendarm, der ihre Aussage zu Protokoll nahm.

»Es gibt keine Reihe. Erst fielen Schüsse, und kurz darauf kam uns ein Mann entgegen.«

Ludwig ergänzte: »Wir haben nicht groß auf ihn geachtet. Wir wussten ja nicht ...«

»Na, irgendetwas werden Sie doch sagen können. Wie sah er aus? Überlegen Sie in Ruhe«, bat der Gendarm mit einer Gelassenheit, als ginge es um den Diebstahl von Äpfeln.

»Na, so wie viele aussehen.«

»Sein Alter? Ungefähr.«

»Dreißig, vierzig.«

»Er trug einen Regenmantel.«

»Richtig. Eine dunkle Regenpellerine. Aber es sah ja auch nach Regen aus, nicht wahr?«

»Der Regen tut hier nichts zur Sache«, erklärte der Gendarm. »Rannte der Mann, als er auf Sie zukam?«

»Nein«, sagte Heinrich, ohne zu zögern.

»Er kam einfach auf uns zu. Wie ein abendlicher Spaziergänger. Wir fragten ihn, ob er die Schüsse gehört habe, und er sagte Nein.«

»Und dass er weitermüsse.«

»Ich glaube, er sagte, er sei in Eile«, korrigierte Ludwig seinen Freund.

»Sie sind sich nicht einig?«, hakte der Gendarm nach und sah sie misstrauisch an.

»Mein Französisch ist nicht so gut.«

»Ach so, der Mann war Franzose?«

»Richtig!«, sagte Heinrich. »Er sprach jedenfalls Französisch.«

»Und Sie meinen, dieser Franzose könnte den jungen Mann erschossen haben?«

»Das haben wir nicht gesagt. Wir wissen nicht, was passiert ist. Grimm ging ein gutes Stück vor uns, er wollte in die Bibliothek.«

»Ach. Sie kannten den Toten?«

»Er war ein Kommilitone von uns.«

»Weshalb ging er nicht mit Ihnen zusammen?«

»Grimm war meistens in Eile.«

»Genau. Als wir dann im Park waren, hörten wir Geräusche, die wie Schüsse klangen. Ganz sicher waren wir uns allerdings nicht.«

»Kurz darauf kam Ihnen der Mann entgegen.«

»Genau.«

»Er war der Einzige, dem wir im Park begegnet sind, und er kam aus der Richtung, in der wir dann Grimms Leiche fanden.«

Heinrich nickte zur Bestätigung.

Der Gendarm schien nachzudenken, was einige Zeit in Anspruch nahm. »Ihr Freund wurde in der Nähe des Parkausgangs erschossen. Wäre es da nicht wahrscheinlicher, dass sein Mörder anschließend umkehrt und den kürzeren Weg nimmt?«

»Dann hätte er auf der Straße gestanden ...«, konterte Heinrich.

»... und zwar kurz nachdem Schüsse gefallen sind«, beendete Ludwig den Gedanken.

»Dort wäre er viel mehr Menschen begegnet als im Park.«

»Und Ihnen ist gar nichts Besonderes aufgefallen, was sein Äußeres angeht?«

»Nein!«, sagte Ludwig nun schon ein wenig ungeduldig.

»Wir waren in Gedanken noch ganz bei den Schüssen. Ich glaube sogar, dass ich kurz überlegt hatte, ob wir nicht weglaufen sollten, oder ...«

»Warte«, unterbrach Ludwig den Freund. »Der Mann hatte etwas am Hals. Eine Schramme oder eine Narbe. Jedenfalls stimmte dort irgendwas nicht mit seiner Haut. Ganz sicher bin ich aber nicht.«

»Ist Ihnen das auch aufgefallen?«, fragte der Gendarm Heinrich.

Der schüttelte den Kopf.

Die Vernehmung zog sich noch gut dreißig weitere Minuten hin, dann endlich wurden Heinrich und Ludwig entlassen.

Erst als sie wieder auf der Straße standen, begriffen sie tatsächlich, was passiert war. Sie sprachen es nicht aus. Dafür war es zu schlimm. Zu endgültig. Und gleichzeitig zu unerklärlich.

Ludwig zitterte, als er seine Zigarillos herausholte.

»Ich glaube, für die Bibliothek ist es jetzt zu spät«, erklärte Heinrich nach einer Weile. Ludwig gab ihm mit einem stummen Nicken recht.

Und genau in diesem Moment war es so weit. Der Regen kam mit einer Macht, als hätte jemand sämtliche Schleusen geöffnet.

BERLIN / DEUTSCHES KAISERREICH

»Bis jetzt acht Tote.«

»Du meine Güte!«

Major Albert Craemer und Oberst Gottfried Lassberg standen im Telegrafenraum. Draußen war es inzwischen stockdunkel, hier drin sah es nach Überstunden aus. Seit einer halben Stunde gingen die Meldungen aus Bingen im Zehn-Minuten-Takt auf dem Typendrucktelegrafen ein. Josephine Sonneberg, die für gewöhnlich die aus der Maschine ratternden Papierstreifen sammelte und halbstündlich zu den Abteilungen brachte, kannte das schon. Wenn etwas wirklich Schwerwiegendes geschah, dann immer, wenn sie eigentlich längst Feierabend hatte. Dann wartete keiner mehr, bis sie kam und die Meldungen brachte. Im Grunde hatte sie also nichts mehr zu tun, musste aber bleiben, für den Fall, dass der Apparat streikte. Manchmal ging das über viele Stunden so. Ihr kleines Büro wurde in diesen Momenten zum Herz des deutschen Geheimdienstes.

Und sie saß untätig herum.

So wie jetzt.

Anfangs hatte Josephine überlegt, ob sie wohl etwas essen dürfe. Sie hatte mittags keinen Appetit gehabt, was sicher an ihrer Schwangerschaft lag. Also wartete immer noch ein großes Stück Apfelkuchen, den ihre Schwiegermutter am Vortag gebacken hatte, in ihrem Körbchen. Und ihre Schwiegermutter verstand sich auf Apfelkuchen. Ein Schraubglas mit Kakao hatte sie ebenfalls dabei.

Josephine merkte, wie sie plötzlich großen Appetit bekam. Ihr lief schon das Wasser im Mund zusammen. Trotzdem entschied sie sich, auf den Kuchen zu verzichten und den beiden Männern bei ihrer Arbeit zuzusehen. Schließlich ging es um Belange des Vaterlands, da musste das Gebäck eben warten. Außerdem wollte sie in Ruhe hören, was noch alles aus Bingen kam. Es war interessant, ja sogar spannend. Sie konnte nur hoffen, dass in ihrem Bauch nicht wieder das Getrampel losging.

Wieder ratterte es. Craemer zog das Blatt aus der Maschine.

»Zu den acht Toten kommt jetzt auch noch ein schwer verletzter Zugführer. Danken wir der Feuerwehr, dass nicht die halbe Stadt abgebrannt ist.«

Und wieder ratterte es.

Craemer las, Lassberg wartete.

»Die Täter haben laut Aussage eines Bremsers Französisch gesprochen.«

Lassberg ließ sich Zeit mit seiner Antwort. »Sie werten das hoffentlich nicht als kriegerischen Akt.«

»Dafür wissen wir zu wenig. Aber das muss schleunigst aufgeklärt werden. Gerade auch, damit niemand irgendwas Übereiltes unternimmt.«

Für »schleunigst« ist hier bis jetzt nicht viel passiert, dachte Josephine. Sie verglich die Arbeit des deutschen Abwehrgeheimdienstes manchmal mit häuslichen Angelegenheiten. Bei ihr daheim jedenfalls lief es schneller, da ging alles zack, zack. Eine andere Haltung hätte ihre Schwiegermutter auch niemals geduldet.

»Ja, das muss unverzüglich untersucht werden«, bestätigte Lassberg. »Ganz Ihrer Meinung, Craemer, ganz Ihrer Meinung. Schon eine Idee, was dahinterstecken könnte?«

»Vielleicht tatsächlich nur eine Schießerei zwischen Kriminellen. Der Schienenverkehr ist jedenfalls für wenigstens vier Tage unterbrochen.«

»Sie meinen, französische Gauner schießen an einem deutschen Bahnübergang aufeinander und blockieren dabei zufällig einen für das Reich wichtigen Verkehrsweg?«

Craemer nickte langsam und bedächtig. Seine Erfahrung sagte ihm, dass es keine gewöhnliche Schießerei gewesen war. »Ich werde selbst runterfahren.«

»Das stand doch von vornherein fest«, sagte Lassberg.

Und obwohl sich die beiden Männer oft wie Konkurrenten verhielten, mussten sie nun doch lächeln. Sie hatten sich in dem knappen Jahr seit Craemers Eintritt in die Abteilung III b schon gut kennengelernt.

Major Craemers beruflicher Werdegang war nicht eben gradlinig verlaufen. Er entstammte einer hugenottischen Familie, die Ende des 17. Jahrhunderts aus dem Languedoc nach Berlin geflohen war. Dort hatten die Craemers bald Fuß gefasst und sich Schritt für Schritt in die Berliner Oberschicht emporgearbeitet. Seine Vorfahren hatten es vom Handwerker und Landwirt über kleine und mittlere Beamtenpositionen bis hin zum Führungspersonal gebracht.

Nach dem Abitur und seinem Militärdienst, den er mit dem Dienstgrad Rittmeister verließ, hatte Craemer zunächst Jura studiert. Doch dann bot sich ihm eine verlockende Alternative, der er nicht widerstehen konnte.

Mit Beginn des neuen Jahrhunderts hatte die Reichshauptstadt beschlossen, die Kriminalitätsbekämpfung grundlegend zu reformieren. Neueste wissenschaftliche Erkenntnisse sollten verstärkt in der Polizeiarbeit eingesetzt werden, um die Ermittlungstaktik bei Kapitalverbrechen zu verbessern.

Craemer war fasziniert. Anthropometrie, Daktyloskopie, Signalementslehre und die systematische Beschäftigung mit Gaunersprachen sowie dem Zigeunerwesen, das alles empfand er als geradezu revolutionär. Hier wurde Neuland betreten, hier wollte er mitmachen.

Was nicht ganz einfach war. Rittmeister Albert Craemer war zwar ein tadelloser Militäroffizier und befähigt, die Verantwortung für Ausbildung, Führung und den Einsatz von militärischen Verbänden zu übernehmen. Aber warum sollten diese Qualitäten ihn in die Lage versetzen, komplizierte, auf kleinste Belastungsmomente ausgerichtete Polizeiarbeit zu leiten?

Die Ablehnung seitens der polizeilichen Führung lag nah, doch so leicht ließ Albert Craemer sich nicht abwimmeln. Mithilfe einiger Empfehlungsschreiben seiner Professoren wurde seinem Antrag, in den preußischen Polizeidienst einzutreten, im Frühjahr 1901 schließlich stattgegeben. Ende Mai 1902 legte er die Prüfung zum Kriminalkommissar ab, wurde zwei Wochen später zum Hilfskriminalkommissar und am 1. August desselben Jahres zum Kriminalkommissar ernannt.

Man hatte Craemer eine feste Einheit der Berliner Kriminalpolizei zugeteilt, mit der er bald äußerst erfolgreich arbeitete. Was vor allem daran lag, dass er sich in kürzester Zeit ein Netz von Spitzeln aufbauen konnte. Sein Talent bestand darin, Kriminelle erbarmungslos unter Druck zu setzen, um sie für seine Interessen einzuspannen. Diesbezüglich war er ausgesprochen skrupellos.

Das fiel schließlich auch dem Preußischen Geheimdienst auf. Dank seiner hugenottischen Abstammung sprach Craemer zudem perfekt Französisch. Die Abteilung III b machte ihm daher im Spätsommer 1909 das Angebot, zum militärischen Nachrichtendienst zu wechseln und dort die Frankreich-Abteilung aufzubauen. Mit dieser Versetzung war auch die Beförderung vom Rittmeister zum Major verbunden.

»Dass ich reise, bleibt vorerst unter uns«, sagte Craemer. »Ich möchte mir nicht den Ruf eines Aktionisten einhandeln«

»Bleibt unter uns, versteht sich«, antwortete Oberst Lassberg.

»Das gilt auch für Sie, Frau Sonneberg.«

»Aber natürlich, Herr Major.«

»Sie werden alleine fahren?«, fragte Lassberg.

»Nein, ich ... Nein, nicht alleine.«

»In Ordnung. Ich sehe mal zu, wer Ihnen da unten helfen kann. Ich kann mich leider nicht selbst darum kümmern, wir haben zurzeit Probleme mit dem neuen Flugfeld in Johannisthal.«

»Davon wusste ich gar nichts.«

»Es ist auch nicht sehr pressierlich, aber ich muss mich darum kümmern.«

»Darf ich fragen, worum es geht?«

»Die Albatros-Werke werden in absehbarer Zeit Flugapparate für uns bauen«, sagte Lassberg. »Manche Militärs halten das für eine Spielerei, aber ich ...«

»Dass Flugapparate geliefert werden, ist doch kein Problem.«

»Nein, aber dass die Albatros-Werke in dieser Sache mit den Franzosen zusammenarbeiten, könnte zu einem Problem werden.«

Craemer nickte. »Verstehe. Nun, Sie kümmern sich um Ihre Flugzeuge, ich mich um mein Zugunglück.«

»Jeder hat seins an der Backe.«

Nachdem das geklärt war, verließen die Männer den Telegrafenraum.

Sie waren kaum draußen, da stand Josephine Sonneberg auf und öffnete das Fenster. Es war immer dasselbe. Ging es um etwas Wichtiges, wurde heftig geraucht. Das war doch verrückt. Sie hätte Lassberg gleich sagen können, dass Craemer die Sache in die Hand nehmen würde. *Tut er schließlich immer in solchen Fällen. Ist eben seine Vergangenheit bei der Polizei. Die laufen auch viel rum, wenn sie ermitteln.*

Noch bevor der Raum vollständig durchgelüftet war, griff Josephine in ihren Korb und holte den Apfelkuchen heraus.

Der Typendrucktelegraf blieb ruhig, als gälte es, ihre Pause zu achten. *Zu schade, zu schade*, dachte Josephine, als sie den ersten Bissen zum Mund führte. Sie hätte zu gerne gewusst, was man nun wegen der Sache in Bingen unternehmen würde.

Als Craemer in seinem Büro ankam, hatte er eine Entscheidung getroffen. Er wollte die Sache nicht zu groß machen und vorerst außer Lassberg niemanden vom militärischen Personal einweihen. Somit war klar, wer ihn begleiten würde.

»Fräulein Vogel!«

Eine Tür, getäfelt, hell gebeizte Eiche, öffnete sich, und Lena Vogel betrat das Büro. Wie meistens hielt sie Block und Stift in der Hand.

»Kein Diktat, Fräulein Vogel. Wir fahren nach Bingen.«

»Also ist doch was dran.«

»Das wollen wir herausfinden.

»Wann geht's los?«

»Halten Sie sich bereit.«

»Darf ich fragen …«

»Der Unfall betrifft die Preußische Staatsbahn«, sagte Craemer. »Viele Tote, ein rücksichtsloses Vorgehen. Die Art, wie gehandelt wurde, lässt darauf schließen, dass hier keine gewöhnlichen Gauner am Werk waren.«

»Ein Unfall der Preußischen Staatsbahn? Mit so was befassen wir uns?«

»Es gibt Hinweise darauf, dass mehr dahintersteckt.«

»Welche Art Hinweise?«

»Die Art des Vorgehens erinnert eher an eine militärische Operation als an eine gewöhnliche Schießerei. Außerdem sollen die Täter Französisch gesprochen haben. Wie immer bitte ich Sie ausdrücklich um Ihre Verschwiegenheit, Fräulein Vogel.«

»Gewiss doch, Herr Major. Bleibt mir noch Zeit zum Packen?«

»Natürlich. Es gibt keinen Grund, überstürzt abzureisen. Morgen früh, Anhalter Bahnhof. Sie organisieren das und informieren mich bitte wegen der genauen Abfahrtszeit.«

»Selbstverständlich. Darf ich einen Regenschirm mitnehmen?«

»Warum das?«

»Ich war erst kürzlich beim Friseur, dort unten war in den letzten Tagen sehr schlechtes Wetter.«

»Ja, Gott, warum nicht. Haben Sie noch wichtigere Fragen als die nach einem Schirm?«

»Im Moment nicht.«

1895, JARSZÓW / GALIZIEN

Jarszów lag am Rande des Gebiets der österreichisch-ungarischen Doppelmonarchie, auf halber Strecke zwischen Lemberg und der Grenze des russischen Zarenreiches. Es war ein Städtchen, wie es in Galizien viele gab. Ärmlich und noch nicht mit den Neuerungen der modernen Zivilisation gesegnet. Die Dorfstraßen waren ungepflastert und verwandelten sich bei Regen in einen schlammigen Morast, in dem so manches Pferdefuhrwerk stecken blieb.

Die Häuser, die eher Hütten glichen, waren aus Holz gebaut und mit Schindeln gedeckt. Nur die Synagoge sowie einige wenige Gebäude der Reichen waren aus Stein errichtet worden. Denn auch in Jarszów gab es ein paar vermögende Leute. Doch die meisten Bewohner waren bitterarm, Händler und Handwerker, die sich nur das Allernötigste leisten und sich kaum jemals richtig satt essen konnten.

In Jarszów lebten rund neunhundert Menschen, drei Viertel davon waren Juden, der Rest Christen. Die unterschiedlichsten Ethnien waren vertreten: Armenier, Deutsche, Juden, Lipowaner, Moldauer, Polen, Ruthenen, Russen, Roma und Ungarn. Alle handelten miteinander, und im Allgemeinen war es hier friedlich. Zwar gab es hin und wieder kleine Reibereien, aber keine Anschläge, keine Gewalt.

Die meisten jüdischen Männer, die im Schtetl von Jarszów lebten, unterschieden sich in nichts von ihren Vorfahren. Sie trugen Kaftan und Hut, hatten Schläfenlocken und Bärte. So auch Moicher Tajtelbaum, der vermutlich ärmste Jude von ganz Jarszów, der mit seiner Frau Golda, den Knaben Aaron, Isidor, Levin, Meijer und Zacharias sowie dem sechsjährigen Nesthäkchen Rahel in einer baufälligen Hütte am Rande des Schtetls wohnte.

Golda hatte Moicher Tajtelbaum als Fünfzehnjährige geheiratet. Damals war er ein zwölf Jahre älterer Fuhrmann und im Schtetl nicht sonderlich angesehen gewesen. Als sein Zugpferd Joka vor zwei Jahren verendet war, stellte es sich nicht als das »Geschenk Gottes« heraus, wie Moicher bei der Namensgebung gehofft hatte, denn er besaß nicht genug Geld, um sich ein neues zu kaufen. So gelang es dem Fuhrmann nicht mehr länger, seine Familie mit eigenen Händen zu ernähren, er war auf Almosen und Zuwendungen der Gemeinde angewiesen. Was sichtbar an Moichers Gemüt nagte und sein Dasein zunehmend verdüsterte. Ja, wenn er ins gelobte Land auswandern könnte ... nach Amerika ... Amerika! Ein Gedanke, der immer mehr Raum in seinem Kopf einnahm.

Es war ein kalter Novembertag, als Moicher Tajtelbaum ohne Vorankündigung verschwand. Er verließ das Haus am frühen Morgen, um wie jeden Tag zum Beten in die Synagoge zu gehen. Doch dort kam er nie an.

Stunden später, als es schon dunkelte und Golda immer unruhiger wurde, nahm sie ihren Umhang und lief zur Synagoge. Sie sah, dass der Rabbiner gerade das Gebäude verlassen wollte, rückte ihre Perücke zurecht und sprach ihn an.

»Rabbi Birstein, ich würde Euch gern eine Frage stellen.«

»Möchtest du, dass ich ein rituelles Problem kläre?«

Golda schüttelte den Kopf.

»Nun denn, so frag.«

»Ich suche meinen Moicher.«

»Hier ist er nicht.«

»Wann hat er denn die Synagoge verlassen?«

»Deinen Moicher habe ich heute nicht gesehen.«

»Das kann nicht sein, Rabbi. Moicher ist ein frommer Mann. Er betet jeden Tag in der Synagoge.«

»Heute nicht.«

Und Moicher Tajtelbaum blieb verschwunden. Spurlos. Ohne ein erklärendes Wort für seine Angehörigen hinterlassen zu haben.

Die Gemeindeältesten ließen den Fuhrmann suchen, schrieben Briefe an andere Schtetl. Monatelang, doch vergeblich. Moicher Tajtelbaum tauchte nie wieder auf. Man vermutete schließlich, dass er es irgendwie nach Amerika geschafft hatte. Ins Land der Verheißung.

Golda hatte Glück im Unglück, sie fand eine Stelle als Näherin bei Eugen Pantschuk und seiner Frau Martha. Das waren vermögende, wohltätige Protestanten, die eine Fabrik betrieben, in der aus Rüben Rohzucker hergestellt wurde. Eugen Pantschuk war der größte Arbeitgeber in einem Umkreis von fünfzig Kilometern. Golda arbeitete zwar nicht jeden Tag bei den Pantschuks, aber es kam immerhin genug zusammen, dass ihre sechs Kinder daheim nicht verhungern mussten.

1910, BINGEN / DEUTSCHES KAISERREICH

Der Zug war auf die Minute pünktlich in Berlin abgefahren. Nachdem sie in Erfurt in eine andere Bahn umgestiegen waren, hatte Craemer seinen Mantel ausgezogen und ihn sich als Decke über die Beine gelegt. Er hatte Lena empfohlen, ebenfalls ein wenig zu schlafen. Doch dafür war sie viel zu aufgeregt.

Lena Vogel hatte den Major, der mit geschlossenen Augen im Halbschlaf vor sich hindöste, lange betrachtet und sich gefragt, wie viel von dem, was ihm im Kopf herumging, er ihr wohl verraten hatte. Draußen zog die Landschaft vorbei. Und vorbei und vorbei und ... Irgendwann war sie wohl doch eingeschlafen.

Dann ein Zufall. Oder tickte in ihrem Inneren eine Art seelischer Wecker? Als Lena die Augen wieder aufschlug, fiel ihr Blick nach draußen, wo gerade das Ortschild von Bingen vorbeiwischte. Craemer schlief noch immer, säuselte leise vor sich hin.

»Herr Major«, sagte sie mehrmals.

Als Craemer nicht reagierte, nahm sie ihren Schirm und stieß ihn vorsichtig mit der Spitze an. Immer fester, bis er endlich erwachte.

»Ja ... was?«, fragte er schlaftrunken.

»Bingen. Wir sind da, Herr Major.«

»Gut, gut ... Schön.«

Lena und Craemer waren kaum aus dem Zug gestiegen, da wurden sie bereits von Paul Brinkert begrüßt, dem stellvertretenden Königlich-Preußischen Polizeipräsidenten der Rheinprovinz.

»Albert, welche Freude!«, dröhnte es vom anderen Ende des Bahnsteigs. Mit strammen Schritten und ausgebreiteten Armen kam der gutaussehende Mittvierziger auf sie zu.

»Ein Empfangskomitee, wie vorbildlich«, lobte Craemer nach einem längeren Händedruck, der damit endete, dass Brinkert die Hand des alten Freundes mit seinen so herzlich umschloss, als wolle er sie wärmen.

»Versteht sich doch, Albert, dass ich euch empfange. Lassberg hat mich schon in groben Zügen informiert. Wie war die Fahrt?«

»Keine Zwischenfälle, es ging flott voran.«

»Flott voran. Und auch noch in Damenbegleitung!«

Craemer wandte sich an Lena. »Fräulein Vogel. Darf ich Sie mit Paul Brinkert bekannt machen?«

»Und ich dachte schon, die Herren seien sich selbst genug.«

»Nun, nun!«

»Deine Sekretärin?«

Craemer warf Lena einen erneuten Blick zu, und sie fabrizierte einen kleinen, sehr akkuraten Knicks mit Verbeugung. Anschließend strahlte sie Brinkert mit erschütternder, beinahe schon ans Naive grenzender Offenheit an und erklärte: »Immer den Stift zur Hand, so kommt man voran.«

»Adrett, adrett«, lobte Brinkert lautstark und wies anschließend mit der Hand in Richtung Ausgang.

Während sie dem Bahnsteig folgten, wechselten die Männer ein paar Worte über ihre gemeinsame Vergangenheit. Lena ging neben ihnen, hörte aufmerksam zu und lächelte, wenn etwas Amüsantes gesagt wurde. Dabei ließ sie ihren Schirm verspielt vor und zurück schwingen. Ihre mädchenhafte Art inspirierte Brinkert zu einer kleinen Anekdote aus der Zeit von Craemers und seiner Grundausbildung.

Die Pointe bestand darin, dass einer ihrer Kameraden von damals, »ein Zecher vor dem Herrn, Mademoiselle Vogel, ein Zecher vor dem Herrn!«, am Ende eines Besäufnisses falsch herum auf seinem Pferd saß und sich beklagte, »das Tier hat keinen Kopf, und ich kann die Zügel nicht finden«.

Lena belohnte Brinkerts pointiert vorgetragene Geschichte mit einem hellen Lachen, wobei sie sich die Hand artig vor den Mund hielt.

»Adrett, adrett«, sagte Brinkert zur Belohnung, wobei er mit dem linken Auge zwinkerte. Auf Lena wirkte das nicht ganz so galant wie beabsichtigt, denn durch den deutlich sichtbaren Schmiss, der am unteren Rand von Brinkerts Auge begann und bis fast zum Mundwinkel reichte, fehlte dem Zwinkern die nötige Leichtigkeit.

Am Portal des Bahnhofs nahm das Gespräch schließlich eine Wendung ins Berufliche. Es begann mit einer einfachen Frage von Brinkert.

»Ich freue mich wirklich sehr, dich zu sehen, mein lieber Albert. Und Sie kennengelernt zu haben, Mademoiselle Vogel, ist ohne Zweifel ein Vergnügen, nur ... Warum diese Reise? Steckt etwa mehr dahinter, als Lassberg mir erzählt hat? Du weißt vielleicht nicht, wie ich zu Lassberg stehe ...«

»Ich wusste nicht mal, dass du ihn kennst.«

»›Kennen‹ wäre auch zu viel gesagt. Er ist nicht unbedingt hilfreich, wenn wir ihn um Unterstützung bitten. Umgekehrt verlangt er mit der Haltung eines Vorgesetzten, dass ich springe, sobald er anruft. Irgendwie hat er nicht begriffen, dass die Polizeiarbeit und der Geheimdienst zwei Paar Schuhe sind.«

»Wir sind hier, um den Unfall am Bahnübergang etwas näher zu untersuchen.«

»Der ist bereits geklärt.«

»Ach so?«, erwiderte Craemer.

»Eine Abrechnung zwischen zwei Gangsterbanden.«

»Mit diesen Ringvereinen haben wir auch in Berlin unsere Probleme«, sagte Craemer.

»Organisierte Kriminalität. Prostitution. Alkoholschmuggel natürlich«, ergänzte Brinkert.

»So was gibt es hier?«, fragte Lena. »Die Stadt sieht doch recht unschuldig aus.«

»Schlechte Menschen finden Sie überall. Also passen Sie auf sich auf. Nicht dass Ihnen am Ende etwas geschieht.«

»Na, ich habe doch meinen Schirm dabei.«

»Ihren Schirm. Fantastisch. Ich muss sagen, Sie gefallen mir.«

Lenas Lächeln hatte erneut etwas ungeheuer Naives, wobei es dieses Mal fast schon keck und herausfordernd wirkte. Dazu kam noch die verspielte Art, wie sie ihren kleinen Schirm hin und her schwingen ließ. Dass dies alles Brinkert gefiel, war nicht zu übersehen.

»Wie schade, wie schade«, erklärte er, ohne den Blick von Lena zu wenden. »Aber ich muss euch nun leider euch selbst überlassen.«

»Die Pflicht!«, sagte Lena mit gespielter Ernsthaftigkeit.

»Die endet bekanntlich nie.«

»Vielleicht heute Abend?«, schlug Craemer vor.

»Ihr bleibt?«

»Ein wenig die Stadt inspizieren«, sagte Lena. »Ich möchte jedenfalls den Rhein und den Mäuseturm sehen, da wir nun schon einmal hier sind.«

»Natürlich. Ihr wisst, wie ihr zu eurem Hotel kommt? Ihr habt bereits eins, nicht wahr?«

»Ist alles organisiert«, sagte Lena.

»Von Ihnen, nehme ich an.«

»Das gehört zu meinen Aufgaben, ganz richtig.«

»Sie können mehr als nur stenografieren.«

»Das ist ebenfalls richtig. Sonst geht es nicht flott voran.«

»Fabelhaft, Sie sind wirklich eine ganz fabelhafte Person, wenn ich mir erlauben darf ...«

»Sie dürfen. Wo Sie uns doch so schön abgefangen haben.«

»Abgeholt.«

»Richtig. Das wollte ich sagen.«

»Wir könnten uns zu einem mitternächtlichen Schlummertrunk treffen«, schlug Brinkert vor. Und wieder galt der Blick nicht seinem alten Freund. »Die Nachtbar *Schwarzer Kater* bietet sich für so etwas an.«

»Werden da denn auch Frauen eingelassen? Ich meine solche, wie ich eine bin.«

»Aber natürlich! Der Schwarze Kater ist eine blitzsaubere Angelegenheit.«

»Also wirklich«, erklärte Lena fast schon begeistert. »Bei Ihnen hat alles so einen doppeldeutigen Ton.«

»Wie meinen Sie?«

»Ich hoffe, Sie wollen mich am Ende nicht falsch herum auf ein Pferd setzen.«

»Nichts läge mir ferner, Mademoiselle.«

»Fräulein.«

»Verzeihung.«

»Der französische Einfluss offenbar. Sie haben es ein bisschen mit den Mademoiselles.«

»Ganz richtig, wir sind hier stark infiziert.«

»Wir sind aber nicht gerade an der Grenze«, sagte Lena

und verzichtete diesmal auf ein Lächeln. »Vermutlich haben Sie dienstlich öfter dort zu tun.«

»Ganz recht. Die Verbrecher machen vor einer Grenze nicht halt.«

»Vielleicht gibt es auch französische Ringvereine ...«

»Nein. Diese Leute kamen aus Köln. In ein paar Tagen werden wir die ersten Verhaftungen vornehmen. Aber um auf Ihre eigentliche Bitte zurückzukommen: Wir bleiben selbstverständlich bei Fräulein.«

»Ach, Sie sind so gewandt, reden Sie ruhig ganz frei, machen Sie mich zu einer Mademoiselle.«

»Dann bis heute Abend«, erklärte Craemer, um dem in seinen Augen reichlich überflüssigen Geplänkel ein Ende zu setzen.

Brinkert war kaum gegangen, da stellte Lena ihrem Vorgesetzten eine eher persönliche Frage.

»Er ist Ihr Freund?«

»Ein Kamerad. Warum fragen Sie?«

»Weil es am Bahnübergang einen Zeugen gab, der aussagte, einer der Mörder hätte Französisch gesprochen. Ich bringe das nicht auf Anhieb mit einem Ringverein zusammen, der in Köln agiert.«

»Ich kann mir kaum vorstellen, dass Brinkert sich irrt.«

»Ich auch nicht. Ich schlage vor, wir deponieren unser Gepäck im Hotel und machen uns dann gleich an die Arbeit. Als Erstes sollten wir uns bei der zuständigen Gendarmerie erkundigen.«

»Sie übernehmen jetzt das Kommando, Fräulein Vogel?«

»Selbstverständlich nicht.«

◆ ◆ ◆

Der Besuch der Gendarmerie begann recht unfreundlich. Denn obwohl Craemer seinen Ausweis des Preußischen Geheimdienstes vorzeigte, erwies sich der zuständige Gendarm Pankraz Schütte, ein drahtiger Mittdreißiger mit gewellten Haaren, Mittelscheitel und einem schmalen Oberlippenbart, als wenig kooperationsbereit.

»Es tut mir leid, Herr Major, aber ich habe strikte Anweisung, keine Auskünfte gegenüber Dritten zu geben.«

»Und wer sind die Ersten und Zweiten?«, fragte Lena mit einiger Schärfe.

»Die für den Fall Zuständigen selbstverständlich. Wie gesagt, ich habe strikte Order.«

Während er sprach, richtete der Gendarm das Wort an Major Craemer. Doch das hielt Lena nicht davon ab, weitere Fragen zu stellen. »Order ganz allgemein oder nur Order, die sich gegen Mitarbeiter des Preußischen Geheimdienstes richtet?«

»Order ganz allgemein. Es wird ermittelt, und der Kreis der an der Ermittlung beteiligten Personen soll klein bleiben.«

»Ich verstehe«, sagte Craemer.

»Ich ebenfalls«, ergänzte Lena. »Ich habe allerdings noch eine Frage, die Sie sicher beantworten dürfen.«

»Wir werden sehen.«

»Neigen Sie ganz allgemein zum Schwitzen, oder schwitzen Sie, weil Sie sich in der Klemme fühlen, Herr Schütte? Ich nehme an, das Zweite ist der Fall. Ich nehme außerdem an, Sie ahnen bereits, dass Ihre Weigerung, dem deutschen Geheimdienst die gewünschten Auskünfte zu erteilen, Folgen haben wird.«

»Ich …«

»Sie müssen sich nicht erklären. Wir kennen diese Nöte und wollen Ihnen helfen, da wieder herauszufinden. Also beziehen wir uns erst mal nicht auf den Fall.«

»Ich habe, wie gesagt, strikte Order ...«

»Nichts sagen bitte, ich war noch nicht fertig.«

»Hat diese Frauensperson das Recht, so mit mir zu reden?«, fragte Gendarm Schütte, wobei er Albert Craemer Hilfe suchend ansah. Und er schwitzte nun tatsächlich.

Lena wartete eine Antwort von Craemer gar nicht erst ab. »Seien Sie froh, dass ich Sie anspreche. Wenn Sie meinen Chef nötigen, sich mit Ihnen zu befassen, dann muss ich das Gespräch protokollieren. Und das wollen Sie sicher nicht. Also mache ich es kurz. Erste Frage: Es gab einen Überlebenden. In welchem Krankenhaus liegt er? Zweite Frage: Es gab einen Toten. Zu welchem Leichenbeschauer wurde er gebracht? Sie haben beide Fragen verstanden?«

»Selbstverständlich.«

»Also?«

Als Lena und Craemer wieder auf der Straße standen, lobte Lena den störrischen Gendarmen.

»Ein kluger Mann. Er hat brav den Mund gehalten, ganz so, wie ihm befohlen wurde.«

Sie zückte den Zettel, den ihnen der zuletzt etwas zittrige Gendarm überreicht hatte, und las laut vor: »Marienhospital.«

»Fräulein Vogel ...«, sagte Craemer.

»Wenn Sie wünschen, halte ich bei der nächsten Vernehmung den Mund.«

»Das meinte ich nicht. Es regnet.«

»Stimmt. Und ich habe einen Schirm«, entgegnete Lena. »Sie nicht.«

BERLIN–JOHANNISTHAL / DEUTSCHES KAISERREICH

Zweihundert Meter Flughöhe. Geschätzt, natürlich.

Die Rumpler Taube, ein verspannter Schulterdecker, vibrierte. Hart. Aber genau so musste es sich ja auch anfühlen. Das Neueste vom Neuesten. Etwas für wagemutige junge Männer. Kraft musste man haben, denn die Quersteuerung erfolgte durch die Verwindung der Flügelenden.

Ein Flugapparat für zwei Personen. Gesteuert wurde vom hinteren Mann. Das war Stielkes Aufgabe. Berthold Stielke hatte die meiste Erfahrung, was das Fliegen anging. Er war, wie sie manchmal sagten, wenn sie in Enno Huths Baracke zusammensaßen, ein Ass!

Gustav Nante saß vorne. Und somit direkt hinter dem Propeller. Er hatte ganz gute Sicht, konnte das gesamte Flugfeld von Berlin-Johannisthal überblicken. Gustav war dreiundzwanzig, sah aber jünger aus, was vor allem an seinem schwer zu bändigenden rötlich-blonden Haarschopf lag. In Verbindung mit einem jungenhaften Lächeln und der sportlichen Figur flogen ihm auf Anhieb die Sympathien zu.

Sie waren wirklich sehr hoch. *Vielleicht sogar dreihundert Meter*, dachte Gustav. Und es war schon ihre sechste Runde. Am Ende, wenn Stielke mal wieder leichtsinnig wurde, würden sie vielleicht einen neuen Streckenrekord aufstellen. Jedenfalls für Johannisthal.

Stielke galt nicht nur als Ass, er war auch waghalsig. In diesem neuen Beruf, für den man sie ausgebildet hatte, ließ sich das nicht immer voneinander trennen.

Natürlich. Es gab noch eine Menge Probleme zu lösen. Kinderkrankheiten. Gustav konnte eine davon am eigenen Körper spüren.

Wir brauchen bessere Fliegerbrillen und wärmere Kleidung.

Dabei hatte er sich schon dick angezogen, und es war ein warmer Tag.

Am Boden jedenfalls war es ein warmer Tag gewesen.

»Keine leichtsinnigen Rekordversuche«, hatte ihnen ihr Chef Enno Huth vor dem Start befohlen. Stielke hatte genickt. Und auf Nachfrage erklärt, er habe verstanden.

Aber jetzt war die Versuchung eben doch sehr groß. Der Motor lief rund, es gab noch keine Anzeichen für eine Überhitzung. Dreimal hatte Gustav sich während der letzten zwanzig Minuten umgedreht. Berthold Stielke hatte ihn jedes Mal angegrinst. Das war eben seine Art.

Hier oben war es unmöglich, miteinander zu sprechen. Jedenfalls nicht mit Worten. Zu laut. Zu viel Wind. Zu viel Lederkappe über den Ohren.

Die Entscheidung, wann sie wieder landen würden, lag in Stielkes Hand, und die Katastrophe kündigte sich beinahe gemächlich an. Als Stielke nämlich die vorletzte Kurve einleitete und der linke Flügel sich senkte, sah Gustav den Wagen von Major Hans »Arschloch« Groß, mit dem dieser gerade das Flugfeld überquerte.

Gustav zeigte nach unten, drehte sich um. Auch Stielke hatte den Wagen entdeckt. Dass Major Hans Groß, Leiter des Luftschifferbataillons Nr. 2, dort auf dem Rollfeld herumfuhr, nun sogar anhielt, während sie ihre Kreise zogen und jeden Moment zur Landung ansetzen würden, war ein Affront. Mehr als das. Es war eindeutig gegen die Vorschriften.

DAS ROLLFELD IST FREIZUHALTEN!

So stand es auf mehreren Emaille-Schildern. Hier mit dem Wagen rumzukurven, während eine Maschine in der Luft war, zeigte die ganze verdammte, verfluchte, dümmliche, arrogante, herablassende, pomadige Haltung des Majors gegenüber den Fliegern, den Maschinen und natürlich auch der Arbeit der Ingenieure, von denen einige noch vor einem Jahr Automobile gebaut hatten.

Ein Arschloch eben.

Die Flugzeuge waren für ihn »Kinderspielzeug«. Er hielt auch nichts von Enno Huths Piloten. »Insekten« nannte er sie. Manchmal ging er sogar noch mehr ins Detail, was das Zoologische anging, und bezeichnete sie als »Eintagsfliegen«.

Major Groß war klein, und es kursierten unter den Piloten ungefähr fünfzig Witze, was diesen Widerspruch anging.

Groß setzte auf Luftschiffe, vor allem Zeppeline. Es hatte deswegen oft Streit gegeben. Mit den Piloten, mit den Ingenieuren, mit Enno Huth, dem Direktor der Albatros-Flugzeugwerke. Und mit Gustavs Vater. Seinerzeit. Eine alte Geschichte, die Gustav nicht vergessen hatte.

Plötzlich ging ein Rucken durch die Maschine.

Einmal.

Zweimal.

Noch mal.

Nantes Magen registrierte, wie das Flugzeug absackte. Gleichzeitig bemerkte er, dass der Motor nicht mehr rundlief. Also drehte er sich um und gab Stielke ein Zeichen. Die Hand zur Faust geballt, wies er mit dem Daumen nach unten. Stielke nickte und machte dasselbe Zeichen.

Stielke handelte nach Vorschrift. Er zog den letzten Bogen etwas weiter und setzte anschließend zur Landung an. Die Landung war das Gefährlichste. Nicht wenige Kameraden hatten bei diesem Manöver bereits einen Kopfstand gemacht.

Und Kopfstand konnte Genickbruch bedeuten.

Oder einen eingedrückten Brustkorb.

Natürlich. Stielke konnte improvisieren, und heute war es nahezu windstill. Doch Major Groß' Verachtung für die Flieger hatte mittlerweile gefährliche Dimensionen angenommen.

Gustav konnte nicht glauben, was er sah. Oder waren der Major und sein Fahrer einfach dumm? Jedenfalls stand der Wagen mitten auf der Landebahn. Jener Strecke, auf der das Gras kurz geschoren, der Boden festgestampft war.

Und Stielke?

Der hielt direkt auf den offenen Wagen von Groß zu. Der Major stand aufrecht darin und gab ihnen Zeichen, deren Bedeutung nicht zu entschlüsseln war.

Nur noch zehn Meter Höhe. Jetzt war es zu spät für Ausweichmanöver. Alarmiert drehte Gustav Nante sich um. Stielke saß hinter seinem Steuerknüppel und sein Gesicht ... Kalt, dachte Nante.

Und schon war es geschehen. Sie waren über den Major hinweg. Es ging ja alles so schnell beim Fliegen.

Ha! Musste sich ducken, der Duckmäuser!

Nur einen Moment später setzte die Maschine auf. Sprang noch einmal hoch, kam erneut zu Boden. Ein scharfes und durch nichts abgefedertes Rütteln ging durch die gesamte Konstruktion. Lange währte es nicht. Sie waren unten, rollten aus.

Gustav Nante war nicht das, was man einen ruhigen oder besonnenen Mann genannt hätte. Wütend stemmte er seinen Körper hoch und zwängte sich aus dem engen Schacht, in dem er während des Flugs gesessen hatte. Kaum war er draußen, da hörte er hinter sich Stielke rufen.

»Bleib ruhig Gustav, ist doch alles gut gegangen!«

Das stachelte ihn nur noch mehr an. Er lief auf den Wagen

von Major Groß zu. Noch ehe Gustav etwas sagen konnte, erklärte der in seiner großkotzigen Art: »Wie der Vater, so der Sohn. Das hatte ich mir schon seit einiger Zeit mal vorgenommen ...«

Weiter kam er nicht. Gustav hatte bereits die Tür aufgerissen, packte den Major am Waffenrock und zerrte ihn aus seinem Gefährt.

»Hör auf, Gustav«, hörte er Stielke noch rufen. Der Fahrer von Groß sagte kein Wort.

»Sie ...!«, sagte Gustav. Mehr fiel ihm nicht ein. Stattdessen tat er etwas, das er sich nicht hätte erlauben dürfen.

Er verpasste einem ranghohen Militär mehrere Ohrfeigen.

Das Gesicht des Majors wurde rot. Und das lag nicht nur an den Schlägen, die er kassierte.

Die letzte Ohrfeige erwischte ihn nur noch an der Nase, denn Berthold Stielke riss seinen Kameraden zurück. Zwei Stunden später saß Gustav im Lichterfelder Militärgefängnis.

BINGEN / DEUTSCHES KAISERREICH

Als Lena Vogel und Albert Craemer vor dem Marienhospital standen, wurde es bereits dunkel und regnete in Strömen. Der Major wunderte sich, dass es in einer so kleinen Stadt ein so großes Krankenhaus gab.

»Vier Stockwerke«, sagte Lena und betrachtete die Fassade aus roten, leicht glasierten Ziegelsteinen. Unablässig rann Wasser an der glatten Fläche hinab. Als ihr Blick noch weiter nach oben ging, erkannte sie, dass die Dachrinne an zwei Stellen ein Leck hatte. Nun, sie hatte ihren Regenschirm.

»Sie bleiben bitte hier. Stellen Sie sich in den Eingang, dann werden Sie nicht nass.«

»Ich habe meinen Schirm.«

»Sie sind manchmal etwas anstrengend, sagte ich Ihnen das schon?«

»Einige Male, Herr Major.«

Craemer schob die schwere Tür auf, stieg achtundzwanzig steile Stufen empor und begab sich zum Portier, dessen Loge sich rechts im Treppenhaus befand. Dort zeigte er seinen Ausweis der Angehörigen des Großen Generalstabs.

Der Mann sprang auf und salutierte. Es sah aus, als wolle er für immer in seiner militärischen Pose verharren.

»Der Verletzte aus Bingen. Der Unfall am Bahnübergang …«

»Zimmer 43. Vierter Stock.«

»Gibt es einen Ascenseur?«

»Bitte was?«

»Einen Fahrstuhl oder Paternoster.«

»Bedauere, Herr Major, wir nehmen die Treppe.«

»Verstehe. Sie dürfen sich setzen.«

Craemer stieg Stufe um Stufe nach oben. *Zu viel Bürodienst*, dachte er, als er im dritten Stock kurz pausieren musste.

Plötzlich aufgeregte Stimmen. Dann kamen ihm fünf Schwestern in Nonnentracht, vier Zivilpersonen, ein Arzt und weitere Besucher entgegen. Sie stürzten die Treppen hinab. Craemer begriff nicht sofort, wollte sich weiter die Treppe hinaufquälen. Da rief ihm jemand zu: »Runter, nicht hoch! Flüchten Sie!«

In diesem Moment hörte Craemer die ersten Schüsse. Er mobilisierte all seine Kräfte und stürmte ächzend das letzte Stockwerk hinauf. Zwei weitere Schüsse waren zu hören. Diesmal sehr nah.

Oben angekommen, lugte er vorsichtig um eine Ecke. Weitere Flüchtende stürzten ihm panisch entgegen, Craemer wurde mehrfach angerempelt. Kranke kamen aus ihren Zimmern gelaufen. Mitten im Gang lag eine Krankenschwester auf dem Bauch, seitlich ihres Brustkorbs breitete sich eine Blutlache aus. Ganz am Ende des Gangs, vor einer Tür mit eingelassenen Scheiben, sammelte sich eine kleine Menschentraube.

»Hier sind sie runter«, sagte jemand.

»Beide?«, fragte ein anderer.

»Ich glaube ja.«

Craemer zog seine Waffe und ging auf die Gruppe zu. Als er sie erreichte, seinen Ausweis präsentierte und im Befehlston Auskunft verlangte, schob jemand die Tür vorsichtig auf und deutete in das dahinter liegende Treppenhaus. Es war deutlich enger als das, welches er gerade genommen hatte. Vermutlich diente es im Brandfall als Fluchtweg oder war dem Klinikpersonal vorbehalten.

»Da sind sie runter«, sagte der Mann, der die Tür aufgeschoben hatte.

»Beide? Ich hab nur einen gesehen«, kam es von hinten.

»Beide«, wiederholte der Mann, der noch immer die Tür aufhielt, mit Bestimmtheit, und zeigte dann auf eine andere Tür, durch die es, wie Craemer vermutete, in ein Krankenzimmer ging. Neben dem Eingang hing ein emailliertes Schild, auf dem die Zahl 43 stand.

Craemer betrat den Raum. Zwei Betten. In jedem davon ein Toter. Blut sickerte durch die Laken. Am Boden lag ein Arzt. Zwei Kopfschüsse und zwei in die Brust.

Craemer stürzte aus dem Zimmer und rief: »Aus dem Weg!«

Als Craemer die ersten drei Stockwerke im Nottreppenhaus hinabgerannt war, hörte er weitere Schüsse. Diesmal in großer Entfernung. Craemer beeilte sich, so gut es ging.

Als er endlich auf der Straße stand, sah er gerade noch, wie sich ein Fahrzeug mit hoher Geschwindigkeit entfernte.

Es waren zwei, hatte der Mann eben gesagt. Auch am Bahndamm hatte der Bremser zwei Männer beobachtet. Dort waren sie ebenfalls rücksichtslos vorgegangen und dann in ein schnelles Auto gestiegen. Lena hatte recht gehabt; das waren keine gewöhnlichen Verbrechen.

»Hier! Hier, Herr Major!«

Craemer fuhr herum. Mitten im strömenden Regen stand Lena. Hübsch sah sie aus, aber auch ein wenig verlassen. Ganz allein, nur mit ihrem Schirm.

Sie war aber nicht allein, wie Craemer schnell erkannte. Zu ihren Füßen lag ein Mann und bewegte sich nicht.

Als er dessen Kopf ein wenig drehte, erkannte Craemer, dass der Mann nur noch ein Auge hatte. Aus der leeren Höhle waren Hirnmasse und Blut ausgetreten.

»Was ist hier passiert?«, fragte er Lena.

Sie zeigte auf die Straße, wo ein Auto stand. Auch hier viel Blut. Vor allem innen, an den Scheiben. Vor dem Seitenfenster des Wagens Glas.

»Wessen Wagen ist das?«, fragte Craemer.

»Der stand da zufällig. Zwei Passagiere. Der Täter fühlte sich vermutlich bedroht und hat sofort geschossen. Ich war so schockiert, so verängstigt, ich glaube, ich habe geschrien, genau weiß ich es nicht mehr. Er drehte sich um, sah mich, hob seine Waffe.«

Craemer bemerkte erst jetzt, dass Lena am ganzen Körper zitterte. Der Wunsch, zu ihr zu gehen, sie zu halten und zu beschützen, überkam ihn mit aller Macht.

»Er hat Sie doch nicht getroffen, ich ... Ich sehe keine Wunde, ich ...«

Craemer verstummte, Lena sagte kein Wort. Es war auch überflüssig, etwas zu erklären, denn Craemer erkannte, dass ihre Haare nass waren. Er schloss daraus, dass sie ihren Schirm nicht nur für das verwendet hatte, wofür er gedacht und gemacht war.

»Er ist mir quasi reingelaufen«, erklärte Lena, die noch immer unter Schock zu stehen schien.

»Da«, sagte sie und zeigte auf einen Revolver im Rinnstein.

»Er hat Sie angegriffen, da sind Sie sich sicher?«

»Er hat die Waffe gehoben. Und ich hatte doch nur meinen Schirm.«

Craemer widerstand auch diesmal dem Impuls, sie in den Arm zu nehmen.

»Sehen Sie sich sein Gesicht an«, forderte Lena.

»Warum? Kennen Sie den Mann?«

»Nein, aber ich kenne solche Gesichter. Die Wangenknochen, der Übergang zum Hals. Auszehrung. Ich bin mir sicher, dass es im Leben dieses Mannes lange Perioden gab, in denen er nur wenig zu essen hatte.«

»Woher wissen Sie so was? Sie sind doch in sehr behüteten Verhältnissen aufgewachsen.«

»Trotzdem habe auch ich meine Erfahrungen.«

1896, JARSZÓW / GALIZIEN

Als der Herbst gekommen war, suchte Golda Tajtelbaum den Rabbi Birstein in seinem Haus auf. Es war ebenfalls aus Holz gebaut, hatte aber ein zweites Stockwerk und einen Hof, in dem Gänse und Hühner fröhlich pickten. Seine Frau Zerline öffnete Golda die Tür.

»Rebbetzin, ich habe Sorgen. Große Sorgen. Möge Gott mit mir Erbarmen haben.«

»Was bedrückt Euch?«

»Mein Leben ist dunkel und verbittert. Ich habe sechs Kinder und keinen Mann. Niemand, auf den ich mich stützen kann.«

»Ihr solltet besser mit dem Rabbi sprechen.«

Zerline führte Golda in das Studierzimmer des Rabbi, der an einem Tisch saß und ein heiliges Buch studierte.

»Schalom, Rabbi Birstein«, sagte Golda.

»Sie hat ein wichtiges Anliegen«, ergänzte Zerline, hob bedeutungsvoll die Brauen und verließ dann das Zimmer.

»Nun ...?«, fragte der Rabbi.

»Es ist jetzt fast ein Jahr her, dass mein Moicher fortgegangen ist, und ich möchte wieder heiraten«, antwortete Golda.

»Hat Moicher sich gemeldet? Hat er dir das Get gegeben, die schriftliche Zustimmung zur Scheidung?«

»Nein.«

»Dann bist du eine Aguna, Golda, eine verlassene Ehefrau. Vor Gott und dem Gesetz bleibst du mit Moicher verheiratet.

Auch wenn er niemals nach Jarszów zurückkehren sollte, kann ich dich von dem Ehegelübde nicht entbinden.«

»Wie soll ich denn meine Kinder ohne einen Ehemann durchbringen?«, fragte Golda und begann zu weinen.

Der Rabbi nickte betrübt. »Es ist schwer, aber mit der Hilfe des Herrn und auch der Gemeinde wirst du es schaffen. Ich werde mit dem Gemeindeältesten und den sechs Dorfältesten reden. Möge der allmächtige Gott dir und den Deinen helfen, die Not zu überstehen.«

»Danke Rabbi.«

Goldas Söhne Aaron, Isidor, Levin und Meijer gingen noch alle zur Cheder, der jüdischen Knabenschule, die neben der Synagoge lag. Sie lernten dort Hebräisch, studierten die Tora und später auch den Talmud. Der dreizehnjährige Zacharias hatte im Sommer seine Bar Mitzwa gefeiert und war jetzt bei einem Schuhmacher in der Lehre. Sie alle waren gute Jungen, die ihr nur Freude bereiteten.

Sorgen machte Golda dagegen die sechsjährige Rahel. Das Mädchen war verträumt und zu nichts zu gebrauchen. Wenn sie von ihrer Näherei bei den Pantschuks nach Hause kam, hatte Rahel oftmals nicht die ihr übertragenen Hausarbeiten erledigt, weder den Holzboden gefegt, die Teller und Brettchen abgeschrubbt, noch die Kartoffeln für das Abendbrot aufgesetzt.

»Was hast du denn den ganzen Tag gemacht, Rahel?«, fragte Golda, als sie sah, dass ihre Tochter am Tisch saß und in einem der wenigen Bücher blätterte, die es im Haus gab. Es war eine Weiberbibel, ein Zenne-Renne-Buch, und enthielt volkstümliche biblische Geschichten, die mit Erläuterungen versehen und auf Jiddisch geschrieben waren. Das grundlegende Erziehungs- und Bildungsbuch für jüdische Mädchen und Frauen.

»Du kannst doch gar nicht lesen!«

Rahel nickte. »Ich weiß, ich bin dumm.«

Golda hielt inne, machte sich Vorwürfe. Es stimmte leider, sie fand kaum Zeit, dem Mädchen etwas beizubringen, wie es ihre Pflicht als arme jüdische Mutter war. Viel wusste sie ja selber nicht. Immerhin hatte die eigene Mutter ihr Lesen, Schreiben und Rechnen beigebracht. Auch wie man einen Haushalt führte und die Speisegesetze einhielt, hatte sie von ihr gelernt.

»Du kommst ab jetzt mit mir, wenn ich zu den Pantschuks nähen gehe. Da gehst du mir zur Hand, und nebenbei findet sich immer etwas Zeit, damit wir Schreiben und Lesen üben können. Einverstanden?«

Rahel nickte.

1910, BINGEN / DEUTSCHES KAISERREICH

Das Hotel *Zur Traube*, in dem Lena und Craemer abgestiegen waren, lag nur wenige Schritte von der Nahemündung entfernt. Es war berühmt für seine Fischgerichte und Wildspezialitäten. Sie hatten beide den Hechtbarsch in Rheinwein mit Butterkartoffeln und Kohlrabi gewählt. Er schmeckte vorzüglich.

Während der Vorspeise und des Hauptgangs hatte der Major mit Lena über Belangloses geplaudert, worüber sie sich insgeheim wunderte. Normalerweise stand bei Craemer immer der Beruf im Mittelpunkt. Sie fragte sich, warum er sich an diesem Tag so anders verhielt. War er etwa pikiert, dass sie am Marienhospital die Initiative ergriffen und den Mann getötet hatte? Hatte sie gegen irgendeine Regel verstoßen, von der sie nichts wusste?

Erst als Craemer seinen Dessertteller beiseite schob, kam er auf den Vorfall im Marienhospital zurück.

»Um noch einmal die exakte Anzahl der Täter klarzustellen, Fräulein Vogel: Sie haben zwei Personen gesehen ... Oder waren es doch drei?«

»Zwei. Da bin ich absolut sicher. Der eine konnte mit dem Wagen fliehen, der andere ...«

»Den anderen haben Sie außer Gefecht gesetzt.«

»Das ist richtig. Notwehr.«

Craemer schüttelte nachdenklich den Kopf.

Glaubt er mir etwa nicht?, fragte sich Lena irritiert.

»Können Sie den geflüchteten Täter nicht doch etwas genauer beschreiben?«

»Na ja, ich habe ihn nur von hinten gesehen. Er war mittelgroß, trug eine schwarze Regenpellerine und einen grauen Bowler. Ich denke, dass er mich nicht einmal bemerkt hat.«

»Eine gute Beschreibung hätte uns natürlich geholfen, seine Identität zu ermitteln.«

»Wir können es über seinen toten Kumpan versuchen ...«

»Ich werde mir bei der Gendarmerie ein Foto des Schergen besorgen«, sagte Craemer.

»Und ich gehe noch einmal ins Krankenhaus.«

»Was versprechen Sie sich davon?«

»Es gibt dort eine Nachtschwester. Sie hatte ihren Dienst möglicherweise noch nicht angetreten, als die Schießerei losging.«

»Dann hat sie nichts gesehen, kann also nichts Interessantes beisteuern.«

»Wer weiß ... Ich erstatte Bericht, sobald ich zurück bin. Aber erst werde ich mir noch eine zweite Weinschaumcreme ordern. Sie ist wirklich zu köstlich.«

»Die perfekte Nervennahrung.«

»Die habe ich mir ja wohl redlich verdient, Herr Major. Oder sind Sie anderer Meinung?«

»Mache ich solch einen Eindruck auf Sie?«, erwiderte Craemer.

»Da bin ich mir nicht ganz sicher.«

»Nur so viel: Ich habe an Ihrem Verhalten nicht das Geringste auszusetzen. Sonst hätte ich das geäußert.«

»Dann bin ich beruhigt«, lächelte Lena und winkte den Kellner heran.

»Aber Sie sollten nachher Ihren Schirm mitnehmen.«

»Nicht nötig, es hat aufgehört zu regnen.«

»Was für ein Glück. Für Ihre Frisur, meine ich.«

Lena lächelte, was ihrem Aussehen etwas Kindliches verlieh. »Wie lieb, dass Sie daran denken.«

◆ ◆ ◆

Als Lena vor dem Hospital stand, lief kein Wasser mehr an der Fassade herab. Aber die Steine glänzten noch. Ein Anblick, der Lena zu gefallen schien. Sie genoss ihn eine Weile, murmelte dabei zweimal das Wort »Nachtdienst«.

Zuletzt riss sie sich von der kleinen Impression los, stieg die Stufen hinauf und sprach etwa eine Stunde lang mit einer schon älteren Schwester.

Die hatte sich anfangs ein wenig echauffiert gezeigt, da keiner der Gendarmen, ja nicht einmal der hinzugezogene leitende Kommissar, es für nötig befunden hatte, ihr auch nur eine einzige Frage zu stellen.

»Vermutlich, weil Sie nicht da waren, als geschossen wurde«, erklärte ihr Lena.

»Das stimmt natürlich.«

Lena machte der noch immer stark beleidigten Frau im Schwesternzimmer erst mal einen starken Kaffee. Danach kamen sie wie von selbst ins Gespräch. Lena zeigte sich geduldig wie eine gute Freundin und erfuhr nach und nach einiges. Die Nachtschwester hatte einen Mann, der zu viel trank, eine kluge Tochter und einen Sohn. »Faul wie Fallobst!«

Außerdem wurde sie von den Ärzten und Oberschwestern schon seit Jahren herablassend behandelt und bekam zu wenig Gehalt. Dafür hatte sie einen kleinen, sehr klugen Hund, der ihr aufs Wort gehorchte und sie morgens, wenn sie von der Nachtschicht kam, begrüßte. »Er quiekt vor Freude wie ein Schwein! Und treu, das können Sie mir glauben. Den hätte ich heiraten sollen.«

»Man weiß es eben vorher nicht, und nur die Wenigsten haben es je geschafft, die Zeit zurückzudrehen.«

Die Nachtschwester zog einen Mundwinkel hoch und fixierte Lena mit ihren grauen Augen. »Nun, in den Geschichten, die ich lese, gelingt das.«

»Deshalb sind es ja auch so gute Geschichten. Und ich glaube, ein Hund, ein kleiner und kluger zumal, tut Ihnen gut. Springt er an Ihnen hoch, wenn er Sie sieht? Drückt er dabei seine kleinen Pfoten gegen Ihr Knie?«

»Was Sie alles wissen. Als würden wir uns schon sehr lange kennen.«

»Wer weiß? Vielleicht sind wir uns vor hundert Jahren schon einmal begegnet, und man hat es uns nur nie gesagt.«

Als Lena zu Craemer ins Hotel zurückkehrte, hatte sie einiges zu berichten.

»Die Nachtschwester sagt, der Mann, der vom Bahnübergang Bingen ins Hospital eingeliefert wurde, war schwer verletzt. Offenbar ist ihm der Zug über beide Füße oder beide Beine ... So genau habe ich das nicht verstanden, sie kam immer wieder auf den Hund zu sprechen.«

»Was für ein Hund?«

»Sie haben ihm Morphium gespritzt.«

»Dem Mann, nehme ich an.«

»Die Schwester meint, er wäre sicher durchgekommen. Sie sagte außerdem, er habe wirr geredet.«

»Nun, unter Morphium ...«

»Wirr, bis auf ein paar Fetzen. Die kamen deutlicher. Er wollte, dass man seine Mutter informiert. Außerdem hat er den Namen ›Eisleben‹ gemurmelt. Mehrfach, wie die Schwester mir erklärte. Sie hatte zuerst gedacht, er wollte, dass sie seine Füße mit Eiswasser kühlt. Oder dass er Speiseeis zu essen bekommt.«

»Eisleben ... Von Eisleben ... Ja, ich glaube, den Namen von Eisleben habe ich schon mal gehört. Falls ich mich nicht täusche, ist Wilhelm von Eisleben ein Bankier.«

»Unser Fall beginnt, Kreise zu ziehen ...«

»Nicht so schnell. Der Mann war betäubt, und die Schwester hat ihn vielleicht falsch verstanden.«

Lena verkniff es sich, Craemer darauf hinzuweisen, dass sie bereits in Berlin den Verdacht geäußert hatte, an der Sache sei mehr dran.

LICHTERFELDE / DEUTSCHES KAISERREICH

Er hatte sich nicht gewehrt. Es wäre also gar nicht nötig gewesen, dass ein Offizier ihm in ruhigem, aber ernstem Ton sagte: »Machen Sie uns bitte keine Schwierigkeiten, Leutnant Nante.«

»Wo bringen Sie mich hin?«

»Ich bin nicht befugt, Ihnen darüber Auskunft zu geben.«

Völlig überflüssige Geheimniskrämerei, dachte Gustav eine knappe Stunde später. Er war in Berlin aufgewachsen, er wusste, welche Strafanstalten das Militär in der Stadt unterhielt.

Lichterfelde ...

Natürlich hatte man ihn an diesen Ort gebracht. Und er hatte sich nicht einmal ungerecht behandelt gefühlt.

Alles war ganz ruhig abgelaufen. Niemand hatte etwas zu ihm gesagt, das über die einfachsten Ankündigungen und Informationen hinausging. Und selbst diese Aussagen waren vage.

Man würde nun über weitere Schritte beraten, hieß es dann noch. Gustav hatte genickt. Mehrfach. Zum Zeichen, dass er nicht nur alles verstanden hatte, sondern auch einsichtig war.

Keiner der Soldaten, die ihn auf dem Transport begleiteten, hatte ihm Vorwürfe gemacht oder ein kameradschaftliches Bedauern ausgedrückt. Man hatte jeglichen Blickkontakt vermieden.

So war es Gustav vorgekommen, als sei er bereits isoliert,

bevor er überhaupt in Lichterfelde ankam. Auch dort hatte ihn niemand angesehen. Abgesehen von einem Mann in Uniform, der einige Daten zu seiner Person abgefragt hatte.

Und Gustav war still geblieben.

Selbst auf den letzten Metern zur Zelle hatte er weder den Wunsch verspürt, sich zu erklären, noch etwas zu sagen oder zu erfragen.

Dann hatte man die Tür zu seiner Zelle geschlossen.

Während der ersten halben Stunde war eine eigentümliche Ruhe über ihn gekommen. Nicht einmal besorgt war er gewesen. Alles war so schnell gegangen, dass sein Verstand sich offenbar weigerte, das Geschehene überhaupt zur Kenntnis zu nehmen. Dabei war ihm doch längst alles klar.

Der Wutausbruch bedeutete das Ende seiner militärischen Karriere. Und das Ende der Fliegerei. Weitere Folgen, wie einen längeren Aufenthalt im Arrest, möglicherweise im Gefängnis, mochte er sich noch nicht ausmalen. Es war auch so schon schlimm genug.

Alles kaputt, alles vernichtet. Weil er sich einfach nicht im Griff gehabt hatte. Weil ein Impuls stärker gewesen war als jahrelanger militärischer Drill.

»Selbst schuld.«

Zuerst dachte er diese Worte, dann murmelte er sie halblaut vor sich hin, während er auf seiner Pritsche saß.

Zuletzt steigerte sich der Zorn ein wenig, und er machte sich Vorwürfe, nannte sich selbst einen Idioten.

Aber war er im Grunde seines Herzens wirklich der Meinung, dass er etwas falsch gemacht hatte? Major Groß hatte ihn und Stielke schließlich mit Absicht in Lebensgefahr gebracht.

Oder war es ganz anders gewesen?

War es eigentlich und genau betrachtet nicht anders?

Hatte nicht eher sein Kamerad Stielke es darauf angelegt, dass die Sache so eng wurde, indem er direkt auf den Wagen zuflog? Gustav Nante hielt sich mit solchen innerlichen Erörterungen und Rechtfertigungen nicht lange auf. Es war still hier drin, und das tat ihm gut. Echte Probleme, das war klar, würden frühestens in ein paar Stunden, vermutlich sogar erst am nächsten Morgen auf ihn zukommen.

Dann würde man ihn vernehmen. Wenn er bei der Befragung erneut die Beherrschung verlor, würde es noch schlimmer kommen. Doch was konnte er zur Entschuldigung anführen? Dass er Angst gehabt hatte? Dass er Major Groß für dumm, arrogant und vor allem für einen Mann von vorgestern hielt?

»Schluss damit!«

Auch das sollte er sich abgewöhnen. Laut auszusprechen, was er dachte, würde keinen guten Eindruck machen, falls sie ihn hier irgendwie observierten.

Es war wirklich eigentümlich. Er wurde immer ruhiger, ja beinahe kalt. Seine Gedanken begannen zu wandern. Was hatte Major Groß noch zu ihm gesagt, bevor er handgreiflich geworden war?

Wie der Vater, so der Sohn.

Major Hans Groß ... Der Name war im Haus von Gustavs Eltern oft gefallen, denn Major Groß hatte Nantes Vater mehrfach als Amateur bezeichnet, als leichtsinnig und unbedacht. Selbst nach dem Tod des Vaters hatte Groß weiter so über ihn gesprochen.

Wie der Vater, so der Sohn.

Von diesem Satz ausgehend, machte Gustavs Verstand einen weiten Sprung in die Vergangenheit.

Er war noch ein Kind gewesen und hatte sich »etwas Besonderes« gewünscht.

»Einmal nur, bitte!«

Der Wunsch war ihm erfüllt worden. Am 12. Juni 1897, seinem elften Geburtstag, durfte er den Vater begleiten, der auf dem Tempelhofer Feld bei Berlin mit seinem Luftschiff *Deutschland* starten würde, dem ersten Gefährt dieser Art, das einen Benzinmotor als Antrieb verwendete.

Noch nie zuvor war Gustav so stolz auf seinen Vater gewesen, noch nie zuvor hatte er so viele begeisterte Menschen gesehen. Gustav hatte die Bilder noch genau vor Augen. Als der Vater in die Gondel geklettert war, hatte er ihm noch einmal zugewunken. Ihm war in diesem Moment ganz heiß geworden. Er hatte sich eingebildet, Tausende von Zuschauern würden ihn ansehen.

Einige Minuten später stieg das Luftschiff ganz langsam und majestätisch auf, erhob sich ein gutes Stück weit über den Boden. Der Motor wurde angelassen, ein kleines Wölkchen aus Auspuffgasen war deutlich zu erkennen. Alles sah nach einem Bilderbuchstart aus.

Plötzlich Flammen.

Ein Raunen war durch die Massen gegangen. Alles Weitere geschah dann sehr schnell. Das brennende Luftschiff stürzte ab. Das Letzte, woran Gustav sich erinnern konnte, waren die Menschen, die auf die Trümmer und das Feuer zuliefen.

Für Gustav war dieser Tag, an dem sein Vater starb, eine Tragödie. Tagelang aß er nichts. Seine Mutter bewies Geduld und wendete zuletzt einen Trick an, um ihn umzustimmen: »Du musst essen, Gustav! Wenigstens ein bisschen. Du willst mich doch nicht auch noch allein lassen.«

Also nahm er wieder Nahrung zu sich. Aber er war nicht mehr der Junge, der er vorher gewesen war.

»Du warst heute schon wieder so still«, hatte seine Lehrerin Fräulein Helmer mehr als einmal nach dem Unterricht zu ihm gesagt. Er hatte angefangen, sich mit anderen Jungen zu prügeln. Der kleinste Anlass reichte dafür.

Gleichzeitig wuchs von nun an der Wunsch in ihm, später selbst zu fliegen. Und so den Traum des Vaters zu verwirklichen.

Nur war er eben bei den Neuen, den Jungen mit ihren Flugzeugen, gelandet und nicht, wie sein Vater, bei den Ballonfliegern. Mittlerweile hatte er genügend Flugstunden hinter sich, um als einer der versiertesten Piloten des Deutschen Reiches zu gelten.

»Und das ist jetzt alles vorbei. Für nicht mal eine Minute Wut«, murmelte er erneut vor sich hin.

Wer sollte jetzt noch kommen, um ihn zu retten?

»Niemand.«

Niemand würde es auf sich nehmen, für ihn einzutreten. Und das war letztlich wohl auch ganz richtig so. Gustav Nante jedenfalls würde alles dafür tun, keinen anderen mit in den Abgrund zu reißen. Auch seinen Kameraden Stielke nicht.

Obwohl ... Jetzt, da er es genauer bedachte ... Hätte Stielke das ganze Verhängnis nicht mit Leichtigkeit verhindern können? Natürlich gab es so etwas wie eine Landebahn, die alle benutzten. Und natürlich hatte man sie angewiesen, mit den teuren Apparaten genau dort zu landen. Aber es wäre durchaus auch möglich gewesen, in einiger Entfernung zu dem Wagen niederzugehen. Landungen auf unpräparierten Wiesen galt es zwar zu vermeiden, aber so was war schon gemacht worden.

Warum hatte Stielke das getan? Wie die meisten von Gustavs Kameraden wusste auch er von der alten Fehde zwischen Major Groß und Nantes Familie. Dieser Gedanke ließ ihn, nun da er einmal da war, nicht mehr los, so sehr Nante sich auch dagegen wehrte.

Schließlich machte seine Grübelei einer plötzlich einsetzenden Müdigkeit Platz. Man brachte ihm zu essen und zu trinken.

Er aß und trank, obwohl er keinen Appetit hatte.

Warum zwei Flaschen Bier? Es wird doch nicht um eine Hinrichtung gehen ...

Das Bier tat ihm gut, machte ihn müde.

Wie spät mag es sein?

Sie hatten ihm seine Uhr und seinen Gürtel abgenommen.

Er war ein Gefangener. Es gab nichts mehr zu retten oder zu tun.

Weil du dich nicht unter Kontrolle hattest. Weil Stielke unbedingt ... Ach, hör auf.

Zehn Minuten nachdem man sein Essgeschirr und die leeren Flaschen abgeholt hatte, legte Gustav sich auf seine Pritsche und schlief sofort ein.

BINGEN / DEUTSCHES KAISERREICH

Die Nachtbar *Schwarzer Kater* erwies sich als längst nicht so billig, wie Lena vom Namen her angenommen hatte. Es waren auch Frauen anwesend, die ihre Männer zu diesem abendlichen Amüsement begleiteten. Wenn man sich die Theke, die Dekoration und das gedämpfte Licht wegdachte, hätte der Raum die hochherrschaftliche Eingangshalle einer Villa sein können.

Es gab eine breite Treppe, die zu einer Galerie im ersten Stock hinaufführte. Dort oben lehnten einige Männer am Geländer und rauchten Zigarren. Ein paar von ihnen waren im Gespräch, hin und wieder zeigte einer nach unten, hin und wieder wurde daraufhin ein Schnurrbart in Form gebracht.

Craemer und Lena nahmen in der Nähe einer Bühne Platz, auf der sich im Moment allerdings noch nichts ereignete. Eine große Trommel stand neben dem Piano, an der Rückwand lehnte ein in Sackleinen gehüllter Kontrabass.

»Hier treten bestimmt sehr extravagante Sängerinnen auf«, mutmaßte Lena.

Craemer murmelte eine Bestätigung, war aber nicht ganz bei ihr. Immer wieder ging sein Blick in Richtung des Eingangs. Zweimal zückte er seine Taschenuhr.

»Brinkert scheint sich zu verspäten.«

»Er wird kommen«, sagte Lena.

»Woraus schließen Sie das?«

»Ich schließe es aus gar nichts, ich weiß es.«

Als die Bedienung kam, begnügte sich Craemer mit einem

Glas Rotwein. Lena bestellte sich ein Glas Champagner, das sie in einem Zug leerte, als handelte es sich um Fruchtsaft.

»Na, damit kommt man nicht weit«, erklärte sie anschließend und bestellte sich ein weiteres Glas.

Auch auf dieses etwas unkonventionelle Verhalten seiner Begleitung reagierte Craemer nicht.

»Woran denken Sie?«, fragte Lena, nachdem sie das zweite Glas zur Hälfte ausgetrunken hatte.

»Ich überlege, ob Sie vorhin jemand gesehen hat.«

»Als ich mich mit dem Schirm verteidigen musste?«

»Man wird Brinkert sicher Meldung gemacht haben. Fünf Tote in einem Krankenhaus, das ist nicht eben alltäglich.«

Lena überlegte einen Moment, ehe sie antwortete. »Nein, das ist ganz gewiss nicht alltäglich. Dass man einen Patienten und mögliche Zeugen in derart auffälliger, ja beinahe verzweifelter Weise ermordet, deutet meiner Meinung nach auf ein Bravourstück gedungener Subjekte hin. So gesehen könnte Brinkert recht haben, und es handelt sich auch bei der Katastrophe am Bahnübergang um eine Auseinandersetzung zwischen Banden. Doch falls es sich tatsächlich um eine Kölner Rivalität handelt, wie er uns erklärte, warum dann in Bingen?«

»Laut Aussage der Zeugen gab es eine Verfolgungsjagd von zwei Limousinen. Es war möglicherweise reiner Zufall, dass es zu dem Zwischenfall mit dem Zug kam.«

Lena bestellte sich ein drittes Glas. »Aber wo begann diese Verfolgungsjagd? In Köln? Dann müssten sie ja länger als zwei Stunden hintereinander hergefahren sein.«

Craemer blickte erneut Richtung Eingang.

»Er verspätet sich ein bisschen über das Gebührliche«, sagte Lena. »Wir sitzen hier jetzt schon seit fast einer halben Stunde.«

»Und Sie sind bei Ihrem dritten Getränk.«

»Sie möchten nicht, dass ich aus dem Ruder laufe?«

»So hätte ich es nicht ausgedrückt, aber ... Verhalten Sie sich doch bitte ein bisschen wie die anderen Damen.«

»Wenn Sie so sprechen, dann muss ich Kritik üben.«

»An mir?«

»An Ihrer Beobachtungsgabe, Herr Major. Wenn Sie gestatten?«

»Was soll ich denn gestatten?«

»Die Frau an dem Tisch dort drüben trinkt schneller als ich. Die beiden Damen auf der Chaiselongue neben der Treppe ebenfalls. Am schlimmsten ist die junge Frau, die dort hinten ganz allein am Tisch sitzt. Bei ihr könnte man von einem regelrechten Ertränken irgendeines Kummers sprechen. Wenn Sie mich also bitten, mir ein Vorbild an den anderen Damen zu nehmen ...«

Lena kam nicht dazu, ihren Satz zu beenden, denn Craemer stand plötzlich auf und hob seine rechte Hand, um Brinkert auf sich aufmerksam zu machen. Der kam, wie schon auf dem Bahnsteig, mit großen Schritten auf sie zu.

»Verzeiht, ich wurde aufgehalten.«

Bevor er Craemer mit einem warmen Händedruck begrüßte, beugte Brinkert sich zu Lena hinab und deutete einen Handkuss an.

»Aufgehalten?«, fragte Craemer, als sie wieder saßen. »Etwas Aktuelles?«

»Nein, reine kriminalistische Routine, du kennst das ja. Ich kann nicht einfach gehen, wenn mir danach ist. Nun, jetzt bin ich jedenfalls hier und freue mich auf den Abend. Fräulein Vogel, wie ich sehe, ist Ihr Glas beinahe leer. Darf ich mir erlauben ...?«

»Ich weiß nicht, was mein Chef dazu sagt.«

»Ach Unsinn, wir sind hier im *Schwarzen Kater*, da gibt's keine Chefs. Ich bestelle Ihnen etwas. Was hatten Sie? Champagner?«

Lena stieß ihr helles Lachen aus und hielt sich dabei drei Finger vor den Mund. »Also wirklich, Herr Brinkert.«

»Hauptsache, Sie fühlen sich wohl in Ihrer Haut.«

»Kommen Sie denn gerade aus Köln?«

»Nein, ich ... Ich hatte auf verschiedenen Gendarmerien zu tun. Wir versuchen herauszufinden, welchen Weg die Verbrecher genommen haben, ehe sie auf dem Bahnübergang diese grandiose Katastrophe angerichtet haben. Unser Ziel ist es, alle Unterstützer und Mitwisser aus dem Verkehr zu ziehen.«

»Und? Weist die Spur noch immer nach Köln?«

»Allerdings.«

»Sie sagten heute Morgen, dass Sie dort bald einige Verhaftungen vornehmen werden«, hakte Lena nach. »Ist es denn da überhaupt nötig, die Wege von zwei Wagen nachzuvollziehen?«

»Unbedingt, Fräulein Vogel. Die Gerichte entscheiden ja nicht nach Gutdünken. Dort braucht man Beweise.«

»Und ich hatte im ersten Moment gedacht, die Verfolgungsjagd sei in Richtung Belgien oder Frankreich gegangen.«

»Wo es hingehen sollte, ist für uns nicht so wichtig.«

»Verstehe. Jedenfalls muss der Chauffeur des verfolgten Wagens ein sehr geübter Fahrer gewesen sein.«

»Warum?«

»Nun, von Köln bis Bingen, das ist eine ganz schöne Strecke, wenn zwei Autos wie die Verrückten hintereinander herrasen. Sind denn diese Subjekte des Ringvereins gute Fahrer?«

»Sie dürfen nicht vergessen, dass es für die Verfolgten vermutlich um Leben und Tod ging«, erwiderte Brinkert mit einem Grinsen.

»Da können einem die Verbrecher im ersten Wagen beinahe leidtun.«

Brinkert begann nun, eine Reihe von Kasernengeschichten aus seiner und Craemers Vergangenheit zu erzählen. Nach und nach wurde auch der Major lockerer, und so erfuhr Lena eine ganze Reihe überaus amüsanter Begebenheiten aus dem Soldatenleben.

Von Lenas Lachen befeuert, hörte Brinkert gar nicht mehr auf zu erzählen. Mit keinem Wort jedoch erwähnte er den Zwischenfall im Marienhospital.

Es war schon halb zwei, als die kleine Runde aufgehoben wurde. Vor dem *Schwarzen Kater* fragte Brinkert, wie es nun weitergehen würde mit Craemers Untersuchung in Bingen.

»Nun, ich denke, es wird gar nicht weitergehen«, erklärte der Major in unverfänglichem Tonfall. »Denn für eine Abrechnung unter kriminellen Banden ist der Preußische Geheimdienst nicht zuständig.«

»So bleibt mir also nichts anderes zu tun, als eine angenehme Heimreise zu wünschen«, sagte Brinkert und verabschiedete sich von Lena mit einem erneuten angedeuteten Handkuss.

»Albert, mein Lieber, mein guter Kamerad. Es war ein Vergnügen, dich mal wiedergesehen zu haben.«

Die Verabschiedung der beiden Männer zog sich noch ein wenig hin, dann ging Brinkert zügig, ohne dass man ihm den reichlichen Alkoholkonsum der vergangenen Stunden ansah.

»Hat er es immer eilig? Lernt man das bei den Soldaten?«

»Es macht einen energischen und entschlossenen Eindruck. Ich denke, das ist der Grund, warum er so geht.«

»Weil er im Grunde seines Wesens nicht energisch ist?«

Darauf gab Albert Craemer keine Antwort.

Auf dem Weg zurück zum Hotel schwiegen die beiden. Es sah aus, als würden sie sich kaum kennen. Erst kurz bevor sie ihr Hotel betraten, äußerte Lena einen Wunsch: »Ich würde gerne noch ein paar Tage bleiben.«

»Das hatte ich angenommen«, erwiderte Craemer. »Was ist Ihr Plan?«

»Nun, ich werde mich danach erkundigen, ob der Tote vom Bahndamm obduziert wurde. Ich möchte weiterhin wissen, was mit seiner Kleidung geschehen ist.«

»Sie haben ja die nötigen Papiere, die Ihnen Zugang zu allen Behörden gestatten.«

»Ich hoffe, sie wiegen die Tatsache auf, dass ich eine Frau bin.«

»Sie werden einen Weg finden, da bin ich mir sicher. Aber was immer Sie unternehmen, passen Sie auf sich auf.«

»Ich werde Sie selbstverständlich morgen früh zum Bahnhof bringen. Dann können wir noch letzte Fragen besprechen.«

»Einverstanden. Schlafen Sie gut, Fräulein Vogel. Und nehmen Sie es sich nicht so zu Herzen.«

»Dass ich Brinkert nicht wiedersehen werde?«

»Dass Sie heute einen Mann aufgespießt haben. Wo ist eigentlich Ihr Schirm?«

»In meinem Zimmer. Es regnet ja nicht mehr.«

◆ ◆ ◆

Am nächsten Morgen begleitete Lena Albert Craemer zum Bingener Bahnhof. Er machte ihr unterwegs ein paar Vorschläge, wie sie seiner Meinung nach vorgehen sollte. Die Agentin versicherte ihm, dass sie seinen Rat selbstverständlich beherzigen werde.

Und natürlich werde sie ihn unverzüglich informieren, sobald sie etwas Wichtiges ermittelt habe. Das verstehe sich doch von selbst. Statt einer Antwort zog Craemer nur eine Augenbraue hoch.

Nachdem der Zug abgefahren war, stand Lena noch einen Moment lang allein auf dem Bahnsteig. Heute würde sie zum ersten Mal außerhalb Berlins für den militärischen Nachrichtendienst der preußischen Armee selbstständig Nachforschungen anstellen. Darauf war sie berechtigterweise stolz.

Und doch! Wie so oft schossen ihr bald Gedanken in den Kopf, die den Stolz etwas dämpften. Denn ihr Vorgesetzter war, wie sie wusste, keine reine Seele. Lena fragte sich, ob der Major sie wirklich ganz uneigennützig hier in Bingen zurückgelassen hatte. Im Büro hatte sie Zugang zu allen Akten und bekam auch sonst viel mit von dem, was unter der Hand lief. Hatte Craemer sie vielleicht mit einer eher unwichtigen Recherche beauftragt, weil sie ihm in Berlin momentan im Weg stand?

Aber wobei?

Falls es so war, dann konnte es sich nur um den Flugzeugkauf der Albatros-Werke handeln. Eigentlich fiel das aber in Lassbergs Ressort Inlandspionage Deutsches Reich.

1897, JARSZÓW / GALIZIEN

Eugen Pantschuk hatte sich auf dem Gelände seiner Zuckerfabrik eine große dreistöckige Fabrikantenvilla errichten
lassen, in der er mit seiner Frau Martha und den beiden
Zwillingstöchtern Henni und Louise wohnte. Das Gebäude
verfügte über fünfzehn Zimmer und zwei Bäder, einen englischen Kamin und farbige Mosaikfenster. Die Gesellschafts-
räume waren mit Stuck verziert, und von der prachtvollen
Eingangshalle führte eine herrschaftliche Marmortreppe mit
schmiedeeisernem Geländer in die oberen Stockwerke. Der
Wintergarten war durch eine Schiebetüre vom Esszimmer
getrennt, und eine Hochterrasse darüber gab den Blick auf
das Betriebsgelände frei. In einem Anbau wohnten die Be-
diensteten, die Köchin, zwei Stubenmädchen und der Chauffeur.

Seit einem halben Jahr begleitete Rahel ihre Mutter zwei-
bis dreimal wöchentlich zur Zuckerfabrik. Hin und zurück
waren sie jeweils eine gute Stunde zu Fuß unterwegs. Man
hatte für Golda in der Villa eine Nähstube eingerichtet, in der
sie für die weiblichen Mitglieder des Hauses Neuanfertigun-
gen und kleine Änderungen machte. Für Eugen Pantschuk
brauchte sie nicht zu nähen. Er fuhr zweimal im Jahr nach
Lemberg zu seinem Maßschneider.

Rahel hatte Direktor Pantschuk in all den Monaten nur ein
paarmal beim Betreten des Fabrikgeländes erblickt. Die
Zwillinge Henni und Louise waren zwei Jahre älter als Rahel,
doch auch sie sah sie kaum, denn sie wurden von morgens

bis in den späten Nachmittag von einer Erzieherin unterrichtet. Martha Pantschuk hingegen nickte Rahel immer freundlich zu, wenn sie ihr in der Villa begegnete.

»Das sind sehr reiche Leute?«, hatte Rahel die Mutter gefragt.

»Das sind sie, aber es sind gute Gójim.«

»Die Töchter auch?«

»Natürlich. Aber wage es bloß nicht, die beiden anzusprechen. Es sind schließlich die Kinder der Herrschaften.«

»Nein, tue ich nicht.«

Dafür wurde Rahel einige Zeit später ihrerseits in der Villa angesprochen. Nicht von Henni und Louise, sondern vom Direktor der Zuckerfabrik persönlich. Sie hatte einen Krug Bügelwasser aus der Küche geholt, als sie bemerkte, dass am Ende des Ganges eine Tür offen stand, die bislang immer geschlossen gewesen war. Rahel konnte nicht widerstehen und warf einen Blick hinein.

Der Anblick war überwältigend. So etwas hatte sie noch nie gesehen. Ein großer holzvertäfelter Raum, etwa vier Meter hoch, und bis zur Decke mit Büchern gefüllt. Rahel hatte es nicht für möglich gehalten, dass es überhaupt so viele Bücher auf der Welt gab.

»Gefällt dir meine Bibliothek, Mädchen?«

Rahel drehte sich um. Hinter ihr stand Direktor Pantschuk, ein beleibter Mann mit Stirnglatze, freundlichen Augen und einem mächtigen Backenbart.

»Gehören die Bücher alle Ihnen?«

Pantschuk nickte.

»Und Sie haben sie alle gelesen?«

Der Direktor lachte.

»Nicht alle, aber eine Menge davon. Und du? Wie viele Bücher hast du denn schon gelesen?«

»Ich kann nicht lesen.«

»Wie bitte? Du bist doch bestimmt schon sieben Jahre alt.«

»Ich werde in vier Monaten acht.«

Eugen Pantschuk schüttelte den Kopf und betrachtete das kleine dürre Mädchen eingehender.

»Du bist die Tochter von Golda Tajtelbaum, richtig?«

Rahel nickte.

»Gut. Dann sag deiner Mutter, dass sie sich bei mir melden soll, bevor ihr heute nach Hause geht.«

Auf dem Heimweg war Golda stumm, hielt Rahels Hand mit festem Griff. Aber das Mädchen spürte, dass etwas nicht stimmte, denn Goldas Hand schwitzte, war ungewöhnlich feucht.

»Mama ...?«

Sie bekam keine Antwort. Erst als ihr Schtetl in der Ferne zu sehen war, ließ die Mutter ihre Tochter los.

»Was hast du getan?«, fragte Golda. »Direktor Pantschuk möchte, dass du in seinem Haus Unterricht erhältst. Zusammen mit seinen Töchtern.«

»Ich kenne die doch gar nicht ...«

»Darum geht es nicht. Sag mir genau, was Direktor Pantschuk zu dir gesagt hat. Und du zu ihm.«

»Er ... Er hat so viele Bücher ... Und ich, ich habe kein einziges. Er hat ganz, ganz viele gelesen. Und ich ... Ich kann nicht lesen. Das habe ich ihm gesagt.«

»Das war wirklich alles?«

»Ja.«

»Schwöre es«, verlangte Golda.

Rahel sah ihre Mutter mit großen Augen an.

»Na los ... Schwöre es!«

»Ich schwöre.«

»Gut. Dann darfst du ab übermorgen gemeinsam mit Henni und Louise am Unterricht teilnehmen. Aber gib dir Mühe und mach deiner Mutter keine Schande.«

Rahel nickte, völlig verwirrt. Unterricht? Mit Direktor Pantschuks Töchtern? Womit hatte sie das verdient?

1910, BINGEN / DEUTSCHES KAISERREICH

In Lenas Kopf schwirrte es. Und es war nicht irgendein Schwirren, sondern das von Flugapparaten. An den Tagen vor ihrer Abreise war es zweimal um Lassberg gegangen. Jedes Mal in Zusammenhang mit den Albatros-Flugzeugwerken. Sie war nicht eingeweiht, hatte das nur am Rande mitbekommen. Aber ihr war Craemers plötzliches Interesse an Flugzeugen merkwürdig vorgekommen. Sie hatte ihn natürlich darauf angesprochen. Der Major war ihr ausgewichen, hatte das Gespräch schnell auf ein anderes Thema gelenkt.

Möglicherweise misstraute Craemer dem Flugzeugfabrikanten und Oberst Lassberg aber einfach nur. Versuchte, dessen Betriebsamkeit in Sachen Flugwesen genauer zu durchleuchten, um den wahren Grund dafür zu erfahren.

Oder es ging um Machtspiele? Um berufliche Rivalität, wie so oft bei den männlichen Platzhirschen? Denn wenn Craemer seine Interessen durchsetzen wollte, konnte er bis zum Äußersten gehen, scheute auch vor menschlichen Ausfällen nicht zurück. Lena hatte selbst miterlebt, wie rücksichtslos Craemer mit Spitzeln umging, die auf einmal nicht mehr nach seiner Pfeife tanzen wollten. Ehe sie sich's versahen, fanden sie sich in einer Zelle am Alexanderplatz wieder, konfrontiert mit einem ganzen Sack voller Gesetzesbrüche.

Andererseits wusste Lena, dass sie für die Agententätigkeit so prädestiniert war wie kaum jemand sonst. Und wenn der Major das genauso sah – und davon war sie aufgrund der Bemerkungen, die er hin und wieder gemacht hatte, inzwischen überzeugt –, war jetzt der Zeitpunkt gekommen, um sich unter »Kriegsbedingungen« zu bewähren.

Sie hatte zwar noch nicht besonders viele Einsätze vorzuweisen, die Agententätigkeit aber immer als eine Aufgabe voller Überraschungen und Unwägbarkeiten erlebt. Ständig tat sich ein neuer Abgrund auf, ständig war Lena mit den übelsten Auswüchsen der menschlichen Niedertracht konfrontiert. Einfach herrlich, welche Studien sie über den menschlichen Verstand anstellen konnte. Manchmal kam sie sich fast vor wie dieser Wiener Seelenarzt, über den man neuerdings so viel lesen konnte.

Egal! Sie war nicht hier, um mit sich selbst zu debattieren, sondern um Nachforschungen zu einem Bahnunglück mit vielen Toten anzustellen. Und Lena hatte sich inzwischen auch schon einen Plan zurechtgelegt, wusste wohin ihr erster Weg sie führen würde. Dass sie dabei vermutlich auf Widerstand stoßen würde, störte sie nicht. Ganz im Gegenteil.

LICHTERFELDE / DEUTSCHES KAISERREICH

Gustav Nante saß seit einer Stunde hellwach in seiner Zelle und versuchte, die Abläufe zu rekapitulieren. Irgendwann hatte man ihm etwas zu essen und trinken gebracht. Kein Wort war gefallen.

Kurz nach dem Essen war er eingeschlafen und mit einer steifen Schulter wieder aufgewacht.

Da die Zelle kein Fenster hatte, war es ihm unmöglich abzuschätzen, wie viel Zeit inzwischen vergangen war.

Jetzt begann er sich doch zu fürchten. Wie würde man ihn bestrafen? Er wusste es nicht, neigte aber mehr und mehr dazu, es sich in den dunkelsten Farben auszumalen. Die Stille und der Umstand, dass man ihm bis jetzt noch gar nichts vorgeworfen hatte, waren das Allerschlimmste. Denn Gustav meinte sicher zu wissen, dass bereits irgendwo Beratungen zu seiner Sache stattfanden, dass sein Name genannt wurde, als sei er ein Aussätziger oder gar ein Krimineller.

Er malte sich verschiedene Szenarien aus. Vor allem fragte er sich, wer ihn wohl abholen würde. Sein Chef Enno Huth selbst? Möglich war das, denn der brauchte jeden seiner Piloten. Allein der Gedanke war beschämend.

Eins war ihm nun endgültig klar. Je länger die Stille anhielt, desto schlechter stand es für ihn. So gesehen war es kein Wunder, dass er von seiner Pritsche aufsprang, als er Geräusche auf dem Gang hörte. Die Zeit bis zum Aufschließen der Zelle nutzte er, um seine Kleidung eiligst in Ordnung zu bringen. Dann nahm er Haltung an.

Als die Tür schließlich aufging, erschrak Gustav so heftig, dass er nicht mehr in der Lage war, zu schlucken. Gleichzeitig spürte er, wie sein Herz große Mengen Blut in seinen Kopf pumpte. Am schlimmsten war das plötzliche Bedürfnis zu pinkeln. Alles war ganz anders, viel schlimmer und beschämender, als er es sich in seiner schlimmsten Vorstellung ausgemalt hatte.

Manche Bilder prägen sich so tief in unser Gedächtnis, dass wir sie nie wieder vergessen. Dies war so ein Moment. Gustav Nante nahm das Gesicht des Mannes, der vor ihm stand, in einer Weise wahr, als hätte ihm jemand den Auftrag erteilt, es später aus der Erinnerung zu zeichnen. Da war das Kinn, das sich sehr gerade nach unten erstreckte. Da waren die schmalen, leicht aufgerauten Lippen. Die Haut eines Mannes, der am Morgen offenbar einige Zeit darauf verwendet hatte, sich mit Sorgfalt zu rasieren.

Vor allem aber waren da die Augen. Blaugrau. An deren Rändern war die Haut von feinen, aber scharf geschnittenen Falten durchzogen. Die Haare. An den Schläfen bereits ergraut. Gustav Nantes Wahrnehmung war so auf dieses Gesicht konzentriert, sein Blick so fokussiert, dass er die beiden anderen Männer nur als Schemen wahrnahm. Auch sein Gegenüber nahm sich Zeit. Ein harter und doch vollkommen ausdrucksloser Blick sezierte ihn.

»Mitkommen«, sagte der Mann schließlich, drehte sich um und verließ die Zelle.

»Was passiert jetzt? Was wurde beschlossen?«, setzte Gustav an.

»Schweig«, sagte der Mann.

Gustav Nante ergab sich in seinem Schicksal. Alles schien sich gegen ihn verschworen zu haben. Er hatte so viele Szenarien durchgespielt. Niemals jedoch wäre er auf den Gedanken gekommen, dass ausgerechnet Oberst Gottfried Lassberg ihn abholen würde.

An die Stufen, die er hinaufgestiegen war, erinnerte sich Gustav später mit einer Präzision, als hätten sie ihn zum Schafott geführt. Er hatte sie nicht gezählt, aber jede einzelne gespürt. Dann verschwamm alles. An die anschließende Fahrt hatte er schon bald keine Erinnerung mehr. Ein anderer Gedanke beherrschte seinen Verstand.

Er ist selbst gekommen.

Vielleicht hatte es deshalb so lange gedauert, bis man über sein Schicksal entschieden hatte. Oberst Gottfried Lassberg war nicht nur ein hoher Beamter, Geheimdienstleiter und der Führungsoffizier von Gustav. Nein, er war viel mehr.

Das alles überforderte Gustavs Verstand. Und so nahm er die Fahrt durch Berlin kaum wahr. Den Moment, in dem sie ausstiegen. Die Treppenstufen vor dem Haus, die im Inneren. Nicht mal das Öffnen der Tür registrierte er.

Die beiden Männer, die sie eskortiert hatten, salutierten schneidig vor Lassberg und gingen.

Als Nächstes betraten sie einen langen Flur. Erst als sie in die gute Stube kamen, erst als Gustav seine Mutter erblickte, setzte sein Verstand wieder ein.

»Junge, was hast du getan?«, fragte sie schnell.

Ihm fiel nichts ein, was er darauf hätte erwidern können.

Gustav Nante war unfähig, sich zu rühren. Dafür betrachtete er nun auch seine Mutter mit einer Eindringlichkeit, als hätte er sie noch nie zuvor gesehen. Sie wirkte vollkommen aufgelöst. Und der Zustand verschlimmerte sich von Sekunde zu Sekunde. Schließlich war es so schlimm, dass sie zu schwanken begann. Oberst Lassberg legte seinen Arm um sie. Sie sah ihren Mann an und stellte die einfachste und naheliegendste aller Fragen.

»Steht es schlimm?«

»Sehr«, sagte Lassberg.

»Wie sehr?«, fragte sie sofort.

»So sehr, dass ich alles, was ich bin und bedeute, in die Waagschale werfen musste. Aber halten wir uns damit nicht auf.«

Eine Entschuldigung oder Erklärung abzugeben wäre das Falscheste gewesen, was Gustav nun hätte tun können. Mochte seine Mutter auch noch so dringlich auf Auskunft warten. Im Moment galt es nur, Lassberg nicht zu reizen.

Oberst Gottfried Lassberg war nicht Gustavs Vater, er war sein Stiefvater. Das Verhältnis zwischen ihnen war im Grunde militärischer Natur. Und der Junge brauchte eine strenge Hand, daran bestand für Lassberg kein Zweifel.

Die Beziehung zwischen ihm und seinem Stiefvater war von den Erwartungen des Älteren geprägt. Und von seiner Fürsorge. Denn Lassberg hatte durchaus einiges für Gustav getan. Vor allem hatte er dessen Militärkarriere nach Kräften unterstützt.

Nach Beratung mit seinem Stiefvater hatte Gustav Nante seinerzeit eine militärische Laufbahn eingeschlagen und die Kadettenanstalt in Lichterfelde besucht. Nach drei Jahren, mittlerweile im Rang eines Leutnants, hatte er um Versetzung zum Luftschifferbataillon Nr. 2 unter dem Kommando des Majors Hans Groß gebeten. Groß hatte abgelehnt, was wegen dessen tiefer Abneigung gegen Gustavs leiblichen Vater auch zu erwarten gewesen war.

Sein Stiefvater schlug Gustav vor, stattdessen in Berlin-Johannisthal bei den Albatros-Flugzeugwerken anzufangen. Der ehemalige Offizier Enno Huth hatte sie 1909 gegründet, um als Flugzeugproduzent mit der deutschen Militärverwaltung ins Geschäft zu kommen. Da Huth allerdings Verbindungen nach Frankreich unterhielt, wollte der Geheimdienst ihn im Auge behalten. Dort einen Vertrauensmann zu haben, war vermutlich ein Grund für Lassbergs Entscheidung gewesen, seinen Stiefsohn zunächst beim Geheimdienst einzugliedern.

Um doch noch eine Ausbildung zum Flieger zu absolvieren, biss Gustav in den sauren Apfel und trat in die Abteilung III b, den militärischen Nachrichtendienst, ein.

Parallel dazu fing er bei den Albatros-Flugzeugwerken an.

In den ersten Monaten hatte er nicht nur das Fliegen gelernt. Auch am Boden war viel zu tun. Scherzhaft bezeichnete Gustav sich gerne als »halben Mechaniker«, denn oft musste improvisiert werden. Die Maschinen, die sie flogen, waren alles andere als ausgereift.

Aber er durfte fliegen. Das war die Hauptsache.

Man hatte ihn und seine Kameraden Berthold Stielke und Simon Brunnhuber sogar nach Frankreich geschickt, um sich dort an den besten aller verfügbaren Maschinen zu erproben. Fliegen hatte er gewollt, und fliegen durfte er. Es war ein Abenteuer gewesen. Unter den Piloten der ersten Stunde herrschte eine beinahe ritterliche Verbundenheit. Kameradschaft war ein Wort, das häufig fiel.

Das alles hatte er nun mit seinem Angriff auf Major Groß verdorben. Viel schwerer jedoch wog, dass er seine Kameraden, seinen Stiefvater und natürlich auch seine Mutter zutiefst enttäuscht hatte.

Lassberg bat Gustavs Mutter, für einen Moment das Zimmer zu verlassen.

Gustav, der noch immer in strammer militärischer Haltung vor seinem Stiefvater stand, erlaubte sich kein Wort, keine Frage.

»Nun, mein lieber Gustav, das Erste, was passieren wird ...«

Lassberg ließ den Satz unvollendet, ging zu einer schwarz gebeizten Anrichte und öffnete eine mit geschliffenem Glas verzierte Klappe. Er nahm eine Flasche heraus und füllte zwei Gläser mit Cognac. Eins davon reichte er Gustav.

»Santé, mein Junge.«

Gustav versuchte zu schlucken, was ihm jedoch nicht gelang.

Lassberg schenkte ihm nach. Er tat das in aller Gemächlichkeit. Und das war dann doch zu viel für Gustav.

»Was wird jetzt aus mir? Wie sieht das dicke Ende für mich aus?«

»Nun, mein Junge, du wolltest immer fliegen. Das sei dein sehnlichster Wunsch, hast du stets gesagt.«

Lassberg machte eine Pause und sprach dann, wie Gustav fand, mit gefährlich sanfter Stimme weiter.

»Schon dein Vater hatte diesen Traum. Und es war ein großer Traum. Niemand weiß das besser als ich. Niemand hätte sich mehr gewünscht, dass sein Traum vom Fliegen in weniger klobigen Geräten in Erfüllung gegangen wäre, als ich.« Lassberg überlegte und schmunzelte dabei. »Ich vermute, Heinrich wäre nicht mehr lange bei den Zeppelinfahrern geblieben, wenn er seinen Absturz überlebt hätte. Nein, er wäre auch zu den Motorfliegern gegangen. Ich denke, ich habe dir oft genug erzählt, dass dein Vater mein bester Freund war.«

Gustav brachte nicht mehr als ein Nicken zustande.

»Und dass wir beide diesen großartigsten aller deutschen Schriftsteller verehrt haben.«

»Du hast mir und Mutter auf unseren Ausflügen oft aus seinen Büchern vorgelesen.«

Lassberg straffte sich, seine Stimme klang jetzt wieder amtlich.

»Nun gut, Vorlesen ist eine Sache, militärische Operationen sind eine andere. Ich bin, was die Arbeit angeht, nicht immer selbstlos. Es gab viele Gründe, warum ich dafür gesorgt habe, dass du zu den Albatros-Werken kommst. Dass du fliegst.«

»Und damit ist es nun vorbei«, stotterte Gustav und nahm nun doch einen großen Schluck. »Ich weiß, was ich getan habe. Etwas, das sich nicht nur auf mich auswirkt, sondern auch auf die Kameraden, auf dich, auf Mutter. Wie lange wird man mich in Haft schicken?«

Lassbergs Gesicht verzog sich zu einem wohlwollenden Lächeln. »Gar nicht, mein Junge, gar nicht. Das Gegenteil dürfte der Fall sein.«

»Bitte?«

»Am Boden nützt du niemandem. Nein, du wirst fliegen. Zusammen mit Berthold Stielke und deinem Flugkameraden Simon Brunnhuber wirst du an die französische Grenze fahren und helfen, drei Flugzeuge von Frankreich nach Deutschland zu überführen. Siebzig Kilometer Flugstrecke. Nonstop, wie der Engländer sagt.«

»Ich verstehe nicht ...«

»Nun, dein Chef Enno Huth von den Albatros-Werken will, wie du weißt, den Grundstein für eine zukünftige deutsche Luftfahrtindustrie legen. Um die überlegenen Konstruktionen der französischen Flugapparate zu studieren, hat er drei Maschinen von den Franzosen gekauft. Er möchte sie modifizieren. Oder auf Grundlage ihrer Konstruktion noch bessere für unseren Kaiser erschaffen. Ich gehöre, wie du weißt, zu der Minderheit, die glaubt, dass Flugzeuge in einem möglicherweise kommenden Krieg eine bedeutende Rolle spielen werden. Major Groß hingegen setzt auf seine behäbigen Luftschiffe. Doch das wird er nicht mehr lange tun. Der

Vorfall heute, die absichtliche Gefährdung von zwei unserer besten Flieger, wird ihm sehr schaden. Wie würdet ihr Flieger euch ausdrücken?«

»Vom Hoch ins Tief geht's schief.«

»Richtig!«

»Trotzdem hätte ich nicht die Beherrschung verlieren dürfen.«

»Das wäre tatsächlich besser gewesen, spielt aber im Moment eine untergeordnete Rolle. Nun geht es erst einmal darum, Enno Huth und seine Albatros-Werke aufs Schärfste im Auge zu behalten.«

»Wieso das?«

»Nun, wenn unser Flugpionier anfängt, mit den Franzosen Geschäfte zu machen, darf der Deutsche Abwehrdienst das nicht unbeaufsichtigt laufen lassen. Denn hier werden früher oder später mit Sicherheit militärische Interessen auf das Massivste berührt. Dir ist ja sicher bekannt, dass sich im Westen Frankreich mit England zusammengetan hat. Dass sie mit dem Gedanken spielen, einen Krieg gegen uns zu beginnen. Wenn dann noch ihre Verbündeten, die Russen, von Osten kommen … Du kennst meinen Vergleich für diese Gefahrenlage.«

»Der Nussknacker.«

»Richtig. Und den wollen wir nicht, den gilt es zu verhindern. Mit allen Mitteln.«

Lassberg hörte auf zu sprechen, schenkte sich und Gustav noch einmal nach. Nachdem sie ihre Gläser geleert hatten, spürte Gustav, wie der Alkohol zu wirken begann. Die Last der letzten Stunden fiel von seinen Schultern, er wurde beinahe übermütig.

»Ich weiß gar nicht, was ich sagen soll.«

»Wenn das so ist«, sagte Lassberg, »dann schlage ich vor,

dass du tatsächlich nichts sagst. Jetzt nicht und auch später nicht zu deinen Kameraden. Du bist von nun an nicht nur mein Sohn, du bist mein Mann. Du verstehst?«

»Ich verstehe vollkommen.«

»Wir müssen vorsichtig sein. In der Nähe von Bingen ist es zu einem schweren Zwischenfall gekommen, der mich sehr beunruhigt.«

»Was für ein Zwischenfall?«

»Ein Zugunglück als Folge einer Verfolgungsjagd mit anschließender Schießerei. Wir wissen es noch nicht genau, aber möglicherweise entfaltet dort der französische Geheimdienst eine Initiative, die wir in ihrer Umfänglichkeit noch nicht einschätzen können. Was mich allerdings am meisten an der Sache wundert: Mein Kollege Albert Craemer interessiert sich dafür. Und zwar mehr, als das bei einem solchen Unfall zu erwarten wäre. Aber egal, du fährst jetzt erst mal zusammen mit Berthold Stielke und deinem Flugkameraden Simon Brunnhuber an die französische Grenze und hilfst, die drei Flugzeuge zu überführen. Vielleicht ist diese Sache für uns und unseren Erbfeind am Ende ohne großen Belang. Sollte es jedoch zu Verwicklungen kommen, würde es sicher schwierig werden, in den Besitz von drei der besten französischen Flugzeugkonstruktionen zu kommen.«

»Du sprichst von Krieg?«

»Wir brauchen die Maschinen dringend, Gustav. Du begibst dich daher unverzüglich nach Johannisthal. Ihr werdet noch heute ins Reichsland Elsaß-Lothringen abreisen. Dort findet morgen Mittag an der französischen Grenze nahe Vionville die Übergabe der Flugmaschinen statt.«

»Wo liegt Vionville?«

»Etwa zwanzig Kilometer westlich von Metz. Du weißt um die Bedeutung der Stadt?«

»Die stärkste Festungsstadt des Deutschen Reiches.«

»Richtig. Aber Metz war nicht immer deutsch.«

»Erst seit 1871.«

»Nun, es war vorher schon mal deutsche Reichsstadt. Ein Hin und Her. Aber offenbar hast du, was die neuere Geschichte angeht, im Unterricht aufgepasst. Du behältst bei dieser Flugzeugübergabe alles im Auge und berichtest mir. Nur mir! Hast du das verstanden?«

»Alles verstanden. Und … Danke.«

»Gut. Und nun geh zu deiner Mutter und beruhige sie. Denn sie ist es, der unsere ganze Liebe und Fürsorge zu gelten hat. Ich schätze, das hattest du vergessen, als du über Major Groß hergefallen bist. Und dafür, Gustav, dafür mehr als für alles andere, hättest du es wirklich verdient, bestraft zu werden.«

1900, JARSZÓW / GALIZIEN

Es stellte sich als ein Glücksfall heraus, dass Rahel Tajtelbaum gemeinsam mit Direktor Pantschuks Töchtern lernen durfte. Henni und Louise waren nett, die Wiener Erzieherin Amalie Swoboda hingegen schrecklich streng. Und Rahel hatte sehr viel aufzuholen, was diese sie immerzu spüren ließ.

War sie im ersten Jahr den Zwillingen gegenüber noch im Rückstand, so machte sie im zweiten Jahr gewaltige Fortschritte und konnte am Ende des dritten Schuljahres schon genauso gut lesen und rechnen wie Pantschuks Töchter, die immerhin bereits zwei Jahre länger Unterricht gehabt hatten.

»Ich muss sagen, du hast dich deutlich verbessert«, gab schließlich auch Frau Swoboda zu. Es musste die Wienerin große Überwindung kosten, denn aus vielen ihrer Bemerkungen war Rahel längst klar geworden, dass die Erzieherin eine starke Abneigung gegen jüdische Menschen hatte. Doch die Zehnjährige verkniff sich jede Replik, dachte nur an die Chance, Dinge zu lernen, die ihr sonst verschlossen geblieben wären.

Als jüdischem Mädchen war ihr nicht nur ein tiefergehendes Tora- und Talmudstudium verwehrt, jegliche gründliche Bildung galt allgemein als verzichtbar. Es war Rahels vorbestimmtes Ziel, irgendwann einen frommen Juden zu heiraten, ihm viele Kinder zu gebären und so das Glück ins Haus zu bringen. Doch bis dahin wollte sie noch so viel wie irgend möglich lernen.

»Wir werden im Herbst ein neues Fach durchnehmen. Ich werde euch dann Französisch beibringen. Wisst ihr auch, warum das die wichtigste Fremdsprache ist?«

Die drei Mädchen schüttelten ihre Köpfe.

»Weil es die Sprache ist, die in der eleganten Welt gesprochen wird. Ob in England, Spanien, Italien, im Deutschen oder im Russischen Reich, überall sprechen die vornehmen Leute Französisch. Deshalb ist es die einzige Sprache, die euch Mädchen im Leben von Nutzen sein wird. Jungen lernen auch Latein und Griechisch, aber das braucht ihr nicht, darauf könnt ihr verzichten.«

»Und wenn ich Ärztin werden möchte?«, fragte Rahel. »Muss ich da nicht Latein …«

»Was für ein Unsinn«, unterbrach Amalie Swoboda sie. »Du wirst niemals Ärztin. Frauen dürfen nicht studieren, also ist Latein für uns völlig sinnlos.«

Rahel nickte, als würde sie das voll und ganz begrüßen. Doch ihre Gedanken waren längst weitergewandert, und sie stellte sich vor, wie es wohl sein würde, eine Fremdsprache zu lernen. Vermutlich wäre sie eine der ganz wenigen in ihrem Schtetl, die Französisch sprachen. Aber zu den vornehmen Leuten würde sie trotzdem nicht gehören.

»Und wenn ihr im Französischunterricht Fortschritte machen solltet, dann können wir nächsten Herbst vielleicht noch Englisch als zweite Fremdsprache dazunehmen.«

Während Henni und Louise einen leicht gepeinigten Blick austauschten, strahlte Rahel voller Vorfreude.

Im vergangenen Jahr hatte Direktor Pantschuk Rahel erlaubt, sich aus seiner Bibliothek Bücher auszuleihen und mit nach Hause zu nehmen. Die meisten der Bände waren entsetzlich langweilig. Erbauliche religiöse Lektüre, wissenschaftliche

Nachschlagwerke, jahreszeitliche Almanache. Kein einziger Roman war zu finden, keine Gedichte, nur einige Reiseberichte aus Afrika und Amerika hatten Rahels Interesse geweckt.

Nach Unterrichtschluss betrat sie die Bibliothek und stellte den ersten Band *Missionsreisen und Forschungen in Südafrika* von David Livingstone an seinen Platz im Regal zurück. Sie nahm den zweiten Band heraus und verstaute ihn in ihrer Tasche. Dann ging Rahel in die Nähstube, um zu warten, bis ihre Mutter das Tagwerk erledigt hatte und sie beide heimgehen konnten.

1910, BINGEN / DEUTSCHES KAISERREICH

Im Warteraum der Bingener Polizeistation hängte Gendarm Pankraz Schütte gerade ein Plakat auf, das zu Spenden für den Bau eines Bismarck-National-Denkmals hoch über Bingerbrück aufrief. Sein Freund Julius Trapp, stellvertretender Hauptlehrer an der Bingener Volksschule, betrachtete ihn dabei kritisch. Denn erstens liebäugelte Trapp heimlich mit den Sozialisten, seit er vor einem halben Jahr August Bebel bei einer Kundgebung in Wiesbaden gehört hatte. Und zweitens, was erheblich problematischer war, hatte er Schüttes Schwester Johanna geschwängert und wartete immer noch auf den richtigen Zeitpunkt, es seinem Freund behutsam mitzuteilen. Der passende Moment wollte aber einfach nicht kommen. Doch heute musste es sein. Johanna wurde unruhig und drängelte bereits.

»Es war längst überfällig, dass das Großherzogtum Hessen endlich dem Schmied der Einheit huldigt«, erklärte Gendarm Schütte befriedigt.

»Unbedingt«, pflichtete Trapp ihm matt bei.

»Was dieser Mann für Deutschland getan hat, das lässt sich mit Gold gar nicht aufzuwiegen.«

»Die haben ja immerhin einen Hering nach ihm benannt.«

Der Gendarm sah seinen Freund argwöhnisch an. »Soll das etwa eine Aufforderung zur Insubordination sein, Julius? Das mag ich nicht. Das mag ich ganz und gar nicht.«

»He, das war doch nur so eine Bemerkung.«

»Alles, was der Demoralisierung des deutschen Wesens

dient, lehne ich strikt ab. Ach was, da schwillt mir der Kamm, da sehe ich rot. Selbst wenn du mein ältester Freund bist ...«

»Was bist du heute denn so empfindlich?«

»Am Ende stellst du dich noch als Freund dieser Aufrührer heraus, dieses Sozialistenpacks.«

Trapp dachte an Johanna und schüttelte betrübt den Kopf. Das würde heute wohl wieder nichts werden.

»Ich lass mich nämlich von niemand zur Insubordination zwingen und schon gar nicht unter Druck setzen.«

»Das macht doch auch keiner.«

»Hast du eine Ahnung ... Neulich waren hier zwei Personen, die wollten mich auch unter Druck setzen. Mit ganz hinterhältigen Tricks. Aber denen habe ich es gezeigt. Auch wenn jemand aus der Hauptstadt kommt – ein Pankraz Schütte knickt vor niemandem ein!«

»Schönen guten Morgen, die Herren.«

Gendarm Schütte fuhr herum und starrte entgeistert Lena Vogel an, die unbemerkt das Polizeirevier betreten hatte. Dann kniff er mehrmals hintereinander die Augen zu, als hoffte er, dass die Agentin sich wie eine Fata Morgana in Luft auflösen würde. Dem war aber nicht so.

»Was wollen Sie denn noch? Ich habe Ihnen bereits alles gesagt.«

»Mir ist noch etwas eingefallen.«

»Ach ja?«, stöhnte der Gendarm leise. Dann schaute er voller Fatalismus Julius Trapp an.

»Sei doch so nett, und geh kurz bei Johanna vorbei. Ich werde zum Mittagessen etwas später kommen.«

»Ich richte es aus.«

Pankraz Schütte wartete, bis sein Freund das Revier verlassen hatte, dann wandte er sich wieder an Lena.

»Ich habe Ihnen schon alles gesagt.«

»Stimmt, Sie waren sehr kooperativ. Trotzdem ...«

»Trotzdem was?«

»Als gewissenhafter Polizeibeamter haben Sie sicher die persönlichen Gegenstände und Kleidungsstücke der beiden Toten aus dem Auto sichergestellt, das am Bahnübergang mit der Lok kollidierte.«

Schütte nickte.

»Könnte ich mir die Sachen einmal ansehen?«

»Eigentlich dürfen nur vereidigte Personen die Asservatenkammer betreten. Immerhin handelt es sich bei den asservierten Objekten um äußerst wichtige Beweismittel.«

»Ich schätze, bei mir werden Sie eine Ausnahme machen.«

Pankraz Schütte war deutlich anzusehen, dass er in der Angelegenheit anderer Ansicht war.

Lena klopfte ihm mit dem Schirmknauf sanft gegen die Brust. »Seien Sie kein verknöcherter Staatsdiener. Es geht hier um die Wahrheitsfindung. Ich kann natürlich auch Major Craemer hinzuziehen.«

»Nein, nein. Das wird nicht nötig sein. Ich führe Sie hin.«

Mit Leichenbittermiene holte der Gendarm einen Schlüsselbund aus seiner Schreibtischschublade und ging mit Lena in das Kellergeschoss.

Die Asservatenkammer war in einer ehemaligen Gefangenenzelle untergebracht.

Vor zweihundert Jahren wird hier so manches arme Schwein noch elendig verreckt sein, schoss es Lena durch den Kopf. *Zum Glück hat sich in Sachen Justitia so einiges verbessert.* An einer Wand waren mehrere große Eisenringe in das Mauerwerk eingelassen, an denen man schwere Ketten zur Fesselung der Straftäter befestigt hatte. Es war düster, nur durch ein schmales vergittertes Fenster fiel ein wenig Licht in den Raum.

In mehreren Regalen lagen Asservate in Kartons, Säcken und sonstigen Behältern. Pankraz Schütte nahm drei große Schachteln und stellte sie auf einem Tisch ab. Er schlug eine dicke Kladde mit der Aufschrift *Verwahrbuch* auf.

»In der kleinen Schachtel sind die persönlichen Dinge wie Taschenuhren, Füllfederhalter, Feuerzeuge, Zigarrenschneider und Rauchwaren. In den anderen beiden jeweils die Kleidungsstücke der Toten.«

Lena betrachtete die Sachen aus dem kleinen Behälter, konnte aber nichts Auffälliges entdecken. Umso genauer inspizierte sie die Kleidung der Männer. Ihre Anzüge schienen neu zu sein. Abgesehen von den Kampfspuren hatten sie keinerlei Abnutzungserscheinungen und sahen aus, als wären sie erst vor Kurzem gekauft worden.

Und noch etwas war bemerkenswert: Beide Anzüge stammten von demselben Schneider; sie enthielten jeweils das Etikett eines Kleidermachers aus Traben-Trarbach. Lena nickte zufrieden. Das also würde die nächste Station auf ihrer Dienstreise sein.

VIONVILLE / ELSAß-LOTHRINGEN

Gustav Nante saß im hinteren der beiden Mercedes-Doppel-Phaeton-Viersitzer.

»Wir müssten gleich da sein. Das da hinten ist vermutlich schon der Kirchturm von Vionville.«

Sie näherten sich der deutsch-französischen Grenze.

»Richtig. Ich hoffe, hier läuft nicht irgendwer rum und informiert die Zöllner.«

Da die Wege unbefestigt waren und der Mercedes vor ihnen viel Staub aufwirbelte, hatte Gustav seine Fliegerbrille aufgesetzt und sich einen Schal so um den Kopf gewickelt, dass Mund und Nase bedeckt waren.

Im vorderen Wagen saß der Direktor der Albatros-Werke, Enno Walther Huth, neben ihm der stets lässige Flieger Berthold Stielke. Außerdem ein Chauffeur und ein Offizier, der sich nicht vorgestellt hatte.

»Huth trägt nie Hut!« Die Flieger hatten sich diesen geistreichen Kommentar nicht verkneifen können. Dabei war an Enno Huth eigentlich nichts über die Maßen lustig. Er war ein stets konzentrierter Geschäftsmann von guter Statur, der großen Wert auf seine Kleidung legte. Vernunft und Kultur, weißes Hemd, dunkler Anzug, das war Huth. Er hatte, wie Gustav wusste, vor fünf Jahren die Tochter eines bedeutenden Eisenbahnunternehmers geheiratet. Vermutlich keine schlechte Wahl für jemanden, der im großen Stil ins Flugzeuggeschäft einsteigen wollte.

Neben Gustav schlummerte Huths rechte Hand, der Flugpionier Simon Brunnhuber, in dessen prächtigem Schnäuzer sich bei entsprechendem Wetter und schnellem Flug häufig Eispartikel anlagerten. Vor ihnen saßen ebenfalls ein Chauffeur und ein weiterer Offizier, der erst im letzten Moment zu ihnen gestoßen war.

Gustav war ganz froh, dass sich Stielke nicht bei ihm im Wagen befand. Seit seinem Aufenthalt in der Zelle hatte er immer und immer wieder überlegt, ob hinter dem aggressiven Landemanöver direkt über den Wagen von Major Groß hinweg vielleicht mehr steckte als Leichtsinn oder fliegerischer Übermut. Ihm war zwar nichts Konkretes eingefallen, er hatte jedoch bemerkt, dass der Freund und Kamerad Stielke ihm neuerdings auswich.

Oder bilde ich mir das nur ein?

Auch das Verhalten seines Stiefvaters war ihm nach der anfänglichen Erleichterung nicht ganz erklärlich. Gustav hatte sich auf dem Flugfeld wie ein Idiot benommen und damit letztlich auch Lassberg in die Affäre mit hineingezogen. Er hatte Major Groß körperlich attackiert, einen wichtigen Mann, was die Luftschifffahrt betraf. Wenn Lassberg ihn nicht bestrafte, dann war das ein Affront gegen Groß, welcher der militärischen Karriere seines Stiefvaters schweren Schaden zufügen konnte.

Andererseits hatte er etwas gesagt, das Gustav nicht mehr aus dem Kopf ging: »Major Groß baut auf seine Luftschiffe. Aber nicht mehr lange. Der Vorfall heute, die absichtliche Gefährdung von zwei unserer besten Flieger, wird ihm beruflich sehr schaden ...«

Es fiel Gustav nicht schwer, sich auszurechnen, dass es bei dem glimpflichen Ausgang der Affäre keinesfalls nur um ihn selbst gegangen war.

Hat er das für meine Mutter gemacht?

Drei Jahre nach dem Tod seines Vaters hatte Lassberg Gustavs Mutter geheiratet.

Aber war er damals tatsächlich so verliebt?

Oder hatte er es seinem besten Freund zuliebe getan, damit dessen Witwe und Sohn versorgt waren? Da Lassberg sich zu Hause stets streng, beinah schon militärisch, verhalten hatte, war er nicht besonders leicht zu durchschauen.

Als Gustav gerade begann, sich Gedanken über Enno Huth zu machen, verringerte die Limousine vor ihnen ihr Tempo und bog scharf nach rechts ab. Sie kamen auf eine Weide, überquerten sie, fuhren auf einen die Weide begrenzenden Knick zu, der mit hohen Haselnusssträuchern bewachsen war. Schließlich hielt der Wagen vor ihnen an. Fahrer und Offizier stiegen aus und machten sich an einem recht vergammelt wirkenden Gatter zu schaffen.

Jemand kam.

Der Mann, der Kleidung nach ein Franzose, stieg in den ersten Wagen ein. Danach ging es über ein weiteres Feld. Weiter vorn ragte ein Kirchturm über einer Reihe von Bäumen auf. Gustav nahm an, dass es die Kirche von Vionville war. Nach zweihundert Metern ging es um ein kleines Wäldchen herum, das wie eine Insel auf dem flachen Feld wirkte.

Und dann kamen sie in Sicht. Drei Flugzeuge. Gustav Nante erkannte die Bautypen sofort. Die Maschinen, die dort auf der Wiese standen, gehörten zum Modernsten und Fortschrittlichsten, was der Flugzeugbau zu bieten hatte. Sofort kam ihm ein Gedanke. Sonderbar, dass ihm diese Frage nicht früher eingefallen war. Warum hatten die französischen Militärbehörden nicht interveniert, als solche möglicherweise kriegswichtigen Technologien an ein deutsches Unternehmen verkauft werden sollten?

Vermutlich saßen auch dort solche Trottel wie Major

Hans Groß an den entscheidenden Stellen. Menschen, die das Potenzial dieser Fluggeräte noch gar nicht erkannt hatten und weiterhin auf ihre schwerfälligen Luftschiffe setzten.

Aber ist das wirklich die ganze Erklärung? Gibt es nicht vielleicht doch noch einen anderen Grund?

1902, JARSZÓW / GALIZIEN

Nach zwei Jahren hatte Rahel alle interessanten Bücher aus Direktor Pantschuks Bibliothek gelesen. Manche sogar zweimal. Sie wusste einfach nicht mehr, welches Buch sie sich noch ausleihen sollte. Sie begann sich deshalb immer stärker auf den Unterricht zu konzentrieren, hatte Henni und Louise im Französischunterricht längst überflügelt. Auch in Englisch war sie die Beste.

Aber den beiden Zwillingen war es egal. Im Gegensatz zu Rahel interessierten sie sich nicht für langweilige Männerberufe, sondern sahen ihre Zukunft vielmehr im Stand der Ehe.

»Irgendwann kommt ein Prinz, Rahel, und hält bei meinem Vater um meine Hand an«, sagte Louise.

»Du meinst einen richtigen Prinzen? So wie im Märchen?«, fragte Rahel. »Auf einem weißen Pferd?«

»Wohl eher in einem todschicken neuen Daimler-Automobil«, lachte Henni.

Von einem Daimler-Automobil hatte Rahel noch nie etwas gehört. Doch sie wollte sich vor den Zwillingen keine Blöße geben und ging deshalb zum ersten Mal seit Wochen wieder in die Bibliothek. Doch statt eines Buches über die todschicken Fahrzeuge fand sie in der obersten Regalreihe einen Band, der offenbar verrutscht war und hinter den anderen Büchern lag.

Es war ein Kinderbuch und hieß *Alice im Wunderland*. Rahel schlug das Buch auf und las die ersten Abschnitte:

Alice hatte gar keine Lust mehr, neben ihrer Schwester am Ufer zu sitzen und nichts zu tun zu haben. Sie hatte ein paar Mal einen Blick in das Buch geworfen, das ihre Schwester gerade las, aber sie entdeckte darin weder Bilder, noch fand sie es besonders unterhaltsam.

Sie überlegte gerade (so gut es ging, denn der heiße Nachmittag hatte sie ziemlich schläfrig und benommen gemacht), ob das Vergnügen, einen Kranz zu winden, die Anstrengung lohnte, denn sie müsste dazu aufstehen und die Gänseblümchen erst einmal pflücken; da rannte plötzlich ein weißes Kaninchen mit rosigen Augen dicht an ihr vorbei.

An und für sich war das ja nicht besonders aufregend. Alice fand es auch nicht weiter erstaunlich, dass das Kaninchen in seinen Bart murmelte: »O Gott! O Gott! Ich komme sicher zu spät!«

Ein sprechendes Kaninchen? Rahel war sofort gefangen, sie wollte unbedingt wissen, wie die Geschichte weiterging. Also packte sie das Buch in ihre Tasche.

In jeder freien Minute las Rahel nun in *Alice im Wunderland*, geriet in eine aufregende Traumwelt. Als sie am Ende der Geschichte angekommen war, fing sie einfach noch mal von vorn an. Das machte sie wieder und wieder. Ihr wurde dabei nie langweilig. Ihre Lieblingsfiguren waren der verrückte Hutmacher und die Grinsekatze. Aber noch wichtiger waren ihr die verborgenen Gedanken, die das Buch enthielt. Ständig wurden ihre eigenen Gedanken dadurch in neue Bahnen gelenkt.

Rahel begleitete Alice bei zahllosen skurrilen Begegnungen, erlebte mit ihr die merkwürdigsten Abenteuer. Wie Alice verglich auch Rahel diese Traumwelt mit der ihr bekannten »vernünftigen« Welt. Sie musste feststellen, dass in beiden nicht alles so war, wie es schien. Und das gab ihr immer wieder zu denken.

Schließlich entschied sie sich, das Buch nicht zurückzulegen, sondern zu behalten. Denn mit der Zeit war sie zu der Überzeugung gelangt, dass der Verfasser Lewis Carroll sein Werk ganz allein für sie verfasst haben musste. Rahel konnte sich einfach nicht vorstellen, dass es irgendwo auf der Welt noch ein anderes Mädchen gab, das die Botschaften von *Alice im Wunderland* so verstand wie sie.

Außerdem wäre es viel zu schade, wenn der Band in Direktor Pantschuks Bibliothek Staub ansetzen würde. Also versteckte Rahel das Buch daheim unter einer lockeren Bodendiele.

1910, VIONVILLE / ELSAß-LOTHRINGEN

»Das ist ein Anblick!«, sagte Gustavs Fliegerkamerad Simon Brunnhuber mit ehrfürchtiger Stimme.

»Kann man wohl sagen«, bestätigte Gustav.

Vor ihnen auf dem Feld standen eine ein- sowie eine zwei-sitzige Antoinette VII. Sie gehörten wie die Rumpler Taube, die Stielke und er in Berlin geflogen hatten, zu den Eindeckern. An den Flügeln ragten genau wie bei der Rumpler Taube oben und unten sogenannte Spanntürme senkrecht heraus, von denen Drähte ausgingen, die den Flügeln zusätzlichen Halt gaben. Das Ganze erinnerte Gustav an eine Brückenkonstruktion, bei der Zugkräfte von Stahlseilen abgefangen wurden.

Der einsitzige Farmann-III-Doppeldecker wiederum ähnelte einem Drachen. Es gab nicht nur hinten ein Leitwerk. Vorne vor dem Rumpf hing an zwei langen Streben so etwas wie ein Hilfsflügel. Alle drei Maschinen wirkten äußerst filigran, fast schon zerbrechlich. Man sah ihnen sofort an, dass die Konstrukteure jedes überflüssige Gramm Gewicht vermieden hatten.

Drei so hochwertige und moderne Flugzeuge auf einem Haufen hatte Gustav noch nie gesehen. Und das galt vermutlich für die meisten Flieger in Deutschland.

Enno Huth hatte sie in Frankreich gekauft, um sie in Lizenz nachzubauen, wie er sagte. Gustav ahnte, dass es möglicherweise um mehr ging. Huth wollte mit dem deutschen Militär ins Geschäft kommen.

Huth hatte erst vor der letzten Etappe, der Fahrt zur

Grenze, festgelegt, welcher Pilot welche Maschine nach Saarlouis überführen würde.

Warum eigentlich so spät?

Für ihn selbst war die einsitzige Antoinette vorgesehen, für Stielke der einsitzige Farmann-III-Doppeldecker. Brunnhuber würde zusammen mit Enno Huth die zweisitzige Antoinette VII besteigen.

»Gustav, der Chef kommt. Mach den Mund zu.«

Als Enno Huth auf die Flieger zuging, rührte sich niemand mehr. Selbst die beiden Offiziere, die zu ihrer Begleitung abgestellt waren, nahmen Haltung an. Huth schritt die Reihe ab, sah jedem kurz in die Augen. Es war kein harter, militärischer Blick, aber doch einer, von dem die unausgesprochene Forderung nach Respekt und Disziplin ausging. Da Huth Zivilkleidung trug, hätte ein Außenstehender ihn ohne Weiteres für einen Politiker halten können. Nur der lederne Aktenkoffer, den er in der Hand hielt, wies darauf hin, dass hier ein Geschäftsmann agierte.

Dann wandte er sich direkt an seine Piloten.

»Ihr bleibt hier stehen, es gibt noch ein paar Formalitäten zu klären.«

Huth ging nun zusammen mit den beiden Offizieren, die ihn regelrecht flankierten, auf eine Abordnung von fünf Männern zu, während sich gleichzeitig zwei französische Offiziere vor den drei Fliegern aufstellten, als hätten sie Befehl erhalten, sie auf Leben und Tod zu bewachen.

Huth stellte seinen Aktenkoffer auf einem improvisierten Tisch ab, Hände wurden geschüttelt. Danach schien es um geschäftliche und juristische Angelegenheiten zu gehen. Huth verhandelte mit jemandem, der die Brille eines Mannes trug, dessen Beruf darin bestand, Akten und Dokumente zu überprüfen.

Nein! Das ist ja ..., dachte Gustav, und er war so überrascht, dass er den Namen beinahe laut ausgesprochen hätte.

Es war kaum zu glauben, wen er gerade da drüben neben dem Verhandlungstisch entdeckt hatte. Léon Levavasseur. Der Konstrukteur der Antoinette war mit seiner Schiffermütze und dem charakteristischen struppigen Vollbart unverwechselbar.

Als Gustav gerade überlegte, ob er seinen Kameraden Simon Brunnhuber auf den französischen Flugzeugbauer hinweisen sollte, passierte etwas Ungeheuerliches. Berthold Stielke scherte aus, ging auf den Farmann-Doppeldecker zu und verstaute einen großen Rucksack in der Maschine.

Gustav verstand nicht, was das sollte. Noch weniger verstand er, warum die beiden französischen Offiziere, welche doch eindeutig zu ihrer Bewachung abgestellt waren, Stielke nicht daran hinderten.

Was ist los mit dem? Erst die riskante Landung in Johannisthal und jetzt das? Gelten für den neuerdings andere Regeln?

Gustavs Bauchgefühl meldete sich.

In letzter Zeit lief einiges unterhalb dessen ab, was offiziell galt. Er selbst war freigelassen worden, obwohl er eindeutig massiv gegen Regeln verstoßen hatte. Stielke hatte fast einen Unfall provoziert und war, wie Gustav inzwischen wusste, ebenfalls nicht bestraft worden. Und jetzt hielt er sich erneut nicht an die Anweisung von Huth.

Oder hatte der Direktor der Albatros-Werke ihm im Stillen andere Befehle gegeben? Aber selbst wenn, warum schritten die beiden französischen Offiziere nicht ein? Auf solche Ungereimtheiten zu achten, hatte Lassberg ihm aufgetragen. Zurück in Berlin würde er seinem Stiefvater berichten.

Und Stielke sowie Huth damit womöglich in Schwierigkeiten bringen.

Die Männer am Verhandlungstisch standen auf.

Der Aktenkoffer wurde geschlossen, und Huth kehrte zusammen mit vier Franzosen zurück. Stielke machte sich noch immer an seinem Farmann-Doppeldecker zu schaffen. Spätestens jetzt musste Huth doch sehen, dass sich sein Pilot nicht an die Anweisungen gehalten hatte.

Nichts geschah.

»So«, erklärte Huth. »Wir schieben die Fluggeräte jetzt auf die deutsche Seite.«

Alle packten mit an. Ein Flugzeug zweihundert oder auch dreihundert Meter über ein Rollfeld zu schieben war etwas Alltägliches und kostete nicht übermäßig viel Kraft. Die Maschinen bestanden im Wesentlichen aus leichtem Sperrholz und Stoff und hatten nur ein sehr geringes Gewicht.

Die Aktion dauerte nicht mal fünfzehn Minuten. Danach legten die drei Piloten und auch Huth Fliegerkleidung an. Sie sollten die Maschinen nun nach Saarlouis überführen. Dort würde man sie zerlegen und per Bahn nach Berlin schaffen. Lassberg hatte von siebzig Kilometern Flugstrecke gesprochen. Der Weltrekord für die Antoinette VII lag bei etwas mehr als siebenundsiebzig Kilometern. Wenn sie ihren Überführungsflug ohne Zwischenfälle hinbekamen, so wäre das in jedem Fall nah am Rekord. Es würde gleichzeitig beweisen, dass Enno Huth etwas von seinem Geschäft verstand und drei exzellente Maschinen gekauft hatte.

Daraus ergab sich für Gustav erneut die Frage. Warum verkauften die Franzosen modernste Technik an das Deutsche Reich? War die Übergabe der Flugzeuge vielleicht sogar ein Verstoß gegen französische Exportbestimmungen?

Wieder kam ihm derselbe Gedanke. *Ob das alles mit rechten Dingen zugeht?*

»Leutnant Nante, Sie starten als Erster«, erklärte Huth.

»Dann fliege ich, zusammen mit Brunnhuber. Sie, Stielke, folgen als Dritter. Wir halten Abstand. Zehn Minuten. Wir fliegen nicht im Konvoi.«

»In Formation«, korrigierte ihn Brunnhuber.

»Formation. Natürlich«, sagte Huth. »Das Feld wurde sorgfältig inspiziert, und man versicherte mir, es sei gefahrlos möglich, hier zu starten. Es wird etwas holpriger sein als bei uns in Johannisthal. Wir fliegen nach Sicht, ihr wurdet hinreichend unterwiesen, wisst an welchen Straßen, Landmarken und Dörfern ihr euch zu orientieren habt. Noch etwas. Wir möchten nicht mehr auffallen, als das ohnehin der Fall sein wird. Hat eine Maschine Probleme, dann fliegen die anderen weiter. Wir werden uns später darum kümmern. Wurde das von allen verstanden?«

Die Antwort kam mit militärischer Präzision und im Chor.

»Jawohl!«

»Dann los. Hals- und Beinbruch.«

Nante stieg in seine Maschine. Huth hatte ihn, Brunnhuber und Stielke vor zwei Monaten zum Üben nach Frankreich geschickt, er war also mit der Antoinette vertraut.

Ein Handzeichen, Gustav Nante schaltete die Zündung ein. Das Gasgemisch musste er nicht regeln. Der V8-Motor der Antoinette war der erste mit Benzineinspritzung.

Einer der Franzosen tauchte vor der Maschine auf und ergriff den Propeller mit beiden Händen. Beim dritten Versuch sprang der Motor an.

Ich also als Erster, dachte Gustav. Dann galt seine Konzentration nur noch dem Startvorgang. Die Antoinette holperte los. Alles ruckelte, vibrierte, zitterte. Gustav blickte auf die Tragflächen, um zu sehen, ob die filigrane Konstruktion dem Geschaukel gewachsen war.

Etwa vierhundert Meter voraus gab es ein kleines Wäldchen. Vorher musste er wenigstens zwanzig Meter hoch in
der Luft sein, und seine Antoinette machte noch keine Anstalten abzuheben. War sie zu schwer? Was würde passieren,
wenn er Schub bis zum Anschlag gab? Eigentlich sollte man
das nicht tun, wenn die Konstruktion ohnehin schon belas-
tet war. Es hatte bereits Fälle gegeben, in denen ein zu starker
Motor die gesamte Konstruktion zerrissen hatte. Und nicht
nur die.

1903, JARSZÓW / GALIZIEN

Es waren althergebrachte Regeln, göttliche Regeln, an die Rahel sich zu halten hatte und an die sie vermutlich ohne die Lektüre des Wunderland-Buches niemals zu rühren gewagt hätte. Schließlich waren die Regeln den Menschen von Moses gegeben worden.

»Auf dass wir ein gottesfürchtiges Leben führen«, wie Zacharias Tajtelbaum seiner kleinen Schwester regelmäßig salbungsvoll erklärte. Ihr Bruder träumte davon, sich am Rabbinerseminar in Breslau zum Rabbi ausbilden zu lassen und benahm sich schon jetzt so, als sei er ganz von Heiligkeit durchdrungen.

»Die Worte kommen direkt von Jahwe«, war Zacharias' Lieblingssatz, und seine Brüder nickten immer einverständlich, wenn sie vom Talmudstudium nach Hause kamen und mit ihrem ältesten Bruder eifrig über das Gelernte debattierten. Rahel durfte nur zuhören. Als Frau verstand sie schließlich nicht genug davon, um mitzureden, wie ihre Brüder häufig betonten.

Doch alleine durchs Zuhören lernte Rahel so manches über die Herkunft der Heiligen Schriften. Mit der Zeit schien es ihr jedoch, als würde einiges darin nicht stimmen. Bevor die fünf Bücher Mose niedergeschrieben wurden, waren sie nämlich jahrhundertelang mündlich weitergegeben worden. Von Mensch zu Mensch.

Je öfter Rahel die kleine Alice auf ihrer Reise begleitete, umso mehr bekam sie den Eindruck, dass die Regeln im

Wunderland willkürlich angewandt wurden. Ganz wie es den Bewohnern dort eben passte. Rahel verglich das mit den Regeln in den Heiligen Schriften. Denn auch an deren Formulierung hatten Menschen tatkräftig mitgewirkt.

Es war zuerst nur eine Ahnung, ein vages Gefühl, aber mit der Zeit wurde es für Rahel zur Gewissheit. Teile der umfassenden göttlichen Regeln mussten sich ihre Urväter ausgedacht haben. Erfunden und an ihre Bedürfnisse angepasst. In grauer Vorzeit hatten die Menschen religiöse Sprüche, Erzählungen und Dichtungen gesammelt und mit eigenen Gedanken angereichert. Erst im 5. Jahrhundert vor Christus fingen Gelehrte dann damit an, die Texte zu größeren Einheiten zusammenzufügen, beginnend mit der Tora, den fünf Büchern Mose.

Aber wenn Männer diese Gesetze aufgeschrieben hatten, dann hatten sie auch festgelegt, wie die Rolle der Frau auszusehen hatte. Und das bedeutete, dass keine Frau diesen Gesetzen entkommen konnte. In Rahel machte sich die Furcht breit, dass ihr womöglich ein ähnliches Schicksal bevorstand wie ihrer Mutter. Wofür lernte sie denn so fleißig, wenn sie sich letztendlich für den Rest ihres Lebens einem Ehemann unterzuordnen hatte?

Nachdem Rahel wie üblich in ihrem Lieblingsbuch gelesen hatte, wollte sie es wieder unter der Bodendiele verstecken. Da kam überraschend Golda Tajtelbaum ins Zimmer. Sie entriss ihrer Tochter das Buch, war ganz außer sich.

»Rahel, das Buch gehört doch Direktor Pantschuk, oder?«

»Ja.«

»Du hast den Goj bestohlen? Schämst du dich nicht, du Diebin, du schändliche Ganav?«

»Ich habe es mir doch nur geliehen.«

»Lüg nicht, du hast das Buch gestohlen. Sonst bräuchtest du es nicht vor mir zu verstecken. Meine einzige Tochter eine Ganav!« Mit beiden Händen griff Golda in ihre Perücke, zerrte daran, als wollte sie sie zerreißen. »Warum prüft Jahwe mich nur so schwer? Warum? Warum ausgerechnet mich?«

»Ich werde es wieder in die Bibliothek bringen.«

»Nein, es ist deine Pflicht, dass du das Buch dem zurückgibst, dem du es gestohlen hast. Du übergibst es dem Direktor persönlich und bittest um Entschuldigung.«

»Nein!«

»Doch, das wirst du! Sonst erzähl ich jedem im Schtetl, dass du eine erbärmliche Ganav bist!«

Am nächsten Tag klopfte Rahel an die Tür des Direktorenbüros, das sich im Verwaltungsgebäude der Zuckerfabrik befand. Es dauerte eine Weile, bis ein Angestellter sie zu Eugen Pantschuk führte. Er schaute Rahel freundlich an.

»Nun, was kann ich für dich tun, Mädchen? Ich habe gehört, dass du eine richtige Leseratte geworden bist.«

Rahel legte das Buch auf Direktor Pantschuks riesigen Schreibtisch, wo sich zahlreiche Papierstapel und Zuckerprodukte türmten.

»Ich möchte Ihnen das Buch bringen.«

»*Alice im Wunderland* ... Ist es aus meiner Bibliothek?«

»Ja, haben Sie ... Haben Sie es vermisst?«, fragte Rahel mit leiser Stimme.

»Nein. Ich habe es vor annähernd sechs Jahren erstanden, um es Henni und Louise vorzulesen. Aber die beiden konnten mit der Geschichte nichts anfangen. Da ging es dir anders, stimmt's?«

Rahel nickte.

»Und warum bringst du es mir dann zurück?«

»Meine Mutter hat mir gesagt, dass ich es mir schon viel zu lange ausgeborgt habe. Fast anderthalb Jahre.«

»Na, wenn du es so sehr magst, dann schenke ich es dir.«

»Wirklich?«

»Natürlich. Und sag deiner Mutter bitte, es hat alles seine Richtigkeit. So, jetzt muss ich aber weiterarbeiten.«

»Danke, Herr Direktor. Vielen Dank.«

Freudestrahlend drückte Rahel das Buch an ihre Brust und verließ das Büro.

Als sie ihrer Mutter zu Hause das Geschenk präsentierte, konnte diese es kaum glauben. Was hatte ihre Tochter bloß an sich, dass Direktor Pantschuk ihr immer wieder Geschenke machte? Dass ein schwerreicher Goj einer jüdischen Rotzgöre solche Geschenke machte, das ging doch nicht mit rechten Dingen zu.

Dem würde Golda Tajtelbaum schleunigst einen Riegel vorschieben. Am besten wäre es, wenn Rahel schnellstmöglich einen Beruf erlernte, damit sie nicht auf die schiefe Bahn geriet.

1910, ELSASS-LOTHRINGEN

Schneller und schneller. Das Denken übernahmen jetzt die Hände. Einen Geschwindigkeitsmesser gab es nicht, der Startvorgang lief nach Gefühl. Gustav hatte inzwischen begriffen, dass die Antoinette im Vergleich zur Rumpler Taube ein extrem schweres Flugzeug war.

Das Wäldchen kam näher.

Trotzdem ließ Gustav seiner Antoinette genügend Zeit, Fahrt aufzunehmen. Dann endlich zog er den Steuerknüppel vorsichtig nach hinten. Das Flugzeug kam hoch, setzte wieder auf.

Schneller und schneller.

Das Wäldchen ...

Als Gustav zum zweiten Mal abhob, blieb sie in der Luft. Keine Frage, die Antoinette war erheblich schwerer als die Flugapparate, mit denen sie in Berlin-Johannisthal herumkurvten.

Dass die überhaupt fliegt ...

Ob es am schweren Motor lag oder an den aerodynamischen Eigenschaften, würden Huths Ingenieure und Mechaniker bald herausfinden. Fünf Meter Höhe. Zehn Meter. Zwanzig ...

Dann über die Bäume.

Ganz knapp.

Schon mal das Schwerste geschafft, dachte Gustav, während die Maschine langsam an Höhe gewann, denn Start und Landung waren stets die gefährlichsten Momente. Das war seine Erfahrung. Und die seiner Kameraden. Gustav Nante hielt es für unwahrscheinlich, dass während des Flugs etwas Gefährliches passieren würde. Eine kühne Einschätzung.

Und ein Irrtum. Der darauf beruhte, dass er und seine Kameraden bis jetzt noch nie über unbekanntem Territorium unterwegs gewesen waren. Ein Gefühl von ungestümer Euphorie überkam Gustav.

Was für ein Motor, was für ein Verhältnis von Fläche zu Kraft!

Das Flugzeug hatte bereits ordentlich an Höhe gewonnen und dabei sogar noch etwas Fahrt aufgenommen. Trotzdem spürte Gustav schon jetzt einen kleinen Mangel der Konstruktion. Die Maschine war schwer, wirkte eher träge. Was würde das für ein fantastisches Flugzeug sein, wenn es Huths Ingenieuren gelänge, die Konstruktion noch leichter und effizienter zu machen.

Die Sonne schien ihm seitlich ins Gesicht, wischte seine Gedanken weg und bewirkte, dass er sich noch beschwingter, fast wie neugeboren fühlte. Pläne und Vorstellungen wirbelten durch seinen Kopf.

Dann jedoch sah er sich um, dachte: *Wo bin ich?*

Seine Träumerei von einer großartigen Zukunft als Flieger hatte ihn abgelenkt.

Aber doch nur für ein paar Minuten!

Er war einfach geradeaus geflogen, hatte nicht auf seinen Kompass und die Kontrollpunkte am Boden geachtet.

»Aber doch wirklich höchstens zwei, drei Minuten lang«, sagte er laut. Er sah sich erneut um. Von den anderen beiden Maschinen war nichts zu sehen. Doch das bedeutete nicht viel, denn Huth hatte ja angeordnet, dass sie in einem Abstand von je zehn Minuten fliegen würden. Ein neuer, eigentlich völlig unsinniger Gedanke schoss ihm in den Kopf.

Fliegst du vielleicht nach Frankreich?

Ein Blick auf den Kompass beruhigte ihn. Er war nur ein wenig in nördlicher Richtung vom Kurs abgekommen, flog immer noch eindeutig nach Osten.

Ich bin also mit Sicherheit über dem Deutschen Reich.

Gustav Nante spähte nach unten, suchte nach den vorher festgelegten Bezugspunkten, die ihm den Weg nach Saarlouis weisen sollten.

Aber da waren nur Waldflecken und Felder, alles sah gleich aus.

Fast wie auf dem Meer, dachte er.

Er nahm sich vor, bei seinem nächsten Flug in jedem Fall ein Fernglas mitzunehmen.

Wie hoch ich wohl bin? Sicher gut sechshundert Meter. Die Antoinette VII hat auch schon tausend geschafft.

Unter ihm war immer noch nichts zu sehen, woran er sich hätte orientieren können. Kein Fluss, keine Eisenbahnschienen.

Zwei Minuten später entdeckte er schräg vor sich endlich ein Dorf.

Aber welches?

Er musste sich entscheiden. Sollte er warten, bis er vielleicht zu einem größeren Ort kam, oder ...

Runter. Vielleicht gibt es Schilder, Anhaltspunkte.

Er drückte den Steuerknüppel vorsichtig nach vorne. Sank ab bis auf fünfzig Meter. *Der Kirchturm ...*

Es gab Schilder, aber er war noch immer zu hoch.

Eine Kurve zu fliegen und das Dorf noch mal zu überqueren, ergab keinen Sinn. War vielleicht sogar gefährlich. Gerade schon hatten Passanten auf dem Marktplatz zu ihm hinaufgesehen. Und die Operation sollte schließlich kein überflüssiges Aufsehen erregen. Was konnte er also tun? Vorsichtshalber ein Stück weit nach Osten abdrehen, damit er nicht am Ende doch noch Richtung Frankreich flog?

Unsinn. Du warst doch gar nicht groß ab vom Kurs.

In diesem Moment tauchte eine größere Stadt vor ihm auf. Fast zeitgleich erkannte er einen Fluss. Er zog die Maschine wieder hoch bis auf etwa dreihundert Meter und holte seine Karte heraus, um sicherzugehen.

Gustav sah auf seine Uhr, schätzte die Geschwindigkeit ab.

Größere Stadt an einem Fluss ... Die Karte zitterte, da sich die Vibration der Maschine auf alles in ihrem Inneren übertrug. So dauerte es einen Moment, bis er sich orientiert hatte.

Metz an der Mosel. Bin wieder auf Kurs.

Er war nur ein wenig von seiner Flugroute abgekommen, doch ein Blick auf die Uhr verriet ihm, dass seine kleine fliegerische Eskapade ihn gut zehn Minuten gekostet hatte.

Was ist mit dem Treibstoff?

Es gab zwar eine Anzeige, doch er wusste, dass sie sehr ungenaue Angaben machte. Viel Sprit blieb ihm sicher nicht mehr für weitere Irrtümer.

Eine halbe Stunde später tauchte vor ihm eine weitere große Stadt auf.

Saarlouis.

Der Anflug zum Landeplatz war genau besprochen worden.

Es stimmt wieder alles, also beruhig dich.

Doch als er sich dem Flugfeld bis auf etwa zehn Kilometer genähert hatte, stand die Kraftstoffanzeige auf Null.

Es gibt immer eine Reserve. Alles andere wäre ja Wahnsinn!

Als er mit seiner Maschine fünf Minuten später einschwebte, sah er, dass die zweisitzige Antoinette von Brunnhuber und Huth gerade gelandet war.

Einen Bogen noch, dann bist du unten.

Als er den halben Bogen hinter sich hatte, fing der Motor an zu stottern. Nun, das konnte in Kurven durchaus vorkommen. Er konzentrierte sich auf die Landung.

Zweimal sprang das Flugzeug hoch, dann war er unten, rollte aus.

Es war nicht nötig, die Zündung auszuschalten. Der Motor beendete seinen Dienst ganz von alleine.

Knapp, dachte Gustav und zwängte sich aus der Maschine.

Huth und Brunnhuber kamen ihm entgegen.

»Probleme?«, fragte Huth.

»Ja, bin ein Stück abgetrieben worden. Starke Böen zeitweise ... Aber ...«

Er musste jetzt etwas sagen, damit Huth nicht weiter nachfragte.

»Eine fabelhafte Maschine, die Sie da gekauft haben.«

Huth gab sich zufrieden und zeigte auf zwei Lastwagen mit flacher Pritsche.

»Wir warten jetzt noch auf Stielke, dann werden die Maschinen zerlegt, verladen und mit dem Zug nach Berlin gebracht.«

Dann jedoch überlegte Huth es sich anders.

»Ach was, fangt einfach gleich damit an.«

Brunnhuber und Gustav begannen, die Flügel der zweisitzigen Antoinette abzuschrauben. Eigentlich eine Routinetätigkeit, die aber dann doch etwas mehr Zeit in Anspruch nahm, weil die Flieger mit der Konstruktion der Maschine noch keine Erfahrung hatten.

»Darf ich fragen, wie Ihr Flug war?«, fragte Gustav den Chef der Albatros-Werke.

»Ganz famos, keinerlei Zwischenfälle. Sie hatten beim Start Probleme, oder?«

»Nicht beim Start, der lief glatt. Ich habe mich dann vom Geräusch des Motors irritieren lassen. Er klingt anders als unsere. Dann die Böen ... So bin ich ein wenig vom Kurs abgekommen. Ich bitte, den Fehler zu entschuldigen.«

Gustav hatte sich entschieden, die Wahrheit zu sagen. Oder wenigstens die halbe Wahrheit. Schließlich war die Überführung ja auch so etwas wie ein Testflug gewesen. Er steckte ohnehin in der Zwickmühle. Schließlich hatte sein Stiefvater Oberst Lassberg ihm den Auftrag erteilt, alles, auch Enno Huth, im Auge zu behalten. Der durfte wegen seiner geschäftlichen Verbindungen nach Frankreich nicht einfach sich selbst überlassen werden.

Andererseits war der Direktor der Albatros-Werke sein Chef. Und somit der Mann, der die Maschinen bauen wollte, die er dann fliegen würde. Mit diesen etwas zwiespältigen Gedanken im Hinterkopf erweiterte Gustav nun das Gespräch, versuchte, etwas aus Huth herauszukitzeln.

»Ich wurde nur ein wenig abgetrieben, hatte die Navigation dann schnell wieder unter Kontrolle. Aber diese Flugapparate sind schneller, als wir es von anderen militärischen Bewegungen gewohnt sind. Ich vermute, dass Zwischenfälle, in denen der Pilot die Orientierung verliert, in Zukunft häufiger vorkommen werden. Vor allem, wenn unsere Flugapparate irgendwann für militärische Operationen eingesetzt werden.«

»Militärische Belange stehen im Moment nicht im Vordergrund.«

»Verstehe.«

»Wir, wie auch die Franzosen, sehen den Einsatz der Flugzeuge in erster Linie im Bereich des Post- und Personentransportes. Vielleicht helfen sie in Zukunft auch bei der Kartografierung.«

»Kartografierung mit Kameras?«

»Das ist natürlich im Moment alles noch Zukunftsmusik.«

Enno Huth sah auf seine Uhr. Noch bevor er etwas sagen konnte, kam Brunnhuber auf sie zu.

»Stielke ist seit gut zwanzig Minuten überfällig.«

»Vielleicht hatte er ebenfalls Schwierigkeiten mit Böen. Oder der Navigation«, sagte Gustav. »Uns fehlt es an Übung über fremdem Terrain.«

Sie standen noch immer auf dem Rollfeld. Stielke war überfällig.

Huth zog die Schultern hoch. »Bleibt uns nichts übrig, als zu warten.«

»Stielke ist als Letzter gestartet«, sagte Brunnhuber. »Wir wissen also nicht, ob ihm beim Start etwas passiert ist.«

»Ich könnte die Strecke noch mal abfliegen«, schlug Gustav vor, nachdem Brunnhuber sich entfernt hatte.

»Geben wir ihm noch etwas Zeit.«

»Viel Zeit dürfte er nicht mehr haben. Ich hatte schon Schwierigkeiten mit dem Treibstoff. Stielkes Reserven sind sicher schnell aufgebraucht.«

»Ich verstehe Ihre Überlegungen, junger Mann«, erklärte Huth. »Aber wir warten noch eine Viertelstunde. Ich möchte nicht, dass hier unnötig viel geflogen wird.«

»Sie haben natürlich recht. Trotzdem bitte ich darum, mich um Treibstoff für meine Maschine bemühen zu dürfen.«

»Sie denken immer einen Schritt voraus. Gefällt mir«, sagte Huth. Er lächelte Gustav sogar an. Ein Lächeln, mit dem man hätte Brot schneiden können.

Zwanzig Minuten später war Gustavs Antoinette aufgetankt. Er überwachte die Befüllung persönlich und erkundigte sich nach dem Kraftstoffverbrauch des Motors. Es stellte sich heraus, dass die Maschinen von den Franzosen offenbar nicht mal zur Hälfte betankt worden waren.

Wegen der schwierigen Startverhältnisse vermutlich, überlegte Gustav.

»Fliegen Sie los, Nante«, forderte Huth, der nun doch ungeduldig wurde. »Wir müssen Stielke und seinen Flugapparat schnell finden und bergen. Nicht dass er am Ende notgelandet ist und sich die Kinder irgendeines Dorfs mit der kostbaren Maschine befassen.«

»Ich werde mein Bestes tun.«

Trotz des größeren Gewichts der Maschine verlief der Startvorgang auch dieses Mal ohne Probleme. Gustav hatte so genau es ging berechnet, wie lange der Motor mit dem Treibstoff seinen Dienst tun würde. Daraus ergab sich die Zeit, die er in der Luft bleiben durfte.

Kein Risiko. Versuch dieses Mal, den befehlsverweigernden Burschen in dir unter Kontrolle zu halten.

Das nahm er sich vor. Und daran hielt er sich. Anfangs jedenfalls.

1904, JARSZÓW / GALIZIEN

Nach den Unterrichtstunden bei Frau Swoboda bekam Rahel jedes Mal Nähunterricht von ihrer Mutter. Doch obwohl Golda noch strenger als die Erzieherin war, machte Rahel nur sehr langsam Fortschritte, war ein hoffnungsloser Fall. Sie hatte wirklich überhaupt kein Talent für das Schneiderhandwerk.

Ständig stach sie sich mit den Stecknadeln in die Finger, sodass sie wiederholt den feinen Spitzenstoff für Frau Pantschuks Nachtwäsche blutrot verschmierte. Auch mit dem Bügeleisen stand Rahel auf Kriegsfuß. Trotz wiederholter Mahnungen ließ sie es regelmäßig zu lange auf einer Stelle stehen und brannte damit große Flecken in den Stoff. Natürlich fügte sie sich auch einige Male selber Brandblasen zu.

Beim Abmessen und Zuschneiden der Stoffe war Rahel ebenfalls die reinste Katastrophe. Das Duplikat eines Ärmels maß sie falsch ab, sodass er viel zu eng geriet und weggeworfen werden musste. Nicht einmal einer Schnittlinie, die Golda mit Schneiderkreide markiert hatte, konnte Rahel mit der Schere sauber folgen. Auch hier war das Ergebnis unbrauchbar.

So blieb es auch lediglich bei einem einzigen Versuch, Rahel an der Nähmaschine anzulernen, denn das Mädchen fädelte die Nähseide immer wieder falsch ein. Ihre Mutter musste schließlich einsehen, dass alle Liebesmühe umsonst war.

»Es hat keinen Sinn, Rahel. Jahwe hat dich offenbar für

etwas anderes bestimmt als für das ehrbare Schneiderhandwerk.«

»Ich gebe mir wirklich alle Mühe ...«

»Wenn ich das nur sehen würde.« Golda nahm ihrer Tochter die Schneiderschere und ein großes Stück Tuch ab. »Ich werde mir etwas einfallen lassen.«

»Soll ich ein anderes Handwerk lernen?«

»Warte es ab.«

Rahel nickte schuldbewusst, war aber insgeheim froh, dass die Quälerei endlich ein Ende hatte. Hoffentlich war die neue Beschäftigung weniger langweilig als die blöde Näherei.

Golda Tajtelbaum dachte lange nach. Es gab nicht viele Tätigkeiten, mit denen eine jüdische Frau hier etwas verdienen konnte. Und für so ein ungeschicktes Ding wie ihre Tochter war die Situation nahezu ausweglos. Für Rahel gab es nur eine Lösung: Sie musste verheiratet werden.

Am Rahels fünfzehnten Geburtstag machte Golda ihrer Tochter die Lage eindringlich klar.

»Niemand will dir Arbeit geben, Rahel. Ich habe bei allen im Schtetl vorgesprochen, die sich eine Hilfe leisten könnten ... Aber alle haben abgelehnt, als dein Name fiel.«

»Wieso das denn? Die kennen mich doch gar nicht.«

»Das denkst du nur. Sie glauben, dass du hochnäsig bist und dich für was Besseres hältst, weil du mit Direktor Pantschuks Töchtern gemeinsam unterrichtet wirst.«

»Das bilden die sich nur ein. Ich bin zu allen Leuten freundlich.«

»Du bist eine Einzelgängerin, du hast ja nicht mal eine Freundin.«

»Die anderen Mädchen langweilen mich eben.«

»Siehst du ... Du bist eingebildet. Aber damit ist jetzt

Schluss. Wenn du schon keine Arbeit findest, müssen wir einen anderen Weg suchen, damit du nicht verhungerst.«

»Vielleicht lerne ich ja doch noch Nähen ...«

»Ach Rahel, beleidige deine Mutter nicht. All meine Liebe, all die zahllosen Stunden, die ich dir geopfert habe ... Du hast sie in keiner Art und Weise vergolten. Du bist eine große Enttäuschung. Aber damit ist endgültig Schluss.«

»Und was soll jetzt werden?«

»Ich suche für dich einen Ehemann. Jemanden, der in der Lage ist, dich und deine zukünftigen Kinder zu ernähren.«

»Ich will noch nicht heiraten.«

»Das wirst du aber. Ich habe in deinem Alter auch geheiratet.«

»Lass uns damit wenigstens so lange warten, bis der Unterricht bei Frau Swoboda beendet ist. Es sind doch nur noch zwei Jahre.«

»Wenn wir einen Bräutigam gefunden haben, ist damit Schluss. Dann gehst du nicht mehr zu den Pantschuks.«

»Mutter, ich könnte doch ...«

»Sei ruhig«, schnitt ihr Golda das Wort ab. »Mein Entschluss steht fest. Du heiratest einen guten jüdischen Mann. Gewöhn dich an den Gedanken.«

Allerdings war es nicht ganz einfach, einen geeigneten Mann zu finden. Denn eine Mitgift konnte Golda ihm nicht bieten, und Rahel hatte einen katastrophalen Ruf. Sie galt als aufsässig und eigenbrötlerisch. Welcher fromme Mann würde sich schon freiwillig und ohne Not so ein Biest ins Ehebett holen? Zugegeben, Rahel war recht ansehnlich. Aber das waren andere Mädchen auch. Zumal solche mit einer schönen Mitgift.

1910, SAARLOUIS / DEUTSCHES KAISERREICH

Der Motor lief rund, das Wetter war weiterhin gut.

Stielke, wo steckst du ...?

Gustav hatte nach seinen Berechnungen noch ausreichend Treibstoffreserven, konnte sich also ein paar Umwege leisten.

Zunächst suchte er die Strecke ab, die ihrer ursprünglich geplanten Flugroute entsprach.

Merkwürdig ...

Es war weit und breit nichts von Stielkes Flugzeug zu sehen.

Kurz bevor er Vionville erreichte, hätte er umdrehen müssen. Ein unausrottbarer Aberwitz verleitete ihn jedoch zu anderen Schlüssen. Sollte Stielke auf irgendeinem Acker in Deutschland niedergegangen sein, wäre das kein großes Drama. War er jedoch – vielleicht aufgrund einer defekten Steuerung – gezwungen gewesen, auf französischem Territorium zu landen, würden sich daraus höchstwahrscheinlich Probleme ergeben.

Reserven hatte Gustav genug. Also beschloss er, die Grenzregion ein wenig abzufliegen, dabei aber keinesfalls in den französischen Luftraum einzudringen.

Es gab bis jetzt kaum Flugzeuge am Himmel. Irgendein französischer Gendarm würde bei Sichtung vermutlich Meldung machen, und dann gäbe es genau den Ärger, den Huth und seine französischen Geschäftspartner vermeiden wollten.

Dieses Mal hatte er sich ein Fernglas geben lassen. Damit konnte er wenigstens ein Stück weit nach Frankreich hineinsehen und den Boden dort inspizieren. Während er das tat, ging ihm eine Bemerkung von Enno Huth durch den Kopf:

»Die Franzosen sehen den Einsatz der Flugzeuge in erster Linie im Bereich des Post- und Personentransportes. Vielleicht helfen sie in Zukunft auch bei der Kartografierung.«

Gustav Nante begriff während seiner Suche ganz unmittelbar, welchen Vorteil derjenige hatte, der im Kriegsfall das gegnerische Territorium von oben überblickte.

Er ahnte, warum sein Stiefvater so daran interessiert war, die Tätigkeiten und geschäftlichen Verbindungen von Huth und seinen Albatros-Werken zu kontrollieren.

Zweimal entdeckte er etwas, aber beide Male war es nicht Stielkes Farman-Doppeldecker. Dann jedoch beschleunigte sich plötzlich sein Puls. Westlich von ihm befand sich ein Objekt am Boden, das Stielkes Flugapparat verdächtig ähnlich sah.

Eindeutig auf französischem Gebiet.

Was sollte er tun? Ein Blick auf die Tankanzeige sagte ihm, dass er es wagen konnte.

Er inspizierte das Gelände.

Hauptsächlich Wald, Äcker, Wiesen und vereinzelte Höfe.

Gustav hielt sich, solange es ging, über einem Wald. Als er sich der vermeintlichen Absturzstelle von Süden her näherte, schien das verdächtige Objekt seine Form verändert zu haben.

Wie kann das sein?

Das Rätsel klärte sich auf, als er die Stelle überflog und sah, wie vier Frauen zu ihm hinaufblickten. Sie waren gerade dabei, große Laken zum Bleichen auf einer Wiese auszubreiten.

Ob sie die Gendarmerie informieren werden?

Möglich war das natürlich, aber seine Antoinette war ja ein französisches Flugzeug, und man hatte keine Landeszeichen appliziert.

Inzwischen hatte er schon recht viel Treibstoff verbraucht und musste die Suche abbrechen.

Gustav beschloss, nicht erst an Höhe zu gewinnen, sondern die Antoinette sofort auf östlichen Kurs zu bringen. Als er gerade das Kurvenmanöver durchführte, ging plötzlich ein harter Schlag durch die Maschine

Seitenwind!

Eine heftige Böe hatte die Maschine erfasst. Die linke Tragfläche wurde weiter und weiter angehoben. Die zusätzliche Verlagerung betrug zwar höchstens zehn oder fünfzehn Grad. Aber nur zweihundert Meter über dem Boden war das mehr als genug. Gustav hatte schon einige Kameraden abstürzen sehen. Er konnte nun nichts anderes tun, als sich zu beherrschen, um den Steuerknüppel nicht zu weit in die Gegenrichtung zu drücken. Kameraden, die ihre Abstürze überlebt hatten, berichteten, dass in einer solchen Situation in der Regel nichts mehr zu machen war. Der Motor hatte dann einfach zu wenig Zugkraft, war nicht in der Lage, die Maschine wieder aufzurichten, sobald sie knapp über dem Boden in Schräglage geriet. Trotz dieser aussichtslosen Situation tat Gustav Nante das, was zu tun war. Was blieb ihm auch anderes übrig?

Alles schien wie in Zeitlupe abzulaufen.

Aber er spürte keine Angst.

Stattdessen schossen ihm Bilder durch den Kopf. Er sah seine Mutter. Seinen Stiefvater. Und dann eine junge Frau, die er aber nicht erkannte.

Ein paar Liebschaften hatte er bereits gehabt. Einmal war es zu Umarmungen und Küssen gekommen.

In einem schwankenden Boot.

Außerdem war er zusammen mit Brunnhuber ein paarmal im Bordell gewesen.

In einem schwankenden Boot. Auf dem Wannsee. Sie hat eins der Ruder versehentlich ins Wasser gleiten lassen ... und gelacht.

Sie hatte ein weißes Kleid getragen, grüne Augen gehabt und ...

Warum eigentlich war nicht mehr daraus geworden?

Nein, es gab keine Frau, nicht mal eine feste Geliebte, der Gustavs Nantes letzte Gedanken hätten gelten können.

Trotz dieser Ablenkungen konzentrierte sich sein Überlebensinstinkt offenbar weiterhin auf die einzige Sache, die von Bedeutung war: die kontrollierte Beherrschung des Steuerknüppels. Und das war gut so. Denn die Fluglage der Antoinette hatte sich im letzten Moment wider Erwarten stabilisiert.

Erst eine halbe Minute später begriff Gustav, was gerade passiert war.

Du bist davongekommen.

»Du bist davongekommen!«

Wie oft hatte er das gedacht, dann gerufen? Er war ganz euphorisch geworden. Und hatte doch Verstand bewiesen und sich auf die Navigation konzentriert.

Fünfunddreißig Minuten später landete er wieder auf dem kleinen improvisierten Feldflughafen bei Saarlouis.

Huth und einige andere kamen auf ihn zu. Ein Offizier, der Gustav vage bekannt vorkam, stellte die entscheidende Frage, noch bevor der Pilot seine Fliegerbrille abgesetzt hatte.

»Abgestürzt?«

»Habe nichts dergleichen gesehen. Das Gebiet ist zu groß.«

»Wo haben Sie denn gesucht?«

»Ich bin die Strecke, die wir gekommen sind, abgeflogen«, log er. »Einmal etwas nördlich, einmal etwas südlich.«

»Gut«, entschied der Offizier. »Die beiden Maschinen werden zerlegt und unverzüglich nach Berlin gebracht.«

Enno Huth nickte.

»Sie fahren mit mir in die Stadt«, befahl der Offizier, wobei er sich erneut an Gustav wandte.

»Das ist mein Mann, Sie können ihm nichts befehlen«, protestierte Huth.

Daraufhin übergab der Offizier dem Direktor der Albatros-Werke ein Schreiben und erklärte: »Der deutsche Abwehrdienst ist interessiert daran, Ihren Mitarbeiter zu vernehmen. Es betrifft die Sicherheit.«

»Wird sicher nicht lange dauern«, erklärte Gustav, um Huth zu beruhigen. »Vielleicht haben wir Glück und erfahren von irgendeiner Gendarmerie, wo Stielke niedergegangen ist. Sie wissen, dass er ein erfahrener Pilot ist. Bestimmt ist er heil runtergekommen. Dann wäre es besser, wenn einer von uns hier wäre, um ihm zu helfen, auch diese Maschine nach Berlin zu bringen. Sobald ich Näheres weiß, melde ich mich.«

Mit diesem Vorschlag erklärte sich Enno Huth einverstanden.

»Ich bitte darum, den Kameraden Nante unterstützen zu dürfen«, sagte Brunnhuber.

Enno Huth überlegte einen Moment lang, bevor er nickte. »Sobald die Maschinen verladen sind, schließen Sie sich mit Ihrem Kameraden zusammen. Sie werden die Leitung der Suchoperation hier unten übernehmen. Sie, nicht Nante. Ist das klar?«

»Ist klar.«

»Telefonieren Sie ein bisschen herum«, sagte der Offizier, der sich noch immer nicht vorgestellt hatte. »Vielleicht weiß eine unserer Landgendarmerien, was passiert ist.«

Dann begleitete er Gustav zu einem Wagen.

Für Gustav fühlte es sich an wie eine Verhaftung.

1905, JARSZÓW / GALIZIEN

Nach Monaten hatte Golda endlich den idealen Bräutigam für Rahel gefunden, nachdem zuvor mehrere Bewerber aufgrund ihrer mangelnden wirtschaftlichen Reputation ausgeschieden waren. Mendel Shterk war ein dreiundvierzigjähriger Gemischtwarenhändler aus einem Schtetl in der Nähe von Brody, der es zu ansehnlichem Wohlstand gebracht hatte.

»Mendel Shterk ist nicht nur willens, dich zu ernähren, sondern auch bereit, für seine Schwiegermutter zu sorgen. Zacharias, Levin, Isidor, Aaron und Meijer haben ja alle ihre Bar Mitzwa gefeiert und können auf eigenen Füßen stehen. Ich würde also nach der Hochzeit zu euch beiden ziehen.«

»Zu mir und diesem Mendel Shterk ...?«

»Natürlich. Er will mit dir schließlich auch Kinder haben, und wenn ich mir vorstelle, wie ungeschickt du dich mit den Babys anstellen wirst, ist es nur gut, wenn ich in deiner Nähe bin.«

Rahel durchschaute ihre Mutter sofort, auch wenn diese die Angelegenheit nicht ungeschickt eingefädelt hatte. Es ging Golda nicht nur um das Wohl ihrer Tochter, sondern ebenso sehr um ihr eigenes. Doch Rahel versagte sich jede Bemerkung.

»Aber er sieht fürchterlich aus, richtig gruselig. So mager, bleich und düster. Wie ... Wie der Vorstand einer Bestattungsbruderschaft. Wie einer, der kaum noch aus der Schiwa rauskommt.«

»Das Aussehen ist bei einem Mann unwichtig. Du wirst ihn schon lieben lernen.«

»Niemals! Lieber bleibe ich alleine!«

»Du verstößt gegen Jahwes Gebot, wenn du dich für die Ehelosigkeit entscheidest. Wir Menschen müssen durch unsere Nachkommen für den Fortbestand des Glaubens sorgen. Seid fruchtbar und mehret euch und füllet die Erde – Erstes Buch Mose!«

Ein entscheidender Satz, über den Rahels Brüder oft debattiert hatten. Mit glühenden, in die Zukunft gerichteten, lüsternen Augen. Erst vor zwei Jahren hatte Rahel begriffen, worum es Aaron, Isidor, Levin, Meijer und Zacharias in Wirklichkeit ging, diesen liebeshungrigen Narren.

Und der schwindsüchtige Mendel Shterk war trotz seiner dreiundvierzig Jahre keinen Deut besser, so wie er sie bei der Brautschau mit feucht schimmernden Augen taxiert hatte. Rahel ergab sich scheinbar in ihr Schicksal, dachte aber fieberhaft über einen Ausweg nach.

Völlig unerwartet kam ihr der Tod zu Hilfe, denn nur wenige Wochen vor der angesetzten Hochzeit starb Golda Tajtelbaum. Rahel hatte sich allerdings schon längst einen Plan zurechtgelegt, der durch den plötzlichen Tod ihrer Mutter erheblich erleichtert wurde.

Nachdem die Trauerfeierlichkeiten vorbei waren und man Goldas Sarg der Erde übergeben hatte, besprachen die fünf Brüder das weitere Schicksal ihrer Schwester. Rahel meinte, dass die Hochzeit mit Mendel Shterk jetzt ja wohl nicht mehr stattfinden würde, doch das lehnten ihre Brüder einvernehmlich ab. Sie wollten lediglich den Ehevertrag ändern.

»Da unsere Mutter nun tot ist, ist der Passus hinfällig, dass dein Bräutigam für sie zu sorgen hat«, sprach Zacharias im

Namen der Brüder. »Deshalb scheint es uns nur gerecht, wenn er stattdessen an uns fünf eine angemessene Ausgleichssumme zahlt.«

»Der Rabbi wird unser Anliegen mit ihm verhandeln«, ergänzte Isidor.

»Es soll ja niemand übervorteilt werden«, fügte Aaron hinzu.

»Das wollen wir in jedem Fall vermeiden«, sagte Meijer. »Nicht wahr, Levin?«

Der jüngste der fünf Brüder nickte enthusiastisch.

»Und was ist mit mir?«, fragte Rahel.

»Du wirst eine glückliche Ehefrau werden«, antwortete Zacharias.

Zehn Tage später kam Mendel Shterk erneut nach Jarszów. Er legte seine Sachen im Schlafzimmer ab, seinen schmucken Paletot, einen dicken Reiseplaid sowie eine hölzerne Geldkassette. Während der Rabbi und Rahels Brüder mit ihm den Ehevertrag aushandelten, in dem der Händler sich verpflichtete, seine zukünftige Frau zu ehren, zu ernähren, für ihre Kleidung zu sorgen und ihre sexuellen Bedürfnisse zu befriedigen, schlich sie sich ins Schlafzimmer.

In Mendel Shterks Mantel fand sie einen Schlüsselbund, mit dem sie die Kassette aufschließen konnte. Sie war prall gefüllt mit Banknoten, und Rahel nahm zwei Drittel davon heraus – zwanzig Fünzig-Kronen- und dreißig Hundert-Kronen-Scheine. Eine unglaubliche Summe.

Dann verließ sie das Haus durch den Hintereingang und lief zum Dorfplatz, wo bereits ein Mietkutscher wartete. Sie ließ sich von ihm zum Lemberger Bahnhof bringen. Dort bestieg Rahel Tajtelbaum am 13. März 1905 den nächsten Zug, der in Richtung Westen fuhr. Als Andenken an ihre Heimat hatte sie *Alice im Wunderland* von Lewis Carroll eingesteckt.

1910, TRABEN–TRARBACH / DEUTSCHES KAISERREICH

Die Moseltalbahn tuckerte von Bullay aus gemächlich an dem kurvenreichen schmalen Fluss entlang. Lena bewunderte die pittoresken kleinen Fachwerkdörfer, deren Bewohner überwiegend vom Weinbau lebten. Sogar in der Eisenbahn wurde den Fahrgästen der weltberühmte Moselwein eingeschenkt. Daher war sie auch als »Saufbähnchen« berühmt und berüchtigt. Die Stimmung in den Abteilen war entsprechend gelockert.

Selbstverständlich trank Lena tagsüber keinen Alkohol. Also fühlte sie sich frisch und munter, als sie gegen elf Uhr in Traben-Trarbach ausstieg. Die Kleinstadt unterschied sich erheblich von den anderen Moseldörfern. Nur wenige Fachwerkbauten standen im Ortskern, dafür aber viele imponierende Jugendstilgebäude, die in den letzten Jahren größtenteils von prominenten Architekten aus der Reichshauptstadt errichtet worden waren.

Es war unübersehbar: Traben-Trarbach schwamm im Geld. Das lag vor allem daran, dass die Stadt nach Bordeaux der zweitgrößte Weinumschlagplatz Europas war. Die Rieslingweine von Mosel und Rhein wurden von hier aus in großen Partien nach Großbritannien und Übersee exportiert. Natürlich versuchten auch andere Geschäftsleute und Handwerker an dem Boom zu partizipieren – und das durchaus mit Erfolg. Einer von ihnen war Mortimer Huntley.

Der gebürtige Engländer hatte in der Londoner Savile Row sein Handwerk gelernt, war der Liebe wegen ins ungeliebte

Deutsche Reich gezogen und betrieb seit vierzehn Jahren überaus erfolgreich eine Maßschneiderei in der Heimatstadt seiner Frau Thea. Als reiner Herrenschneider war er es nicht gewohnt, dass eine Dame ohne männliche Begleitung sein vornehmes Atelier vis-à-vis dem Luxushotel Clauss-Feist betrat.

»Guten Tag«, begrüßte der Schneider Lena mit starkem britischem Akzent. »Was kann ich für Sie tun, gnädiges Fräulein?«

»Mein Name ist Vogel, Lena Vogel.« Mit großer Geste legte die Agentin ihren Schirm auf der Verkaufstheke ab. »Ich suche Sie im Namen des Großen Generalstabs der preußischen Armee auf. Genauer gesagt seines militärischen Nachrichtendienstes.«

»Bitte was?«

Wortlos reichte Lena Vogel dem Schneider ihren Ausweis.

Mortimer Huntley beäugte ihn misstrauisch, konnte nicht glauben, was er da sah.

»Ich weiß nicht, das scheint mir ... scheint mir reichlich merkwürdig zu sein. Eine Frau beim preußischen Militär ... You're pulling my leg ... Ich meine ... Da will mich doch einer meiner britischen Comrades auf den Arm nehmen.«

Lena nahm ihm den Ausweis wieder ab, und ihre Stimme wurde schneidig.

»Mr. Huntley, ich gehe nicht davon aus, dass Sie im Besitz der deutschen Staatsangehörigkeit sind. Oder sollte ich mich täuschen?«

Dem Maßschneider verschlug es ob dieser Impertinenz die Sprache.

»Ihre Antwort, Sir. Ich warte.«

»Nein, ich besitze lediglich die britische Staatsbürgerschaft. Die allerdings auf der ganzen Welt.«

»Dann sollten Sie vielleicht etwas mehr mit den hiesigen Ordnungsbehörden kooperieren«, maßregelte ihn Lena. »Sie werden sonst schneller in das Vereinigte Königreich abgeschoben, als Sie ›God Save the Queen‹ pfeifen können.«

»Well ... Was möchten Sie denn von mir?«

»Ich will nur ein paar Fragen mit Ihnen klären. Haben Sie in letzter Zeit französische Kundschaft gehabt?«

»Von welchem Zeitraum sprechen Sie?«

»Sagen wir, in den vergangenen vier Wochen.«

»Ich bin mir nicht sicher. Möglicherweise.«

»Werden Sie bitte etwas genauer, Mr. Huntley.«

Mortimer Huntley dachte nach. Schließlich strich er sachte über sein Zweifingerbärtchen und nickte.

»Well, ich hatte vor sechs Tagen zwei Kunden. Sie sagten, sie wären Weinhändler aus dem Fürstentum Waldeck und Pyrmont. Aber sie sprachen kein akzentfreies Deutsch. Ihr Tonfall klang für mich ... Französisch dachte ich erst. Aber so richtig französisch war es dann doch wieder nicht.«

»Interessant. Haben die Herren bei Ihnen eine Bestellung aufgegeben?«

»Nein, dafür hatten sie keine Zeit. Aber sie haben jeweils einen der Musteranzüge gekauft, die ich als Anschauungsobjekte für meine Kundschaft bereithalte. Mit einem happigen Extraaufschlag, nachdem ich anfänglich natürlich abgelehnt hatte.«

»Und Sie haben wirklich einen Akzent herausgehört?«

»Nicht nur das. Während die Herren die Anzüge anprobierten, warf ich einen Blick in ihre Sakkos.«

Lena beschloss, den Maßschneider noch ein wenig zu quälen, wo er doch so ein dankbares Objekt abgab.

»Aus welchem Grund? Was versprachen Sie sich davon?«

»Nun ja ... ich ...«

»Ich höre«, sagte Lena und klopfte mit ihrem Schirm vernehmlich auf die Verkaufstheke.

»Es war weil ... weil ich ... ich ...«

Mortimer Huntley brach ab.

Lena lächelte sanftmütig.

»Jetzt mal ganz ruhig, ich reiße Ihnen schon nicht den Kopf ab.«

»Nun ja ... Schließlich muss ich doch wissen, wie die Konkurrenz arbeitet. Beide Herren trugen Maßanzüge von Pariser Schneidern. Durchweg gute Arbeit. Ohne jeden Makel.«

Lena lächelte und strahlte den Herrenschneider an.

»Besten Dank. Sie haben sich große Verdienste um die deutsch-britische Zusammenarbeit erworben, Mr. Huntley. Ich werde nicht vergessen, dies beim Berliner Generalstab angemessen herauszustellen. Guten Tag, Sir.«

»Guten Tag, Fräulein.«

Die Agentin nahm ihren Schirm, lächelte dem Schneider noch einmal zu und verließ das Atelier.

Mortimer Huntley blickte ihr sprachlos hinterher und fragte sich, was er von der Sache halten sollte. Schließlich redete er sich wider besseres Wissen ein, dass es vermutlich doch nur ein Schelmenstreich seiner Freunde von der Royal British Tailors Association war.

Der berühmte britische Humor eben, den er allerdings genauso wenig ausstehen konnte wie den deutschen Humor.

SAARLOUIS / DEUTSCHES KAISERREICH

Selbst im Wagen stellte der Offizier sich Gustav nicht vor. Es folgten auch keine Fragen. Und erst recht keine Erklärungen, als Gustav sich erkundigte, wohin sie fuhren.

»Machen Sie sich bitte keine Sorgen«, lautete die immer gleiche Antwort. Vor der Gendarmerie von Saarlouis hielt der Wagen schließlich an.

»Aussteigen, bitte.«

Gustav zögerte und folgte schließlich der Aufforderung. Zwei Meter neben dem Fahrzeug blieb er stehen. Ein ungutes Gefühl machte sich in ihm breit.

»Kommen Sie bitte, wir haben keine Zeit zu verlieren«, erklärte der Offizier. Er berührte Gustav zwischen den Schulterblättern und schob ihn sanft Richtung Eingang. Viele Gedanken schossen kreuz und quer in Gustav Nantes Kopf herum. Was hatte er falsch gemacht? Was wollte man von ihm? War sein Flug über französisches Territorium registriert worden? *Unwahrscheinlich, dass sie davon schon wissen.* Es konnte aktuell eigentlich nichts gegen ihn vorliegen.

»Sie warten bitte hier. Nicht weglaufen.«

Hatte der Offizier gerade gelächelt?

Zehn Minuten musste Gustav warten, dann wurde er in einen anderen Raum beordert. *Offenbar so was wie die Leitstelle.*

Der Offizier sprach kurz mit dem Gendarmeriehauptmann, der hinter einem Schreibtisch saß. Gustav konnte nicht verstehen, worum es ging.

Als Nächstes griff der Offizier nach einem Telefonhörer.

Die Gendarmerie war bereits mit modernen Selbstwahlgeräten ausgestattet.

Der Offizier meldete sich mit Namen. So erfuhr Gustav, dass er es mit Hauptmann Kurzhals zu tun hatte. Wenn er sich nicht täuschte, war dieser seit Kurzem die rechte Hand seines Stiefvaters.

Kurzhals sagte zweimal: »Ja.« Dann: »Ja, ist hier.« Anschließend hielt er Gustav den Hörer hin.

»Ihr Gespräch.«

»Welches Gespräch?«

Der Gendarmeriehauptmann stand auf und verließ wortlos den Raum.

»Welches Gespräch?«, fragte Gustav erneut. Dieses Mal klang seine Stimme etwas ungehalten.

»Berlin.« Hauptmann Kurzhals gab ihm den Hörer und verließ dann ebenfalls den Raum. Gustav hörte noch, dass Kurzhals jemandem befahl, Brunnhuber zu holen.

»Ja bitte, wer ist da?«

»Gustav. Wie ich eben hörte, bist du sicher gelandet.«

»Ja, sicher gelandet, alles in Ordnung bei mir.«

»Ich habe gehört«, fuhr Lassberg fort, »dass du Schwierigkeiten hattest.«

Sein Stiefvater klang ernstlich besorgt.

»Ja, Seitenwind. Ich wurde etwas abgetrieben. Alles gut überstanden. Es gibt trotzdem ein Problem.«

»Die dritte Maschine.«

»Du weißt es schon?«

»Was denkst du denn, was wir hier tun?«

»Verzeihung.«

»Hauptmann Kurzhals hat mich bereits über alles informiert. Ich habe ihm Anweisung erteilt, dass du und Brunnhuber euch darum kümmert. Während wir telefonieren, setzt

141

man sich bereits mit den Landgendarmerien in Verbindung. Vielleicht wurde der Niedergang der Maschine inzwischen registriert und gemeldet. Ihr nehmt die Sache in die Hand und kümmert euch dann darum, dass das Flugzeug unauffällig nach Berlin gebracht wird.«

»Verstehe.«

»Ihr bekommt ein Schreiben, das euch ermächtigt, euch notfalls über die Wünsche irgendwelcher Gendarmen hinwegzusetzen. Sollte dein Kamerad Stielke verwundet, aber ansprechbar sein, dann weise ihn bitte darauf hin, dass er kein Wort über die näheren Modalitäten der Übergabe oder den Flug ausplaudert. Sollte er verstorben sein, dann organisiere bitte die Überführung. Wende dich an Hauptmann Kurzhals. An niemand anderen. Hast du alles begriffen?«

»Ja.«

»Gut, dann wartest du jetzt auf deinen Fliegerkameraden, und sobald eine Gendarmerie Meldung macht ...«

Gustav unterbrach seinen Stiefvater: »Warum muss das alles so geheim ablaufen?«

»Was ich dir jetzt sage, bleibt strikt unter uns, ist das klar?«

»Natürlich.«

»An einem Bahnübergang hat sich ein schwerer Unfall ereignet. Zwei Männer wurden hingerichtet, in einer Weise, die etwas Militärisches hat. Einer der Mörder soll Französisch gesprochen haben. Einige unserer Agenten halten daher eine Beteiligung Frankreichs für möglich. Ob das nun so ist oder nicht, mag dahingestellt sein. Wir müssen in jedem Fall verhindern, dass sich aus der Überführung von drei französischen Flugzeugen ein diplomatischer Zwischenfall ergibt. Du musst rasch handeln, und zwar ohne größeres Aufsehen.«

»Ich werde mein Bestes tun.«

»Das erwarte ich auch. Noch etwas: Die nominelle Leitung

der Operation hat Brunnhuber. Ich möchte nicht, dass unser Verwandtschaftsverhältnis irgendeine Rolle spielt oder Erwähnung findet. Du unterrichtest mich sofort, wenn sich etwas ergibt.«

»Ja. Ich meine, nein. Du kannst dich auf mich verlassen.«

»Du rufst an, sobald du Näheres weißt.«

»Ja.«

Damit war das Gespräch beendet. In Gustav rangen zwei Regungen miteinander. Einerseits war er erfreut, dass Lassberg ihm so viel zutraute. Andererseits hatte er nicht die geringste Vorstellung davon, was auf ihn zukommen würde.

Er verließ den Raum, und Hauptmann Kurzhals kam auf ihn zu.

»Sie sind instruiert?«, fragte Gustav in einem Tonfall, als sei er es gewohnt, Untergebene scharf abzufragen.

»Ich bin im Bilde. Ihr Kamerad Simon Brunnhuber kümmert sich gerade um die Demontage und Verladung der beiden Flugzeuge.«

»Gut. Wann wird er eintreffen?«

»Schwer zu sagen. Ich habe hier ein Schreiben, das Sie mit den nötigen Vollmachten ausstattet.«

Er überreichte Gustav ein Schriftstück, das dieser kurz überflog. Es stand genau das darin, was er erwartet hatte. Das Schreiben war mit zwei beeindruckend großen Stempeln und einer geradezu herrischen Unterschrift versehen. Wer immer sie geleistet hatte, verfügte offenbar über jede Menge Selbstvertrauen.

»Ich stehe Ihnen zur Verfügung«, erklärte Hauptmann Kurzhals, der sich nun völlig anders gab als zuvor im Auto. Offenbar war er recht anpassungsfähig, was Befehlsketten anging.

»Ich werde auf Sie zurückgreifen, falls nötig«, erklärte Gustav. »Im Moment brauche ich Sie nicht.«

143

1905, ÖSTERREICH–UNGARN / DEUTSCHES REICH

Es war eine lange Reise, die Rahel von Lemberg über Przemyśl nach Krakau, von dort über Katowice und Ostrava nach Olmütz führte. Dann weiter nach Brünn, über Prag nach Litoměřic, bis sie schließlich bei Hřensko die Grenze des Deutschen Reiches erreichte.

Über eine Woche war Rahel unterwegs, musste häufig umsteigen, verbrachte Stunden in zugigen Bahnstationen, nahm immer nur Nahverkehrszüge, um nicht das Risiko einzugehen, wegen des Gelddiebstahls verhaftet zu werden. Sie war angespannt, unsicher, ob sie das Richtige tat, fühlte sich wie das weiße Kaninchen, das hektisch auf seine Uhr starrt und Angst hat, zu spät zu kommen.

Doch Rahel wusste auch, wie die Geschichte weiterging. Alice und das weiße Kaninchen fielen in den Erdbau und landeten in einem Gang, von dem viele Türen abgingen, in unbekannte verführerische Welten. Doch alle Türen waren verschlossen, und Alice musste diejenige finden, die sie öffnen konnte.

Vor dieser Aufgabe stand auch sie – Zutritt zu einer Welt zu finden, die unbekannt und verlockend war und in der sich ihre geheimen Träume erfüllen würden. Sie hatte lange zwischen Wien und Berlin geschwankt, sich dann aber für die deutsche Hauptstadt entschieden, eine Stadt, von der sie wahre Wunderdinge gehört hatte.

Ihre Flucht hatte also auch angenehme Seiten. Sie lernte viele Menschen kennen, die ebenfalls ihr Glück in der Fremde suchen wollten. Die meisten waren auf dem Weg nach Bremerhaven, um von dort mit dem Dampfschiff in die Neue Welt zu fahren. Viele der Reisenden kamen wie sie aus irgendeinem Schtetl, das genauso hinterwäldlerisch war wie ihr heimisches Jarszów. Sie trugen ihre traditionelle Tracht aus Kaftan, Pelzhut oder der Kippa, die Männer Bart und Schläfenlocken. Alle sprachen Jiddisch, sodass ihre Zugehörigkeit zum Judentum sofort für jeden ersichtlich war.

Bei Rahel wäre niemand darauf gekommen, dass sie aus einem jüdischen Städtchen im Osten stammte. Bei einem längeren Aufenthalt in Brünn hatte sie sich in einem Geschäft für Damen- und Mädchenkonfektion en gros einige moderne Kleidungsstücke zugelegt. Darunter eine zartgelbe Ascotschleifenbluse mit Puffärmeln sowie einen knöchellangen Glockenrock mit dazu passenden Knöpfchenstiefeletten.

Auf ein bereits ins Auge gefasstes Strohhütchen mit einem Kranz aus pastellblauen Atlasrosetten verzichtete sie, als ihr Blick auf einen Schirm aus chinierter Seide fiel. Dessen Fond war mit fantastischen Blüten und Goldvögeln bestickt und mit geknoteten Seidenfransen versehen. Als Krönung hatte er einen Griff aus Emaille und am Ende eine Zwinge aus spitz geschmiedetem Messing. Mit einem solchen Schirm hätte auch Alice höchst mondän durch das Wunderland lustwandeln können.

Ihre neuen Kleider waren eng tailliert, auf ein Korsett verzichtete Rahel jedoch, gegen den Rat der Verkäuferin. Kein Zwang, wenn es sich vermeiden ließ. So lautete der Leitspruch, den sie sich unterwegs zugelegt hatte. Sie fühlte sich jedenfalls wie neugeboren und setzte sich jetzt lieber zu nichtjüdischen Passagieren ins Abteil, um sich deren Habitus und Gebaren einzuprägen.

Wenn sie im Zug saß, wenn das gleichmäßig hämmernde Dadamm-Dadamm der Räder sie schläfrig machte, träumte Rahel vom Großstadtleben, von einer pulsierenden Metropole, in der sich ihr gänzlich neue Dinge offenbaren würden. Von etlichen ihrer Reisebegegnungen hatte sie gehört, dass viele der ostjüdischen Einwanderer sich vom Berliner Scheunenviertel aus auf die Suche nach dem Glück begaben.

Das war auch Rahels Plan.

1910, TRABEN–TRARBACH / DEUTSCHES KAISERREICH

Wie Lena wusste, machte Major Craemer pünktlich um zwölf Uhr Mittagspause, wenn er in Berlin mit der Büroarbeit beschäftigt war. Dann traf er sich in der Regel mit seiner Frau in einer der besten Berliner Restaurationen zum Essen. Meistens im *Restaurant Kaiserhof*, bei *Horcher* oder im *Weinrestaurant Traube*. Sie würde sich also noch ein Weilchen gedulden müssen, bis ihr Vorgesetzter wieder an seinem Arbeitsplatz erreichbar war. Da sie selber keinen Hunger hatte und die Sonne schien, beschloss Lena, spazieren zu gehen.

Sie bewunderte die prachtvollen Bauten, die zu beiden Seiten das Moselufer zierten. Dabei musste sie immer wieder lächeln und an den englischen Schneider denken.

Erstaunlich, wie sich selbst gestandene Männer durch ein forsches Auftreten und ein amtliches Stück Papier zur Räson bringen lassen. Lass dir das für die Zukunft eine Lehre sein.

Als es kurz nach eins war, ging die Agentin durch das imposante Brückentor. Sie begab sich auf die andere Moselseite, wo gleich das Kaiserliche Postamt lag. Es dauerte eine Weile, bis das Fräulein vom Amt die Verbindung mit dem militärischen Nachrichtendienst hergestellt hatte.

»Jetzt kommt das Gespräch für Sie«, erklärte das Fräulein schließlich, und Lena nahm den Hörer entgegen.

»Craemer.«

»Lena Vogel, Herr Major. Ich rufe aus Traben-Trarbach an. Es gibt Neuigkeiten.«

»Dann lassen Sie mal hören.«

Die Agentin informierte ihren Vorgesetzten über das Gespräch mit Mortimer Huntley und darüber, dass die beiden unbekannten Toten Anzüge von Pariser Maßschneidern getragen hatten.

»Also wohl tatsächlich Franzosen. Möglicherweise aus der Hauptstadt.«

»Davon sollten wir ausgehen.«

»Konnten Sie ihre Namen herausfinden?«

»Nein, sie sind als norddeutsche Weinhändler aufgetreten. Zweifelsfrei also unter Vorspiegelung falscher Tatsachen. In diese Richtung brauchen wir wohl nicht weiter zu ermitteln.«

»Ich habe ebenfalls Neuigkeiten. Passen Sie auf: Dieser Wilhelm von Eisleben, dessen Namen der Unbekannte im Spital vermutlich gemurmelt hat, ist der oberste Direktor der Nassauischen Zentralbank in Wiesbaden. Er gilt als einer der wichtigsten Finanziers der rheinisch-westfälischen Schwerindustrie.«

»Ein einflussreicher Mann.«

»Das können Sie laut sagen. Und er ist finanziell an den Albatros-Werken in Berlin-Johannisthal beteiligt.«

»Messen Sie dieser Tatsache eine besondere Bedeutung bei, Herr Major?«

»Noch nicht. Aber es ist schon ein merkwürdiger Zufall, nicht wahr? Ich wollte Ihnen damit nur sagen, dass Sie vorsichtig sein müssen. Aber ich denke, das sind Sie.«

»Unbenommen.«

»Gut«, erwiderte Craemer nach kurzem Zögern. Natürlich war seine Agentin auf der Hut, und was die Wahl ihrer Waffen betraf, recht einfallsreich. Das hatte sie in der Zeit ihrer bisherigen Zusammenarbeit bereits das eine oder andere Mal bewiesen.

»Was soll ich als Nächstes tun, Herr Major?«

»Fahren Sie nach Wiesbaden und nehmen Sie inkognito Kontakt mit Herrn von Eisleben auf. Kitzeln Sie ihn, versuchen Sie herauszufinden, ob es etwaige Verbindungen zu unserem Vorgang gibt.«

»Sie geben mir in der Wahl der Mittel Carte blanche?«

»Grundsätzlich ja. Das mit dem Kitzeln war natürlich …«

»Sie meinen, ich soll gesittet auftreten.«

»Denken Sie immer daran, dass wir zu einem späteren Zeitpunkt unsere Vorgehensweise bei der Führung des Großen Generalstabs möglicherweise rechtfertigen müssen. Nicht dass Sie uns in eine unangenehme Situation bringen.«

»Nicht doch, Herr Major. Ich werde nichts Ungesetzliches oder gar Frivoles unternehmen. Sie können sich ganz auf mich verlassen.«

»Das will ich hoffen.«

Lena beendete das Gespräch und begann zu überlegen, wie sie am besten an Wilhelm von Eisleben herankommen konnte. *Vielleicht,* dachte sie, *ist mein Mann kürzlich gestorben. Dann bräuchte ich als Witwe natürlich dunkle Kleidung … und vielleicht auch einen passenden Schleier.*

1905, SCHEUNENVIERTEL / BERLIN

Das Scheunenviertel lag in der Mitte Berlins, in der östlichen Spandauer Vorstadt. Das Wohngebiet bestand aus einer Handvoll Gassen, in denen eine ziemliche Enge herrschte. Die Häuser waren alt, verwahrlost und überbelegt.

Als Rahel zum ersten Mal durch das Viertel lief, erinnerte sie vieles dort an ihr heimisches Schtetl. Es gab koschere Läden, kleine Handelsbörsen, Betstuben und Lesehallen. Straßenhändler boten hebräische Bücher und Ritualgegenstände an, und die meisten Juden trugen die Kleidung und Haartracht ihrer alten Heimat. Und doch war es nicht wirklich wie daheim. So viele ausgemergelte Gesichter hatte es in Jarszów nicht gegeben.

Die meisten Bewohner waren Juden aus den östlichen Gebieten Europas, die vor Gewalt und Pogromen geflohen waren. Ohne Ausbildung und somit ohne realistische Zukunftserwartungen würden sie niemals das Geld für eine Überfahrt nach Amerika aufbringen können. Also waren die meisten gezwungen, in dem ungeliebten Viertel auszuharren.

Hier lebten Gläubige und Ungläubige, Ehrliche und Unehrliche, Betrunkene und Nüchterne, Arme und Bettelarme nebeneinander. Menschen, die sich längst mit ihrem Schicksal abgefunden hatten, und solche, die noch immer an eine bessere Zukunft glaubten.

Die Armut kannte Rahel bereits aus Jarszów. Doch in ihrem Schtetl hatte es kaum Wucherer gegeben, von Dieben, Zuhältern und Huren gar nicht zu reden. Doch das war mal nicht von Belang. Sie musste sich schnellstens zurechtfinden, um nicht unter die Räder zu kommen.

Die meisten Menschen im Scheunenviertel betrachteten Rahel wegen ihrer vornehmen Kleidung argwöhnisch, starrten sie an wie eine Fremde, die in ihrem Gebiet nichts verloren hatte. Nur mit Mühe fand sie eine Schlafstelle bei einer jüdischen Familie. Das Bett musste sie sich mit einer Fabrikarbeiterin namens Rena teilen.

»Ich arbeite bei Borsig, bei den Schiffsdampfmaschinen«, erzählte die stämmige kleine Frau ihr. »Und wo schaffst du?«

»Ich bin noch auf der Suche nach einer Arbeitsstelle. Vielleicht kann ich in einem Büro arbeiten.«

»Na, du hast ja große Pläne. Meinst du, die stellen eine aus dem Scheunenviertel ein? Eine von uns? Nie im Leben! Wenn du willst, spreche ich mit meinem Vorarbeiter. Vielleicht kann der dir was vermitteln.«

»Das ist nett, aber ich habe ja noch nicht einmal mit der Suche angefangen.«

Gleich am nächsten Morgen kaufte Rahel sich bei einem Trödelhändler einfache saubere Kleidungsstücke, ähnlich wie die, die Rena trug. Ihre schönen neuen Sachen aus dem Brünner Konfektionsgeschäft verschwanden erst mal in einem Koffer. Dann machte Rahel sich auf die Suche nach Arbeit, denn das gestohlene Geld ging allmählich zur Neige.

Sie wollte auf keinen Fall in einer Fabrik arbeiten. Es sollte schon etwas Besseres sein, schließlich hatte sie nicht umsonst so fleißig gelernt. Sie sprach mehrere Fremdsprachen und verfügte über eine gute Allgemeinbildung. Damit musste sich doch etwas finden lassen. Aber für ein ungelerntes junges Mädchen war das geradezu ein Ding der Unmöglichkeit. Keiner brauchte eine Schreibkraft, niemand eine Sekretärin.

Rahel war schon drauf und dran, ihre Bettgenossin zu bitten, sich bei den Borsigwerken für sie einzusetzen, als sie in der Mulackstraße mit einer korpulenten Mitfünfzigerin zusammenstieß. Der Einkaufskorb der Frau fiel zu Boden, und Obst kullerte heraus. Rahel bückte sich und suchte alles zusammen.

»Entschuldigung, das war nicht meine Absicht.«

»Keine Ursache, Mädchen«, sagte die Frau und betrachtete Rahel neugierig. »Ich heiße Frieda Bruchwitz. Sind wir uns nicht schon mal begegnet?«

»Nein, ich bin erst seit fünf Tagen in Berlin.«

»Ein Neuankömmling also ...«

Rahel nickte.

»Wie heißt du?«

»Rahel Tajtelbaum.«

»Bist du mit deiner Familie nach Berlin gekommen?«

»Nein. Meine Eltern sind tot. Ich habe nur noch ein paar Brüder in Galizien.«

Frau Bruchwitz hakte sich bei ihr unter, und gemeinsam bahnten sie sich einen Weg durch die Menschenmasse in der Mulackstraße.

»Wie alt bist du?«

»Ich werde nächste Woche siebzehn«, log die junge Jüdin.

»Und hast du Arbeit, Rahel?«

»Ich bin auf der Suche.«

»Und ich suche ein Schankmädchen für meine Gaststätte. Wäre das nicht was für dich?«

»Doch, ja, das könnte ich mir vorstellen.«

»Dann komm mit und schau dir meine Gaststätte an. Es ist ein sehr gediegenes Haus und liegt nur ein paar Meter entfernt in der Artilleriestraße.«

Bei der *Restauration Bruchwitz* handelte es sich allerdings nicht um eine Speisegaststätte, sondern um ein ordinäres, schmuddeliges Hurenhaus. Ein Etablissement dieser Art war zwar das Letzte, wonach Rahel gesucht hatte, aber immerhin war es ein Anfang.

Mit dem Bordellbetrieb hatte Rahel nur am Rande zu tun, sie bediente lediglich die Gäste im Schankraum. Die beiden oberen Etagen, wo die Huren ihre Zimmer hatten, waren für sie tabu. Zwar hätte Emil Bruchwitz, ein vierschrötiger Mann mit Händen wie Kohleschaufeln, kahl rasiertem Schädel und einem Gesicht voller Pockennarben, Rahel nur zu gerne als Animiermädchen beschäftigt, aber seine Frau Frieda lehnte das ab und hatte sich gegen ihren Mann durchgesetzt.

Monatelang brachte Rahel den Kunden ihre Bestellungen, freundete sich dabei mit den Dirnen an und hielt Abstand zu den Freiern. Das ging so lange gut, bis Frieda Bruchwitz in die Charité eingeliefert wurde, um sich einer Hüftoperation zu unterziehen.

SAARLOUIS / DEUTSCHES KAISERREICH

Gustav wartete bereits seit gut zwei Stunden auf Brunnhuber, als der Fliegerkamerad endlich eintraf. Er wurde von einem Gendarmen begleitet.

»Danke«, sagte Gustav und zeigte dem Polizisten seine Vollmacht. »Wir brauchen Sie im Moment nicht mehr.« Der Gendarm nickte und verließ das Gebäude.

»Warum hat das so lange gedauert?«

»Wir hatten Schwierigkeiten bei der Demontage der beiden Flugzeuge.«

»Sind sie denn so anders konstruiert als unsere?«

»Nun, jedenfalls brauchten wir erst mal anderes Werkzeug.«

»Verstehe.«

»Was ist hier so los?«, fragte Brunnhuber.

»Nichts Besonderes, ich habe eigentlich nur auf dich gewartet. Es gibt Anweisung aus Berlin, dass wir uns um den Abtransport des dritten Flugzeugs kümmern sollen.«

»Dazu muss es erst einmal gefunden werden.«

»Du sagst es, Simon. Die Gendarmerien sind informiert, nach einem notgelandeten Flugzeug Ausschau zu halten. Sie erstatten sofort Meldung, sobald man es sichtet.«

»Gut. Und was ist das für ein Schreiben, das du eben vorgezeigt hast?«

»Wir sind ermächtigt, uns über die Belange untergeordneter Behörden oder Gendarmerien hinwegzusetzen. Hauptmann Kurzhals ist im Moment derjenige, an den wir uns wenden.«

»Das heißt, wir haben jetzt das Sagen?«

Gustav sah Brunnhuber mit ernster Miene an. »Um genau zu sein: Du hast das Sagen, Simon. Man wird uns ein Fahrzeug zur Verfügung stellen, und du leitest die Operation. Anweisung aus Berlin.«

Brunnhuber begann zu grübeln, murmelte mehrfach denselben Satz: »Ich habe also das Sagen ...«

»Was ist daran nicht zu verstehen?«

»Auch hier? Auch hier habe ich das Sagen, richtig?«

»Wenn es unsere Operation betrifft ...«

»Ich habe seit Stunden nichts mehr gegessen oder getrunken.«

»Du hast das Sagen.«

Brunnhuber nickte, als Hauptmann Kurzhals zu ihnen kam, um mitzuteilen, dass ein Fahrzeug bereitstünde.

»Ein Fahrzeug. Sehr gut, Hauptmann ...«

»Kurzhals«, ergänzte Gustav.

Brunnhuber nickte. »Hauptmann Kurzhals also. Sie wollen uns nach Kräften unterstützen?«

»Ich will und soll.«

»Dann bringen Sie uns doch bitte etwas zu essen. Stullen reichen. Dazu vier Flaschen Bier.«

»Ein paar Stullen und vier Flaschen Bier. Gerne«, sagte Kurzhals und gab einem Gendarmen ein Zeichen, das Gewünschte zu besorgen. »Sonst noch etwas?«

»Danke, wir möchten Sie nicht über Gebühr beanspruchen.«

Fünfzehn Minuten später kam das Bier, zusammen mit einem großen Teller belegter Brote.

»Hau rein«, befahl Brunnhuber. »Wer weiß, wann wir wieder was kriegen.«

Sie waren gerade mit ihrer Mahlzeit fertig, als endlich eine

Nachricht kam. Hauptmann Kurzhals überbrachte sie persönlich.

»Der Flugapparat wurde entdeckt. Er steht auf einem Feld.«

»Wo?«

»Bei Wadgassen, einem kleinen Ort in der Nähe von Völklingen. Ich habe es Ihnen hier markiert.« Hauptmann Kurzhals überreichte Gustav und Brunnhuber eine Landkarte und erklärte ihnen den besten Weg zum Zielort.

»Wie geht es dem Piloten?«

»Darüber wurde nichts gemeldet. Ich habe die zuständige Gendarmerie angewiesen, sich dem Flugapparat nicht zu nähern. Für den Fall, dass etwas explodiert oder ...«

»Sehr gut«, lobte Gustav.

»Bis jetzt liegt nur eine knappe Mitteilung vor, in der steht, dass ein Flugapparat auf einem Kornfeld niedergegangen ist.«

»Niedergegangen ... Steht das so in der Mitteilung?«

»Ja.«

»Kein Feuer, kein Brand?«

»Offenbar nicht. Jedenfalls findet sich kein Wort davon in dem Bericht. Soll ich Sie beide auf der Fahrt begleiten?«

»Nein, danke«, sagte Gustav. »Es ist besser, wenn Sie hier die Stellung halten, sozusagen unsere Zentrale sind. Weisen Sie bitte die zuständige Gendarmerie nochmals an, dass niemand sich dem Flugzeug nähern darf. Mindestens zweihundert Meter Abstand.«

»Mindestens zweihundert Meter. Wird gemacht.«

Fünf Minuten später waren Gustav Nante und Simon Brunnhuber auf dem Weg nach Völklingen.

Gustav saß am Steuer, Brunnhuber hatte die Landkarte auf den Knien, fungierte als Navigator.

»Und?«, fragte er, als sie Saarlouis hinter sich gelassen hatten.

»Was und?«, fragte Gustav zurück.

»Na, was könnte deiner Meinung nach Stielke veranlasst haben, notzulanden?«

»Dafür kann es hundert Gründe geben.«

»Wadgassen liegt weitab von unserer Flugroute. Stielke muss größere Probleme gehabt haben, wenn er so weit abgekommen ist.«

»Dann kämen als Erstes Schwierigkeiten mit der Steuerung infrage.«

»Der Farman-Doppeldecker fliegt bis zu 180 Kilometer. Also viel weiter als unsere Antoinettes.«

»Es hat keinen Sinn, ins Blaue hinein zu spekulieren. Wir wissen einfach nicht, was passiert ist, Simon. Ich denke als erstes Resümee dieser Überführung haben wir festzuhalten, dass die Möglichkeiten zur Navigation dringend verbessert werden müssen. Ich hatte ebenfalls Probleme nach meinem Start. Es reicht, wenn man nur ein paar Minuten mit etwas anderem beschäftigt ist. Schon muss man raten, wo man sich befindet.«

»Hoffen wir mal, dass Stielkes Landung glimpflich abging.«

»Sehe ich auch so«, antwortete Gustav. »Aber Stielke ist einer unserer Besten. Wenn einer so eine Notlandung schafft, dann er.«

Gustavs Erklärung schien Brunnhuber vorerst zu genügen. Also wurde geschwiegen. Die Anspannung war spürbar.

1906, SCHEUNENVIERTEL / BERLIN

Natürlich hatte das junge Schankmädchen in der *Restauration Bruchwitz* längst die Begehrlichkeiten der männlichen Gäste geweckt, und jetzt, da Frieda Bruchwitz in der Charité lag, sah ihr Mann Emil seine Stunde gekommen. Nachdem Lena ihre Schicht beendet hatte, nahm er sie beiseite.

»Wie viel verdienst du eigentlich bei uns, Kleene?«

»Neununddreißig Mark im Monat.«

»Na, da kannste keene großen Sprünge mit machen.«

Rahel zuckte mit den Achseln. Sie ahnte schon, worauf der Bordellwirt hinauswollte.

»Ich komme zurecht.«

»Was sagst du dazu, wenn ich dir viermal so viel zahle? Ach was, ich zahl dir zweihundert Mark im Monat. Jetzt biste baff, wa?«

»Als Schankmädchen?«

»Nee, dafür musste schon animieren. Du hast ja wohl mitbekommen, dass junge Mädchen die allerbeste Handelsware sind«, erwiderte Emil Bruchwitz und lachte dröhnend.

»Danke. Aber ich bin noch Jungfrau. Und das möchte ich vorerst auch bleiben.«

»Jungfrau ... Huiiii ...«, pfiff der Bordellwirt durch seine Zahnlücke. »Du kannst ja mal drüber nachdenken. Eilt nicht.«

Ohne Rahels Wissen setzte Emil Bruchwitz die Dirnen auf das Schankmädchen an und versprach derjenigen einen schönen Kopfpreis, die sie zur Prostitution überreden würde.

WADGASSEN / DEUTSCHES KAISERREICH

»Stielke ist bestimmt heil runtergekommen«, sagte Brunnhuber zum dritten Mal. »Ich meine, wenn jemand auf einer Briefmarke landen kann, dann er, oder?«

Gustav gab ihm mit einem Nicken recht. Auch er hoffte, dass seinem Fliegerkameraden nichts passiert war.

Der Wagen sprang und ruckelte auf der Straße, die lediglich ein besserer Feldweg war.

»Hier irgendwo soll es sein.«

Brunnhubers Blick klebte förmlich auf der Landkarte, und sein Zeigefinger bohrte sich auf die Stelle, an der Hauptmann Kurzhals sein Kreuz gemacht hatte.

»Wadgassen ist kaum mehr als ein Dorf. Und liegt wirklich ziemlich weitab von unserer Flugroute.«

»Stielke wird uns das alles erklären. Vielleicht hatte er Probleme mit der Steuerung, oder ...«

»Was für eine Scheiße!«, unterbrach ihn Brunnhuber. Er hatte den Blick gehoben und stierte seitlich aus dem Fenster. »Auf einem Kornfeld, hieß es. Auf einem Kornfeld! Hier sind überall solche verfluchten Kornfelder.«

Abgesehen von Brunnhubers verfluchten Kornfeldern gab es hier nichts als Landschaft. Das Einzige, was in dieser Gegend als Markierung hätte dienen können, waren zwei eng beieinanderstehende Schornsteine, die offenbar zu einer kleinen Fabrik gehörten.

»Da!«, sagte Gustav. Zweihundert Meter vor ihnen standen zwei Gendarmen auf dem Feldweg.

»Sind die mit ihren Fahrrädern gekommen?«, fragte Brunnhuber.

»Wie denn sonst?«

»Na, auf Pferden.«

»Offenbar haben die hier keine.«

Als sie sich den beiden näherten, hoben die Gendarmen, als hätten sie das längere Zeit geübt, in exakt paralleler Bewegung gleichzeitig ihre Hände, um Gustav zum Anhalten zu bewegen. Der folgte der Anweisung, und sie stiegen aus.

»Sie können hier nicht weiterfahren, hier findet eine amtliche Inspektion statt«, erklärte einer der beiden Gendarmen. Er war auffällig groß und sehr dünn.

»Genauso ist es, fahren Sie bitte zurück«, ergänzte der Zweite. Er war alles andere als groß, und als dünn hätte ihn sicher niemand bezeichnet.

Gustav wandte sich instinktiv an den Großen.

»Wir sind im Bilde. Hier ist ein Flugzeug niedergegangen?«

»Niemand darf ran, keine Ausnahmen!«, erklärte der Kleine mit einigermaßen scharfer Stimme. Er stand auf den Zehenspitzen, wippte auf und ab.

Gustav ging nicht auf dieses Gebaren ein. Stattdessen überreichte er dem Großen seine Vollmacht, der sie gründlich studierte.

»Hör auf rumzuzappeln, wir sind hier nicht im Zoo«, befahl er dem Kleinen. »Sie sind Leutnant Nante?«

»Richtig. Das ist mein Kamerad Brunnhuber. Wie Sie sehen, sind wir ermächtigt, die Untersuchung durchzuführen. Wo ist das Flugzeug?«

Der Kleine zeigte über das Feld in Richtung einer Gruppe von Bäumen und Sträuchern. »Dahinter«, sagte er und begann wieder auf seinen Zehen zu wippen.

»Bis jetzt hat sich niemand dem Flugzeug genähert?«

»Nein, wir haben ausdrückliche Order ...«

»Wenigstens zweihundert Meter Abstand«, unterbrach der Große den Kleinen und legte ihm dabei die Hand auf die Schulter.

»Sie wissen also nicht, was mit dem Piloten passiert ist?«

»Wie gesagt: zweihundert Meter Abstand, lautet unsere Order. Wir sichern hier und halten das Feld unter Beobachtung.«

»Ausgezeichnete Arbeit«, lobte Gustav. »Mein Kamerad und ich werden jetzt die Maschine inspizieren.«

»Dürfen wir mit?«, fragte der Kleine, und das Wippen setzte wieder ein. »Vielleicht erweist es sich ja als nötig, dass amtliche Hilfe ...«

»Wir sind hier nicht im Zoo«, unterbrach ihn der Große und verstärkte den Druck seiner Hand. Woraufhin sich der Kleine vorerst wieder etwas beruhigte.

Gustav wartete ein weiteres Geplänkel zwischen den beiden gar nicht erst ab, sondern machte sich zusammen mit Brunnhuber auf den Weg zu dem kleinen Wäldchen.

Das Korn war reif, und die Ähren bewegten sich im Wind, was Gustav den Eindruck vermittelte, durch ein Gewässer zu schreiten. Als Kind hatte er das manchmal getan, wenn er und seine Mutter zusammen mit Lassberg ins ländliche Mariendorf vor den Toren Berlins gefahren waren.

Bei diesen Ausflügen dienten die Bücher Theodor Fontanes seinem Stiefvater als Inspiration. Manchmal las er Gustav und seiner Mutter daraus vor. Gustav – vom Alter her ein Jüngling, vom Wesen her noch ein halbes Kind – hatte andächtig gelauscht und sich darüber gewundert, dass sie alles, was in dem Buch beschrieben wurde, im Berliner Umland genau so vorfanden. Zum ersten Mal machte er die Erfahrung, dass Schriftsteller sich ihre Geschichten nicht einfach nur ausdachten.

Zu Lassberg hatte er daraufhin gesagt: »Der schreibt ja alles einfach nur ab!«

Lassberg und seine Mutter hatten gelacht. Richtig gelacht, was sonst nicht unbedingt Lassbergs Art war.

»Da ist die Maschine!«, rief Brunnhuber und zeigte. »Er ist gut runtergekommen.«

»Gott sei Dank.«

Der Farman-Doppeldecker stand inmitten der wogenden Ähren.

Jedenfalls hat er sich nicht überschlagen, dachte Gustav erleichtert und beschleunigte seinen Schritt.

Aus der Erleichterung wurde irritierende Ungewissheit, als er Stielke entdeckte. Der Flieger saß angeschnallt in seiner Maschine und rührte sich nicht.

»Da ist wohl doch was passiert«, sagte Brunnhuber hinter ihm.

»Du bleibst erst mal hier stehen«, erwiderte Gustav. Er scheint bewusstlos zu sein. Wer weiß, was passiert ist.«

»Benzindämpfe?«

»Bleib einfach stehen.«

Gustav ging die letzten zwanzig Meter, stieg vorsichtig auf den unteren Flügel und betrachtete Stielkes Gesicht. Er trug immer noch seine Fliegerbrille und schien zu lächeln.

»Und?«, rief Brunnhuber.

»Nicht so schnell.« Gustav ertastete die Halsschlagader von Stielke. Fühlte. Wartete länger als nötig. Dann erklärte er: »Der Mann ist tot.«

»Genick gebrochen?«

»Ich bin kein Arzt, aber vermutlich ist das so. Nach Benzin riecht es hier nicht.«

»Schon was zu sehen?«, kam es aus etwa achtzig Metern Entfernung. Es war der kleinere der beiden Gendarmen. Sein Kopf, seine Schultern, nicht aber sein ganzer Oberkörper ragten zwischen den Ähren empor.

»Tut mir leid, er war nicht zu halten«, erklärte der Große, dessen Oberschenkel sanft von Halmen umspielt wurden.

»Sie bleiben hier stehen. Bei mir«, erklärte Brunnhuber mit Nachdruck.

Die beiden Gendarmen gehorchten, der Kleinere verwickelte Brunnhuber sofort in ein Gespräch. Offenbar ging es um etwas Humorvolles, denn sowohl Brunnhuber als auch der Große fingen an zu lachen. Der Große holte daraufhin eine Dose Schnupftabak raus. Alle drei schienen sich bestens zu amüsieren.

Gustav war den beiden Gendarmen dankbar für ihr Erscheinen. So war Brunnhuber erst mal beschäftigt, und er konnte die Flugmaschine in Ruhe inspizieren. Denn auf alles Außergewöhnliche zu achten und später darüber zu berichten, war schließlich sein Auftrag.

Als Erstes sah er sich das Gesicht von Stielke genauer an. Etwas daran irritierte ihn. Der erfahrene Pilot hatte sich erbrochen. Es war nicht viel, aber vorne auf seiner Brust befand sich eindeutig Auswurf.

Gustav drehte sofort den Kopf. Er tat das, noch ehe der Gedanke da war.

Der Auspuff...

Einige Kameraden hatten nach ihren Flügen über Übelkeit und Schwindelgefühle geklagt. Zunächst hatten die hinzugezogenen Militärärzte angenommen, es läge an den Flugbewegungen, die ihre Körper nicht gewohnt seien. Sie bezeichneten den Effekt als »Seekrankheit der Lüfte«. Erst später war jemand darauf gekommen, dass die Übelkeit möglicherweise mit den Auspuffanlagen der Motoren zusammenhing.

Kohlenmonoxid ...

Offenbar waren die Franzosen noch nicht zu dieser Erkenntnis gelangt. Anders als bei den neueren deutschen Flugmaschinen hatte man die Auspuffanlage des Farman-Doppeldeckers noch nicht so verlängert, dass die Gase auf jeden Fall hinter den Fliegern entwichen.

Aber warum ist mir dann so etwas nicht passiert?

Er hatte einen längeren Flug als Stielke absolviert. Und ihm war nicht schlecht geworden.

Hängt vielleicht mit irgendeiner Verwirbelung oder der Windrichtung zusammen.

Gustav versuchte, sich daran zu erinnern, wie lang das Auspuffrohr seines Farman-Doppeldeckers gewesen war.

»Schon eine Vermutung?«, rief Brunnhuber, der die beiden Gendarmen weiter in Schach hielt.

»Geduld!«, antwortete Gustav und stellte mit einiger Erleichterung fest, dass Brunnhuber sich mit dieser Antwort zufriedengab. Eine neue Runde Schnupftabak wurde ausgeteilt.

Als Gustav seine Inspektion gerade beenden wollte, entdeckte er hinter Stielkes Sitz dessen Rucksack. Über dieses Gepäckstück hatte er sich bereits in Vionville gewundert. Gustav zog ihn aus dem Schacht heraus und stellte dabei fest, dass er nicht übermäßig schwer war.

Vielleicht hat er unterwegs was getrunken oder gegessen, das ihm nicht bekommen ist.

Und tatsächlich, der Rucksack war nicht mehr verschnürt. Gustav blickte hinein. Was er sah, verblüffte ihn mehr als alles, was er sich überhaupt hätte vorstellen können.

»Jetzt was gefunden?«, meldete sich Brunnhuber erneut.

Gustav war so perplex, dass er nicht sofort antwortete.

»Hast du irgendwas gefunden, das den Absturz erklären könnte?«

»Nein. Bleib bitte, wo du bist.«

»Vielleicht irgendwas mit der Steuerung?«, rief der kleinere der beiden Gendarmen.

Gustav nahm seine Äußerung kaum wahr. Irgendetwas stimmte hier nicht. Er erinnerte sich an den Moment, als sie bei Vionville angekommen waren. Huth hatte ihnen befohlen, zu warten, bis er seine Verhandlungen abgeschlossen hatte. Sie sollten sich den Maschinen nicht nähern. Man hatte sogar zwei Franzosen zu ihrer Bewachung abgestellt.

Dann ist Stielke losgegangen. Mit einer Selbstverständlichkeit, als gelte die Anweisung nicht für ihn. Und die Franzosen haben ihn nicht aufgehalten.

Augenscheinlich hatte Stielke dann seine Maschine inspiziert.

Aber sehr lax, nicht wie ein Flieger das normalerweise mit einer neuen Maschine machen würde.

Warum war ihm das nicht gleich aufgefallen? Offenbar war es Stielke wohl vor allem darum gegangen, diesen Rucksack in seinem Flugzeug zu verstauen. Gustav zog die Öffnung noch weiter auseinander, blickte hinein, erforschte das Innere mit seiner Hand. Es war wirklich sonderbar. Der Rucksack war leer.

Der Inhalt muss ihm runtergefallen sein, als ihm schlecht wurde.

Gustav blieb keine Wahl, er musste kopfüber halb in den Schacht hinein, in dem der tote Stielke saß. Und es war schlimm. Er hatte es ja gleich gerochen. Stielke war das passiert, was vielen passiert, wenn sie sterben.

Scheiße.

Lange musste er nicht suchen. Stielke war tatsächlich etwas heruntergefallen. Etwas Großes.

Kamera. Spezialanfertigung. Modernstes Objektiv.

Nur ging alles wie automatisch. Gustav sah sich die Kamera genau an.

Bestimmt ein Spezialfilm, sonst wäre sie viel größer.

Endlich entdeckte er, wonach er gesucht hatte. Die Buchstaben waren winzig und nicht von einer Maschine geprägt worden. Ein Feinmechaniker hatte sie vermutlich per Hand in das Metall geschlagen. Gustav Nante murmelte leise vor sich hin, was er las.

»Dép. militaire spéciale – Nancy.« Es folgte eine siebenstellige Nummer. Die ersten sechs Ziffern waren Nullen, dann folgte eine Drei.

Ein Prototyp. Kamera des französischen Militärs. Stielke hat das Grenzgebiet kartografiert. Mögliche Stellungen, mögliches Terrain, Flussüberquerungen, Aufmarschgebiet ...

Nun, das waren vorläufig alles Spekulationen. Oberstes Gebot war es nun, die Kamera mit dem Film unverzüglich nach Berlin zu schaffen, damit sie dort vom militärischen Abwehrdienst inspiziert und der Film entwickelt werden konnte. Sie mussten dringend herausfinden, was genau Stielke ins Visier genommen hatte.

Französische Aktivitäten ...

Sein Kamerad, einer der besten deutschen Piloten, sollte ein Spion der Franzosen gewesen sein?

Warum fotografierte er ausgerechnet bei einer Überführung?

Die Antwort war sofort da.

So kam er weit über deutsches Gebiet, ohne dass er jemandem Rechenschaft ablegen musste. Wusste Enno Huth davon?

Erneut blickte Gustav zur Auspuffanlage. Hatte dieses

simple Rohr dazu geführt, dass die verdeckte französische Operation nun aufgeflogen war?

»Was dauert das denn so lange?«, rief Brunnhuber. Er wurde langsam ungeduldig

»Bin fertig.«

»Und?«

»Auf den ersten Blick nichts Ungewöhnliches. Vermutlich eine Kohlenmonoxidvergiftung.«

»Hat er gekotzt?«

»Ja.«

»Scheiße.«

»Das auch.«

»Wie?«

»Das Flugzeug muss jedenfalls in Berlin genau untersucht werden. Die Konstruktion ist möglicherweise fehlerhaft.«

Gustav verstaute die Kamera in Stielkes Rucksack und schulterte ihn.

Dann kehrte er zu den anderen zurück.

»Was ist in dem Rucksack?«, fragte Brunnhuber.

»Stielke hat unterwegs offensichtlich etwas gegessen und auch getrunken. Die Reste müssen in Berlin untersucht werden.«

»Was genau hatte er denn dabei?« Brunnhuber streckte die Hand nach dem Rucksack aus.

»Hände weg! Wir wissen nicht, ob es nur etwas Verdorbenes war oder vielleicht Gift im Spiel ist.«

»Was für Gift könnte Ihren Kameraden denn umgebracht haben?«, fragte der kleine Gendarm.

»Hör auf, dich wichtig zu machen, und steh endlich still.«

Gustav sah den großen Gendarmen an.

»Sie scheinen hier der Erfahrenere zu sein. Sie bleiben, während Ihr Kamerad Verstärkung holt.«

»So wird es gemacht.«

»Keiner berührt das Flugzeug. Ich sage es in aller Deutlichkeit: Das ist ein Befehl.«

Der Große nickte.

»Wie Sie sehen, befinden wir uns inmitten eines Kornfelds. Es wäre leicht festzustellen, wenn sich jemand oder gar mehrere Personen dem Flugzeug genähert haben.«

»Soll ich notfalls von der Schusswaffe Gebrauch machen?«

»Ich hoffe, das ist nicht nötig. Sehr belebt scheint die Gegend ja nicht zu sein.« An den Kleinen gewandt, erklärte Gustav: »Sie benachrichtigen Ihre Kollegen, dass Berlin das jetzt übernimmt, sonst nichts. Es wird zu niemandem über diese Sache gesprochen. Kein Wort von Gift oder irgendwelchen Vermutungen. Verstanden?«

»Ich garantiere dafür, dass nichts durchsickert«, sagte der Große und warf dem Kleinen einen strengen Blick zu.

1906, SCHEUNENVIERTEL / BERLIN

Nach Tagen subtiler Beeinflussung durch die vermeintlich wohlwollenden Dirnen gab Rahel schließlich nach.

Vielleicht war es ja eine Möglichkeit, um das Scheunenviertel möglichst schnell wieder zu verlassen, dachte Rahel. Falls sie jeden Monat drei Viertel ihres Lohnes beiseitelegen würde, hätte sie nach einem Jahr fast zweitausend Mark gespart. Mit Trinkgeld vielleicht noch fünfhundert mehr. Damit sollte der Absprung doch zu schaffen sein.

»Herr Bruchwitz, ich habe es mir überlegt. Ich werde es einmal versuchen. Aber wenn es mir nicht gefällt, höre ich sofort wieder auf.«

»Klar, liegt ganz bei dir, Kleene. Aber Jungfrau biste noch, wa?«

Rahel nickte.

Am nächsten Tag machten die Dirnen Rahel zurecht, schminkten sie und gaben ihr das gewünschte verruchte Aussehen. Und außerdem jede Menge Ratschläge, wie sie mit den Freiern umzugehen hatte. Falls sie ausnahmsweise an einen Verrückten geraten sollte, müsse sie sofort um Hilfe schreien. Notfalls könne sie sich auch mit dem Messer verteidigen, das in jedem Zimmer an einem der Bettpfosten angebracht sei.

Während sie mit den anderen Mädchen im Schankraum auf Kundschaft wartete, sah Rahel, wie Emil Bruchwitz mehrere Interessenten ablehnte. Sie schienen ihm offenbar nicht vermögend genug, um den hohen Preis für Rahels Entjungferung bezahlen zu können.

Nach zwei Stunden betrat endlich ein Kunde die Restauration, der ganz nach dem Geschmack des Bordellwirtes war. Es war ein vornehmer, etwas altmodisch gekleideter Mann um die Vierzig, mit Zwicker und Stehkragen, feistem Gesicht und bäuerlich geröteter Gesichtshaut. Zweifellos ein Großgrundbesitzer aus Brandenburg, Pommern oder Posen, der in der Reichshauptstadt richtig einen draufmachen wollte. Er war bereits stark angetrunken und hatte einen unsicheren Gang.

Emil Bruchwitz unterhielt sich leise mit dem Mann, der Rahel begehrliche Blicke zuwarf. Dann nickte er entschlossen, und der Bordellwirt winkte Rahel zu sich.

»Rahel, mein Täubchen, bist du wohl so nett und geleitest den Herrn auf Zimmer Nummer fünf?«

Rahel nickte, und der Freier hakte sich bei ihr unter. Sie hatte einige Mühe, den Betrunkenen in den ersten Stock zu bugsieren, aber schließlich standen die beiden in dem Hurenraum.

»Hast du besondere Wünsche, mein Schöner?«

Statt einer Antwort stieß der Freier Rahel auf das Bett und riss ihr das Kleid vom Ausschnitt bis zur Taille auf.

»Nein!«, schrie Rahel, doch der Mann stopfte ihr sofort einen Stofffetzen in den Mund.

»Ich bin nicht besoffen, du blödes Stück Vieh«, sagte er mit gefährlich leiser Stimme, und Rahel erkannte, dass er seine Trunkenheit nur vorgetäuscht hatte. Sie geriet in Panik, was dem Freier sichtlich gefiel.

»Ja, ja, jammere bloß, du Schlampe. Glaubst du etwa, ich bin so dämlich und kaufe euch ab, dass du noch Jungfrau bist? Deine Jungfernschaft hast du ausgeleierte Hure doch bestimmt schon hundertmal verkauft.«

Er hielt Rahel mit einer Hand auf dem Bett fest, während er mit der anderen seine Hose runterzerrte.

»So, jetzt zeig ich dir mal, wie man richtig pimpert!«

Während er in Rahel einzudringen versuchte, wich sie ihm mit dem Becken aus. Gleichzeitig suchte ihre Hand unter dem Bett nach dem Messer.

»Bleib liegen, du Viech!«

Der Mann richtete sich auf und schlug Rahel mehrmals ins Gesicht. Dann hatte sie endlich das Messer gefunden und rammte es ihm in die Brust.

Der Freier war auf der Stelle tot.

1910, WADGASSEN / DEUTSCHES KAISERREICH

Auf der Rückfahrt nach Wadgassen spürte Gustav, wie sich sein Körper nach und nach entspannte. Stielke war tot. Das war tragisch. Gleichzeitig war Gustav stolz auf sich selbst. Wie schnell er sich daran gewöhnt hatte, die Dinge in die Hand zu nehmen. Lassberg würde zufrieden sein.

»Und du meinst, dieser Gendarm passt gut auf das Flugzeug auf?«, fragte Brunnhuber.

»Der Große? O ja, da bin ich sicher.«

Als Gustav an Lassberg dachte, während er die noch immer wogenden Kornfelder betrachtete, wanderten seine Gedanken wieder zurück in seine Jugend. Und zu Fontane. Der Schriftsteller war viel herumgekommen. Er war gewandert, wie man in seinen Büchern las, er hatte mit dem Schiff die Dahme und die Havel befahren, sicher hatte er auch oft die Kutsche oder den Zug benutzt. Als Gustav an Fontanes Züge dachte, fiel ihm wieder ein, was Lassberg ihm vor ein paar Stunden am Telefon mitgeteilt hatte.

»... schwerer Unfall an einem Bahnübergang. Zwei Männer in einer Weise hingerichtet, die etwas Militärisches hat. Einer der Mörder soll Französisch gesprochen haben. Halten daher eine Beteiligung Frankreichs für möglich.«

Während er weiter über die wogende Weizenfläche blickte, hatte Gustav mehr und mehr das Gefühl, dass irgendetwas in Bewegung geraten war. An verschiedenen Stellen gab es eine unterirdische Traktion. Sie zeigte sich noch nicht, war aber da.

Vom Postamt Wadgassen aus telefonierte Gustav sofort mit Lassberg. Da sein Stiefvater ausschweifende Berichte, so sie nicht von Fontane stammten, in der Regel nicht mochte, fasste er sich kurz. »Eines unserer Flugzeuge musste notlanden. Zum Glück auf deutschem Gebiet. Der Pilot Berthold Stielke ist tot.

»Wie ist das passiert?«

»Wissen wir noch nicht. Ich habe veranlasst, dass der Leichnam zur Obduktion nach Berlin überführt wird.«

»Gut. Mal sehen, was die Leichenschau in der Charité ergibt.«

»Noch etwas: Stielke hatte eine Kamera an Bord. Ich habe sie vorsichtshalber konfisziert.«

»Eine Kamera?«

»Ja, aber keine billige Box-Kamera, wie ein Vater sie bei Familienausflügen benutzt, sondern ein exzellent verarbeitetes Spezialgerät, von dem vermutlich nur wenige Stücke gebaut wurden. Französisches Fabrikat. Spezialanfertigung für das Militär, würde ich sagen. Offenbar hat Stielke Luftaufnahmen damit gemacht.«

»Kannst du dir vorstellen, warum? Hat er früher mal mit dir über das Fotografieren gesprochen?«

»Nie. Daran würde ich mich erinnern. Ich weiß natürlich nicht, was Stielke vorhatte, aber man kann solche Luftaufnahmen sicher verwenden, um militärische Karten zu aktualisieren.«

»Das werden wir feststellen, wenn unsere Techniker die Kamera unter die Lupe nehmen. Weiß Brunnhuber oder sonst jemand davon, dass du den Apparat an dich genommen hast?«

»Niemand. Ich war vorsichtig.«

»Sehr gut, Gustav. Bring die Kamera so schnell wie möglich zu mir.«

»Natürlich, ich werde mich beeilen. Das Flugzeug dürfte dann auch bald in Berlin sein.«

»Zu niemandem ein Wort, hörst du.«

»Was ist mit Direktor Huth?«

»Den musst du natürlich anrufen, er ist schließlich dein Chef. Aber was die Kamera angeht ...«

»Verstanden.«

»Gut. Dann sehen wir uns in Berlin.«

»Ich beeile mich«, sagte Gustav und beendete das Telefonat.

Als Nächstes rief er in Berlin-Johannisthal an. Enno Huth war natürlich noch mit dem Zug unterwegs. Also teilte er dessen Vorzimmerdame mit, dass der Farman-Doppeldecker gefunden wurde und nahezu unversehrt war. Er berichtete weiterhin, dass Stielke tot war und Simon Brunnhuber bereits den Abtransport der Maschine organisierte.

»Ich schätze, dass wir morgen mit einem der Frühzüge am Anhalter Bahnhof ankommen werden. Haben Sie alles notiert? Gut, diese Meldung geht nur an Herrn Huth persönlich. Das war's erst mal. Danke. Ich wünsche Ihnen einen angenehmen Tag.«

Es vergingen dann aber doch noch fast sechsundzwanzig Stunden, bis Gustav und Simon Brunnhuber die Flugmaschine am Berliner Anhalter Bahnhof endlich auf ein Fuhrgespann verladen hatten. Brunnhuber schwang sich neben den Kutscher auf den Bock und rutschte zur Mitte, um Platz für Gustav zu machen. Doch der schulterte Stielkes Rucksack und winkte ab.

»Ich komme später per Bahn zum Flugfeld. Muss erst noch ins Kriegsministerium in der Leipziger Straße. Dringende militärische Order.«

»Geht klar, ich sage Herrn Huth Bescheid.«

»Danke.«

Zum Kriegsministerium war es ein Fußweg von wenigen Hundert Metern, doch sobald das Fuhrwerk außer Sicht war, schlug Gustav die Gegenrichtung ein. An der Königgrätzer Straße stieg er in einen Pferdeomnibus, der zum Reichstagsgebäude fuhr. Er fand einen freien Platz auf dem Oberdeck und beobachtete das rege Treiben auf den Straßen. Überall wurde gebaut, Mietshäuser blitzschnell hochgezogen, klotzige Verwaltungsgebäude in den Berliner Sand gerammt.

Es war dröhnend laut und stank durchdringend. Gustav hatte gehört, dass jeden Tag siebzigtausend Fuhrwerke, dreitausend Kraftdroschken und noch mehr Pferdedroschken über Berlins Straßen rollten. Dazu massenhaft Omnibusse und Straßenbahnen, unzählige Radfahrer, Fußgänger und vereinzelt sogar verwegene Gestalten auf knatternden Krafträdern.

Was für ein Gewusel. Es wurde wirklich Zeit, dass der Mensch sich den Luftraum erschloss. Und falls nichts schiefging, toi, toi, toi, würde er, Gustav Nante, entscheidend daran beteiligt sein.

Als der Pferdeomnibus am Tiergarten vorbeifuhr, wurden die Herrschaften, die unter den schattigen Bäumen flanierten, immer vornehmer. Die Damen trugen große Hüte, einige von ihnen hatten klitzekleine Sonnenschirme dabei, die sie beim Plaudern lasziv drehten. Damen mit Sonnenschirmen, das war nichts für ihn, da ähnelte er seinem Vater August.

Als er an ihn dachte, zogen Erinnerungen und Bilder von damals vor seinem geistigen Auge vorbei. Es war fast wie in einem dieser Filme, die überall in den Kintopps liefen. Etwas zappelig und manchmal leicht verschwommen, aber sehr berührend. Doch die Gedanken an Berthold Stielkes Kamera, die tief in dem Rucksack verborgen war, und an Gottfried Lassberg brachten Gustav schnell in die Gegenwart zurück.

Wenn sein Stiefvater allerdings vorhatte, aus ihm einen Spion für den militärischen Geheimdienst zu machen, dann hatte er sich geschnitten. Das war ausgeschlossen, da würde er nicht mitmachen. Im Gegenteil. Gustav hatte bereits Maßnahmen getroffen, dem zu entgehen. Es waren kühne Pläne, *aber wer nichts wagt ...*

Seit einiger Zeit paukte Gustav Französisch und hoffte, vielleicht eine Anstellung als Pilot bei Léon Levavasseur in Paris zu ergattern. Schade nur, dass es bei der Flugzeugübergabe nicht zu einem persönlichen Gespräch mit dem französischen Flugpionier gekommen war.

An der Siegesallee stieg der junge Leutnant aus, überquerte die Moltkebrücke und ging auf das imposante Gebäude zu, in dem der Große Generalstab seinen Sitz hatte. Gustav straffte sich. Er konnte es kaum erwarten, zu erfahren, was Stielke von seinem Flugzeug aus fotografiert hatte.

1906, BERLIN

Die Gendarmen brachten das Schankmädchen zur Vernehmung ins Polizeipräsidium am Alexanderplatz. Während der Fahrt in dem grünen Pferdetransportwagen, mit dem die Gefangenen überstellt wurden, starrte Rahel durch die Luftschlitze nach draußen und überlegte fieberhaft, wie sie sich verhalten sollte. Sie besaß keinen Pass, was ihr bei der Einreise ins Deutsche Reich schon Probleme bereitet hatte, die sie nur durch den illegalen Grenzübertritt in einem Waldgebiet lösen konnte.

Das Polizeipräsidium von Berlin war ein düsterer roter Ziegelbau und nach dem Reichstag und dem Stadtschloss das drittgrößte Gebäude der Stadt. Man hatte den Bau eindeutig mit dem Ziel angelegt, Delinquenten einzuschüchtern.

Rahel wurde zur Vernehmung in den zweiten Stock gebracht und nach einer längeren Wartezeit dem verantwortlichen Kriminalkommissar übergeben. Rittmeister Albert Craemer machte einen etwas steifen, undurchsichtigen Eindruck. Er saß hinter seinem Schreibtisch und betrachtete Rahel gründlich, ganz so, als wolle er sie durchleuchten. Dann zeigte er auf einen leeren Stuhl.

»Setzen Sie sich bitte.«

Die Vernehmung, die ihren toten Freier betraf, war nicht so schlimm, wie sie befürchtet hatte. Kriminalkommissar Craemer interessierte vor allem ihr familiärer Hintergrund.

Rahel hatte behauptet, Lena Vogel zu heißen, gerade

achtzehn Jahre alt geworden zu sein und aus dem Elsass zu stammen.

Der Name Lena Vogel hatte von jetzt an zu gelten.

Lena. Du heißt Lena. Rahel Tajtelbaum ist soeben gestorben!

»Und seit wann arbeiten Sie schon als Prostituierte?«

»Wie bitte?«

»Sind Sie bei uns als Kontrollmädchen eingetragen? Zeigen Sie mir mal Ihr aktuelles Gesundheitsdokument.«

»So etwas habe ich nicht. Ich bin keine Prostituierte, sondern Schankmädchen. Das wird Ihnen Frau Bruchwitz bestätigen.«

»Und warum haben Sie dann einen Freier getötet?«

»Er hat sich auf mich gestürzt, als ich schmutzige Gläser abgeräumt habe. Wollte mich vergewaltigen. Und in meiner Not ... Da habe ich nach dem Messer gegriffen, das die Mädchen zu ihrer Verteidigung unter dem Bett versteckt haben.«

»Verstehe.«

In ihrer neuen Identität als Lena Vogel war das jüdische Schankmädchen noch unsicher. Sie wusste nicht, ob Craemer ihr die Geschichte abnahm oder als Lüge durchschaute. Wie auch immer, er gab sich weiterhin verständnisvoll.

»Ich denke, dass wir unter diesen Umständen die Mordermittlung einstellen können. Notwehr mit Todesfolge. Vorausgesetzt ...«

»Ja?«

»Vorausgesetzt, Sie sind Ihrerseits bereit, sich gegenüber der Berliner Polizei erkenntlich zu zeigen.«

»Und das bedeutet ...?«

»Dass Sie für mich im Scheunenviertel als Informantin arbeiten. Ich brauche da jemanden.«

»Eine Verbündete.«

»So hat es bis jetzt noch niemand genannt. Aber es trifft

haargenau den Kern der Sache. Meine Polizeibeamten haben einen äußerst schweren Stand in dem Viertel. Es ist fast unmöglich, an Hinweise zu gelangen, die der Verbrechensaufklärung dienlich sind. Alle scheinen dort unter einer Decke zu stecken und sich gegenseitig zu schützen. Außerdem waren meine verdeckten Ermittler wiederholt tätlichen Angriffen ausgesetzt.«

Lena schoss der Gedanke durch den Kopf, dass dies vielleicht die einzige Gelegenheit wäre, einen echten Pass zu bekommen. Alice hätte in ihrer Lage jedenfalls keinen Moment gezögert und wäre in den Kaninchenbau gesprungen. Davon abgesehen ... Für die Polizei zu arbeiten, das klang interessant, versprach Nervenkitzel und Spannung.

»Ich wäre bereit, für die preußische Polizei zu arbeiten. Allerdings hätte ich ein paar Bedingungen.«

Rittmeister Craemer lehnte sich in seinem schweren Bürostuhl zurück und lächelte sie an.

»Ich bin ganz Ohr, Fräulein ...«

»Vogel.«

»Richtig, Vorname Lena.«

»Genau.«

»Da hat sich Ihre Mutter ja etwas Hübsches ausgedacht.«

»Finde ich auch. Man hat mir übrigens letzte Woche meinen Pass gestohlen.«

»Auch das noch! Sie haben aber wirklich Pech, Fräulein ...«

»Lena Vogel. Sie haben es eben notiert.«

»Dann könnte ich diesen Namen also direkt in Ihren neuen Pass eintragen lassen.«

»Eine gute Idee.«

»Vorausgesetzt, wie gesagt, Sie treten in meine Dienste.«

»Daran soll es nicht scheitern.«

BERLIN / DEUTSCHES KAISERREICH

Die technische Werkstatt der Abteilung III b war, wie Gustav wusste, erst wenige Monate alt und der ganze Stolz seines Stiefvaters.

»Lassbergs Labor«, so wurde die neu eingerichtete Forschungsstätte auch genannt.

Als stellvertretender Geheimdienstleiter hatte Lassberg beim Großen Generalstab wie ein Löwe dafür kämpfen müssen, dass man ihm die nötigen Gelder zur Verfügung stellte.

»Ihr Stiefvater ist bedauerlicherweise nicht da«, teilte Lassbergs Vorzimmerdame ihm mit.

Gustav sah auf die Uhr. Er vermutete, dass sein Stiefvater an der wöchentlichen Sitzung der Führungsoffiziere des Großen Generalstabs teilnahm. Eine wichtige Angelegenheit, da Generaloberst Helmuth von Moltke d. J., Chef des Großen Generalstabs, bei diesem Anlass Vorschläge, Gedanken und Ideen aufnahm, um sie anschließend persönlich Kaiser Wilhelm II. zu unterbreiten.

So hatte nun Oberingenieur Jacobi die ehrenvolle Aufgabe, den Stiefsohn seines Vorgesetzten in der technischen Werkstatt zu begrüßen. Gustav war zum ersten Mal hier und staunte über das faszinierende Bild, das sich ihm bot.

An den Wänden standen Regale mit unzähligen Flaschen und Glasgefäßen, in denen diverse Chemikalien aufbewahrt wurden, davor erstreckte sich eine komplette Laboreinrichtung. Im Raum verteilt waren mehrere große Werkbänke, auf denen man Versuchsanordnungen aufgebaut hatte. Es gab verschiedene elektrotechnische Apparaturen sowie einen mannshohen Drehstromgenerator. Sogar ein Flugzeugmotor war auf einer der Werkbänke in seine Einzelteile zerlegt worden, um das Bauprinzip nachvollziehen zu können.

»Beeindruckend«, sagte Gustav, nachdem Jacobi ihm die verschiedenen technischen Bereiche erklärt hatte.

»Sie haben mir etwas mitgebracht?«, fragte der Ingenieur neugierig.

Gustav nickte, öffnete seinen Rucksack und holte Stielkes Kamera heraus.

»Interessant«, sagte Jacobi und betrachtete den Apparat fachmännisch. »Die hat keiner der üblichen Hersteller für Feinmechanik und Optik hergestellt, das ist eine Sonderanfertigung.« Eingehend inspizierte er das Objektiv. »Schau einer an. Wenn mich nicht alles täuscht, stammt die Grundkonstruktion aus der Werkstatt der Brüder Lumière. Das sind französische Pioniere auf dem Gebiet des bewegten Bildes. Meines Wissens experimentieren sie seit Längerem mit Luftbildaufnahmen. Nun, diese Kamera wurde zweifellos für das Militär modifiziert.«

»Vermutlich ist ein Film drin«, sagte Gustav.

»Das lässt sich leicht herausfinden. Allerdings muss ich dafür in unsere Dunkelkammer gehen. Wollen Sie so lange warten? Das Entwickeln könnte etwas dauern.«

»Nein, nein. Ich muss raus nach Johannisthal. Ein Farmann-III-Doppeldecker bedarf einiger Zuwendung.«

»Sie sind ja Pilot, wie mir Ihr Stiefvater sagte. Mensch, wie ich Sie darum beneide, Leutnant Nante!«

Gustav grinste und bemühte sich, dabei einigermaßen lässig auszusehen.

WIESBADEN / DEUTSCHES KAISERREICH

Ihr Einstellungsgespräch, wie Lena die Vernehmung bei Craemer für sich stets nannte, lag kaum ein Jahr zurück, und jetzt stand sie hier, agierte wie eine Spionin.

Beeindruckend. Wirklich beeindruckend.

Der Hauptsitz der Nassauischen Zentralbank lag am Kaiser-Friedrich-Platz, ein prachtvoller viergeschossiger Sandsteinbau, der erst zwei Jahre zuvor fertiggestellt worden war. Entsprechend der Bedeutung der Bank im Wirtschafts- und Finanzleben der Provinz Hessen-Nassau waren die Fassaden des Neubaus mit vielen architektonischen Schmuckelementen versehen worden.

Als Lena durch das Hauptportal trat, trug sie ein elegantes Ensemble in abgestuften Schwarztönen und ausnahmsweise einen Hut. Ein besonders extravagantes Exemplar mit üppigen dunklen Straußenfedern, die sich um die Kopfbedeckung herumwanden. In den Händen hielt sie einen Schirm.

Zwei Stunden zuvor hatte sie sich beim besten Wiesbadener Damen-Coiffeur die Haare zu einem auffälligen Pompadour stecken lassen, der allerdings durch den Gesichtsschleier nur schemenhaft erkennbar war. Jedem, der Lena sah, war klar, dass er es mit einer vermögenden Witwe im Trauerjahr zu tun hatte.

Sie gab sich als Louise von Falkenthal aus, und der Rezeptionist rief sogleich einen Bankdiener, der sie dann mit dem Paternoster in den zweiten Stock brachte, wo die Amtsräume des Direktoriums lagen.

Dort erklärte Lena dem stellvertretenden Direktor, dass sie die Witwe eines Kokosplantagenbesitzers aus Deutsch-Samoa sei.

»Da mein Mann tot ist, möchte ich wieder ins Deutsche Reich zurückkehren.«

»Aber natürlich. So ganz alleine da unten ...«, fabulierte ihr Gegenüber.

»Nun, wegen des Vermögenstransfers bin ich auf der Suche nach einer vertrauenswürdigen Bank. Mein verstorbener Gatte ...« Lena zückte ein Taschentuch und betupfte sich das linke Auge. »Er hat mit der Kopra-Gewinnung viel Kapital angehäuft.«

»Wie erfreulich.«

»Ja. Wenn auch kein Ersatz für meinen Mann.«

»Selbstredend.«

»Nun, ich habe wegen der Überführung des Vermögens bereits von Deutsch-Samoa aus brieflich mit Wilhelm von Eisleben korrespondiert.«

Der stellvertretende Direktor war untröstlich, sein Vorgesetzter sei leider nicht anwesend. Er schlug ihr einen erneuten Besuch der Bank am nächsten Tag vor.

»Herr von Eisleben wird von neun bis neunzehn Uhr garantiert im Haus sein.«

»Wie schade. Dann wird nichts daraus.«

»Ach, und warum?«

»Ich muss Wiesbaden noch heute mit dem Nachtzug verlassen. Familiäre Gründe. Wir sind ja wegen des Todesfalls noch alle sehr in Aufruhr.«

»In Aufruhr, verstehe.«

Der stellvertretende Direktor bat um einen Moment Geduld und ging in ein Nebenzimmer, um zu telefonieren.

Nach wenigen Minuten kam er freudestrahlend zurück.

»Ich habe mit Herrn von Eisleben gesprochen, er ist bereit, Sie noch heute in seiner Privatvilla zu empfangen.«

Lena ließ ihren Schirm kreisen.

»Ich danke Ihnen. Wissen Sie, für eine Frau, die so gar nichts von Geschäften und Transaktionen versteht ...«

»Dafür sind wir ja da.«

◆ ◆ ◆

Das Herrenzimmer war von dichten Rauchschwaden durchzogen. Kein Wunder, denn die beiden Männer debattierten schon seit einigen Stunden über den Stand der Dinge. Es handelte sich um Bankdirektor Wilhelm von Eisleben, einen korpulenten Mittfünfziger mit ondulierten mausgrauen Haaren, und Professor Dr. Leo Davidsohn, Chemiedekan an der Bonner Friedrich-Wilhelms-Universität. Davidsohn war ein hagerer, asketisch wirkender Mann mit dem Gesicht eines Jesuitenzöglings, inklusive arrogant herabgezogenen Mundwinkeln. Sie saßen in schweren ochsenblutroten Fauteuils und tranken trotz der nachmittäglichen Stunde bereits Cognac.

»Und Sie sind sicher, dass sich aus der leidigen Bonner Geschichte kein unangenehmes Nachspiel ergibt?«, fragte Leo Davidsohn.

»Sie sollten mich inzwischen ein wenig kennen, verehrter Professor«, schmunzelte der Wiesbadener Bankier. »Dinge, die ich geregelt habe, sind ein für alle Mal geregelt.«

»Wie genau haben Sie es ...«

»Damit sollten Sie sich besser nicht belasten. Die Einzelheiten sind ein wenig ... Denken Sie sich einfach, es wäre nie geschehen, das ist am besten.«

»Danke. Ich weiß Ihre Mühe zu schätzen, Herr von Eisleben.«

Der Bankier hob seinen Cognacschwenker, und die Männer prosteten einander zu.

»Aber in Zukunft sollten Sie vielleicht etwas vorsichtiger bei der Auswahl Ihrer Assistenten sein.«

»Das werde ich«, erwiderte Leo Davidsohn. »Ich hatte wirklich keine Ahnung, dass dieser Mensch, dieser Frank Grimm, sich mit solch gipfelstürmerischem Unsinn beschäftigte. Wir Naturwissenschaftler neigen in der Regel nicht zu irrationalen Fantastereien.«

»Die Sache ist ja erledigt, und Sie ...«

»Ich stehe in Ihrer Schuld, Herr Direktor«, unterbrach Professor Davidsohn den Bankier. »Das weiß ich sehr wohl, und ich werde nicht vergessen, diesen offenen Posten zum gegebenen Zeitpunkt auf Mark und Pfennig zu begleichen.«

»Meine Güte, warum seid Ihr Kinder Israels nur immer gleich so empfindlich«, lachte von Eisleben dröhnend. »Es war ein Geschenk, um unsere Freundschaft auf ein noch festeres Fundament zu stellen. Bitte nehmen Sie es als solches an, Herr Professor.«

Leo Davidsohn nickte mit verkniffenen Lippen. »Dann bedanke ich mich, Herr von Eisleben.«

»Es war und bleibt mir ein Vergnügen«, sagte der Bankier. »Nun zu der Produktion. Wann, glauben Sie, können Sie die Arbeiten wieder anlaufen lassen?«

»Aus Sicherheitsgründen würde ich sie gerne noch fünf oder sechs Wochen ruhen lassen. Spricht für Sie etwas dagegen?«

»Nun ja, unser Mann in Berlin legt größten Wert darauf, dass wir die Herstellung schnellstmöglich wieder starten. Besser gestern als morgen«, sagte von Eisleben. »Er meint, dass wir schon viel Zeit verloren haben.«

»Da hat er nicht ganz unrecht. Aber geben Sie mir trotzdem bitte noch sechsunddreißig Stunden«, sagte Professor Davidsohn. »Ich werde noch heute nach Düsseldorf fahren und die Angelegenheit mit Voßschulte erörtern. Ohne ihn kann ich so eine Entscheidung unmöglich treffen.«

»In Ordnung. Daran sollte es nicht scheitern.«

Unterdessen war Lena Vogel vom Butler des Hauses in den Empfangssalon geleitet worden. Eigentlich handelte es sich eher um einen Saal, äußerst elegant eingerichtet, der von einem raumhohen Kamin dominiert wurde. Der gusseiserne Rauchfang war mit Motiven aus der griechischen Mythologie verziert, die alle um den Schöpfungsmythos kreisen.

Die Abbildungen zeigten die Geburt der drei Furien, der Giganten und Meliaden, sowie Aphrodite, wie sie als Schaumgeborene dem Meer entsteigt. Den Höhepunkt bildete ein pompöses Giebelgesims oberhalb der Kaminkonsole, das die Entmannung des Uranos durch Kronos darstellte.

An der Querseite des Salons führte eine Freitreppe in die oberen Stockwerke, an der Längsseite befanden sich mehrere Türen zu Nebenräumen.

Lena hatte gerade auf einer Récamiere vor dem Kamin Platz genommen, als eine der Türen aufging und Wilhelm von Eisleben mit Professor Davidsohn in den Empfangssalon trat.

»Verlassen Sie sich ganz auf meine Wenigkeit, Professor Davidsohn«, donnerte die Stimme des Bankiers durch den Salon. »Damit ist unser Unternehmen auf der sicheren Seite.«

»Das werde ich.«

Dann winkte der Chemiker den Butler heran.

»Rufen Sie mir bitte eine Droschke. Und bringen Sie meinen Überzieher.«

»Sehr wohl.«

Ehe er sich entfernte, machte der Butler den Bankier unauffällig auf den weiblichen Gast aufmerksam.

Wilhelm von Eisleben trat zu Lena und registrierte wohlwollend ihre vornehme Erscheinung. Er strich sich schnell über sein onduliertes Haar und räusperte sich dann leise. »Frau von Falkenthal?«

Lena drehte sich zu ihm. »Die bin ich ... Herr von Eisleben?«

Der Bankier nickte und deutete auf einen freien Kaminstuhl. »Darf ich ...?«

»Selbstverständlich«, sagte Lena und schlug ihren Schleier zurück. »Es ist Ihr Haus.«

Während von Eisleben Platz nahm, trat Davidsohn zu den beiden.

»Pardon, wenn ich Sie unterbreche. Ich möchte mich nur schnell verabschieden.«

»Wir haben ja so weit alles geklärt, Professor Davidsohn.«

»Sicher. Wenn Sie nur so nett sind und unseren Berliner Freund noch ein wenig hinhalten. Ich werde den Zug um zehn vor sieben nehmen. Vielleicht kann ich Ihnen schon morgen Mittag positive Nachrichten aus Düsseldorf zukommen lassen.«

»Das würde mich freuen.«

Der Butler kam zurück und reichte dem Chemieprofessor seinen Mantel und einen Chapeau Claque.

»Also dann.« Davidsohn verabschiedete sich mit einer knappen Verbeugung von Lena, gab von Eisleben die Hand und schlüpfte in seinen Mantel.

Lena hatte für Davidsohn schon längst keine Augen mehr, als der Butler diesen nach draußen begleitete.

»Ich hatte Ihnen ja bereits aus Deutsch-Samoa geschrieben, dass mein Mann Jacob im vergangenen November verstorben ist.«

»Sie hatten geschrieben?«

»Aber ja. Ich konnte seine Kokospalmenplantage vor fünf Wochen an ein amerikanisch-neuseeländisches Konsortium verkaufen.«

»Zu einem guten Preis, hoffe ich, gnädige Frau.«

»Sogar zu einem sehr guten.« Sie lachte hell auf. »Es ist mir gelungen, die diversen Interessenten gegeneinander auszuspielen. Ich hätte gar nicht gedacht, dass ich eine so ausgeprägte merkantile Ader habe.«

»Sie Glückliche«, lächelte von Eisleben. »Und nun möchten Sie ins Deutsche Reich zurückkehren, wie mir mein Kollege Graf von Asslerbeck am Telefon erklärt hat?«, fragte der Bankier, der sich zu seiner Bestürzung an keinen ihrer Briefe aus der Kolonie Deutsch-Samoa erinnern konnte.

»Richtig. Und ich möchte mein Geld nicht nur transferieren, sondern es möglichst gewinnbringend anlegen. Natürlich in nationalen Werten. Schwerindustrie, Chemieproduktion, Waffenfabrikation und Ähnliches.«

»Darf ich fragen, über welche Summe wir reden, gnädige Frau?«

»Alles in allem über 5,4 Millionen Deutsche Mark.«

»Ich brauche Ihnen nicht zu erklären, dass Sie mit solch einer Investitionssumme bei jedem deutschen Industrieunternehmen offene Türen einrennen, gnädige Frau. Unsere Bank würde Sie natürlich nur zu gern bei diesem Vorhaben begleiten.«

»Ich sehe, wir verstehen uns«, lächelte Lena.

»Unbedingt.«

»Ich interessiere mich besonders für Investitionen in zukunftsträchtige Rüstungsunternehmen. Ich bin überzeugt, dass diese modernen Feldgeschütze, Haubitzen und Minenwerfer eine große Zukunft haben. Von Neuentwicklungen wie dem Panzerspähwagen gar nicht zu reden. Wie denken Sie darüber, Herr von Eisleben?«

Der Bankier war bass erstaunt ob der Kenntnisse seines weiblichen Gegenübers und brauchte einen Moment, bis er sich wieder im Griff hatte.

»Gnädige Frau, Sie verfügen über eine politische Weitsicht, die den meisten meiner Kollegen gänzlich abgeht. Ich könnte stundenlang Ihren visionären Worten lauschen. Ich glaube, es wird ein außerordentliches Vergnügen sein, mit Ihnen zusammenarbeiten zu dürfen.«

Lena lächelte huldvoll und sparte sich einen Kommentar.

BERLIN / DEUTSCHES KAISERREICH

Im Großen Generalstab eilte Albert Craemer die Treppe zur Abteilung III b hinauf und überflog währenddessen noch einmal die Depesche seiner Agentin Lena Vogel, die ihm der Bote des Kaiserlichen Telegrafenamtes gerade im Foyer ausgehändigt hatte.

Habe von Eisleben getroffen. Und einen Prof. Davidsohn. Fahre nach Düsseldorf. Logis Hotel am Königsplatz. Brauche dringend männliche Verstärkung.

Davidsohn? Sagt mir rein gar nichts.

Einen kurzen Moment lang fragte Craemer sich, ob mit dieser »männlichen Verstärkung« er selbst gemeint sein könnte, doch dann schob er den Gedanken beiseite. Da er in Berlin momentan unabkömmlich war, überlegte der Major, wen er seiner Assistentin zur Unterstützung schicken sollte. Ihm fiel jedoch niemand ein, der ernsthaft für diese möglicherweise brisante Aufgabe infrage gekommen wäre, denn die neu eingestellten Mitarbeiter bedurften alle noch einer langwierigen Ausbildung. Außerdem war keiner von ihnen ein solches Naturtalent wie Lena Vogel.

Es half nichts, Major Craemer musste die Angelegenheit mit Oberst Lassberg besprechen.

Der ist noch in einer Sitzung. Nun, lange wird die nicht mehr dauern.

◆ ◆ ◆

Als Gustav Nante aus Johannisthal zur Abteilung III b des Preußischen Geheimdienstes zurückkehrte, konnte er es kaum erwarten, seinem Stiefvater Bericht zu erstatten. Noch größer war sein Wunsch, zu erfahren, ob sein Fliegerkamerad Berthold Stielke während des Überführungsflugs tatsächlich etwas fotografiert hatte.

Was könnte das sein? Da war doch kaum etwas von militärischer Bedeutung zu sehen. Kann sich also eigentlich nur um eine allgemeine Erkundung des Terrains handeln.

Nun, er würde es bald erfahren.

Zweimal klopfte er an der Tür zu Lassbergs Büro. Nichts geschah.

Er wird mir den Kopf schon nicht abreißen, wenn ich drinnen auf ihn warte.

Als Gustav das Büro seines Stiefvaters betrat, kam Lassbergs nicht mehr ganz junge Sekretärin aus dem Nebenraum.

»Haben Sie eben geklopft?«

»Ja, ich ... Verzeihen Sie, dass ich einfach eingetreten bin.«

Die Frau lächelte Gustav an.

»Ich denke, in Ihrem Fall ist das kein Problem.«

Sie wusste um das verwandtschaftliche Verhältnis der beiden und klärte Gustav kurz auf.

»Ihr Stiefvater wurde zu einer Besprechung gerufen. Er wird sicher bald zurück sein.«

»Dann darf ich vielleicht hier auf ihn warten?« Es war eher eine rhetorische Frage, die Gustav mit einem Lächeln würzte.

»Aber natürlich, Herr Leutnant. Haben Sie einen Wunsch? Darf ich Ihnen etwas bringen?«

»Danke, nein.«

Die Frau verließ Lassbergs Büro, und Gustav nahm in

einem der vier bequemen Sessel Platz, die zusammen mit einem niedrigen Tisch in einer Ecke des Raums standen. Hier wurden, wie er wusste, hin und wieder interne Besprechungen abgehalten.

Sein Blick begann durch das Zimmer zu schweifen, und er wunderte sich über sich selbst. Er kannte das Büro seit Jahren. Woher kam also dieser plötzliche Drang zur Inspektion? Wahrscheinlich war es einfach nur Neugierde.

Gustav wurde unruhig. Fünf Minuten lang schaffte er es, seine Neugier im Zaum zu halten, dann stand er auf und trat ans Fenster. Dort war nicht mehr zu sehen als sonst auch. Gut gekleidete Bürger flanierten unten auf dem Trottoir, neben ihnen fuhren Kutschen und vereinzelte Automobile vorbei.

Gustav begann im Büro hin und her zu wandern. Platz dazu gab es genug. Als er am Schreibtisch seines Stiefvaters vorbeikam, fiel sein Blick auf eine Mappe, aus der eine Fotografie ein Stück weit herauslugte.

Luftaufnahmen ...

Ohne lange nachzudenken, öffnete er die Mappe und sah sich die Fotos an. Keine Frage: Das waren die entwickelten Bilder aus Stielkes Kamera. Luftaufnahmen eines Waldstücks, eines Feldwegs und einer Fabrik mit zwei eng beieinanderstehenden Schornsteinen.

Interessant.

Doch bevor Gustav über die Bedeutung der Aufnahmen nachdenken konnte, wurde er gestört.

Es klopfte dreimal scharf an der Tür.

Gustav erschrak, legte die Aufnahmen so schnell es ging in die Mappe zurück und klappte sie zu.

Major Albert Craemer betrat den Raum.

War ich zu langsam?, schoss es Gustav durch den Kopf.

Craemer erfasste die Situation sofort.

»Schnüffeln Sie immer auf den Schreibtischen Ihrer Vorgesetzten herum?«

»Natürlich nicht. Ich erwarte ein Schreiben. Eine familiäre Angelegenheit.«

»Und Ihre Post wird in dieser Behörde zugestellt?«

»Sie betrifft meine Stellung als Flieger. Aber Sie haben recht, ich hätte das nicht tun dürfen.«

»Nun gut, Oberst Lassberg ist Ihr Stiefvater.«

»Trotzdem hätte ich das nicht tun sollen. Werden Sie Meldung machen?«

»Es gibt Wichtigeres als das. Jetzt treten Sie bitte vom Schreibtisch zurück.«

»Natürlich.«

»Wo ist Oberst Lassberg?«

»Ich nahm an, er sei zusammen mit Ihnen in der Besprechung.«

In diesem Moment betrat Lassberg den Raum.

»Was ist denn das für eine Versammlung? Und dann auch noch in meinem Büro!«

Gustav fiel nichts Besseres ein, als strammzustehen und sich sehr formal zu erklären.

»Melde mich von meinem Einsatz zurück. Möchte Bericht erstatten.«

»Gleich, Gustav«, antwortete Lassberg in betont väterlicher Manier. Dann wandte er sich an Albert Craemer. »Was führt Sie in mein Büro?«

»Außerordentliche Entwicklungen, was die Ereignisse am Bahnübergang betrifft. Ich benötige sofort einen Mann, der meine Agentin Lena Vogel bei ihrem Auftrag im westlichen Reichsgebiet unterstützt. Der Verdacht scheint sich zu erhärten, dass französische Agenten mitmischen. Jedenfalls sollen

Fräulein Vogel und ein männlicher Agent dort zusammen auftreten.«

»Als frisch verheiratetes Paar?«, fragte Lassberg und konnte sich ein Lächeln nicht verkneifen.

»Exakt. Getarnt als Sommerfrischler.«

»Ich verstehe.«

»Daraus folgt, der Mann darf nicht zu alt sein, da eine eheliche Verbindung mit meiner Agentin sonst unglaubwürdig ...«

»Haben Sie bereits jemanden im Auge?«

Craemer antwortete nicht, sah aber Gustav an.

Lassberg lachte. »Sie akquirieren wohl alles, was Ihnen vor die Flinte kommt, was? Nun, das wird schwierig. Wie Sie wissen, habe ich Leutnant Nante bereits bei den Albatros-Werken installiert.«

»Das ist sicher wichtig.«

»Allerdings! Die Albatros-Werke bemühen sich um Gelder und Aufträge des Militärs zur Entwicklung und Herstellung von Flugapparaten.«

»Gut, dann werde ich mich nach jemand anderem umsehen. Es ist ohnehin besser, wenn unsere Abteilungen separiert arbeiten.«

»Nicht so schnell, Herr Major, nicht so schnell.« Lassberg umrundete seinen Schreibtisch. Dabei fiel sein Blick auf die Mappe mit den Luftaufnahmen.

Gustav spürte sofort, wie sein Herz erbarmungslos Blut in seinen Kopf pumpte. Sein Körper war dabei, ihn zu verraten.

Wie lange ruhte der Blick seines Stiefvaters jetzt schon auf der Mappe? Wenigstens fünf Sekunden ...

Gustav reagierte schnell. »Ich merke schon. Eine wichtige Angelegenheit, bei der ich nicht stören will. Ich komme später noch mal und erstatte dann Bericht.«

Er deutete eine Verbeugung vor Craemer an und bewegte sich anschließend mit zügigen Schritten Richtung Tür.

»Aber Gustav!«, rief Lassberg. »Flüchtest du, weil es um deine so plötzliche Vermählung mit einer jungen Agentin geht?«

»Nein, ich ... Ich will ...«

Lassberg schien die Situation zu amüsieren. Er sah zu Craemer hinüber.

»Wie schaut sie denn aus, Ihre Agentin?«

»Ganz ansehnlich. Ich denke, das kann ich so sagen.«

»Ganz ansehnlich ... Nun, Herr Major Craemer«, erklärte Lassberg feierlich. »Unter dieser Voraussetzung stimme ich der Vermählung meines Stiefsohns mit Ihrer Agentin zu.«

1907, SCHEUNENVIERTEL / BERLIN

Auf Anordnung des Berliner Magistrats wurde das Scheunenviertel nach und nach umgestaltet. Im Rahmen einer Flächensanierung hatte man Teile des alten Gebäudebestandes abgerissen und die Grundstücke neu bebaut. Doch die Veränderungen gingen nur langsam voran, zumal die Menschen dieselben blieben.

Lena arbeitete nach wie vor als Schankmädchen in der *Restauration Bruchwitz* und spitzte im Auftrag von Rittmeister Craemer die Ohren, um Informationen über kriminelle Machenschaften aufzuschnappen. Ihrer Tätigkeit war schon bald Erfolg beschieden, zweimal in der Woche versorgte sie den Kommissar mit entsprechenden Hinweisen. Ihr Einsatzgebiet war hauptsächlich das Scheunenviertel, obwohl sie nach einiger Zeit auch in den angrenzenden Straßen tätig wurde und dort verschiedene Ganoventreffpunkte aufsuchte.

In den Kaschemmen, wo die Kriminellen ihre Pläne schmiedeten, nahm man das junge Mädchen, das still an einem der Tische saß und einen Eintopf oder eine andere billige Mahlzeit zu sich nahm, nicht als Bedrohung war. Sie gehörte zum Milieu, vermutlich verdienten ihr Vater und die Brüder den Lebensunterhalt der Familie ebenfalls mit krummen Geschäften. Die Männer redeten ungeniert in Lenas Gegenwart. Ihnen war nicht klar, dass die junge Jüdin das Talent besaß, aus vereinzelt aufgeschnappten Sätzen den Plan für ein Verbrechen zu rekonstruieren.

Eine Fähigkeit, die Rittmeister Craemer immer wieder in Erstaunen versetzte, denn mit ihren Hinweisen lag Lena fast immer richtig.

»Ich denke, es ist angemessen, wenn ich Ihre Arbeit besser honoriere. Ab sofort erhalten Sie ein monatliches Salär von fünfundsiebzig Mark, also so viel wie ein erfahrener Vorarbeiter bei Siemens & Halske. Was sagen Sie dazu?«

»Das weiß ich sehr zu schätzen.«

»Damit sind Sie Berlins bestbezahlter Polizeispitzel.«

»Pardon, Herr Rittmeister, ich bin kein Spitzel, sondern Ihre Informantin. Ihre Verbündete. Ich denunziere niemanden, ich kümmere mich nicht um die Politischen. Was geht es mich an, wenn ein betrunkener Arbeiter in einer Kneipe Witze über Kaiser Wilhelm erzählt? Ich möchte nicht dafür verantwortlich sein, dass er am Ende wegen Majestätsbeleidigung zu vier Monaten Haft verurteilt wird.«

»Das sind recht klare Worte«, lächelte Albert Craemer.

Aber Lenas Worte waren nicht ganz aufrichtig. Die tagtägliche Erfahrung von Unterdrückung, Armut und sozialer Ungerechtigkeit hatte die Bewohner des Scheunenviertels offen für die marxistische Lehre gemacht, die von den Sozialdemokraten verbreitet wurde. Und natürlich konnte Lena das gut nachvollziehen. Es war aber nicht ihre Art, den Übeln der Welt zu begegnen. Sie war vielmehr bestrebt, ihrer Herkunft zu entkommen und in bessere Kreise aufzusteigen.

»Aber seien Sie unbesorgt, eine Marxistin wird aus mir schon nicht werden.«

»Dann bin ich beruhigt. Doch zurück zu unserer Arbeit. Ich wollte Ihnen vorschlagen, dass sie von der *Restauration Bruchwitz* in die Kneipe *Fideler Egon* wechseln. Das Lokal ist nach unserer Erkenntnis der Treffpunkt des Ringvereins *Berliner Treue und Würde.* Wären Sie damit einverstanden?«

»Ich kann es versuchen. Vielleicht brauchen sie dort ja gerade ein neues Schankmädchen.«

1910, BERLIN / DEUTSCHES KAISERREICH

Lassberg nahm hinter seinem Schreibtisch Platz und suchte etwas in einer der Schubladen. Schließlich wurde er fündig und reichte Gustav ein kleines abgewetztes deutsch-französisches Wörterbuch. »Das wirst du brauchen können. Dein Französisch weist ja einige Lücken auf«, erklärte er und verstaute die Mappe mit den Fotos zu Gustavs Erleichterung in einer anderen Schublade.

Dann stand er auf, umrundete seinen Schreibtisch und baute sich vor Craemer auf.

»Worum genau geht es, wenn ich fragen darf?«

»Meine Agentin ist auf Hinweise gestoßen, dass es sich bei der Sache am Bahnübergang um mehr als eine Schießerei zwischen Gaunern handelte. Sie braucht männliche Verstärkung, weil eine Frau nicht überall die nötige ... Sie braucht eben einen Mann an ihrer Seite.«

»Sie sagen, es ging um mehr als eine einfache Schießerei. Darf ich fragen ... Geht es nur um unsere französischen Freunde, oder ...« Lassberg suchte nach dem passenden Ausdruck, lächelte schließlich. »Oder sind vielleicht auch heimische Interessenvertreter involviert?«

»Ein angesehener deutscher Bankier könnte in die Sache verwickelt sein.«

»Ein riskanter Vorwurf!«

»Das letzte Wort ist noch nicht gesprochen.« Craemer wandte sich an Gustav. »Wie gut ist denn nun Ihr Französisch?«

»Dans l'ensemble satisfaisant.«

»Galant kann er auch sein, wenn er will«, mischte Lassberg sich erneut ein.

Gustavs Gedanken ordneten sich. *Komisch, dass Craemer meine Schnüffelei mit keinem Wort erwähnt.* Dann machten seine Überlegungen einige assoziative Sprünge. *Französisch ... Scheinehe ... Agentin ... Craemer hat viele Kontakte nach Frankreich ... Will mich zum Agenten machen, dabei habe ich doch kaum Auslandserfahrung. Zusammen mit einem jungen Weibsbild. Die wird auch keine große Erfahrung haben. Warum so unprofessionell? Passt gar nicht zu ihm. Absicht?*

Craemers Befehl riss Gustav aus seinen Überlegungen.

»Sie treffen Ihre Führungs ... Ihre frisch angetraute Gattin im Hotel am Königsplatz. Alles Weitere erfahren Sie vor Ort von Fräulein Vogel.«

»Sie meinen Frau Nante«, korrigierte Lassberg.

»Frau Nante, richtig. Sie nehmen den Nachtzug, Herr Leutnant. Genaueres lasse ich Ihnen noch mitteilen.«

»Nein«, sagte Gustav. Den Gesichtern der beiden Männer war anzusehen, dass sie mit diesem Widerstand nicht gerechnet hatten.

»Du weigerst dich, einem Befehl zu folgen?«

»Ich fahre. Natürlich fahre ich.«

»Warum dann dieses ungehörige Nein?«

»Weil sie nicht meine Frau sein kann.«

»Bitte?«

»Wenn sie meine Frau ist und wir gezwungen sind, in einer Pension zu übernachten, dann ergeben sich daraus unüberwindliche Schwierigkeiten.«

Craemer und Lassberg sahen einander an.

Gustav milderte seinen Tonfall. »Nein, ich denke, es reicht, wenn sie meine Cousine ist. Ich fahre nach Düsseldorf zu meiner Cousine.«

Lassberg konnte nicht anders. Er fing an, laut zu lachen. Auch Craemer schien amüsiert.

»Nun gut«, sagte Lassberg. »Dann fahr zu deiner Cousine. Oder bestehen Sie auf einer Heirat, Herr Major?«

»Nein, von einer Ehe kann unter den vorliegenden Umständen abgesehen werden.«

»Dann wäre das geklärt.«

Craemer nickte den beiden Männern zu und verließ das Büro, ohne ein weiteres Wort zu sagen.

Kaum war der Major draußen, veränderte sich Lassbergs Tonfall.

»Du machst genau, was man dir sagt. Du erweckst nicht den geringsten Verdacht. Ich möchte, dass du Craemers Agentin im Auge behältst. Pass genau auf, was sie tut. Vor allem, wenn sie sich mit jemandem in Verbindung setzt. Ich weiß nicht, was Craemer im Schilde führt, aber sein Aktionismus wegen dieses Zugunglücks ist mir suspekt.«

»Du kannst dich auf mich verlassen«, erklärte Gustav ohne zu zögern. »Was die Überführung und den Absturz angeht ...«

»Ja?«

»Zwei Sachen. Erstens: Bei der Übergabe der Flugzeuge, noch auf französischem Boden, hielt Stielke sich nicht an die Anweisung von Huth. Er ging zu seiner Maschine und verstaute den Rucksack, in dem sich vermutlich die Kamera befand, in dem Farman-Doppeldecker. Niemand hielt ihn auf. Dabei hatte man zuvor zwei französische Offiziere abgestellt, um uns daran zu hindern, uns den Flugzeugen zu nähern.«

»Verstehe. Ihm sollte Gelegenheit gegeben werden, seinen fotografischen Apparat an Bord zu bringen.«

»Ich denke, so war es. Zweiter Punkt: Direktor Huth sprach in anderem Zusammenhang den möglichen Einsatz der Flugzeuge an. Er erklärte mir, es ginge vornehmlich um den Transport von Post und Personen.«

»Der Sohn eines thüringischen Parvenüs tut also so, als interessiere ihn die militärische Verwendung nicht ... Gleichzeitig bettelt Huth um einen Auftrag vom Militär, will also unser Geld. Das ist doch ganz interessant. Ich finde, das ist sogar hochinteressant. Sehr gut. Sehr gute Arbeit, Gustav.«

»Ist Stielkes Leiche schon obduziert worden?«

»Wir haben noch kein Ergebnis.«

»Und die Kamera? Hat Stielke etwas fotografiert?«

»Ja, die Aufnahmen wurden mittlerweile entwickelt.«

»Was war darauf?«

»Nichts von Bedeutung«, antwortete Lassberg. »Felder und Wiesen.«

»Keine Gebäude, Wege, Straßen oder andere mögliche Angriffsziele?«

»Nein. Es ist natürlich möglich, dass dein Kamerad noch andere Objekte fotografieren wollte und nicht mehr dazu kam.«

»Ich vermute, er starb an einer Kohlenmonoxidvergiftung. Die Auspuffanlage seines Farman-Doppeldeckers ist sehr kurz gehalten. Auch in Johannisthal hatten wir Probleme mit den Abgasen.«

»Zu kurz. Was für ein Glück für uns. Sonst hätten wir von dieser Operation der Franzosen vermutlich nie erfahren. Sonst noch etwas?«

Ja, dachte Gustav. *Ich wüsste gerne, warum du mir nicht die Wahrheit sagst, was die Luftaufnahmen angeht, warum du mich nicht teilhaben lässt an deinen Überlegungen.*

»Irgendetwas Auffälliges bei der Überführung der Flugzeuge?«, hakte Lassberg erneut nach.

»Der Direktor der Albatros-Werke hat sich recht lange mit den Franzosen unterhalten. Man hatte sogar einen improvisierten Tisch aufgestellt, auf dem Papiere und Landkarten ausgebreitet waren. Es sah beinahe wie eine Lagebesprechung aus. Die Art des Umgangs wirkte auf mich sehr vertraut. Davon abgesehen hätte ich noch technische Anmerkungen, die aber eher die Konstrukteure und Ingenieure interessieren werden.«

»Oh, das schätzt du falsch ein. Mich interessiert das durchaus.«

»Die Maschine, die ich geflogen habe, ist unseren Modellen überlegen. Aber es gibt noch bedeutende Probleme mit der Navigation. Davon abgesehen glaube ich, dass Flugzeuge zum Zweck der Aufklärung schon bald große Bedeutung erlangen werden. Ich hätte ohne Weiteres ein gutes Stück Gelände auf französischer Seite kartografieren können.«

»Mit einer Kamera zum Beispiel.«

»Genau. Zweisitzige Flugzeuge werden bei dieser Aufgabe vermutlich eine größere Bedeutung haben als Einsitzer.«

»Sonst noch etwas?«

»Im Moment nicht.«

»Sehr gute Arbeit, Gustav. Du hast deinen Marschbefehl. Verhalte dich Craemer und dieser Agentin gegenüber loyal. Und dann erstattest du mir regelmäßig Bericht.«

»Was ist das eigentlich für eine Frau, zu der ich da fahre? Ich wusste gar nicht, dass der militärische Geheimdienst ein Bataillon weiblicher Agenten unterhält.«

»So etwas gibt es bei uns auch nicht. Fräulein Vogel, wie Craemer sie immer nennt, ist nicht mehr und nicht weniger als seine Sekretärin. Allerdings mit gewissen Privilegien, wenn ich es mal so ausdrücken darf.«

»Verstehe. Und nun ist sie plötzlich meine Cousine.«

»So schnell kann das gehen.«

Die Begegnung endete mit einem offenen Lachen beider Männer. Dann machte Gustav Nante sich auf den Weg.

WIESBADEN / DEUTSCHES KAISERREICH

Das Empfangsgebäude des Hauptbahnhofs Wiesbaden war ein Gemisch aus Stilformen der Renaissance, des Barock und des Jugendstils, was nicht zuletzt daran lag, dass Wilhelm II. sich in erheblichem Maße in die architektonische Gestaltung eingemischt hatte. Das pflegte er bei allen größeren Bahnhofsneubauten zu tun. So bestand der deutsche Kaiser bei der Dachgestaltung des Wiesbadener Bahnhofs auf mehrfarbigen Ziegeln und begrenzte die Höhe des Uhrturms radikal auf vierzig Meter.

Als Lena zur Fahrkartenausgabe für die erste Klasse kam, warteten dort bereits zwei Männer in den Dreißigern, die sich leise auf Französisch unterhielten. Zwar konnte sie die Worte nicht genau verstehen, registrierte jedoch, dass die Männer zwei Billetts für eine Fahrt nach Düsseldorf erwarben.

Die beiden waren gut gekleidet und von unauffälliger Erscheinung, wenn man davon absah, dass der Größere der beiden eine ausgeprägte Boxernase besaß und der Kleinere keine besonders schönen Ohren hatte.

Die Franzosen entfernten sich, und Lena kaufte ihr Billett nach Düsseldorf. Mit Umsteigemöglichkeit nach Köln. Sicher war sicher. Falls es plötzlich schnell gehen musste.

Während die Agentin zehn Minuten später auf der Suche nach Professor Davidsohn durch die D-Zug-Wagen der ersten Klasse ging, bemerkte sie erneut die beiden Franzosen. Sie lehnten im Gang und schauten schweigend durch ein

Fenster auf die grandiose Landschaft des oberen Mittelrheintals, die an ihnen vorbeizog. Hin und wieder löste einer der Männer seinen Blick von Vater Rhein und blickte kurz in das benachbarte Abteil.

Dort turtelte ein junges Paar verliebt miteinander, was eine korpulente Matrone sichtlich störte. Ihr gegenüber saß Professor Davidsohn und war in ein wissenschaftliches Fachmagazin vertieft. Obwohl die Matrone sich von ihm moralische Unterstützung erhoffte und ihr empörtes Kopfschütteln in seine Richtung immer energischer wurde, nahm er keine Notiz von ihr.

Für Lena stand fest, dass sie sich in den beiden Franzosen geirrt hatte. Das waren kein Boxer und sein Promoter. Die beiden observierten den Wissenschaftler. Plötzlich erhob sich Davidsohn und verließ das Abteil. Lena drehte ihm den Rücken zu und hörte, wie sich seine schweren Schritte in Richtung des Speisewagens entfernten.

Als sie sich nach einer gefühlten Ewigkeit wieder umdrehte, war zwar der Professor verschwunden, doch die Franzosen waren ihm nicht gefolgt. Vielmehr nahmen sie gerade in dem Abteil Platz. Die Agentin war perplex: Bedeutete das etwa, dass die zwei Männer doch harmlos waren? Boxer und Promoter? Um das zu klären, musste sie die Initiative ergreifen. Lena packte ihren Schirm fester und nahm Professor Davidsohns Spur auf.

Als sie den Speisewagen betrat, waren alle Tische besetzt. Der Chemiker hatte Glück gehabt und den letzten freien Tisch ergattert. Fast schon theatralisch sah Lena sich um, tat entrüstet, als wollte sie den Speisewagen verlassen.

Davidsohn bemerkte sie, sprang auf und deutete eine Verbeugung an. »Gnädige Frau, es wäre mir eine Freude, wenn Sie gemeinsam mit mir zu Abend speisen würden.«

»Darf ich fragen, wer Sie sind?«

»Davidsohn ... Professor Dr. Leo Davidsohn. Wir sind uns heute Nachmittag bereits kurz bei Herrn von Eisleben begegnet. Vermutlich haben Sie mich kaum bemerkt.«

»Angenehm.« Lena reichte ihm die Hand, und der Chemiker deutete einen Handkuss an. »Louise von Falkenthal.«

Sie setzten sich, und der Kellner brachte eine zweite Speisekarte.

Lena betrachtete das Angebot unschlüssig.

»Ich befahre diese Strecke recht häufig, gnädige Frau. Ich kann Ihnen die Weinbergwachteln auf Pilzrisotto mit Rieslingsauce wärmstens empfehlen.«

»Klingt verlockend.«

»Sind Sie aus dem Rheinland, wenn ich fragen darf?«

»Nein, ich komme aus der Gegend um Bamberg. Allerdings bin ich bereits mit siebzehn Jahren nach Deutsch-Samoa gezogen. Als frisch verheiratete junge Frau. Und Sie?«

»Ich lebe in Bonn und habe eine Professur für Chemie an der Rheinischen Friedrich-Wilhelms-Universität.«

»Da ist Ihre Frau sicher sehr stolz.«

»Leider ist Judith vor zwei Jahren bei der Geburt unseres ersten Kindes gestorben. Ein Junge.«

»Und hat wenigstens der Knabe ...?«

»Er verstarb ebenfalls.«

»Sie Ärmster.«

Lena lehnte sich zurück und sah Davidsohn mit aufrechtem Blick an.

»Sie tun mir unendlich leid. Aber ich kann nachempfinden, was Sie erlitten haben. Mein geliebter Mann Jacob starb vor nicht einmal sechs Monaten ... Wenn jemand Einsamkeit kennt, dann ich.«

Lena und der Chemiker schauten einander eine Weile lang schweigend an.

Dann trat der Kellner an ihren Tisch und fragte: »Haben die Herrschaften gewählt?«

»Haben wir?«, fragte Lena ihr Gegenüber.

»Zweimal die Weinbergwachteln auf Pilzrisotto«, bestellte Professor Davidsohn souverän. Und Lena strahlte ihn an.

Kurz darauf entspann sich zwischen ihnen ein tiefsinniges und überaus ernstes Gespräch, das nur durch das servierte Dessert – Hohlhippen mit Erdbeer-Fraîche und karamellisierter Blutorangensauce – einen Stich ins Süßliche bekam.

Lena erkundigte sich eingehend nach Davidsohns wissenschaftlicher Arbeit, der Professor nach ihrer Zeit in Deutsch-Samoa.

»Wie ist es denn, in einer Kolonie zu leben?«

»Man hat dort als Frau erheblich mehr Freiheit als hier in Europa«, erklärte die Agentin. »Ich konnte zum Beispiel Sportarten betreiben, die mir im Deutschen Reich niemals erlaubt worden wären.«

»Interessant. In welchen Disziplinen haben Sie sich betätigt?«

»In einigen. Sie würden sich wundern. Hierzulande kann man als Frau ja höchstens turnen oder Federball spielen. Es muss ja nicht gerade Ringen, Boxen oder Gewichtheben sein, aber ein bisschen Herausforderung können wir Frauen schon vertragen.«

»Jetzt spannen Sie mich nicht unnötig auf die Folter«, sagte der Chemiker lächelnd. »Welche Sportarten haben Sie in Polynesien betrieben?«

»Kanuwettfahren, Bogenschießen und Harpunieren zum Beispiel.«

»Unglaublich.«

»Nur beim Billardspielen hatte ich Pech. Es gab lediglich einen Billardtisch auf Samoa. Und der stand in einem Herrenclub, zu dem Frauen keinen Zutritt hatten. Zu schade, ich würde das Spiel nur allzu gern lernen. Vor allem Carambolage fasziniert mich.«

»Ich spiele recht gut Billard.«

»Im Ernst?«

»Ja.«

»Auch Carambolage?«

»Natürlich. Ein Freund von mir besitzt in Düsseldorf den vielleicht besten Billardclub des Deutschen Reiches. Ich treffe ihn nachher noch und kann ihn fragen, ob Sie dort ausnahmsweise einmal spielen können.«

»Ist Ihr Freund ein professioneller Billardspieler?«, fragte Lena.

»Lassen Sie ihn das bloß nicht hören«, lachte Davidsohn. »Nein, er ist ein höchst seriöser Chemiefabrikant namens Hugo Voßschulte.«

»Das hört sich doch schon besser an«, sagte Lena und stimmte in Professor Davidsohns Lachen ein.

»Soll ich ihn bitten, dass wir morgen Vormittag ein paar Runden in seinem Club spielen dürfen?«

»Das wäre zu schön.«

»Was halten Sie von neun Uhr? Direkt nach dem Frühstück. Oder ist das zu früh?«

»Genau meine Zeit. Da bin ich in Hochform.«

»Also abgemacht.«

Der Wissenschaftler winkte den Kellner heran und bestellte eine Flasche Champagner aus dem Hause Bollinger.

»Schließlich müssen wir Ihren Eintritt in die famose Welt des Billards doch angemessen feiern, gnädige Frau.«

»Wahre Worte, Professor, wahre Worte.«

Nachdem sie in Düsseldorf ausgestiegen waren, verabschiedete sich Professor Davidsohn vor dem Bahnhofsportal formvollendet von Lena.

»Es war eine ganz reizende Bahnfahrt, gnädige Frau. Darf ich Sie mit meiner Kraftdroschke zu Ihrem Hotel bringen?«

»Nein, es ist so ein milder Abend, ich möchte gern noch ein paar Schritte gehen.«

»Dann bis morgen früh um neun. Ich bin gespannt, wie Sie sich am Billardtisch bei der Carambolage schlagen.«

»Unterschätzen Sie meinen Kampfgeist nicht, Professor! Ich spüre förmlich, dass ich am Queue ein Naturtalent bin.« Lena riss ihren Schirm hoch und vollführte drei imaginäre Stöße. »Oder wollen Sie das bezweifeln?«

»Niemals, gnädige Frau. Für wen halten Sie mich?« Lachend stieg der Wissenschaftler in eine Kraftdroschke und fuhr davon.

Lena bemerkte, wie der Franzose mit der Boxernase ebenfalls ein Automobil bestieg, das sogleich die Verfolgung aufnahm. Sie sah sich um, doch den anderen Franzosen mit den merkwürdig abstehenden Ohren konnte sie nirgends entdecken.

Kurzentschlossen nahm sie ihr ledernes Handköfferchen und machte sich auf den Weg zu ihrem Hotel am Königsplatz.

Langsam schlenderte Lena durch die vornehme Graf-Adolf-Straße. Die Geschäfte waren bereits geschlossen, doch ein Schaufenster weckte ihr Interesse. Sie trat näher und las das Firmenschild:

JOHANNES BUNZEL
ATELIER FÜR VÖLKERKUNDLICHE REISEFOTOGRAFIEN

In der Auslage waren zahlreiche Fotografien ausgestellt, die Bunzel im Jahr zuvor bei einer wissenschaftlichen Expedition durch Mikronesien und Polynesien aufgenommen hatte – betörende Einblicke in eine exotische Welt. Zwei der Bilder waren sogar in Deutsch-Samoa gemacht worden, sie zeigten die traditionellen Holzhäuser der Eingeborenen. Einfache Bauten, die nur aus gemauerten Sockeln und verzierten Säulen bestanden. Darüber ein schlichtes Dach. Wände gab es keine.

Unwillkürlich musste Lena lächeln. Die Samoaner waren offensichtlich ein sehr freies Volk, wenn sie ein Leben wie auf dem Präsentierteller führten. Vielleicht sollte sie doch einmal in ihre »alte Heimat« reisen.

Wie aus dem Nichts erschien plötzlich ein Mann neben ihr und drückte ihr eine Pistole in die Seite.

»Was erlauben Sie sich!«

Mit schwerem französischem Akzent erwiderte der Mann: »Vorwärts, da rein.«

Der Lauf der Pistole war mehr als deutlich zu spüren. So blieb Lena nichts anderes übrig, als zu gehorchen. Der Mann trieb sie in eine Feuergasse hinein, die so eng war, dass Lenas Arme zu beiden Seiten die Mauern streiften.

»Dreh dich um.«

Lena hatte Schwierigkeiten, dem Befehl nachzukommen, denn ihr Ärmel hatte sich an einem aus der Wand ragenden Nagel verhakt. Ihr Gegner war schmal gebaut und wäre möglicherweise als attraktiv durchgegangen, hätte die Natur nicht ihr Spiel gespielt und ihm zwei fulminante Segelohren und extrem fleischige Lippen verpasst, die zudem stark gerötet waren. Es war der Franzose, der in Wiesbaden mit seinem Boxerfreund in den Zug gestiegen war.

»Passiert nichts«, zischte der Mann. »Wenn du redest. Tu comprends?«

Die Agentin nickte.

»Bien. Was hast du mit Professor Davidsohn zu tun? Machst du bei seinen Geschäfte mit?«

»Was für Geschäfte?«

»Los, sag!«

Ängstlich winkelte Lena ihre Unterarme an und hielt den Schirm wie zum Schutz vor ihre Brust. Dann nahm sie allen Mut zusammen und sagte bestimmt: »Und wenn ich keine … keine Konversation mit Ihnen wünsche?«

Der Franzose rammte ihr den Lauf seiner Pistole hart in den Bauch: »Dann wirst du diese Gasse nicht lebend verlassen. Du wärst nicht die erste Frau, die ich …«

Weiter kam er nicht. Mit einer blitzschnellen Bewegung wischte Lena die Pistole zur Seite. Fast im selben Moment drang die eiserne Spitze ihres Schirms tief in seine linke Nasenhöhle. Der Franzose stieß einen lauten Schmerzensschrei aus. Reflexhaft kam seine rechte Hand hoch und schlug zu. Die Pistole fiel dabei zu Boden. Er packte den Schirm, riss ihn sich aus der Nase.

Dann begann er, wie von Sinnen auf Lena einzuschlagen. Die Schläge waren hart. Da Lena sich in der engen Gasse so schnell nicht umdrehen und weglaufen konnte, krümmte sie sich zusammen. Fausthiebe trafen sie im Nacken und am Hinterkopf. Sie ging auf die Knie, Tränen schossen ihr in die Augen. Verzweifelt tastete sie auf dem Boden herum, um die Pistole zu finden, steckte weitere Hiebe auf ihren Rücken ein, begann zu husten. Doch plötzlich hörte es auf. Lena blickte hoch und sah verschwommen, wie ihr Gegner zwei Schritte zurücktaumelte. Dann betastete er seine Nase und betrachtete anschließend seine Hand.

»Blut«, sagte er und sah sie wütend an. Lena war klar, dass nun ein noch heftigerer Angriff erfolgen würde. Doch nichts dergleichen geschah. Der Mann machte noch zwei Schritte, dann kippte er nach hinten und rührte sich nicht mehr.

Lena schleppte sich in einen Hauseingang. Dort lehnte sie sich gegen die Wand und rutschte langsam zu Boden. Sie zitterte und begann so stark zu weinen, dass ihr ganzer Körper zuckte. Nicht aus Reue, sondern vor Schmerzen, denn die Schläge ihres Gegners hatten durchaus Wirkung gezeigt.

Dem Franzosen allerdings ging es noch schlechter.

Zwei Tage später diagnostizierten Chirurgen der Kaiserswerther Diakonie Düsseldorf bei ihm einen pulsierenden Exophthalmus, hervorgerufen durch eine in die Nase eingedrungene Schirmspitze. Er hatte Glück im Unglück, überlebte und behielt in der linken Gesichtshälfte lediglich ein hässliches Glupschauge, da die Schirmspitze ihren Weg durch die Orbita ohne wesentliche Knochenzertrümmerung gefunden hatte. So gesehen würde er von nun an optisch geradezu perfekt zu seinem Partner mit der Boxernase passen.

1907, SCHEUNENVIERTEL / BERLIN

Fideler Egon war eine düstere Spelunke in der Dragoner-
straße, und sie brauchten dort wirklich ein neues Schankmädchen. Zumal Lena für weniger Geld zu arbeiten bereit
war als ihre Vorgängerin, da sie wusste, dass Craemer ihr den
Ausgleich zahlen würde.

Der Ringverein *Berliner Treue und Würde* gab nach außen
hin vor, arbeitslosen Kollegen aus der Gastwirtschaftssparte
Stellen zu vermitteln. In Wirklichkeit planten die Kriminellen jedoch Straftaten, organisierten Überfälle, Einbrüche und
illegale Wetten. Außerdem zwangen sie Frauen in die Prostitution, verschoben Alkohol und sonstige Hehlerware.

Lena durchschaute bald die größeren Zusammenhänge.
Sämtliche Lokale im Scheunenviertel und der weiteren
Spandauer Vorstadt standen unter der Kontrolle von *Berliner
Treue und Würde*. Wirte wurden gezwungen, Mitglieder des
Ringvereins als Anreißer, Rausschmeißer, Türsteher und Zet-
telverteiler einzustellen, und diese sorgten dann dafür, dass
die Huren der Ringverein-Zuhälter in den Lokalen die besten
Plätze zum Kobern erhielten.

Gegenüber der Polizei und anderen Außenstehenden waren die Mitglieder des Ringvereins zur Verschwiegenheit
verpflichtet. Ein Verstoß gegen die Schweigepflicht wurde
hart bestraft und kam daher höchst selten vor. Im Gegenzug
für den geleisteten Schwur sorgte *Berliner Treue und Würde*
bei Krankheit und drohendem Gefängnisaufenthalt für seine
Mitglieder. Der Ringverein verschaffte seinen Leuten Alibis,

schüchterte Zeugen ein, stellte Anwälte und gewährte den Familien finanzielle Unterstützung. Sie waren eine verschworene Gemeinschaft, zusammengehalten durch eine Mischung aus Angst und Dankbarkeit.

Trotz großer Anstrengung war es Rittmeister Craemer bislang nicht gelungen, den Ringvereinen beizukommen. Dank Lena änderte sich das. Die Festnahmen von Ringvereinsmitgliedern häuften sich. Zwangsläufig machte sich unter den Mitgliedern Misstrauen breit. Sie vermuteten, dass jemand aus ihrem Kreis als Polizeispitzel agierte. Der eine verdächtigte den anderen, Spannungen entstanden, wo früher eitel Sonnenschein herrschte.

Umso leichter fiel es Lena, unauffällig Informationen abzuschöpfen. Was Rittmeister Craemer im zweiten Jahr mit einer Lohnerhöhung auf hundert Mark honorierte. Zusammen mit ihrem Schankmädchenlohn und den Trinkgeldern verfügte Lena Vogel nun über ein monatliches Einkommen von hundertsiebzig Mark. Genug, um sich endlich ein Zimmer außerhalb des Scheunenviertels zu suchen.

Reinlichkeit war das oberste Gebot ihrer Mutter Golda Tajtelbaum gewesen, und das hatte auf Lena abgefärbt. Entsprechend unwohl fühlte sich die junge Jüdin in ihrer unbeheizten Schlafstube in der Grenadierstraße. Zumal sie dort die Gemeinschaftstoilette auf dem Treppenpodest mit achtunddreißig Personen teilen musste, Frischluft und Helligkeit allein über einen schmalen Lichtschacht hereinkamen.

Außerdem hasste sie die drangvolle Enge der Hinterhöfe. Düster waren sie, stickig. Das ständige Hämmern, Klopfen und Sägen aus den Handwerksbetrieben, das ewige Kindergeschrei und das Brüllen der überforderten Mütter ... Es war genug. Lena wollte endlich weg aus dem Scheunenviertel.

1910, BERLIN / DEUTSCHES KAISERREICH

Vor einer Stunde war der Zug am Anhalter Bahnhof abgefahren. Wie immer nahm Gustav Nante einen Geruch wahr, der für ihn zum Reisen einfach dazugehörte. Doch woher kam der eigentlich? War es der Geruch von Zigarren? Von Zigaretten? Im Moment saß außer ihm niemand im Abteil. Gustav ließ seine Gedanken wandern und schmunzelte.

Der Rauchgeruch könnte natürlich auch von der Lok kommen.

Er blickte nach oben, und aus dem Schmunzeln wurde ein Lächeln. Als Kind hatte er immer gedacht, der Rauch der Lok würde über das Dach in die Wagons eindringen.

Was für ein unsinniger Gedanke, selbst für ein Kind. Nun, das lag natürlich an ihm ...

Gustavs leiblicher Vater hatte ihm schon früh allerlei seltsame Geschichten über die Eigenschaften von Gasen erzählt. Dass sie leicht waren, dass die meisten den Drang verspürten, aufzusteigen. Denn andernfalls könnten Luftschiffe ja nicht fliegen. Angeblich konnten Gase sogar feste Gegenstände durchdringen. Denn sonst würden Luftschiffe kein Gas verlieren.

»Dann müsste man nur genügend zu essen und zu trinken dabeihaben und könnte bequem die ganze Welt umrunden«, hatte sein Vater ihm erzählt.

Als er dann neun Jahre alt wurde, hatte sein Vater ihm das Buch *In 80 Tagen um die Welt* von Jules Verne geschenkt. Eine wunderbare Geschichte, doch dass darin auf den Ballon geschossen wurde, hatte ihn sehr empört.

»So eine tolle Erfindung, und dann schießen sie drauf«, hatte er sich bei seinem Vater beschwert.

Er erinnerte sich an ihn, wie er im Salon in der Kastanienallee saß, neben der exotischen Palme, die seine Mutter in einen großen steinernen Bottich gepflanzt hatte, der – so hatte er in seiner kindlichen Art damals gemeint – ganz eindeutig aus China kam. Vieles in der Wohnung seiner Eltern schien aus fernen Ländern zu stammen.

Besonders beeindruckend fand er den Schrumpfkopf, der an seinem Ehrenplatz über dem Kamin hing. Sein Vater erzählte ihm viele Geschichten darüber. Er hatte einst einem Häuptling gehört und war auf höchst abenteuerliche Art und Weise nach Berlin gekommen.

Als seine Mutter das »grässliche Ding«, wie sie ihn stets nannte, drei Monate nach der Beerdigung des Vaters dem Postboten schenkte, waren sie zum ersten Mal richtig aneinandergeraten. Gustav war wütend, dass sie etwas, über das sein Vater so viel zu erzählen hatte, einfach so weggab.

Ausgerechnet dem Postboten, mit seiner Uniform und den blank polierten Stiefeln.

Bei dem Bild des Postboten in seiner Uniform musste er plötzlich an seinen Stiefvater, Oberst Lassberg, denken. Während sein Vater ihm Bücher geschenkt hatte, in denen es um fantastische Reisen ins Unbekannte ging, hatte Lassberg ihm aus den Wander- und Reisebüchern Fontanes vorgelesen. War das die Verbindung zwischen diesen so unterschiedlichen Freunden gewesen? Die Sehnsucht nach Bewegung und Entdeckung? Oder war da noch mehr?

Die Zeit schien sich nun endlos zu dehnen, die gleichförmigen Geräusche begannen ihn einzulullen.

Schlaf, entschied er.

Gustav versuchte, es sich in einer Ecke des Abteils bequem

zu machen. Doch es gelang ihm einfach nicht, die richtige Position zu finden. Nachdem er sich fast zwanzig Minuten lang abgemüht hatte, gab er auf.

Es war einfach zu früh zum Schlafen. Also dachte er noch einmal über die seltsame Reaktion seines Stiefvaters auf Stielkes Luftaufnahmen nach. Lassberg hatte behauptet, dass darauf nichts von Bedeutung zu sehen wäre. Nur Wälder und Wiesen. Dabei hatte sein Kamerad ganz eindeutig ein oder mehrere Industriegebäude fotografiert. Und es musste einen Grund dafür geben, warum Stielke eine Kamera an Bord seiner Maschine geschmuggelt und diese Dinge aufgenommen hatte.

Der Rucksack ... Warum haben sie das eigentlich so kompliziert gemacht? Die Franzosen hätten ihn doch gleich in der Maschine verstauen können. Vielleicht wussten sie einfach nicht, welche davon Stielke nehmen würde.

Er hätte gern noch weiter ermittelt, doch jetzt hatte man ihn von der Sache abgezogen.

»Auf Wunsch von Craemer!« Gott, er musste sich unbedingt abgewöhnen, laut auszusprechen, was ihn gerade beschäftigte.

Gustav rekapitulierte seine bisherigen Begegnungen mit dem Major.

Nüchtern, richtiggehend kalt. Ein frostiger Diener des preußischen Staates.

Sein Stiefvater hatte sich bereits früher kritisch über Craemer geäußert und gesagt, dem Major fehlten die nötige Härte und der militärische Stallgeruch.

Kam von einer Polizeibehörde ...

Andererseits, das wusste jeder, galt Craemer als einer der besten Frankreich-Kenner und besaß eine Menge informelle Kontakte. Vielen Mitgliedern des Nachrichtendienstes ging Craemers Affinität für die Franzosen sogar eindeutig zu weit.

War es Absicht, dass Craemer mich ausgesucht hat? Oder tat er das einfach nur, weil ich gerade im Raum war?

An einer Sache jedenfalls bestand kein Zweifel: Craemer hatte damit erreicht, dass er sich nicht mehr um Stielke und die Luftaufnahmen kümmern konnte.

Kalkül? Aber wieso?

Nun, er sollte sich in Düsseldorf mit einer jungen Frau treffen, einer Agentin, die eigentlich Sekretärin war. Ihr Auftrag hatte etwas mit einem Zugunglück zu tun. Und sein Stiefvater hatte schnell eingewilligt, benutzte ihn, um in der Sache auf dem Laufenden zu bleiben. Das konnte nur bedeuten, dass auch er Craemer nicht traute. Oder bedeutete es, dass Berthold Stielkes Fotografien etwas mit diesem Zugunglück zu tun hatten? Ging es vielleicht um geplante Anschläge auf das deutsche Bahnwesen?

Gustav Nante wurde aus all dem nicht schlau. Also begann er von vorne, spielte im Kopf verschiedene Möglichkeiten durch. Er lehnte sich zurück, und obwohl er sich dieses Mal gar nicht um ihn bemühte, kam der Schlaf. Sanft und ohne es zu merken, sank Gustav Nante ins Traumland hinab.

DÜSSELDORF / DEUTSCHES KAISERREICH

Lena hatte leidlich geschlafen, die Kopfschmerzen hatten gegen Morgen etwas nachgelassen. Doch als sie sich im Spiegel betrachtete, sah sie, dass ihr Nacken und ihr Rücken von blauen Flecken übersät waren. Da sie vor allem bei Drehungen ihres Oberkörpers immer noch starke Schmerzen verspürte, ließ sie sich vom Hoteldiener ein Opiumpräparat bringen.

Und so soll ich gleich Billard spielen?

Bevor sich Lena nach dem Frühstück im Hotel am Königsplatz auf den Weg zum Billardsalon machte, telefonierte sie mit Major Craemer in Berlin. Sie schilderte ihm den gestrigen Tag, berichtete von ihrer Zugfahrt mit Professor Davidsohn und von Bankier von Eislebens Bemerkung über einen Freund in Berlin.

»Ich hatte den Eindruck, dass beide Männer vor diesem Berliner gehörigen Respekt haben. Jedenfalls macht er Druck, damit sie irgendeine Produktion so schnell wie möglich wieder aufnehmen.«

»Was produzieren sie denn?«

»Weiß ich noch nicht.«

Plötzlich musste Lena kichern. Craemer reagierte ungehalten und fragte sie, was los sei.

»Das Schmerzmittel, nehme ich an. Manche Medikamente machen recht heiter. Und da ich gerade von Medikamenten rede ... Professor Davidsohn ist Chemiker. Er lebt in Bonn und hat eine Professur für Chemie an der Rheinischen Friedrich-Wilhelms-Universität. Ich nehme also an, dass es sich bei dieser Produktion um irgendetwas Chemisches handelt.«

»Interessant.«

»Auf der Zugfahrt mit Professor Davidsohn habe ich versucht, sein Verhältnis zu Bankier von Eisleben anzusprechen, aber er ging nicht darauf ein.«

»Hat er sich überhaupt zu beruflichen Dingen geäußert?«

»Er sagte, dass er in Düsseldorf einen Mann aufsuchen wolle, von dessen Plazet eine Menge abhängen würde. Ich werde versuchen, den Namen herauszufinden.«

»Gut, bleiben Sie an der Sache dran«, sagte Craemer. »Ich werde mich von Berlin aus ebenfalls um diese Herren kümmern.«

Anschließend berichtete Lena von den beiden Franzosen aus dem Zug und teilte Craemer mit, dass sie offenbar ebenfalls hinter Professor Davidsohn her waren.

»Worauf gründet sich Ihr Verdacht bezüglich dieser Franzosen?«

»Sie schienen Professor Davidsohn im Zug zu beschatten. Nach unserer Ankunft wurde ich von einem der beiden bedrängt. Ich konnte mich aber zur Wehr setzen.«

»Mein Gott. Ist der Mann tot?«

»Aber nein! Ein kleiner Stüber Richtung Nase, mehr habe ich nicht vollbracht. Es war sehr eng dort in der Gasse.«

»Ein kleiner Stüber. Verstehe. Ich darf also davon ausgehen, dass Sie Ihren Schirm …«

»Das Wetter ist oft so unbeständig.«

»Natürlich.«

Lena brachte das Gespräch noch einmal auf ihre Verabredung mit Professor Davidsohn zum Billard und erklärte, sie hoffe, in den nächsten Stunden noch einiges aus dem Chemiker herauszulocken.

Craemer erwiderte, dass er ihre männliche Verstärkung umgehend in den Billardsalon schicken werde. »Sicher ist sicher.«

»Kenne ich ihn?«, fragte Lena.

»Ein junger Flieger. Leutnant Gustav Nante. Ziemlich tüchtig.«

»Das klingt doch gut.«

»Ja, aber er ist außerdem Gottfried Lassbergs Stiefsohn.«

»Das hört sich weniger verlockend an.«

»Egal. Er wird sich als Ihr Cousin vorstellen. Unter seinem Klarnamen.«

»Warum nicht als mein Mann?«

»Für den jungen Mann ergaben sich aus der Tatsache, dass Sie im selben Zimmer schlafen würden, unüberwindliche Schwierigkeiten.«

»Verstehe.«

»Noch Fragen, Fräulein Vogel?«

»Natürlich nicht, Herr Major. Wie immer.«

◆ ◆ ◆

Professor Davidsohn hatte sich bereits warmgespielt, als Lena Vogel den Billardsalon am Rheinufer betrat. Ein imposanter Saal mit achtzehn Tischen. An der Decke funkelten kristallene Leuchter, verspielte Ornamentik überflutete die Wände.

Es waren ausschließlich Männer anwesend, die ihr misstrauische Blicke zuwarfen. Davidsohn, der eine schwarze Hose, ein weißes Hemd, eine dunkle Weste sowie eine schmale schwarze Fliege trug, kam ihr entgegen und begrüßte sie mit einem Handkuss.

Er erklärte Lena die Grundregeln des Carambolagespiels

und gab ihr einen Gästequeue. Dann begannen sie zu spielen. Doch obwohl die Agentin sich alle Mühe gab – das Spiel war viel schwerer, als sie gedacht hatte. Davon abgesehen schmerzte ihr Rücken.

Zwar ließ Davidsohn gnädigerweise die eine oder andere gute Gelegenheit ungenutzt verstreichen, trotzdem wurde sein Punktestand immer höher. Und Lenas Frustration immer größer. Schließlich hatte der Chemiker die festgelegten sechzig Punkte erreicht und somit gewonnen.

»Aller Anfang ist schwer«, lächelte Davidsohn. »Vielleicht sollten wir beim nächsten Mal doch besser eine Runde Federball spielen.«

»Revanche«, presste Lena hervor.

»Selbstverständlich.«

Lena ließ sich ein Glas Wasser bringen und schluckte zwei weitere Tabletten ihres Opiats. Dann begannen sie erneut zu spielen, und der Chemiker verschärfte das Tempo. Schon bald lag Lena hinten, wurde immer wütender, warf den feixenden Männern zornige Blicke zu.

In diesem Moment betrat Gustav Nante den Billardsalon und erfasste die Situation mit einem Blick. Er trat hinter Lena und nahm behutsam ihre Hände in seine.

»Mach es doch mit Effet, Cousinchen«, sagte er spöttisch und flüsterte ihr zu: »Ich bin die Berliner Verstärkung.«

Lena ließ Gustav gewähren. Und verstand plötzlich, was Effet bedeutete. Und wie man sich auch als Anfänger passabel schlagen konnte.

Den zweiten Durchgang gewann Leo Davidsohn denkbar knapp mit einem Plus von vier Punkten.

Beim dritten erreichte Lena das Ziel vor dem Chemiker mit sieben Punkten Vorsprung.

Lena stieß einen Begeisterungsschrei aus, der alle Männer

im Salon erstarren ließ. Sie entschuldigte sich gestenreich bei den Spielern und kam erst dann dazu, Davidsohn und Nante einander vorzustellen.

»Professor Leo Davidsohn, Lehrstuhlinhaber für Chemie an der Rheinischen Friedrich-Wilhelms-Universität ... Mein Cousin Leutnant Gustav Nante. Eine der großen Fliegerhoffnungen des Deutschen Reiches.«

Die beiden Männer schüttelten einander die Hände. Reserviert, aber nicht feindselig.

»Pardon, Herr Professor. Manchmal benötigen selbst so starke Persönlichkeiten wie mein verehrtes Cousinchen ein wenig männliche Unterstützung.«

»Dem würde ich auch niemals im Wege stehen, Herr Leutnant. Ein wirklich reizendes Geschöpf, Ihre Cousine.«

Lena überlegte kurz, wem der beiden Männer sie ihren Queue zuerst in die Weichteile stoßen sollte. Dann schob sie den Gedanken – aus beruflichen Gründen – beiseite und lächelte sanft.

»Möchte jemand der Herren ein neues Spiel wagen?«

Davidsohn schüttelte den Kopf. »Ich bin zeitlich nicht disponibel, denn ich habe bedauerlicherweise den ganzen Nachmittag beruflich zu tun.«

»Ich wäre bereit«, sagte Gustav. Doch Lena rammte ihm unauffällig ihren Queue in seine Überschuhe, sodass der Pilot sich zusammenreißen musste, das Gesicht nicht zu verziehen.

»Es ist wohl besser, wenn du mir erst über Tante Hedwigs Gesundheitszustand Bericht erstattest. Ich bin sehr besorgt.«

»Da hast du auch wieder recht, Cousinchen.«

Zehn Minuten später nahm Professor Davidsohn seinen Queuekoffer und verabschiedete sich mit Handkuss von Lena.

»Ich würde mich freuen, wenn ich Sie und Ihren Vetter heute Abend zum Essen einladen dürfte. Was halten Sie von der Gaststätte *Im Goldenen Kessel*? Es hat zwar nicht ganz das Niveau des Restaurants im Parkhotel, aber dafür ist die Stimmung bombig. Ich bin sicher, dass das unserem Leutnant gefallen wird.«

»Spricht irgendwas dagegen, Gustav?«, fragte Lena und hob drohend ihren Queue.

»Nein, ich liebe rustikale Genüsse. Sie sind so wunderbar ... so wunderbar volksnah.«

»Dann bis heute Abend um zwanzig Uhr«, sagte Davidsohn und entfernte sich beschwingt.

Gustav sah ihm mit zwiespältiger Miene nach.

»Ein Wort, und ich ramm dir den Queue in deinen verdammten Solarplexus«, zischte Lena.

»Ich würde einen Spaziergang bevorzugen.«

Gustav schlug seiner frischgebackenen Cousine einen Streifzug durch die Düsseldorfer Altstadt vor.

»Dort liegt auch der Zoologische Garten. Soll sehr schön sein.«

Lena war einverstanden.

Es dauerte nicht lange, bis die Agentin sich darüber mokierte, dass der Tierbestand der Gehege in Düsseldorf sich nicht annähernd mit dem des Berliner Zoos messen konnte. Abgesehen von einigen exotischen Tieren wie Affen, Zebras, Elefanten und Kamelen waren hauptsächlich heimische Tierarten zu sehen.

Ich muss es irgendwie schaffen, diesen jungen Flieger zu provozieren, aber offenbar ist er nicht so leicht reizbar, wie Craemer meint. Ich werde das Gespräch mal auf die Luftfahrt bringen.

»Ist es das wirklich wert?«

»Was?«

»Sich in die Lüfte zu erheben.«

Gustav reagierte sofort und fragte, ob das etwa eine Anspielung auf seinen Vater sein sollte.

»Auf deinen Vater?«

Das ist also sein wunder Punkt.

»Was stört dich am Fliegen?«, fragte Gustav.

»Ist es nicht viel zu gefährlich? Die Luftfahrt scheint mir noch nicht annähernd ausgereift zu sein.«

»Nicht annähernd ausgereift? Ach ja? Glauben Sie wirklich, dass Sie das beurteilen können?«

»Erst einmal möchte ich dich bitten, dass du bitte beim Du bleibst. So gehen wir sicher, dass du in einer brenzligen Situation nicht plötzlich ins Sie verfällst. Und zweitens ...«

»Hältst du mich für einen Abc-Schützen? Für einen Stümper?«, empörte sich Gustav.

»Das kann ich noch nicht beurteilen. Ich habe dich nicht für diese Operation ausgewählt.«

»Genau. Das waren unsere Chefs, wenn ich dich daran erinnern darf.«

»Aber ich war es, die einen Agenten angefordert hat. Und zwar jemanden, der ausreichend qualifiziert ist, um mich kompetent zu unterstützen. Unser Auftrag ist nicht ungefährlich. Glaubst du wirklich, dass du der Aufgabe gewachsen bist?«

Gustav wurde rot. Es dauerte einen Moment, ehe er sich wieder im Griff hatte.

»Mir liegt durchaus daran, zu kooperieren. Das kann ich dir versichern, Cousinchen.«

»Du lässt dich schnell provozieren. Wir werden aber unseren Auftrag nur dann erfolgreich erledigen können, wenn wir in keiner Situation vorschnell reagieren. Wir werden nur dann siegreich sein, wenn wir immer auf den richtigen Moment warten. Ganz egal, was geschieht. Und das gilt besonders für dich, du Heißsporn von einem Flieger.«

»Hat Craemer dir etwa erzählt, was auf dem Flugplatz Johannisthal vorgefallen ist?«, fragte Gustav schnell.

Lena beschloss, so zu tun, als wüsste sie Bescheid.

»Genau das meinte ich. Wie konnte das passieren?«

Mal sehen, was noch kommt, ob er sich zum Ausplaudern verleiten lässt.

Gustav dachte einen Moment lang nach, dann nickte er ernst.

»Lektion verstanden. Ich werde dich nicht enttäuschen, Cousinchen.«

Lena hakte sich bei Gustav unter und schwenkte vergnügt ihren Schirm hin und her.

»Und jetzt schauen wir uns die Pinguine an. Ich hoffe doch, die haben hier welche.«

»Das sollte herauszufinden sein. Und zwar ohne dass wir bei diesem gefährlichen Vorhaben allzu große Risiken eingehen müssen. Ganz zu schweigen von irgendwelchen unüberlegten Husarenstücken«, lachte Gustav.

»Lektion gelernt«, erwiderte Lena.

»Möchtest du überhaupt noch zu den Pinguinen?«

»Pinguine haben wir auch in Berlin.«

Während sie heiter über Belanglosigkeiten plauderten, schlenderten sie zum Hotel am Königsplatz.

»Weißt du eigentlich, dass Professor Davidsohn hier ebenfalls ein Zimmer genommen hat?«, fragte Gustav, als er mit Lena die Lobby betrat.

»Nein.«

»Ich habe ihn heute Morgen im Frühstücksraum gesehen.«

Die beiden waren schon auf dem Weg zum Paternoster, als der Portier sie zu sich winkte.

»Fräulein Vogel ...«

»Ja, bitte?«

»Ich habe eine Nachricht für Sie.«

Der Portier reichte ihr einen zusammengefalteten Zettel.

Lena drehte den beiden Männern den Rücken zu und las die Nachricht. Dann steckte sie das Stück Papier ein.

»Professor Davidsohn muss unsere Verabredung zum Essen leider absagen, Gustav. Ihm ist beruflich etwas dazwischengekommen, was seine sofortige Abreise erforderlich gemacht hat.«

»Wie schade. Ich hatte mich sehr darauf gefreut.«

»Ich mich auch«, sagte Lena und wandte sich an den Portier. »Hat der Professor vielleicht erwähnt, wohin er abreisen musste?«

»Nicht direkt. Aber ich weiß, dass er den Mittagszug nach Saarbrücken nehmen wollte.«

»Gut. Dann werden mein Cousin und ich auch abreisen. Wenn Sie so nett sind und uns die Rechnung fertig machen? Und bitte beeilen Sie sich.«

»Sehr wohl, Fräulein Vogel.«

Nach einer turbulenten Fahrt mit der Pferdedroschke durch das Nobelviertel von Düsseldorf gelang es Lena und Gustav in letzter Sekunde, einen Schnellzug nach Saarbrücken zu erwischen. Er fuhr zwar nicht direkt, sondern nahm die erheblich längere Route über Koblenz, Mannheim und Kaiserslautern, war aber trotzdem ein ganzes Stück schneller als der Mittagszug, den Professor Davidsohn genommen hatte. Denn dieser musste in etlichen kleinen Bahnhöfen halten.

Sie würden abends um fünf nach sieben in Saarbrücken ankommen, also ganze acht Minuten vor Davidsohn. Knapp sechseinhalb Stunden Fahrzeit. *Ausreichend Gelegenheit also, um ein paar Dinge zu klären,* dachte Gustav, nachdem der Zug sich in Bewegung gesetzt hatte.

»Warum verfolgen wir eigentlich diesen Professor?«

»Das hat mit unserem Ermittlungsauftrag zu tun«, versuchte Lena ihn abzublocken.

»Unser Ermittlungsauftrag, so, so ... Major Craemer hat mir natürlich gesagt, dass du die Operation leitest, und ich habe auch nichts dagegen. Trotzdem solltest du mich über wichtige Dinge nicht im Unklaren lassen.«

»Ich werde dir alles Nötige sagen.«

»Und wann soll das passieren? Der Major hat mir erklärt, dass du ganz offen zu mir sein wirst.«

»Hat er das? Also schön, wenn es sein Wunsch war ...«

Die Agentin setzte den jungen Flieger über die bisherigen Ereignisse in Kenntnis. Beginnend mit dem Zugunfall in Bingen über die Morde im Krankenhaus und ihre Suche nach den zwei Franzosen bis zu der Spur, die sie zu Wilhelm von Eisleben und Leo Davidsohn geführt hatte. Sie unterließ es jedoch, Gustav darüber aufzuklären, dass sie persönlich einen der Beteiligten ins Jenseits befördert hatte.

»Das war's im Großen und Ganzen. Ist dir das offen genug?«

Gustav nickte, und Lena lenkte das Thema erneut auf die Fliegerei. Sie erklärte, dass sie seine Faszination für diese gefährliche Art der Fortbewegung gern verstehen würde.

Anfänglich verlief das Gespräch durchaus angeregt, doch dann wurde der Flieger immer schweigsamer, zögerte zunehmend, vertrauliche Einzelheiten über sich preiszugeben. Schließlich verstummte er ganz.

Er traut mir also doch nicht.

Gustav Nante zog sein Jackett aus und hängte es als Kopfpolster an die Rücklehne seines Sitzes.

»Ein guter Soldat lernt schnell, dass er sich seinen Schlaf holen muss, wann immer er Gelegenheit dazu hat. Wer weiß, was uns in den nächsten Stunden noch erwartet. Weck mich, falls nötig.«

Er machte es sich bequem und schlief kurz darauf ein.

Ich werde aus ihm noch nicht schlau. Einerseits ist er charmant, andererseits ständig auf der Hut. Als hätte er Angst, Fehler zu machen. Warum?

Während Lena noch über diese Frage nachgrübelte und draußen die herbe Eifellandschaft an ihr vorbeizog, wurde auch sie immer müder. Irgendwo zwischen Prüm und Bitburg fielen ihr dann die Augen zu.

»Wach auf! Wach auf, Lena!«

Die Agentin spürte, wie jemand heftig an ihrer Schulter rüttelte. Benommen öffnete sie die Augen und sah Gustavs Gesicht dicht vor sich.

»Wir müssen an der nächsten Station aussteigen!«

»Sind wir denn schon in Saarbrücken?«

»Nicht ganz. Wir müssen hier in Völklingen raus. Komm, steh auf.«

»Wieso Völklingen? Was sollen wir da?«

»Vertrau mir. Ich werde dir alles erklären, sobald wir auf dem Bahnsteig sind.«

Noch schlaftrunken stand Lena auf, schnappte sich Handköfferchen und Schirm und stieg hinter Gustav aus dem Zug.

Sie betraten den Wartesaal des Völklinger Bahnhofs, in dem sich außer ihnen nur eine ältere Frau befand, deren

Aufmerksamkeit allerdings einzig und allein einer struppigen kleinen Promenadenmischung galt, die ununterbrochen kläffte.

Sie setzten sich auf eine Bank, und Gustav erzählte Lena von dem Flugzeugabsturz in Wadgassen, bei dem sein Fliegerkollege Berthold Stielke den Tod gefunden hatte.

»Wir sind also in Völklingen ausgestiegen, damit du in Wadgassen Nachforschungen über deinen Fliegerkameraden anstellen kannst?«, fragte Lena und sah ihn irritiert an. »Pardon, aber inwieweit hat das etwas mit unserem Ermittlungsauftrag zu tun?«

»Ich schlage vor, dass wir uns in Wadgassen ein Hotel suchen. Schließlich ist gar nicht gesagt, dass Professor Davidsohn nach Saarbrücken gefahren ist. Er könnte sich überall hier in der Gegend aufhalten. Ob wir nun also in Wadgassen, Völklingen oder Saarbrücken unser Quartier aufschlagen, ist völlig egal.«

»Gut, da magst du recht haben. Dass er den Zug nach Saarbrücken genommen hat, bedeutet keineswegs, dass er nicht schon vorher irgendwo ausgestiegen sein könnte.«

»Seien wir froh. Und unsere Chancen, ihn zu finden, wären in einer so großen Stadt wie Saarbrücken gleich null.«

»Einverstanden, gehen wir also nach dem Ausschlussprinzip vor. Starten wir unsere Suche hier und arbeiten uns Ortschaft für Ortschaft vor, gegebenenfalls bis nach Saarbrücken. Und falls Zeit bleibt, kannst du nebenbei noch Nachforschungen in Bezug auf deinen toten Kameraden anstellen. Aber nur dann.«

»Danke. Sehr großzügig«, erwiderte Gustav unter dem ohrenbetäubenden Gekläffe der Promenadenmischung. »Diese dämliche Töle!«

Lena lächelte. Dann nahm sie ihren Schirm wie ein Gewehr

in Anschlag und zielte auf das Hündchen: »Piff paff, piff paff, piff paff!«

Wie auf Kommando verstummte das Tier und kroch verängstigt unter den Rock seines Frauchens.

»Wie hast du das denn gemacht?«, fragte Gustav erstaunt.

»Ein Geheimnis, das ich leider nicht verraten darf.«

»Das ist ein Trick, oder?«

»Eher reiner Zufall ... und meiner kämpferischen Präsenz geschuldet«, lachte Lena. »Aber im Ernst: So ein Schirm bietet nicht nur Schutz vor Regen und Sonne, sondern kann auch hervorragend als Verteidigungswaffe benutzt werden. Sogar als eine absolut tödliche.«

»Ein Schirm?«, fragte Gustav verdattert.

»Sicher. Die Entfernung zum Gegner wird durch die Schirmlänge vergrößert, man kann ihn so leichter auf Distanz halten. Einfache Schlagtechniken lassen sich aufgrund seiner Form intuitiv durchführen, und so eignet sich mein Schirm für alle möglichen Hieb-, Stich- und Stoßtechniken. Von der Metallspitze gar nicht zu reden.«

»So habe ich das noch nie gesehen«, sagte Gustav schon merklich überzeugter.

»Man lernt eben nie aus«, erwiderte Lena. »Und nun ...«

»... nehmen wir uns eine Droschke und lassen uns nach Wadgassen kutschieren.«

»Na, hoffentlich finden wir in dem Nest eine Unterkunft. Es wird bald dunkel.«

»Bist du müde?«, fragte er.

»Nein, aber ich weiß, wie ich mich müde mache.«

»Mir fällt da ein Krug Bier ein. Und dir?«

»Ich sehe, wir verstehen uns immer besser.«

WADGASSEN / DEUTSCHES KAISERREICH

Das Gasthaus *Zur Linde* war eine gediegene bürgerliche Schankwirtschaft, in deren schönem Biergarten ein prachtvoller Baum stand, der von jeher die Ortsmitte geziert und dem Lokal den Namen gegeben hatte. Unter seinem Blattwerk war jahrhundertelang das Dorfgericht abgehalten worden, und genau wie damals diente er noch heute als Tummelplatz für die Brautschau.

Lena und Gustav bekamen jeweils ein Einzelzimmer in getrennten Stockwerken und verabredeten sich zum Abendbrot im Biergarten. Nachdem sie einen zünftigen Schwenkbraten gegessen hatten, bestellten sie sich zwei Halbe Zwickelbier, stießen an und nahmen einen großen Schluck.

»Ich habe mich beim Wirt nach Professor Davidsohn erkundigt«, sagte Lena. »Er kann sich nicht erinnern, dass er bei ihm abgestiegen ist. Obwohl er sicher ist, dass er den Namen schon einmal gehört hat. Er wusste nur nicht mehr, in welchem Zusammenhang.«

»Vielleicht wohnt Davidsohn in irgendeiner Pension.«

»Sieht das für dich hier nach einer Gegend aus, in die die Leute zur Sommerfrische fahren? Ich möchte nicht wissen, wie es hier riecht, wenn von Völklingen und Bous der Fabrikgestank herüberweht.«

»Das stört nicht jeden. Wer zum Beispiel im Kohlenpott groß geworden ist ...«

»Ich habe den Wirt auch nach anderen Gasthäusern gefragt«, unterbrach ihn Lena. »Es gibt in Wadgassen keine weitere Schankwirtschaft mit Fremdenzimmern. Nur eine Kneipe, ein paar Straßen von hier entfernt. Aber die vermieten nicht.«

»Wir sollten trotzdem morgen früh einen Rundgang durch den Ort machen. Sicher ist sicher. Soll ich uns noch zwei Halbe Zwickel bestellen?«

»Für mich nicht. Ich werde früh schlafen gehen und vorher ein bisschen lesen.«

»Was liest du denn Spannendes, wenn ich fragen darf?«

Lena zog eine Broschüre aus ihrer Handtasche und hielt sie Gustav hin:

Anleitung zum Gebrauch der Parabellumpistole Luger 08
Deutsche Waffen- und Munitionsfabriken AG

~ Si vis pacem para bellum ~

»Die Luger 08 ist die neue Ordonanzwaffe des Deutschen Heeres. Ich werde meine Luger in der nächsten Woche erhalten. Eine geradezu perfekte Faustfeuerwaffe, heißt es. Da du ja aus dem Militärdienst ausgeschieden bist, interessiert dich das vermutlich nicht sonderlich.«

»Doch, doch, natürlich tut es das.«

»Du weißt, was der lateinische Satz bedeutet?«, fragte Lena.

»Wenn du Frieden willst, bereite den Krieg vor.«

»Richtig. Para bellum. Irgendwie gefällt mir der Leitspruch.«

»Und dein Schirm?«, fragte Gustav. »Wird der ausgemustert, wenn du deine Luger hast?«

»Ach was. Alles zu seiner Zeit.«

Lena war zufrieden. Ihr Zimmer war zwar ländlich schlicht, aber das Federbett wirkte mit seiner weißen flauschigen

Decke so einladend wie bei Frau Holle. Sie öffnete das Fenster, und tatsächlich ... *Offenbar steht der Wind günstig* ... Es roch nach Land, nach Vieh und Heu, erinnerte sie ein wenig an Galizien. *Heimat bleibt wohl doch Heimat, ob man nun will oder nicht* ...

BERLIN / DEUTSCHES KAISERREICH

Major Albert Craemer war nervös.

Am Morgen hatte er sein Hemd zweimal zuknöpfen müssen, denn er war so in Gedanken gewesen, dass er sich um eine Knopfhöhe vertan hatte. Das Schlimmste daran: Er wusste nicht mal genau, warum er so nervös war. Nach einer Weile entschied er, dass es vermutlich daran lag, dass er die geheimdienstlichen Qualitäten von Fräulein Vogel nicht so recht einschätzen konnte.

Craemer gehörte nicht zu den Männern, die Frauen generell nichts zutrauten. Eher schon schwang bei ihm in Bezug auf das weibliche Geschlecht etwas Furcht mit. Und eine eher beklemmende Form von Respekt.

Der Respekt, den er seiner Frau entgegenbrachte, war begründet. Denn ohne Helmines Geld würden sie sicher nicht in einer der vornehmsten Gegenden von Berlin wohnen. Der Name der Straße – In den Zelten – war insofern etwas irreführend.

Vor fünf Jahren hatte er Helmine Koppen geheiratet, deren Vater weit über die Grenzen der Stadt hinaus als Spirituosenfabrikant operierte.

Craemers Verliebtheit blieb keinem seiner Freunde verborgen.

»Du und deine Helmine!«

»Ach, hat er mal wieder von ihr geredet?«

»Nicht von ihr, von Helmine!«

»Ist ein wunderschöner Name, das müsst ihr zugeben.«

»Helmine ist ein ganz fabelhafter Name, mein lieber Albert. Ganz fabelhaft und famos.«

»Ach, ihr habt doch noch gar nicht gelebt!«

»Er schon. Er hat gelebt. Und geliebt!«

»Er hat ja auch seine Helmine.«

Mit solchen und ähnlichen Konversationen hatten die Freunde ihn monatelang aufgezogen, denn sie wussten natürlich, dass Alberts künftiger Schwiegervater sein Einverständnis zur Ehe von einer ehrenvollen Anstellung im Staatsdienst abhängig gemacht hatte.

So gesehen kam die Beförderung gerade zum rechten Zeitpunkt.

Helmines Vater kaufte für die beiden eine schöne große Wohnung mit drei zusätzlichen Zimmern für den sicher bald zu erwartenden Nachwuchs.

Da Craemer nun nicht nur eine gesicherte Stellung bekleidete, sondern auch noch eine wohlhabende Unternehmertochter zur Frau hatte, hätte er es sich bequem machen können. Nur war Bequemlichkeit nicht Craemers Art.

Er liebte den Geruch von Aktendeckeln. Er liebte den Geruch von Staub und den seines Büros. Vor allem aber liebte er es, operativ in Gang zu sein und Gefahren abzuwenden.

Davon abgesehen hätte seine Helmine einen bequemen Mann auch bald auf Trab gebracht. Sie war selbst schließlich immer auf Trab und längst ins Spirituosengeschäft ihres Vaters eingestiegen. Mit Erfolg, das Unternehmen hatte seitdem stark expandiert. Sie war eine pragmatische Geschäftsfrau und hatte, jedenfalls für Außenstehende, so gar nichts Beklemmendes an sich. Manche nannten sie mütterlich, andere rühmten ihren bisweilen recht bodenständigen Berliner Humor.

Craemer hatte sich in seine Helmine verliebt, weil sie

stattlich war und mit ihrer forschen, teils auch robusten Art auf ihn einen guten und vor allem verlässlichen Eindruck machte. Davon abgesehen war es üblich, dass sich Militärs und andere Diener des preußischen Staates mit Frauen verheirateten, die das mit in die Ehe brachten, was eben nötig war, wenn man gesellschaftlich mithalten und angemessen repräsentieren wollte. So gesehen war eigentlich alles ganz normal abgelaufen. Nur hatten er und seine stattliche Frau keine Kinder bekommen.

War das am Ende der Grund, warum er Lena Vogel unter seine Fittiche genommen hatte? Während der Major seine Stiefel anzog, schob er diesen Gedanken zur Seite. Er sah in Lena weder seine Tochter noch ...

Sie hat eine gute Figur, jedenfalls nach der heutigen Mode.

Ihm selbst wäre es vermutlich gar nicht aufgefallen. Andere hatten ihn erst darauf hinweisen müssen.

Ihre Taille war sehr schmal, und er war schon vor einiger Zeit zu dem Schluss gekommen, dass sie kein übermäßig regulierendes Mieder benutzte, um diesen Effekt zu erzielen. Ihr Kopf, der Übergang zum Hals. Es war eigentlich nicht seine Art, auf solche äußerlichen Details zu achten. Aber sie war schließlich jeden Tag in seiner Nähe.

Sie hatte sich oft zu ihm herabgebeugt, wenn sie gemeinsam ein Schriftstück überflogen, und er hatte ihn dann eben doch registriert, den Geruch ihres Körpers. Er vermutete, dass sie nichts als leicht parfümierte Seife benutzte, wenn sie morgens im Bad vor ihrem Waschtisch stand, ihren Hals und ihre ...

Das ist doch alles Unsinn!

Als Craemer die Wohnung gerade verlassen wollte, trat Helmine aus der Küche, wo sie gerade das Personal für den Tag eingewiesen hatte. Einen kurzen Moment lang stand sie so, dass der schmale Lichtschein, der durch das Küchenfenster für gewöhnlich bis in den Flur strahlte, in beinahe schon gewalttätiger Art unterbrochen wurde. In der Zeit vor ihrer Hochzeit war ihm sonderbarerweise gar nicht aufgefallen, dass sie ihn um fast einen ganzen Kopf überragte. Dazu kamen noch ihre Haare, die sie turmartig nach oben frisierte.

»Albert. Du schleichst wieder.«

»Ich schleiche nicht. Ich war nur gerade ...«

»In Gedanken. Ich weiß. Wenn du in Gedanken bist, dann gehst du immer so leise. Sagst auch kein Wort zum Abschied. Ich wüsste zu gerne, was für Gedanken das sind, die da in dir herumstrolchen.«

»Es geht um Einschusslöcher.«

»Du bist einfach wunderbar. Habe ich dir das diese Woche schon gesagt?«

»Ja. Doch, ich denke ...«

»Du weißt es und bist doch in Gedanken. Nun, ich will dich nicht aufhalten. Aber einen Kuss, den habe ich wohl verdient, magst du auch noch so sehr mit Einschusslöchern befasst sein.«

Albert Craemer ergriff die Hüfte seiner Frau und zog sie zu sich heran. Ein Vorgang, der stets etwas Kraft erforderte. Dann küssten sie sich. Es war kein kurzer oder beiläufiger Kuss. Helmine nahm ihn immer ganz und gar, nie halb.

Dummkopf.

Alles, was gerade noch in seinem Kopf herumgeistert war, Lena, ihre Seife, das Waschbecken ... Das alles verflog in diesem Moment. Helmine Craemer verstand sich darauf, ihren Mann richtig zu nehmen. Sie küsste besser als alle Frauen, die Craemer je untergekommen waren. Vor allem aber liebte er ihre kräftige Taille, die gut entwickelte Hüfte, ihre frauliche Schwere, die trügerische, stets nur vorgebliche Trägheit, die sie bei allen sexuellen Akten zu Beginn der Operation an den Tag legte. Sie war eben nicht so dürr wie Lena, sie war ein richtiges Weib. *Meine Lokomotive!* So nannte er sie in manchen Momenten, denn sie war ohne Zweifel eine Naturgewalt. Was Helmine anging, da hatte er mehr Glück gehabt als verdient. Nur in einer Sache ging sie ihm zu weit. Sie wartete nicht immer, bis sie im Bett waren, und sie mochte es überhaupt nicht, wenn er Anstalten machte, das Licht zu löschen.

»Nun darfst du gehen und uns alle retten«, sagte sie in leicht zwitscherndem Tonfall und öffnete dabei die Tür. Wie leicht und hell sie auf einmal wirkte.

»Ach ja, geht eben nicht anders«, sagte er, während sie einander einen letzten Blick zuwarfen. Er wäre zu gerne noch ein wenig geblieben.

Dank Helmines Abschiedskuss und einigen frivolen Gedanken, die in seinem Kopf schwungvoll paradierten, hatte er die Sorgen, die ihn während des Ankleidens gepeinigt hatten, schon beinahe vergessen, als er sein Büro betrat.

Als Erstes würde er Erkundigungen über Leo Davidsohn einholen. Da dieser eine Professur für Chemie an der Rheinischen Friedrich-Wilhelms-Universität innehatte, durfte das nicht allzu schwierig sein.

Doch kaum dass er an seinem Schreibtisch saß, kam die Frau von der Poststelle in sein Büro und legte ihm einen Stapel Umschläge auf den Tisch. Craemer ging sie schnell durch. Bei einem Absender hoben sich seine Augenbrauen.

Darauf hatte er dringlich gewartet.

Major Albert Craemer öffnete den Umschlag und sah sich die Obduktionsfotos aus dem Krankenhaus von Bingen an.

Er legte zwei der Aufnahmen direkt nebeneinander. Die Linke zeigt den Kopf sowie den entblößten Oberkörper des

Mannes, der am Bahndamm erschossen wurde, die andere die Leiche des Mannes, den man im Krankenhaus exekutiert hatte.

Das Muster war nicht zu übersehen. Beide Männer wurden mit vier exakt platzierten Schüssen getötet. Zwei in den Kopf, zwei ins Herz.

Sieht nach einer militärischen Aktion aus.

Der Bremser des verunglückten Zugs war inzwischen vernommen worden. Craemer studierte den für ihn entscheidenden Abschnitt des Vernehmungsprotokolls noch einmal. Es war mehr ein Reflex als eine Notwendigkeit. Die Fragen des Gendarmen, der die Vernehmung durchgeführt hatte, waren naheliegend gewesen, die Antworten des Bremsers nach anfänglichem Zögern recht umfassend.

»Haben Sie während des Zugunglücks oder danach irgendwelche Beobachtungen gemacht?«, hatte der Gendarm zunächst gefragt.

»Ja.«

»Sie wissen, dass Sie hier nur die Wahrheit sagen dürfen?«

»Ja.«

»Sie dürfen weder etwas hinzufügen noch weglassen.«

»Ja.«

»Vor allem müssen Sie der Versuchung widerstehen, sich etwas auszudenken.«

»Ja.«

»Sie haben alles verstanden?«

»Ja.«

»Also, was haben Sie beobachtet?«

»Es war eine ganz normale Fahrt. In der Gegend um Bingen herum und auch auf der Strecke nach Köln gibt es kein Gefälle, das ein Bremsen nötig machen würde. Ich war also in Gedanken.«

»Sie haben vielleicht sogar geschlafen?«

»Ach, wissen Sie, der Unterschied ist gar nicht so groß. Mein Vater, der auf einem großen Gutshof arbeitete, hat mir oft erzählt, dass er beim Pflügen, wenn es eine Reihe nach der anderen feldauf, feldab ging ...«

Craemer übersprang eine Seite. Erst hier stand das Entscheidende. Der Gendarm war ungeduldig geworden.

»Ja, das reicht, ich weiß nun genug über Ihren Vater und Ihre Brüder. Ich bin inzwischen auch hinreichend mit dem Bremsvorgang und der dafür notwendigen Mechanik vertraut. Uns interessiert das Besondere, nicht das Allgemeine.«

»Sie meinen die Schüsse?«

»Natürlich.«

»Sie haben viermal geschossen. Dann schienen sie nach etwas zu suchen. Dabei sprachen sie miteinander. Es klang wie kurze Befehle, hatte eindeutig diesen Tonfall, auch wenn sie sich bemühten, nicht zu laut zu reden.«

»Was haben sie gesagt?«

»Dafür waren sie zu weit weg. Aber eins kann ich beschwören: Sie haben Französisch gesprochen.«

»Beide?«

»Ja.«

»Sie sind sich da ganz sicher?«

»So sicher, wie ich hier sitze.«

Craemer legte das Protokoll zur Seite und schob die Obduktionsfotos zurück in den Umschlag.

Das alles deckte sich mit dem, was Lena über die beiden Verfolger herausgefunden hatte.

Beide trugen Maßanzüge von Pariser Schneidern und hatten in Traben-Trarbach mit französischem Akzent gesprochen.

Major Craemer wollte trotzdem sichergehen, was die Methode anging, mit der die beiden Opfer in Bingen getötet worden waren.

Jetzt gab es einen weiteren Toten. Stielke war während des Überführungsflugs gestorben. *Aber woran?* Das musste geklärt werden

Also verließ Craemer kaum eine Stunde nach seiner Ankunft das Büro, um dorthin zu fahren, wo man ihm sicher würde Auskunft geben können. Stielkes Leiche, so hoffte er, war bereits dort. Und sie würde, wenn er die Fähigkeiten seines alten Freundes Professor Rubinstein richtig einschätzte, einiges zu erzählen haben.

Manche dieser Leichen erwiesen sich unter Rubinsteins Skalpell als regelrechte Plappermäulchen.

◆ ◆ ◆

Als Major Craemer mit seiner Aktentasche unter dem Arm die Charité betrat, zog er unwillkürlich den Kopf ein. Er wollte vermeiden, dass ihm ein Stein oder Ähnliches auf den Kopf fiel. Er war öfter hier, und schon seit Jahren zeigte sich das gleiche Bild.

Es wurde gebaut und gebaut.

Niemanden wunderte das, genoss doch die Charité höchstes Ansehen im Deutschen Kaiserreich. Erst vor zwei Wochen, als Craemer das letzte Mal hier war, um sich in einer kriminalistischen Angelegenheit beraten zu lassen, hatte er miterlebt, welchen Respekt die Wissenschaftler einander – trotz aller Konkurrenz – entgegenbrachten.

Sie trauerten um einen der Besten von ihnen, denn der bedeutende Wissenschaftler Robert Koch war Ende Mai gestorben. Craemer hatte damals mit Lassberg darüber gesprochen.

Lassberg hatte die Wichtigkeit des bedeutenden Mikrobiologen und Hygienikers auf fast schon groteske Weise heruntergespielt.

»Was dieser Professor geleistet hat, mag für Wissenschaftler bedeutend sein. Allerdings geht es bei den Leistungen dieses Herrn Koch doch letztlich um kaum mehr als die Linderung einiger Hauskrankheiten. Aber ich schätze das vielleicht falsch ein. Auch das Bemühen, etwas zu finden, das unserem Volk hilft, einen Schnupfen oder eine alltägliche Grippe ohne allzu viele Unannehmlichkeiten zu überstehen, verdient natürlich Anerkennung. Und was aus den Kolonien alles zu uns kommt, wissen wir nicht.«

Craemer hatte sich sehr über diese herablassende Haltung gewundert. Er hätte nicht gedacht, dass der Oberst so schlecht informiert war.

Diese Unterhaltung kam Albert Craemer in den Sinn, als er sich mal wieder im Labyrinth des Charitégebäudes verirrt hatte.

Jedes Mal dasselbe.

Die ständigen Umbaumaßnahmen, die neuen Wege, die er deswegen nehmen musste, hatten dazu geführt, dass er zuletzt in einem Krankensaal landete.

Es war kein schöner Raum.

Auf beiden Seiten standen jeweils fünfzehn Betten. Alle waren belegt. Zwischen einige hatte man mit Stoff bespannte Stellwände geschoben. Offensichtlich gab es einen Grund, die Patienten voneinander zu trennen.

Die anwesenden Schwestern trugen Masken aus Stoff und wirkten sehr geschäftig. Es dauerte eine Weile, ehe sich eine dieser Frauen dazu herabließ, ihm zu erklären, welchen Weg er zur Pathologie nehmen musste.

So kam Craemer in einen zweiten Raum, der dem ersten

in jeder Hinsicht glich. Nachdem er einen dritten Raum dieser Art durchquert hatte, fühlte er sich selber bereits ein bisschen krank. Denn das hatte ihm seine Mutter doch immer gesagt: »Bei manchen Kranken ist es besser, etwas Abstand zu halten, sonst wird man selbst erfasst.«

Endlich kam er in die Pathologie.

Auf Tischen aus Metall lagen drei Leichen. Ihr Anblick hatte für Craemer fast schon etwas Beruhigendes. Denn Tote, das hatte er mal in einem Journal gelesen, waren nicht infektiös. Die Erreger starben in der Regel zusammen mit ihren Wirten. Jedenfalls schien das der Stand der Forschung zu sein.

»Albert, mein Freund!«

Professor Rubinstein kam wie immer mit erhobenen Armen auf ihn zu. *Er vergisst immer, wie er aussieht. Für ihn ist der Zustand seines Kittels eben etwas Alltägliches.*

Craemer wich ein Stück zurück, Professor Rubinstein zeigte Verständnis.

»Schön, dich zu sehen, Albert. Wie geht es Helmine?«

»Ausgezeichnet, danke der Nachfrage«, gab der Major zurück. Danach überreichte er Rubinstein zwei Flaschen Spreegold, destilliert und abgefüllt in der *Spritanstalt und Likörfabrik* seiner Frau.

»Du verstehst dich wirklich darauf, andere zu bestechen«, sagte Rubinstein und hielt eine der Flaschen gegen das Licht. »So klar wie diese Versuchung ist unsere Spree leider nicht.«

»Gewiss doch. Die Arbeiter und Angestellten meiner Helmine tun aber alles dafür, dass die Qualität stimmt.«

Mit einiger Erleichterung registrierte Craemer, dass der Professor seine Handschuhe und auch den Kittel ablegte. Sie waren nicht sauber, und das, was an ihnen klebte, war kein gewöhnlicher Schmutz. Es handelte sich um organische Anhaftungen mit deutlicher Färbung.

»Gehen wir in mein Büro?«

»Gerne«, sagte Craemer, der gerade registrierte, dass es ihn ein wenig im Bauch pressierte. Ein Gefühl, das sich langsam in Richtung seines Brustkorbs ausbreitete.

»Vielleicht trinken wir einen Schluck.«

»Wenn, dann nur einen ganz kleinen«, antwortete Craemer.

So war es jedes Mal, wenn er Professor Rubinstein in seiner Pathologie aufsuchte. Ihm wurde ein Schnaps angeboten, und er hatte keine Lust darauf. Was vermutlich daran lag, dass der Raum, in dem Rubinstein seiner täglichen Arbeit nachging, ohnehin sehr intensiv nach Alkohol und ähnlichen desinfizierenden Chemikalien roch. Craemer hatte dann immer das Gefühl, er habe bereits viel zu viel getrunken.

Rubinsteins Büro war nicht ausnehmend groß. Beherrscht wurde es von raumhohen schrankartigen Möbeln mit Hunderten von kleinen Schubladen. Jede dieser Schubladen beinhaltete Fächer in denen, hintereinander gestaffelt, sorgfältig ausgefüllte Patientenakten lagerten.

Nur wozu?, fragte sich Craemer. Es war ja kaum zu erwarten, dass die verstorbenen Patienten von Professor Rubinstein noch auf Besserung hoffen konnten.

»Einen Enzian?«, fragte Rubinstein, der Flasche und Gläser bereits in der Hand hielt.

»Ein halbes Glas reicht.«

»Ein halbes, verstehe.«

Rubinstein machte zwei Gläser randvoll und reichte eins davon Craemer. Ein Nicken, dann stießen sie an und leerten ihre Gläser in einem Zug. *Erst die Säle voller Kranker, dann der Obduktionsraum, jetzt der starke Schnaps.* Major Craemer sehnte sich nach frischer Luft und einem Glas kühler Limonade.

»Ich hätte gerne deine Meinung zu diesen Aufnahmen.«

Albert Craemer zog die Bilder der beiden Toten vom Bahnübergang aus einem Couvert. Rubinstein setzte seine Brille auf und betrachtete sie eingehend.

»Dem einen scheint etwas Schweres auf die Füße geraten zu sein.«

»Ein Zug.«

»Ein Zug ... Ja, das erklärt die Art der Verletzung.«

»Er wurde noch lebend ins Krankenhaus gebracht.«

»Erstaunlich. Wirklich erstaunlich, dass der Mann nicht sofort verblutet ist. Hatte er feste Schuhe an?«

»Das weiß ich nicht.«

»Irgendetwas muss die Blutung im Zaum gehalten haben, bis er im Krankenhaus war.«

»Was ist mit den Schusswunden?«, fragte Craemer, der nun doch etwas ungeduldig wurde.

»Beide Männer wurden professionell getötet.«

»Militärisch?«

»Durchaus möglich. Könnte auch das Resultat einer geheimdienstlichen Operation sein. Das müsstest du besser wissen als ich.«

»Ich wollte sichergehen.«

»Und ich kann dir noch mehr sagen«, erklärte Rubinstein, hob die Flasche und sah Craemer fragend an.

»Ja, aber bitte wirklich nur ein halbes ...«

Craemer stellte sein Schnapsglas neben das von Rubinstein, der beide erneut bis zum Rand füllte.

»Auf dein Wohl, Albert.«

»Nicht auf das unseres Kaisers?«

»Auf den trinken wir später.«

Dass Craemer Professor Rubinstein mochte, lag nicht nur daran, dass der ihm schon einige Male wichtige Hinweise geliefert hatte. Bereits bei ihrer ersten Begegnung hatten sie Sympathie füreinander gespürt. So etwas war ihm vorher noch nie passiert. Erst später hatten sie festgestellt, dass sie fast gleich alt waren. Außerdem sahen sie einander frappierend ähnlich. Sie gehörten einfach »zur selben Art«, wie Rubinstein sich ausdrückte.

Davon abgesehen gelang es Rubinstein immer wieder, den Major mit neuesten wissenschaftlichen Erkenntnissen zu verblüffen. Und es gefiel Craemer mehr und mehr, über Dinge Bescheid zu wissen, die eigentlich nicht zu seinem Fach gehörten.

»Auf dein Wohl, Albert!«

»Hast du das nicht eben schon gesagt?«

»Das war ein Glas davor.«

»Du meinst, das ist schon das dritte?«

»Ich war auch nicht gut in Mathematik.«

»Ich bin im Dienst!«

»Also zur Sache. Man hat mir einen der Toten vom Bahnübergang geschickt, den ich selbstverständlich obduziert habe. Man brachte mir auch eins der Geschosse sowie eine Hülse, die in Bingen sichergestellt wurden.«

»Und?«

»Französisch.«

»Es handelt sich um französische Munition?«

»Genau. Munition, wie sie dort vom Militär und den Geheimdiensten verwendet wird. So etwas bekommt man nicht einfach im Laden.«

Professor Rubinstein ging zu einem seiner Schränke, zog ihn auf und holte eine Karteikarte heraus.

»Das hier ist der Schrank meines Kollegen, Professor Jochmann. Er hat in seinem Büro keinen Platz mehr, daher habe ich ihm gestattet ...«

»Weiter.«

»Nun, es gibt hier in der Rechtsmedizin eine Unterabteilung – es ist mehr Professor Jochmanns Steckenpferd –, die sich mit Geschossen und Geschosshülsen beschäftigt. Das steckt alles noch in den Kinderschuhen, aber ...«

»Wenn du sagst, es handelt sich um französische Munition, dann reicht mir das. Du gibst mir die Fakten, und ich ziehe daraus meine geheimdienstlichen Schlüsse.«

»Ich würde mich darauf festlegen, zu sagen, hinter dem Tod dieser beiden Männer steckt eine militärische Operation. Wenn das, was in den Begleitpapieren steht, korrekt ist, wurden sie auf deutschem Boden getötet.«

»In Bingen.«

»Eine französische Operation auf deutschem Gebiet? Na, ich bin sicher, du wirst früher oder später herausfinden, was dahintersteckt.«

»Und wir werden dabei sehr behutsam vorgehen, da wir zurzeit keine offiziellen Verwicklungen wünschen. Ich bitte dich also darum, das Ergebnis der Obduktion und auch diese Patronengeschichte vorläufig für dich zu behalten.«

»Das dachte ich mir schon. Was den Piloten angeht, der mir geschickt wurde – der ist erstickt.«

»An den Abgasen seiner Maschine?«

»Vermutlich. Ich werde mir die Sache in den nächsten Tagen noch einmal genauer ansehen.«

»Könnte es an einer falsch konstruierten Auspuffanlage liegen?«

»Das wäre eine gute Erklärung. Aber wie gesagt, den abschließenden Bericht erhältst du in einigen Tagen.«

»Danke.«

»Gut. Dann sind wir, wenn ich nicht irre, fertig für heute.«

Rubinstein griff erneut nach der Enzian-Flasche.

Craemer winkte ab.

»Noch Fragen?«

»Auf dem Weg zu dir habe ich mich mal wieder verirrt. Dabei hab ich drei große Krankensäle durchquert. Sie waren bis auf das letzte Bett gefüllt. Einige waren mit Wänden voneinander getrennt.«

»In Berlin grassiert die Lungenpest.«

»Klingt gefährlich.«

»Es ist zum Glück noch keine Epidemie. Die meisten unserer Patienten sterben daran. Und es gibt bis jetzt nichts, was wir für sie tun können. Außer natürlich ihre Beschwerden zu lindern.«

Craemer überlegte eine Weile.

»Wie wird die Lungenpest übertragen?«

»Durch kleinste Tröpfchen, nehmen wir an. Also durch Sekret. Zum Beispiel beim Husten.«

»Die meisten sterben, sagst du?«

»Ja. Solange wir kein wirksames Gegenmittel haben, bedeutet das für die meisten Patienten den Tod. Unausweichlich. Warum fragst du?«

»Nun, ich überlege, ob es möglich wäre, ein solches Sekret künstlich herzustellen.«

»Durchaus, man könnte es züchten.«

»Denkst du, man könnte es dann zum Beispiel von einem Flugzeug aus über den feindlichen Linien ...«

»Jetzt hör aber auf! Das wäre ja ein ganz und gar hinterhältiger Angriff.«

»So meinte ich das nicht«, wehrte Craemer ab. »Mir käme niemals in den Sinn, so etwas zu tun.«

»Aber du denkst, die Franzosen könnten es versuchen? Oder die Engländer?«

»Exakt.«

»Nun, wer immer so etwas plant, müsste zum einen sehr genau wissen, wie der Wind steht. Bei einem Einsatz über der Front bestünde sonst die größte Gefahr, die eigenen Mannschaften zu dezimieren.«

»Das leuchtet ein.«

»Außerdem könnten nach so einem Einsatz wegen der drohenden Ansteckungsgefahr keine Kriegsgefangenen gemacht werden. Was sicher den rechtlichen Gepflogenheiten widerspricht.«

»Gibt es hier an der Charité jemanden, der mich in dieser Sache genauer aufklären könnte?«

»Übertragung von Krankheiten? Oh, da gibt es einige. Ich bin nur nicht sicher, ob jeder mit dir darüber sprechen würde.«

»Warum das?«

»Nun, weil jeder Mediziner den hippokratischen Eid geschworen hat, alles zum Besten der Kranken zu unternehmen. Jemanden absichtlich krank zu machen, widerspricht diesem Eid.«

»Ich habe das ja auch gar nicht vor.«

»Es wird einige Zeit dauern, ehe ich dir da jemanden nennen kann. Ich muss vorsichtig vorgehen. Mediziner sind nicht dumm, was militärische Angelegenheiten angeht. Und es soll sich ja sicher nicht herumsprechen, dass jemand nach Möglichkeiten sucht ... Möglichkeiten der Gefahrenabwehr, wenn ich dich recht verstanden habe.«

»Wir wissen nicht, ob die Berater unserer potenziellen Gegner ähnliche Skrupel haben wie die Herren hier an der Charité«, sagte Craemer mit einiger Schärfe.

»Jetzt sei doch nicht gleich so erbost. Ich will dir ja helfen. Es wird nur etwas dauern. Wir dürften das bestenfalls in einem sehr kleinen Kreis besprechen.«

»Verstehe. Zu lange sollte es aber nicht dauern.«

Professor Rubinstein nickte und füllte zwei Gläser. Nachdem sie geleert waren, verabschiedete sich Craemer. Und dieses Mal war eine Umarmung möglich.

Obwohl sein Freund ihm den kürzesten Weg nach draußen genau erklärt hatte, ging Craemer erneut durch die drei Krankensäle. Er sah die Männer, die dort lagen, jetzt mit ganz anderen Augen.

WADGASSEN / DEUTSCHES KAISERREICH

Damit ihre Tarnung als erholungsbedürftige Sommerfrischler einigermaßen glaubwürdig wirkte, ließen Lena und Gustav sich jede Menge Zeit. Sie frühstückten spät und lange, kauften dann bei dem örtlichen Buchhändler eine Karte des Saarbrücker Landkreises, auf der sämtliche Orte abgebildet waren, in denen Professor Davidsohn sich möglicherweise aufhielt. Darunter größere Städte wie Saarlouis, Wadgassen, Völklingen, Dudweiler und Saarbrücken, aber auch Dörfer wie Herrensohr, Bous oder Altenkessel.

Anschließend schlenderten sie gemächlich durch den Ort, schauten sich neugierig um, als gelte es, Wadgassens geheime Schönheit zu entdecken. Aber die musste sich gut versteckt haben; es war zwar ein nettes Städtchen, unterschied sich aber nicht wesentlich von zehntausend vergleichbaren Orten im Deutschen Reich.

Wadgassen lag wie ausgestorben da. Die Kinder waren noch in der Schule, ihre Mütter machten den Haushalt, die Männer arbeiteten. Lena versuchte, mit einer alten Frau ins Gespräch zu kommen, die vor ihrem Haus den Weg fegte, doch die erwies sich als stark schwerhörig.

Zwei Straßen weiter erhielten sie einen ersten Hinweis darauf, dass Professor Davidsohn sich tatsächlich in der Gegend aufhielt. Die Gaststätte *Pilsstubb* hatte bereits geöffnet, der Wirt stand hinter der Theke und polierte Gläser. Es waren noch keine Gäste anwesend.

Lena und Gustav setzten sich an einen der Tische, und

der Wirt kam zu ihnen. Er war ein fülliger Mittfünfziger mit aufgedunsenem Gesicht und wild abstehenden Locken. Auf dem Nasenrücken klemmte ein Zwicker, und seine Schürze wies den einen und anderen Fleck auf.

»Was darf es sein, die Herrschaften?«

Gustav bestellte ein Pils, Lena eine Waldmeisterbrause.

Als der Wirt die Getränke brachte, faltete die Agentin demonstrativ die Landkarte auseinander.

»Wir sind in Ihrem schönen Saargebiet in der Sommerfrische. Ein guter Freund hat uns die Gegend hier empfohlen.«

Der Wirt sah aus, als müsse er diese Auskunft erst mal verdauen. »Das freut mich natürlich.«

»Sicher haben Sie viele Feriengäste …«

»Kann man so direkt nicht sagen …«

»Also, uns gefällt es hier enorm«, sagte Gustav.

»Das ist das Wichtigste.«

»Ein Freund von uns war auch öfters in Wadgassen«, sagte Lena. »Vielleicht kennen Sie ihn ja. Er heißt Davidsohn. Professor Doktor Leo Davidsohn.«

»Ja, der Herr ist mir bekannt. Hat hier ein paarmal ein Bier getrunken.«

Lena stieß Gustav mit dem Ellbogen in die Seite. »Siehst du, ich hatte recht. Ich weiß doch, welche Lokale Leo gefallen.«

Dann strahlte sie den Wirt an. »Sie haben es nämlich sehr hübsch hier in Ihrem Lokal.«

»Ach ja?«

»Wann war unser Freund denn zum letzten Mal bei Ihnen?«, fragte Gustav.

»Vor sechs oder sieben Tagen.«

»Dann haben wir ihn ja gerade verpasst. So ein Pech aber auch!«

»Leo reist eben viel herum. Wo mag er jetzt wohl sein?«, fragte Gustav. »Haben Sie eine Ahnung?«

»Hat er nicht geschäftlich ständig in Völklingen zu tun?«, erwiderte der Wirt. »Oder jedenfalls in der Nähe?«

»Gut möglich.«

»Wissen Sie vielleicht Genaueres?«, fragte Lena mit ihrem charmantesten Lächeln.

»Nein, da muss ich leider passen.«

»Könnte er sich eventuell auch hier in Wadgassen aufhalten?«

»Mein Fräulein, als Wirt kriegt man so ziemlich alles mit. Wenn Professor Davidsohn in unserem Städtchen irgendwelchen Geschäften nachgehen würde, dann wüsste ich es.«

»Da sind Sie sicher?«

»Und ob. Hier ereignet sich nämlich so gut wie nie etwas. Das Aufregendste, was hier in den letzten Monaten passiert ist, war ein Viehhändler, der jede Kuh aufgekauft hat, die die Bauern erübrigen konnten.«

»Warum das?«

»Kann ich Ihnen nicht sagen. Er war ziemlich wortkarg. Aber die Bauern haben Spitzenpreise gekriegt. Selbst für eine ausgemergelte Milchkuh, die schon auf dem Weg zum Abdecker war.«

Nachdem sie das Lokal verlassen und ohne Erfolg die restlichen Straßen inspiziert hatten, rasteten die Agenten auf einer Anhöhe. Von einer Bank aus konnte man weit über die Saar in die hügelige Landschaft schauen. In der Ferne glaubte Gustav sogar das Großherzogtum Baden zu sehen.

»Und nun?«, fragte er.

»Hast du eine amtliche Fahrerlaubnis?«

»Ich habe sogar einen Führerschein, der international gültig ist. Für alle drei Klassen.«

»Im Ernst?«

»Ja, die Bescheinigung ist erst vor wenigen Monaten im Deutschen Reich eingeführt worden. Und als Mensch, der die Geschwindigkeit und alle möglichen neuen Fortbewegungsmittel liebt, habe ich als einer der Ersten in Berlin die amtliche Prüfung abgelegt.«

»Das ist gut. Dann kannst du uns kutschieren.«

»Wieso? Hast du ein Automobil?«

»Nein, aber wir werden in Völklingen eins besorgen. Wir können uns bei den Nachforschungen ja schlecht von einem Mietkutscher fahren lassen. Das wäre garantiert ein Zeuge zu viel.«

Nachdem sie den Fluss überquert hatten, kutschierte die Pferdedroschke Lena und Gustav zwischen den Hüttenwerken hindurch, die im Saarbogen lagen. Diese wurden von gewaltigen Hochöfen dominiert, und die Agenten bestaunten das chaotische Durcheinander aus zahllosen Röhren und Zuleitungen, das für sie keinen Sinn ergeben wollte. Die Luft war kohlehaltig, und es stank penetrant nach Ruß und Feuer. Die beiden spürten den Dreck förmlich auf ihren Zungen und hörten den Lärm der Maschinenmonstren.

Sie waren froh, als sie endlich die Völklinger Innenstadt erreicht hatten, wo der Kutscher sie wie ausgemacht am Marktplatz absetzen wollte.

»Herr Kutscher«, sagte Gustav.

»Ich höre.«

»Wir würden gerne ein Automobil mieten. Eins für Selbstfahrer. Was denken Sie, wo man so etwas bekommt?«

»Da müssen Sie schon nach Kaiserslautern oder Trier

fahren. Bei uns im Saargebiet gibt es das nicht. Aber fragen Sie mal in der Landmaschinenfabrik Hoffmeister & Söhne nach. Möglicherweise können die Ihnen helfen.«

»Dann bringen Sie uns bitte zu dieser Firma.«

Zehn Minuten später hielt die Droschke vor einem lang gestreckten Backsteingebäude am östlichen Rand der Völklinger Hütte, in dem die Produktion offensichtlich zum Erliegen gekommen war.

Drei Arbeiter standen vor dem Haupttor auf hohen Leitern und montierten ein großes Firmenschild ab:

THEODOR HOFFMEISTER & SÖHNE
LANDMASCHINEN, AUTOMOBILE UND NÄHMASCHINENFABRIKATION

»Ist die Firma bankrott?«, fragte Gustav.

»Hoffmeister & Söhne wurden aufgekauft«, erklärte einer der Männer. »Die Röchlingschen Eisen- und Stahlwerke wollen das Gelände ihrem Hüttenbetrieb einverleiben. Hier soll eine Hängebahnanlage zur Beschickung der Hochöfen entstehen.«

»Verstehe.«

»Wir gehen trotzdem rein«, entschied Lena.

»Soll ich auf Sie warten?«, fragte der Kutscher. »Der Tarif ist reduziert.«

»Das wird nicht nötig sein«, erwiderte Lena. »Ich bin sicher, dass es länger dauern wird.«

Sie schwang ihren Schirm und betrat mit Gustav das Firmengelände.

Der Fabrikant Theodor Hoffmeister hatte gerade die Fünfzig überschritten und sah bleich und kränklich aus. Er trug einen dünnen, an beiden Enden zerkauten Schnurrbart. Als er die beiden Agenten erblickte, kam er ihnen in der fast leeren Produktionshalle unruhig trippelnd entgegen.

»Herr Hoffmeister?«, fragte Gustav.

»Na endlich, ich warte schon ewig«, sagte der Fabrikant mit unangenehm hoher Stimme, in der Nervosität mitschwang. »Kommen Sie mit.«

»Pardon«, sagte Gustav. »Da muss eine Verwechselung vorliegen.«

»Sind Sie etwa nicht wegen der dreißig Nähmaschinen hier?«

»Nein, nein. Wir suchen ein Automobil.«

»Da sind Sie zu spät dran. Das letzte Exemplar habe ich vor fünf Tagen verkauft. Aber die Nähmaschinen sind wirklich von ganz hervorragender Qualität. Sie sollten sie sich anschauen. Wenn Sie mir bitte folgen wollen ...«

»Moment, guter Mann. Wir wollen keine Konfektionsfabrik eröffnen, sondern suchen lediglich ein passables Fortbewegungsmittel.«

»Muss es denn unbedingt ein Automobil sein?«, fragte Theodor Hoffmeister und kaute nervös auf dem einen Ende seines Schnurrbarts herum.

»Was haben Sie denn sonst anzubieten? Eine Pferdekutsche von Anno Pief vielleicht?«, grinste Gustav.

Der Fabrikant drehte sich auf dem Absatz um und lief in die entlegenste Ecke der Halle, wo sich ein ausladender Gegenstand befand, der mit einer Stoffplane zugedeckt war.

»Helfen Sie mir bitte mal.«

Mit Gustavs Unterstützung zog Theodor Hoffmeister die Plane beiseite, und ein Motorrad mit Beiwagen kam zum Vorschein. Lena hatte so etwas noch nie gesehen. Es handelte sich um ein überlanges Kraftrad, dessen Sitz über einen halben Meter vom Lenker entfernt war und an dem man linksseitig einen Seitenwagen montiert hatte.

Das Ding sieht aus wie riesiger quergelegter Bienenkorb, der seitlich aufgeschlitzt wurde, dachte Lena. *Als hätte man die Bienen massakrieren wollen. Grässlich. Und definitiv nicht damenhaft.*

»Fährt die Maschine noch?«, fragte Gustav mit glänzenden Augen.

»Selbstverständlich. Tadellos«, antwortete Theodor Hoffmeister leicht eingeschnappt. »Ich führe – beziehungsweise führte – nur technische Geräte von allererster Güte. Egal, ob es sich um einen Langdrescher handelt, ein Automobil der Marke Horch & Cie. oder die patentierte Veritas-Nähmaschine aus Wittenberg.«

»Das da ist eine Bergfex, oder?«, fragte Gustav.

»Richtig. Ein ganz phänomenales Motorrad. Der Berliner Hersteller Brandt musste die Produktion allerdings vor zwei Jahren mangels Nachfrage einstellen. Da ging es ihm wie mir. Qualität wird einfach nicht mehr geschätzt. Das Banausentum nimmt immer mehr überhand. Es wird uns alle zum Ersticken bringen.«

»Ja, schrecklich. Was soll die Maschine denn kosten?«

»Achttausend Goldmark.«

»Puh, das ist ein stolzer Preis. Da wollen wir die Maschine erst einmal ein paar Tage lang gründlich ausprobieren.«

»Dann müssen Sie mir aber ein Drittel als Anzahlung hierlassen.«

»Das ist zu viel«, entgegnete Gustav. »Ausgeschlossen. Maximal zehn Prozent könnte ich durchsetzen.«

»Wir machen es anders.« Lena zog ihren Dienstausweis und zeigte ihn Theodor Hoffmeister.

»Mein Kollege und ich arbeiten für den Großen Generalstab der preußischen Armee. Es geht um äußerst wichtige Belange des Deutschen Reiches.«

»Und worum genau, wenn ich fragen darf?«

»Das können wir Ihnen leider nicht sagen. Aber im Namen des Deutschen Reiches konfisziere ich hiermit Ihre Bergfex für sieben Tage. Etwaige Schäden, die wir verursachen sollten, gehen natürlich zulasten der preußischen Armee und werden Ihnen erstattet.«

»Dürfen Sie das denn überhaupt? Es ist immerhin mein Eigentum.«

»Konfisziert ist konfisziert«, sagte Lena.

»Hier, damit Sie sehen, dass alles seine Richtigkeit hat.« Gustav reichte dem Fabrikanten seinen brandneuen Führerschein. »Auf Befehl des Großen Generalstabs musste ich extra für unsere Mission die amtliche Fahrprüfung ablegen.«

»Und natürlich machen wir mit Ihnen auch einen richtigen Mietvertrag«, fügte Lena hinzu.

»Ja, also dann ... In Gottes Namen, wenn es dem Wohle des Deutschen Reiches dient.«

Während Lena noch die Modalitäten des Mietvertrages klärte, fuhr Gustav auf dem Außengelände der Firma Theodor Hoffmeister & Söhne schon mal ein paar Runden. Bald hatte er die Bergfex unter Kontrolle, fuhr Schleifen, Achten, übte Bremsen und Wiederanfahren. Alles in allem handelte es sich um ein technisch ausgereiftes Motorrad, lediglich die Bremsen waren etwas zu weich. Aber das konnte man durch eine entsprechende Fahrweise ausgleichen.

Die Sitzposition war allerdings ziemlich gewöhnungsbedürftig. Man saß auf der Bergfex ziemlich weit hinten und sah ein wenig aus wie der sprichwörtliche Affe auf dem Schleifstein. Das Kraftrad hatte einen Antoine-&-Fils-Motor

und erlaubte eine Höchstgeschwindigkeit von circa fünfundvierzig Stundenkilometern, schätzte Gustav. Auf freier Strecke konnte man also ein ganz schönes Tempo hinlegen.

Den restlichen Nachmittag verbrachten Gustav und Lena damit, sich mit der Bergfex vertraut zu machen. Wer wusste schon, in welche Situationen sie in den nächsten Tagen noch geraten würden?

Lena hatte ein wenig Bedenken, als sie in den aus Rattan geflochtenen Beiwagen stieg.

»Du bist sicher, dass der hält?«, fragte sie Gustav.

»Hundertprozentig!«

Sie nahmen dieselbe Strecke über die Saar zurück, auf der sie hergekommen waren, wählten dann jedoch nicht die direkte Route nach Wadgassen, sondern fuhren durch das dichte Forstgebiet um die Ortschaften Geislautern, Werbeln, Differten und Friedrichweiler.

Auf den schattigen Waldwegen machte Lena das Fahren im Beiwagen immer größeren Spaß. Sie genoss das Tempo und ließ die Haare im Wind flattern. Gustav war wirklich ein guter Fahrer, der sich beim Abbiegen in einer Kurve immer in ihre Richtung lehnte, damit der Beiwagen nicht abhob. Sie fühlte sich bei ihm geborgen wie in Abrahams Schoß.

Und das war für Lena ein ganz neues Gefühl.

1908, BERLIN

Zu einer Informantin der Preußischen Polizei passt ein Doppelleben doch ganz ausgezeichnet, dachte Lena Vogel, als sie Anfang September 1908 das hübsche möblierte Zimmer bei der Generalswitwe Bertha von Manteuffel bezog.

Von ihrem Fenster aus blickte sie direkt auf die Göttin Victoria, die mitten auf dem Belle-Alliance-Platz die schlanke Friedenssäule krönte. Dahinter begann gleich die Friedrichstraße, und auf der anderen Seite lag die Hochbahnstation Hallesches Tor. Besser konnte man in Berlin nicht wohnen. Ausgeschlossen.

Das Zimmer war nicht billig, doch das hochherrschaftliche Ambiente der geräumigen Wohnung, das luxuriöse Bad und die piekfeine Adresse waren jede einzelne Mark wert. Am Morgen brachte ihr das Dienstmädchen ein üppiges Frühstück aufs Zimmer, und an Sonntagen war sie regelmäßig bei Frau von Manteuffel zum déjeuner du midi eingeladen.

Lena musste jedes Mal schmunzeln, wenn sie an die fantasievolle Geschichte dachte, die sie der Generalswitwe aufgetischt und die die vornehme Dame geradezu verschlungen hatte.

»Das ist natürlich eine feine Sache, dass Ihre Tante aus London Ihnen ein hübsches Sümmchen vererbt hat.«

»Mit der Auflage, dass ich mir damit eine gute Ausbildung verschaffe. Das war Tante Jule sehr wichtig. Sie war nämlich eine der frühesten Frauenrechtlerinnen, eine der führenden Suffragetten. So nennt man sie in England.«

»Wie aufregend. Ich habe viel darüber gelesen. Sie kämpfen für uns. Für das allgemeine Frauenwahlrecht.«

»Dafür ist meine Tante in den Hungerstreik getreten. Ganze sieben Wochen lang.«

»Du meine Güte, was für eine Frau! Bewundernswert.«

»Deswegen werde ich mir auch alle Mühe geben, Tante Jule nicht zu enttäuschen. Das habe ich an ihrem Grab geschworen.«

»Und wie wollen Sie das anstellen, Fräulein Vogel? Wir Frauen dürfen doch nur einfache Handwerksberufe erlernen. Nicht einmal studieren oder eine Kunstakademie besuchen.«

»Da muss ich Sie korrigieren, Frau von Manteuffel. In Preußen werden Frauen demnächst offiziell zum Studium zugelassen. Das ist nur noch eine Frage von wenigen Monaten. Deswegen bin ich ja nach Berlin gekommen.«

»Ich beneide Sie, Fräulein Vogel«, sagte die Generalswitwe mit leuchtenden Augen. »Euch jungen Frauen steht dann die ganze Welt offen. Wenn ich nur so eine Chance gehabt hätte ... Aber wie genau sehen denn Ihre Pläne aus?«

»Ich werde mich als Gasthörerin an der Friedrich-Wilhelms-Universität einschreiben, erst einmal in verschiedene Fächer reinschnuppern. Mal sehen, welche mir am besten gefallen.«

»Das scheint mir eine sehr gute Idee zu sein.« Die Generalswitwe hob ihr Glas Tokajer. »Dann lassen Sie uns auf Ihre wundervolle mutige Tante anstoßen.«

»Nur zu gern«, erwiderte Lena und prostete Frau von Manteuffel zu.

WADGASSEN / DEUTSCHES KAISERREICH

Am letzten Samstag des Monats war in den Völklinger Hüttenbetrieben üblicherweise Zahltag. Die Wadgassener Arbeiter, die auf der anderen Saarseite in Lohn und Brot standen, hatten gerade ihr Monatssalär erhalten. Natürlich war der Biergarten des Gasthauses *Zur Linde* angefüllt mit ausgelassenen Männern und Frauen. Man aß, trank, sang und dachte nicht an den nächsten Tag.

Als Lena und Gustav aus ihren Hotelzimmern zum Abendessen herunterkamen, fanden sie nur noch an einem der Tische freie Plätze. Sie setzen sich zu zwei Franzosen, die gerade Schwenkbraten aßen. Die Männer waren um die Dreißig, gut gekleidet und entstammten sicherlich nicht dem Arbeitermilieu. Den Kopf des Jüngeren zierte nur noch ein schütterer Haarkranz, während der Ältere eine prachtvolle Drahthaarmähne besaß.

Lena und Gustav gaben ihre Bestellungen auf und orderten dazu noch zwei halbe Liter Zwickelbier.

Die Franzosen tauschten einen kurzen Blick aus. Dann legte der Jüngere der beiden die Fingerspitzen aneinander und sah Lena mit bewunderndem Blick an. Gustav ignorierte er dabei völlig.

»Pardon, ist diese Zwickel wirklich eine so große Besonderheit in Allemagne, demoiselle?«

Lena lächelte und schob ihren Bierkrug zu dem Franzosen hinüber.

»Essayez ... «

»Oh, Sie sprechen meine Muttersprache ...«

»Un petit peu, wie wir hier an der Saar zu sagen pflegen.«

Der Franzose drehte den Bierkrug demonstrativ so herum, dass er den Abdruck von Lenas Lippenstift genau vor sich hatte.

»Santé, demoiselle!«

Dann setzte er den Krug an und nahm einen tiefen Schluck.

»Magnifique ... Ausgesprochen magnifique!«

Lena lächelte den Franzosen an, und dieser lächelte mit verzücktem Blick zurück.

Unterdessen hatte sich eine Kapelle an der Tanzfläche aufgebaut und begann einen Ländler zu spielen. Vom Nebentisch sprang ein junges Mädchen auf, griff nach Gustavs Hand und forderte ihn zum Tanz auf. Der Leutnant hatte keine andere Wahl, als der Schönheit auf die Tanzfläche zu folgen.

Lena sah Gustav kurz hinterher und vertiefte sich dann mit den beiden Franzosen in ein Gespräch, das schon bald in eine lebhafte Auseinandersetzung mündete, welche Gustav allerdings nur aus der Ferne vom Tanzboden aus verfolgen konnte. Noch dazu mit wechselnden Damen, denn neunmal hintereinander wurde der fesche Leutnant abgeklatscht und musste sich ständig in die Arme neuer Tanzpartnerinnen begeben.

Als er endlich schweißgebadet und völlig außer Atem zum Biertisch zurückkam, zahlten die zwei Franzosen gerade und verabschiedeten sich.

Hechelnd nahm Gustav Platz und bestellte sich einen großen Krug Bier.

»Hast du schön das Tanzbein geschwungen?«

Statt einer Antwort nahm der junge Flieger einen ordentlichen Schluck.

»Da waren ja ein paar sehr adrette junge Damen dabei.«
Wütend setzte Gustav den Krug auf die Tischplatte.

»Und worüber habt ihr so ewig lange gequatscht?«

»Als ich die beiden fragte, ob sie hier Urlaub machen würden, haben sie mir in ihrem gebrochenen Deutsch etwas von Vögeln erzählt.«

»Von was?«

»Dass sie hier seien, um Vögel zu beobachten. Aber ich sage dir, die beiden sind Lügner. Und zwar ganz erbärmliche Lügner. So was rieche ich auf hundert Kilometer.«

»Ich dachte gerade dasselbe.«

Gustav und Lena schauten einander an. Dann mussten sie lachen. Zum ersten Mal waren sie völlig einer Meinung.

BERLIN–JOHANNISTHAL / DEUTSCHES KAISERREICH

Albert Craemer war nicht unbedingt bekannt für Alleingänge. Im Gegenteil. Wie einst in seiner Funktion als Kriminalkommissar legte er auch in seiner neuen Funktion großen Wert auf Zusammenarbeit mit den anderen Abteilungen des Preußischen Geheimdienstes. Dass er sich nun mit Lassberg auf dem Flugfeld Johannisthal verabredet hatte, entsprach durchaus noch dieser Gesinnung. Dass er aber fast eine Stunde vor der vereinbarten Zeit dort erschien und sich sofort auf den Weg zu den Werkstätten von Enno Huths Albatros-Werken machte, lag an seinen neuen Interessen. Und die hingen mit der Lungenpest zusammen. Es ging um Überlegungen, die er erst mal nicht mit Lassberg zu teilen gedachte.

In einer der beiden Hallen stand ein weitgehend demontiertes Flugzeug. Die Techniker hatten sogar die Bespannung der Flügel abgenommen und waren gerade damit befasst, die Querschnitte der Holme nachzumessen. Beim Anblick der rippenartigen Spanten, aus denen die nun freigelegte Tragfläche weitgehend bestand, musste Craemer an dünne Leitungen denken, an die Charité, an die Lungenpest-Patienten, von denen die meisten, wie Rubinstein ihm erklärt hatte, lange ans Bett gefesselt sein oder sogar sterben würden.

Ein junger Mann kam ihm entgegen.

»Wer sind Sie?«

Craemer wies sich als Mitarbeiter der Abteilung III b aus.

Der Mann war so beeindruckt von dem hohen Besuch, dass er sofort salutierte.

»Danke, das reicht«, sagte Craemer und machte eine beiläufige Bewegung mit der Hand. »Sie wissen nun, wer ich bin. Darf ich im Gegenzug erfahren ...«

»Brunnhuber. Simon Brunnhuber. Flieger bei den Albatros-Werken.«

»Ist das eins der Flugzeuge, die Direktor Huth in Frankreich erworben hat?«

»Die zweisitzige Antoinette VII«, nickte Brunnhuber.

»Und sie wird nun komplett demontiert?«

»Wir versuchen herauszufinden, ob wir sie leichter bauen können. Der Motor ... Das ist eine bahnbrechende Maschine. Eine V8-Konstruktion mit Saugrohreinspritzung. Sie ist denen, die wir in der Rumpler Taube verwenden, in vielen Punkten überlegen.«

»Verstehe.«

»Wenn es uns jetzt noch gelingt, die Maschine leichter zu machen ...«

»... dann könnte man zuladen.«

»Das auch. Man wäre vor allem wendiger und schneller.«

»Wie viel Gewicht soll denn eingespart werden?«

»Wir versuchen, von fünfhundertneunzig Kilo Startgewicht auf fünfhundertzwanzig zu kommen. Vielleicht schaffen unsere Ingenieure sogar fünfhundert.«

Craemer nickte. »Das wären dann neunzig Kilo Zuladung.«

»Ein schwerer Pilot.«

»Oder etwas anderes«, sagte Craemer.

»Was zum Beispiel?«

»Ich dachte eben an die Landwirtschaft. Man könnte vielleicht etwas versprühen. Zum Beispiel gegen Pilze. Wir verlieren jedes Jahr zu viel Getreide durch Stinkbrand und Mutterkorn.«

»Interessant«, sagte Brunnhuber. Es war ihm jedoch

anzusehen, dass Mittel gegen Pilze ihn als Flieger nur mäßig interessierten.

»Na, Herr Major? Schon vor Ort, schon bei der Arbeit?«

Craemer drehte sich um, fabrizierte ein angemessenes Lächeln und reichte Oberst Gottfried Lassberg und dessen Stellvertreter Hauptmann Kurzhals zur Begrüßung die Hand. Anschließend zeigte er auf das Flugzeug.

»Fabelhaft. Wirklich fabelhaft, was die Leute von Direktor Huth hier leisten.«

Lassberg wirkte nicht über die Maßen angesteckt von Craemers Begeisterung.

»Wir hatten uns eigentlich vorne im Casino verabredet.«

»Ja, natürlich. Nur war ich zu früh dran und ... Auch in mir steckt noch ein kleiner Junge. Ich musste mir das einfach mal ansehen. Sie haben so oft von Enno Huth und seinen Albatros-Werken gesprochen ...«

»Nach meinem Dafürhalten entsteht hier die Zukunft«, sagte Lassberg.

»Welche Zukunft?«, fragte Craemer.

»Nun, die des Personenverkehrs zum Beispiel. Auch die Post wird profitieren.«

»An eine Bewaffnung der Flugapparate wird noch nicht gedacht?«

»Alles eine Frage des Gewichts«, erklärte Hauptmann Kurzhals gelassen.

»Verstehe.«

»Aber nun müssen Sie mir doch verraten, Herr Major, warum Sie sich hier mit mir treffen wollten. Ich hoffe, dass Sie nicht gedenken, sich in meine Arbeit einzumischen oder gar das Vorgehen meiner Abteilung zu kontrollieren.«

»Im Gegenteil. Ich habe Neuigkeiten für Sie.«

»Welcher Art?«

»Menschlicher Art, wenn ich so sagen darf. Ich war nämlich gestern in der Charité. Dorthin hat man Ihren toten Flieger überstellt.«

»Den Kameraden Stielke«, sagte Brunnhuber und senkte den Kopf.

»Den Kameraden Stielke«, wiederholte Craemer. »Der Obduzent, Professor Rubinstein ...«

»Ein Freund von Ihnen, nicht wahr«, sagte Lassberg.

»Ein Freund, ganz richtig. Er liebt den Schnaps, den mein Schwiegervater herstellt.«

»Sie haben wirklich überall Ihre Finger drin.«

»Bei Ihnen wird es nicht anders sein.«

»Genug davon«, sagte Lassberg. »Warum treffen wir uns hier?«

»Weil der Pilot, wie Professor Rubinstein mir mitteilte, vermutlich an einer Kohlenmonoxidvergiftung starb. Und da wollte ich mir zusammen mit Ihnen ein Bild von der Konstruktion seiner Maschine machen.«

»Wir müssen uns kein Bild machen«, gab Lassberg zurück.

»Vor uns steht ein erfahrener Flieger«, ergänzte Kurzhals. »Brunnhuber. Sie haben gehört, was Major Craemer gesagt hat?«

Der Flieger nickte. »Probleme mit dem Auspuff? Ja, gut möglich. Einigen unserer Aeronauten ist auch schon schlecht geworden. Hängt mit der Verwirbelung der Luft bei manchen Fluglagen zusammen.«

»Hat Ihr verstorbener Kamerad diese Maschine geflogen?«, fragte Craemer und zeigte dabei auf die Antoinette.

»Nein, Stielke hatte den Farman-Doppeldecker. Der steht drüben im zweiten Hangar.«

Die vier begaben sich zu einem zweiten barackenartigen Gebäude. Dort inspizierten sie die Auspuffanlage, und Brunnhuber wiederholte, dass es damit bereits Probleme gegeben hatte.

»Auch bei unseren Tauben soll es anfangs Malheur gegeben haben.«

»Was für Tauben?«, fragte Kurzhals etwas verwirrt.

»Na, die von Rumpler.«

»Er meint die Rumpler Taube«, erklärte Lassberg. »Ein Eindecker.«

»Und dieser Eindecker sieht aus wie eine Taube?«, fragte Kurzhals.

»Entfernt«, sagte Lassberg.

Brunnhuber zuckte mit den Achseln.

»Und gibt es schon Planungen des Generalstabs, die Taube irgendwann für kriegerische Unternehmungen einzusetzen?«

»Sie sind viel zu weit mit Ihren Gedanken, Herr Major. Viel zu weit. Die Taube ist ein erster Versuch, ein erster Hüpfer gewissermaßen. Aber genug davon, kommen Sie.«

Lassberg erteilte Kurzhals den Befehl, sich von Brunnhuber die anderen Flugmaschinen zeigen zu lassen. Dann zog er Craemer zur Seite. Sobald sie zu zweit waren, veränderte sich der Tonfall des Oberst.

»Major Craemer, verkaufen Sie mich nicht für dumm. Wir stehen uns nicht besonders nahe, wir sind gewiss keine Freunde. Aber um Ihnen zu beweisen, dass wir nicht gegeneinander arbeiten und auch nicht genötigt sind, uns hinter dem Rücken des anderen Informationen zu beschaffen, will ich Sie mit einer Neuigkeit ... beschenken.«

»Oh!«

»Eine Neuigkeit, die in Ihren Bereich fällt.«

»Ich bin gespannt.«

»Mitarbeiter meiner Abteilung haben herausgefunden, dass der bei der Überführung verstorbene Pilot, der, wie Ihr

Freund Rubinstein meint, möglicherweise einer Kohlenmonoxidvergiftung zum Opfer fiel ...«

»Stielke.«

»Richtig. Berthold Stielke nannte er sich. So hieß er aber nicht. Sein Name war Maurice Demoulin. Er arbeitete für die Franzosen und machte während des Fluges Luftaufnahmen von deutschem Gebiet. Was ihm leichtfiel, da er ja offiziell in unserem Auftrag unterwegs war.«

»Oh. Dann laufen also unsere Verdachtsmomente gegen die Franzosen nicht ganz ins Leere.«

»Nein, da fand eine Operation gegen das Deutsche Reich statt.«

»Und dann ist Stielke plötzlich tot.«

»Ich war es nicht«, betonte Lassberg mit einem offenen Lachen. »So weit hinauf, dass ich ihn dort oben hätte vergiften können, reichen meine Befugnisse nicht.«

»Haben Sie eine Idee, wer dann für Stielkes Tod verantwortlich ist?«

»Vermutlich lag es tatsächlich an der Auspuffanlage. Manche Dinge sind so einfach, dass man sie kaum glauben mag.«

»In dem Fall hatten wir verteufeltes Glück.«

»Alles Weitere herauszufinden, fällt als Leiter der Spionage Frankreich Ihnen zu. Hat sich denn wegen des Zugunglücks in Bingen schon irgendetwas ergeben?«

»Leider nichts Konkretes«, log Craemer. »Allenfalls gibt es bis jetzt einen vagen Hinweis auf ein Interesse französischer Behörden.«

»Dort also auch. Ist das ein Zufall?«

»Herr Oberst, Sie wissen, was ich von Zufällen halte.«

BERLIN / DEUTSCHES KAISERREICH

Zurück in Berlin, versandte Albert Craemer mittels eines Typendruck-Schnelltelegrafen von Siemens & Halske eine Nachricht an sämtliche Polizeipräsidien. Darin fragte er nach Fällen aus den letzten Wochen, in denen jemand mit Pistolenkugeln getötet worden war. Und zwar nach dem Muster:

- - - ZWEI SCHÜSSE IN DEN KOPF, ZWEI INS HERZ - - -

Danach kehrte der Major in sein Büro zurück und verriegelte die Tür. Anschließend begann er mit seinen nachmittäglichen Übungen. Anfangs hatte er mit Hanteln trainiert, doch diese Form der Betätigung war mittlerweile überholt, wie Helmine ihm eines Abends bei Tisch mitteilte.

»In fortschrittlichen Kreisen praktiziert man jetzt Schattenboxen.«

»Was soll das sein?«

»Eine chinesische Tradition, um Körper und Geist zu festigen.«

»Und du möchtest jetzt also, dass ich zu einem Chinesen werde?«

»Das nicht. Aber ich möchte keinen Mann mit einem Übermaß an Muskeln. Ich hätte dich lieber gelenkig. Dehnbar. Und mit der nötigen Ausdauer, dem nötigen Durchhaltevermögen ausgestattet.«

»Und das alles ...«

»Kannst du von den Chinesen lernen. Das Schattenboxen hat noch einen weiteren Vorteil.«

»Ich höre.«

»Es ist schon beinahe eine Kampftechnik. Könnte dir in verschiedenen Situationen nützen. Außerdem stärkt es den Geist. Würdest du mir bitte noch zwei Scheiben Fleisch auflegen? Rotkraut hätte ich auch gerne noch.«

»Selbstverständlich.«

»Du siehst, ich verzichte auf die Klöße. Genau wie du möchte auch ich nicht dick und ungelenk werden.«

»Du kokettierst, Helmine.«

»Womit?«

»Mit deiner Schönheit. Der Perfektion deines …«

Er dachte an eine Lokomotive.

»Genug, Albert. Ich kümmere mich darum.«

»Worum?«

»Um deine neue Technik der Ertüchtigung.«

Zwei Tage später überreichte Helmine ihm ein kleines Oktavbüchlein, in dem die Kunst des Schattenboxens Schritt für Schritt erläutert wurde.

Dank des genauen Studiums der Vorlage und der für ihn charakteristischen Ausdauer war Craemer inzwischen ein versierter Schattenboxer. So beherrschte er mittlerweile neben einigen anderen Stellungen und Bewegungsabläufen den *Fersenkick* und die *Einfache Peitsche*. Die Krönung seines täglichen Programms waren *Der weiße Kranich breitet seine Flügel aus* und *Die Mähne des Wildpferdes schütteln*.

Die letzte Übung war noch neu. Erst vor einigen Tagen hatte er sie der begeisterten Helmine vor dem Schlafengehen vorgeführt. Dabei hatte er einen roten Samtvorhang niedergerissen. Die Lokomotive hatte sonderbare Geräusche von sich gegeben und ihn gebeten, ihr das Wildpferd noch einmal vorzuführen. Anschließend nahm sie es, zum beiderseitigen Genuss, scharf an die Zügel.

Dass Craemer nun diese chinesischen Übungen in seinem Büro ausgerechnet vor der großformatigen Reproduktion eines berühmten Gemäldes von Kaiser Wilhelm II. absolvierte, kam ihm etwas fragwürdig vor.

So direkt vor seinen Augen zum Chinesen werden, und das auch noch in einer Abteilung des deutschen Geheimdienstes ... Die Tür sollte unbedingt verschlossen bleiben.

Schließlich galt der deutsche Kaiser nicht gerade als Freund des chinesischen Volkes. Eher schon war, wie jeder seit seiner »Hunnenrede« wusste, das Gegenteil der Fall. Dem Kaiser ging es um das rücksichtslose Abschlachten von Männern, Frauen und Kindern, um einen viel zu lange vorenthaltenen Platz an der Sonne. Nun, auf die politischen und völkerrechtlichen Einstellungen von Wilhelm Zwo gedachte Craemer jedenfalls keine Rücksicht zu nehmen. Die Begeisterung seiner Frau, was seine Dehnbarkeit anging, war ihm wichtiger.

Und da war noch etwas.

Albert Craemer trainierte nicht nur, um körperlich in Form zu bleiben oder seiner Frau zu gefallen. Er tat es auch, weil er der festen Überzeugung war, für das Denken sei es entscheidend, dass das Blut gut und sauerstoffreich zirkulierte. Professor Rubinstein war derselben Auffassung.

Gott, haben wir an dem Tag getrunken. Und auch noch den Schnaps meines Schwiegervaters!

Während Craemer vor den Augen des Kaisers sein chinesisches Programm absolvierte, rekapitulierte er noch einmal das Gespräch mit Lassberg auf dem Flugfeld von Johannisthal.

Der Oberst hatte ihn beschämt.

Und völlig zu Recht!

Während er selbst versucht hatte, sich hinter Lassbergs Rücken Informationen über den aktuellen Stand des Flugzeugbaus zu beschaffen, war der Oberst ganz offen gewesen und hatte ihm die Information, dass Berthold Stielke in Wahrheit ein französischer Spion namens Maurice Demoulin war, nicht vorenthalten. Überhaupt hatte sich Lassberg ihm gegenüber gerade in letzter Zeit stets recht offen und loyal gezeigt.

Craemer war fertig mit seinem Parcours und ging in Grundstellung. Danach beendete er sein Programm mit einer klassischen Übung des deutschen Turnvereins. Er legte ein kleines Lederpolster auf den Boden und ging in den Kopfstand. Das Bildnis des Kaisers sah aus dieser Perspektive höchst sonderbar aus.

Woran liegt es, dass du Lassberg nicht magst?

Die Antwort lag auf der Hand.

Lassberg war einen anderen Weg gegangen als er.

Einen direkteren. Und dieser Weg brachte ihn, ohne dass er sich je hätte unter Beweis stellen müssen, in die Position, die er heute bekleidet. Vielleicht bin ich nur neidisch?

Er selbst dagegen hatte den Umweg über die Position eines Kriminalkommissars machen müssen. Lassberg hatte außerdem länger als andere gezögert, Craemers Versetzung zum Geheimdienst intern zu befürworten. Lassberg war durch und durch Militärangehöriger. Er selbst dagegen war immer noch mit halber Seele Kriminalkommissar. Ach was – mit ganzer, wenn er ehrlich war.

Craemer spürte, dass immer mehr Blut in seinen Kopf floss. An manchen Tagen ging er so weit, dass sich das Bild des nun ebenfalls auf dem Kopf stehenden Kaisers leicht rot verfärbte. Er hatte Rubinstein gefragt, ob ihm beim Kopfstand vielleicht Blut in die Augen floss. Der Professor meinte, von so etwas noch nie gehört zu haben.

Du bist immer so misstrauisch. Selbst jetzt noch, an einem Tag, an dem Lassberg dir wichtige Informationen anvertraut hat.

Denn die hätte der Oberst auch für sich behalten können.

Ich hätte es vermutlich getan. Schließlich schwächte die Erkenntnis, dass Stielke ein französischer Spion war, Lassbergs Position. Gottfried Lassberg hatte die Überwachung von Enno Huths Albatros-Werken zu seiner Sache gemacht. Wurde dort ein Spion entdeckt, dann bot dies seinen Neidern Munition.

Auch ich könnte das bei Gelegenheit gegen ihn verwenden. Sollte ich als Möglichkeit im Auge behalten. Nur so, nur für alle Fälle.

Craemer hatte das Gefühl, das Gewicht seines Magens und seiner Eingeweide würde ihm jeden Augenblick die Lungen zerdrücken. Es war genug.

Die Füße langsam hinab ... halten ... Bauch einziehen ... dann ganz hinab. Langsam aufstehen, Fersenkick, einfache Peitsche, fertig.

Nachdem Albert seine Übungen beendet hatte, griff er nach einem Fläschchen Duftwasser, das ihm sein französischer Coiffeur zur Anwendung nach dem Sport empfohlen hatte.

»Falls Sie transpirieren«, hatte er gesagt.

Nachdem Craemer Achseln, Hals und andere Stellen großzügig benetzt hatte, genehmigte er sich einen Cognac. Er war sicher, ihn verdient zu haben, jetzt da sein Blut zirkulierte.

In diesem Moment wurde ihm bewusst, dass er möglicherweise einen Fehler gemacht hatte.

Du Idiot! Warum hast du ausgerechnet Lassbergs Stiefsohn zu Lena geschickt?

Er fand keine bessere Erklärung, als dass alles sehr schnell hatte gehen müssen.

Nun, mein Fräulein Vogel weiß sich zu wehren. Wenn Gustav Nante ihr dumm kommt, wenn sie sich gar bedroht fühlt ...

Dann kriegt er von ihr einen Stüber.

Ein frivoles Lächeln machte sich auf Craemers Gesicht breit. Aber nur kurz. Gustav Nante war ein ausgebildeter Militär. Ein kräftiger junger Mann zudem. Noch war es ja zu keinen Komplikationen zwischen den beiden gekommen.

Sie hätte mich sonst angerufen.

Doch momentan gab es für ihn Wichtigeres als einen Anruf von Lena. Craemer wartete auf Rückmeldungen der Polizeipräsidien, denen er am Morgen telegrafiert hatte.

Vielleicht ist schon was gekommen.

Er begab sich in den Fernmelderaum, der ein Stockwerk höher am Ende eines langen Gangs lag. Josephine Sonneberg sortierte gerade eine neue Meldung ein, als er ihr Büro betrat.

»Wegen meiner Anfrage von heute Morgen ...«

»Leider noch nichts.«

»Wenn etwas reinkommt, bitte sofort zu mir. Es ist dringend.«

Sein Blick fiel auf den gewölbten Bauch der Fernmeldefrau.

»Wie geht es dem Kleinen?«

»Ihm geht's gut, jedenfalls war er heute Nacht sehr unternehmungslustig.«

»Das muss eine Qual sein, wenn einem so ein Drängler einsitzt.«

»Mir ist es lieber so. Wenn das Baby strampelt und tritt, ist alles in Ordnung.«

»Natürlich. Wie gesagt, sobald etwas reinkommt, bitte sofort zu mir.«

Josephine Sonneberg nickte, und Craemer verließ das Büro. In leicht bedrückter Stimmung stieg er die Treppen wieder hinab. So ging es ihm oft, wenn er Frauen in anderen Umständen sah. Bei ihm und Helmine hatte es leider nicht geklappt; die drei zusätzlichen Zimmer, die sie noch so liebevoll hatten tapezieren lassen, waren leer geblieben.

Als Craemer seine Etage beinahe erreicht hatte, hörte er von oben Josephine Sonnebergs Stimme.

»Herr Major! Warten Sie! Fräulein Vogel ist am Apparat. Es scheint wichtig zu sein.«

Craemer stieg die Treppen wieder hinauf und folgte Josephine.

»Gehen Sie bitte langsam, Frau Sonneberg. Nichts kann so wichtig sein, dass Sie sich und Ihr Kind deswegen in Gefahr bringen sollten.«

Im Fernmelderaum stürzte er sofort an den Fernsprechapparat.

»Craemer.«

»Ich bin's, Ihr Fräulein Vogel«, kam es beinahe zwitschernd von der anderen Seite.

»Ihr Anruf ... Mussten Sie ... Ist jemand zu Schaden gekommen?«

»Aber nein, gar nicht. Mein Cousin und ich waren im Zoo.«

»Im Zoo. Wie schön ...«

Wie üblich wunderte sich Craemer darüber, was die Stimme seines Fräulein Vogel stets bei ihm bewirkte. Er wurde ruhiger, sein Misstrauen milderte sich, er nahm seine Umgebung anders wahr. So fiel ihm zum Beispiel auf, dass Josephine Sonneberg das Fenster ein Stück weit geöffnet hatte und sich mit der Hand Luft zufächelte.

»Mein Cousin und ich arbeiten übrigens sehr gut zusammen.«

»Das freut mich, Fräulein Vogel.« Craemer senkte seine

Stimme. »Aber vergessen Sie bitte nicht, dass Ihr Cousin Gustav Nante der Stiefsohn eines meiner Kontrahenten hier beim Geheimdienst ist.«

»Sie meinen Lassberg?«

»Genau. Wir sollten jedenfalls vorsichtig sein und nicht alles preisgeben, was wir wissen.«

»Ich soll aber weiterhin mit Leutnant Nante zusammenarbeiten? Oder hat sich da etwas verändert?«

»Nein. Ich mahne nur zu einer gewissen Vorsicht ihm gegenüber.« Erneut sprach Craemer betont leise. »Ich nehme an, Lassberg hat seinen Stiefsohn ähnlich instruiert.«

»Habe verstanden.«

»Gut. Also, was gibt es abgesehen vom Ihrem Zoobesuch zu berichten?«

»Es ist uns gelungen, dem Chemiker Professor Davidsohn zu folgen. Er reiste nämlich sehr plötzlich aus Düsseldorf ab. Ich hatte beinahe den Eindruck, er versuchte, sich aus dem Staub zu machen. Und auch mein Cousin scheint zu Beginn unserer Zusammenarbeit nicht in allen Punkten offen gewesen zu sein. Er zerrte mich in Völklingen aus dem Zug, wodurch wir die Spur des Chemikers natürlich verloren. Stattdessen brachte Nante mich in ein Nest namens Wadgassen. Hier in der Nähe, das gestand er mir erst jetzt, ist vor einigen Tagen ein Kamerad von ihm mit dem Flugzeug niedergegangen und verstorben.«

»Das könnte bedeuten«, resümierte Craemer, »unser Unfall am Bahnübergang von Bingen und der Flugzeugabsturz ...«

»... hängen zusammen.«

»Nur wie?«

»Das werde ich schon herausfinden.«

»Vielleicht hilft Ihnen die Information, dass der verstorbene Pilot vermutlich ein französischer Agent war. Er hieß, wie Lassberg inzwischen eruiert hat, nicht Berthold Stielke, sondern Maurice Demoulin. Er hat aus dem Flugzeug heraus Fotos gemacht und starb vermutlich an einer Kohlenmonoxidvergiftung. Es ist also reiner Zufall, dass wir überhaupt von dieser Sache erfahren haben. Aus irgendwelchen Gründen scheint sich die französische Aufklärung für dieses Gebiet zu interessieren.«

»So viel Französisches«, sagte Lena. »Mein Cousin und ich haben gestern begonnen, die Gegend zu erkunden. Wir haben ein wenig nach ungewöhnlichen Vorkommnissen während der letzten Tage herumgefragt. Auch nach unserem Chemiker. Dabei kam heraus, dass man ihn als Gast kennt. Er scheint manchmal in Wadgassen ein Bier zu trinken. Leider wusste niemand, wo er lebt und was er in der Gegend macht. Und noch etwas: Ich habe das Gefühl, dass wir von zwei Franzosen observiert werden. Denen muss ich noch auf den Zahn fühlen.«

»Passen Sie auf sich auf. Und gehen Sie nicht auf diese Männer los. Wir wollen einen Konflikt mit französischen Stellen unbedingt vermeiden.«

»Sie wissen doch …«

»Genau deshalb ermahne ich Sie ja.«

Ohne weitere Erklärung legte Craemer auf.

Er nahm sich eine Minute Zeit, um die Neuigkeiten zu verarbeiten. Erst dann fiel ihm Josephine Sonneberg auf, die am offenen Fenster stand. Er fand das nicht richtig.

»Machen Sie bitte das Fenster zu. In Ihrem Zustand ist Zugluft nicht zu empfehlen. Sie wollen doch in dieser entscheidenden Phase nicht erkranken.«

»Nein.«

Sie schloss das Fenster, dann sah sie ihn an und fragte: »Sie benutzen seit einiger Zeit ein Duftwasser?«

»Ja, eine Empfehlung meines französischen Coiffeurs. Sie wissen doch, meine sportlichen Übungen. Ich möchte schließlich niemanden mit meinem Geruch belästigen.«

»Das ist sehr rücksichtsvoll, Herr Major. Wissen Sie, was meine Mutter zu mir gesagt hat, als ich damit begann, Parfüm zu benutzen?«

»Nein, soweit ich weiß, haben wir über dieses Thema noch nicht gesprochen.«

»Sie sagte immer: Zwei Tropfen reichen vollkommen aus.«

»Ah ja?«

»Man kann auch vier Tropfen nehmen, aber das ist dann wirklich mehr als genug.«

»Ich ...« Craemer atmete tief durch. »Ich danke Ihnen für diesen Hinweis und werde mich selbstverständlich danach richten.«

»Dann danke ich ebenfalls. Auch im Namen meines ungeborenen Kindes.«

Während Craemer zu seinem Büro zurückmarschierte, ging ihm nur noch ein Wort durch den Kopf.

Frauen!

BOUS / DEUTSCHES KAISERREICH

Die Ulme sah kaum anders aus als das Lokal *Zur Linde*. Eine rustikale Gaststätte für Menschen mit einfachem, aber kräftigem Appetit. Lena und Gustav betraten den Gastraum und wurden sofort vom Wirt abgefangen.

»Guten Tag, die Herrschaften, hinten sind noch zwei Tische frei. Also, wenn Sie mir bitte folgen wollen ... Wir haben Schweinsleber mit Kartoffelstampf im Angebot. Oder auch Forelle mit Petersilienkartoffeln und Nierchen mit ...«

»Danke, im Moment nicht«, sagte Gustav. »Wir haben nur eine kurze Frage.«

»Dazu gibt es selbstverständlich einen kleinen Salat.«

»Fabelhaft. Trotzdem.«

Lena sah sich in der Gaststätte um.

Einfaches Landvolk, ein paar Arbeiter. Davidsohn müsste hier aufgefallen sein.

»Nur eine einfache Frage. Ich suche einen alten Studienfreund meines Bruders.«

»Aha. Und wie heißt der?

»Leo Davidsohn.«

Der Wirt schien erfreut, helfen zu können. »Sie meinen den Professor!«

»Richtig.«

»Der isst hier manchmal. Redet nicht gerne mit anderen und hat immer Extrawünsche. Da will er dann zum Beispiel Bratkartoffeln zur Forelle, dabei servieren wir die für gewöhnlich mit ...«

»Verstehe.«

»Bis jetzt hat sich niemand beschwert.«

»Was für Gerichte bestellt er noch?«, fragte Lena lächelnd, um dem Gespräch einen leichten Anstrich zu geben.

»Wenn er nicht die Forelle bestellt, dann nimmt er die Leber.«

»Genau wie damals, als er noch studiert hat. Mein Bruder hat sich immer darüber amüsiert.«

»Dann ist es wohl der, den Sie suchen. Ein Tag Forelle, ein Tag Leber. So sicher wie das Amen in der Kirche. Macht immer alles gleich. Setzt sich ganz hinten an den kleinen Tisch im Durchgang zur Küche, bestellt entweder seine Forelle oder die Leber, liest seine Zeitung, bis das Essen kommt ... Immer nach Fahrplan. Allerdings war er seit ein paar Tagen nicht mehr da. Möglicherweise ist er zum Huber gegangen.«

In der Speisegaststätte *Zum Huber* konnte der Wirt den Chemiker dann eindeutig als Gast identifizieren.

»Kommt manchmal her, schon seit ein paar Monaten«, erklärte er. »Setzt sich immer an den Katzentisch hinter der Säule und nimmt entweder den Hecht oder die sauren Nierchen. Keiner unserer Stammgäste kennt ihn. Er scheint auch keinen Wert auf Gesellschaft zu legen. Kann ich Sie nicht vielleicht zu einem Gulasch überreden? Meine Frau macht es in einer Art ...«

»Das ist nett, aber im Moment nicht. Wir müssen leider weiter, werden aber in den nächsten Tagen mit Sicherheit bei Ihnen einkehren. Versprochen.«

Zurück in der *Ulme*, ließen Lena und Gustav sich ebenfalls nicht zum Essen überreden, bestellten aber zwei Bier und setzen sich dann unter den stattlichen alten Baum hinter dem Haus. Lena schätzte sein Alter auf wenigstens dreihundert Jahre.

»Was meinst du? Ob es die Gaststätte damals schon gab, als die Ulme noch klein war?«

»Weiß ich nicht, Lena.« Gustav wirkte zunehmend ungeduldig. »Davidsohn war hier in Bous, ist vermutlich noch immer in der Gegend. Es bringt uns allerdings wenig, wenn wir unsere Zeit damit vergeuden, herauszufinden, ob er noch in einem weiteren Lokal verkehrt hat.«

»Ich frage mich, warum er überhaupt verschiedene Gaststätten aufgesucht hat«, erwiderte Lena.

»Er brauchte vielleicht mal Abwechslung?«

»Oder er mag es nicht, zu oft gesehen zu werden.«

»Möglich.«

Der Wirt kam und brachte ihnen die Getränke.

»Ihr Bier.«

»Danke.«

»Mir ist da noch etwas eingefallen. Der Mann, nach dem Sie gefragt haben ...«

»Ja?«

»Einmal wurde er abgeholt. Von jemandem, der ein großes Automobil fuhr.«

»Hier aus der Gegend?«

»Habe ich nicht drauf geachtet. Wohl bekomm's.«

Als der Wirt wieder gegangen war, erkundigte sich Gustav etwas plötzlich und unerwartet nach Lenas Herkunft.

»Wie kommst du jetzt drauf?«

»Nur so. Aber wenn du nicht darüber sprechen möchtest, wenn dir das ...«

»Ich komme aus dem Elsass«, sagte sie. »Und du?«

»Berlin.«

»Was macht dein Vater? Auch beim Militär?«

»Nein, mein Vater ist schon lange tot. Er war Erfinder. Erfinder und Luftschiffer. Zu seiner Zeit gab es noch keine Flugzeuge. Er hat mit Zeppelinen experimentiert. Bei einem der Flugversuche ist er ums Leben gekommen.«

»Das tut mir leid. Wie ist es deiner Mutter danach ergangen?«

»Sie hat nach einer angemessenen Trauerzeit wieder geheiratet.«

»Erneut einen Pionier?«

»Nein, einen vom Militär.«

»Und wie war das für dich? Mit deinem neuen Vater?«

»Anfangs war es nicht so schön. Mein Stiefvater ist ein Militärangehöriger durch und durch. Strikte Ansichten in allem.«

»Erstaunlich, dass so jemand eine Witwe heiratet.«

»Darüber habe ich in letzter Zeit auch manchmal nachgedacht und ... Ich glaube, dass er meine Mutter tatsächlich ... Er ist sehr liebevoll zu ihr. Alles in allem. Und er hat mir das Fliegen ermöglicht.«

»Bei den Albatros-Werken, bei Enno Huth.«

»Du weißt viel.«

»Und ich sage dir, was ich weiß.«

»Ja.«

»Ich kann dir noch etwas sagen. Ich habe kürzlich mit Craemer telefoniert. Der hat einen Freund bei der Charité. Dorthin hat man deinen Kameraden Stielke zur Obduktion gebracht. Er ist erstickt. Vermutlich an Auspuffgasen.«

»Dachte ich mir schon. Einigen von uns ist in Johannisthal ebenfalls schlecht geworden. Wir meinten anfangs, das läge am Flug, an dem Geschaukel und den ungewöhnlichen Fluglagen, aber ... Das Fliegen ist ja so neu, man weiß noch nicht um alle Gefahren.«

»Ich kann dir noch etwas verraten.«

»Ja?«

»Dein Kamerad Berthold Stielke hieß in Wirklichkeit Maurice Demoulin. Craemer nimmt an, dass er ein französischer Agent war.«

»Stielke ein Franzose? Das hätte ich doch rausgehört.«

»Wenn du wie ich im Elsass aufgewachsen wärst, wüsstest du, dass man das nicht immer raushört.«

Gustav zögerte und schob sein Bierglas nervös auf dem Tisch herum.

»Du möchtest mir auch etwas sagen?«, fragte Lena.

»Als ich ihn tot in seinem Flugzeug fand, habe ich eine Kamera entdeckt. Die hatte er offenbar in seine Maschine geschmuggelt.«

»Für Luftaufnahmen?«

»Ja.«

»Und was hat er fotografiert?«

»Ein Waldstück. Einen Weg. Eine Fabrik. Entweder hat er versucht, ein zukünftiges Aufmarschgebiet für die französische Aufklärung zu erkunden ... Du musst dir solche Luftaufnahmen wie moderne Karten vorstellen. Da ist alles drauf, jede Kleinigkeit.«

»Verstehe, eine Art Luftkarte. Was ist die zweite Möglichkeit?«

»Industriespionage. Etwas in der Art.«

»Wegen der Fabrik. Hast du die Aufnahme noch in Erinnerung?«

»Halbwegs.«

»Dann los. Lass uns fahren, die Fabrik suchen. Um Davidsohn kümmern wir uns später.«

»Komisch«, sagte Gustav. »Wie ist das gerade passiert?«

»Was?«

»Ich hatte dich gefragt, wo du herkommst. Eigentlich wollte ich ein bisschen mehr über dich erfahren. Aber dann ...«

»Hast doch du geredet. Mach dir nichts draus. Das geht vielen Männern so.«

Sie legten Geld auf den Tisch und gingen zurück zu ihrer Bergfex. Gustav half Lena in den Beiwagen. Ganz einverstanden war sie nicht damit.

»Warum sitze ich eigentlich hier drin, und du fährst?«

»Bist du denn schon mal Motorrad gefahren?«

»So schwer scheint das nicht zu sein.«

»Da du offenbar alles weißt, Lena, kannst du mir vielleicht auch erklären, wie ich in dieses Körbchen reinpassen soll?« Gustav zeigte auf den Beiwagen.

»Offenbar ist der ausschließlich für Frauen und Kinder gedacht. Warum?«, fragte Lena entrüstet.

»Weiß ich nicht. Halt dich fest, es geht los.«

Sie begannen die Gegend zu erkunden, hielten nach einer Fabrik Ausschau. An ein Gespräch war nicht zu denken, da der Motor sehr laut war.

Erst als sie eine Pause machten, kam Gustav noch mal auf das Gespräch in der *Ulme* zurück.

»Ich hab dir vorhin einiges von mir erzählt. Aber was ist mit dir? Wo bist du im Elsass aufgewachsen?«

»In einem Dorf namens Réguisheim, zwischen Mülhausen und Colmar.« Der Satz war Lena wie von selbst über die Lippen gegangen. Und als Gustav mehr wissen wollte, fing sie an zu erzählen. Von ihren Eltern, die während einer Masern-Epidemie ums Leben gekommen waren, als sie noch klein gewesen war. Von ihrer Tante, die sie bei sich aufgenommen hatte. Von den Pferden, von ihrem Traum, Reiterin zu werden. Lena erzählte so pointiert und zog manche der typischen Elsässer, denen sie angeblich als Kind begegnet war, so gekonnt durch den Kakao, dass Gustav nicht anders konnte, als lauthals zu lachen.

»Ich kenne die Elsässer zwar nicht, aber so, wie du erzählst, bilde ich mir jetzt schon ein, alles über sie zu wissen.«

Sie fuhren weiter, Lena ließ ihren Blick schweifen. Zu den Völklinger Fabriken war es zwar nicht mehr weit, doch noch war jede Menge Natur zu sehen.

Lena haderte mit sich selbst. Sie hatte Gustav, den sie doch inzwischen für einigermaßen vertrauenswürdig hielt, eine Geschichte erzählt, die von vorne bis hinten erfunden war.

Was war nur in sie gefahren? Sie hatte ihn doch gar nicht belügen wollen. Die Geschichte war einfach so aus ihr herausgesprudelt.

Das Verrückteste daran: Einen Moment lang hatte sie ihre eigene Legende geglaubt, hatte alles ganz genau vor sich gesehen.

Lena blieb keine Zeit, ihre beunruhigenden Gedanken zu vertiefen, denn Gustav brachte das Motorrad abrupt zum Stehen.

»Da«, sagte er und zeigte auf eine Fabrik, die außerhalb des Völklinger Industriegebiets am Rande des Örtchens Bous lag. »Das könnte die Fabrik von Stielkes Luftaufnahme sein. Auch hier stehen die beiden Schornsteine sehr eng beieinander.«

»Du bist dir nicht ganz sicher?«

»Ich habe die Aufnahmen nur kurz gesehen.«

»Warum nur kurz? Es wäre doch wichtig gewesen ...«

»Ach, da kam sicher irgendwas dazwischen. Ist oft so beim Militär. Ich bin ja auch kein Fachmann für so was.«

»Die Schornsteine rauchen nicht«, stellte Lena fest.

»Dafür kann es verschiedene Gründe geben.«

»Wir müssen trotzdem irgendwie herausfinden, was die da produzieren.«

»Also zurück in die *Ulme*?«, fragte Gustav mit deutlichem Widerwillen.

»Nein, das spricht sich schnell rum, wenn wir da fragen.«

»Du hast recht. Und ich habe auch schon eine Idee, wie wir das angehen.«

»Wie? Etwa einbrechen?«

»Ganz amtlich, Lena. Auf dem allernormalsten Wege.«

»Ich bin gespannt.«

Gustav brachte die Maschine auf Touren und legte eine derart gekonnte Wende hin, dass Lena vor Vergnügen hell aufschrie.

VÖLKLINGEN / DEUTSCHES KAISERREICH

Das Katasteramt in Völklingen war für alle Orte im Umkreis von gut dreißig Kilometern zuständig. Also auch für Bous. Für diese Orte führte die Behörde das Liegenschaftskataster, wozu die Flurkarte und das Liegenschaftsbuch gehörten. Auf Basis dieser Unterlagen konnte man zweifelsfrei feststellen, wem ein Gebäude oder Grundstück gehörte, und welcher gewerblichen Nutzung es gegebenenfalls unterlag.

Allerdings musste man für die Einsichtnahme in das Liegenschaftskataster der Behörde gegenüber ein berechtigtes Interesse nachweisen. Lena und Gustav hatten bereits eine kleine Odyssee hinter sich, als sie endlich dem Leiter des Katasteramtes gegenübersaßen. Vom Pförtner waren sie an den untersten Behördenangestellten verwiesen worden. Da der kein berechtigtes Interesse erkennen konnte, hatte er die beiden Agenten an seinen direkten Vorgesetzten weitergeleitet.

Sein Vorgesetzter entschied genauso und reichte die beiden an den Abteilungsleiter durch. Der überlegte eine ganze Weile, war schon drauf und dran, sein Einverständnis zu geben, entschied sich dann aber dagegen. So landeten Lena und Gustav schließlich beim stellvertretenden Leiter des Katasteramtes. Der hörte sich ihr Anliegen geduldig an, sprach ihnen dann aber ebenfalls ein berechtigtes Interesse ab.

So blieb nur noch die höchste Instanz: Oberregierungsrat Dr. Carl von Klitzing, der Leiter des Katasteramtes. Auch er verhielt sich ablehnend, sodass die Agenten ihm schließlich doch ihre Personaldokumente vorzeigen mussten, die sie

als Mitarbeiter des militärischen Nachrichtendienstes aus-
wiesen. Eigentlich hatten sie das vermeiden wollen.

Schlagartig kippte die Stimmung. Zumal Lena und Gustav
den Oberregierungsrat beschworen, dass über ihre Mission
nichts nach außen dringen dürfe. Carl von Klitzing wies
das weit von sich. Eher würde er sich totschlagen lassen, als
auch nur ein Sterbenswörtchen darüber zu verlieren. Er sei
ein deutschnationaler Patriot und darum froh, der Sache des
Kaisers dienen zu können.

Keine zwanzig Minuten später lagen die entsprechenden
Unterlagen auf dem Schreibtisch des Oberregierungsrates.
Die Liegenschaft war eine Cristallerie-Manufaktur, die Pro-
dukte aus Kristallglas herstellte. Gläser, Karaffen, Vasen, Lam-
penschirme. Als Besitzer war die Firma Oberhausener Soda-
und Anilinfabrik eingetragen.

Lena und Gustav waren fest entschlossen, sich Zutritt zu
der Manufaktur zu verschaffen. Auch wenn sie dabei gegen
das Gesetz verstießen. Und so warteten sie gemeinsam auf
den Sonnenuntergang.

BERLIN / DEUTSCHES KAISERREICH

»Helmine.«

Seine Frau antwortete nicht.

Major Albert Craemer versuchte es erneut, dieses Mal lauter.

»Helmine, ich bin zurück!«

Immer noch nichts.

Craemer war augenblicklich beunruhigt. Mit großen Schritten lief er durch den Flur. Vorbei an der Küche, vorbei an den drei leer gebliebenen Zimmern für den Nachwuchs, vorbei auch an Helmines Orchideenobservatorium, dem Raum mit der großen Glasfront. Immer weiter ging er, bis hinein ins große Zimmer, in dem sie um diese Uhrzeit für gewöhnlich saß.

Ihr Stuhl war leer.

Sie hatten sich gewisse Routinen angewöhnt. Helmine war normalerweise immer da, wenn er spätabends nach Hause kam. Es hatte sich ganz von selbst so ergeben.

Major Albert Craemer ging zurück in die Küche, die ebenfalls verlassen war. Auch die Dienstmädchen waren bereits gegangen. Craemer überlegte kurz, ob er sie in ihrer Dachkammer aufsuchen sollte, um nach seiner Frau zu fragen.

Unsinn, sie wird schon kommen. Vielleicht ist sie bei ihrer Mutter.

Hin und wieder unternahm Helmine solche Ausflüge. Nur kündigte sie diese vorher stets an.

Um sich zu beruhigen, trank Craemer zwei Gläser Cognac,

nahm in einem bequemen Sessel Platz und griff nach dem Buch, das er seit einer Woche las.

Es hieß *Die Welt in 100 Jahren* und war erst vor Kurzem erschienen. Der bekannte Journalist Arthur Brehmer hatte dafür die unterschiedlichsten Gelehrten befragt, wie sie sich das Leben im Jahr 2010 vorstellten. Vor zwei Wochen hatte Craemer mit seiner Helmine in der Urania an der Invalidenstraße einen Vortrag von Brehmer besucht und war sogleich fasziniert gewesen.

Es war ganz erstaunlich, wie die Wissenschaftler die Zukunft sahen. So rechneten sie etwa damit, dass der Weltfrieden in den nächsten Jahrzehnten erreicht werden würde.

Im Bereich Gemüseanbau würde man schon bald bahnbrechende Zuchterfolge erzielen, Äpfel so groß wie Melonen und Erdbeeren mit den Ausmaßen von Orangen ernten.

Natürlich gab es auch Prophezeiungen, die hanebüchen waren und die Craemer mit einem Lachen abtat, wie zum Beispiel so drollige Erfindungen wie das tragbare Telefon für die Westentasche.

Er hatte gerade zwei Seiten gelesen, als sich wichtige Fragen in den Vordergrund drängten. Kurz vor Dienstschluss war noch ein Anruf der Bonner Polizeibehörde wegen der beiden erschossenen Franzosen in Bingen eingegangen. Auf eine derartige Rückmeldung hatte Craemer seit Tagen gewartet.

Es ging um das Muster: zweimal in den Kopf, zweimal ins Herz. Der Anrufer hatte ihm mitgeteilt, dass es in Bonn einen ähnlichen Fall gab.

»Ein junger Mann wurde auf genau die Weise, nach der Sie fragten, erschossen. Frank Grimm hieß er.«

»Und was hat dieser Frank Grimm zu Lebzeiten gemacht?«

»Er war Doktorand.«

»Wo?«

»In Bonn.«

Sofort machte etwas in Craemers Verstand klick. Die nächste Frage lag also auf der Hand.

»Konnte bei der Untersuchung bereits festgestellt werden, wer sein Doktorvater war?«

»Einen Moment, da muss ich erst nachsehen ...«

Craemer wartete kurz, dann meldete sich der Anrufer wieder.

»So, hier steht es. Betreut wurde er als Doktorand von einem Professor Davidsohn.«

»Ach, nein.«

»Nicht, was Sie dachten?«

»Ganz im Gegenteil. Ich danke Ihnen für den zügigen Rapport.«

»Gerne geschehen. Ich habe Ihre Anfrage eher zufällig gesehen, und da fiel mir gleich diese Geschichte mit dem erschossenen Studenten ein. Ist schon ein paar Tage her, aber ... Jetzt, da wir miteinander reden, weiß ich gar nicht, ob ich das ohne Rücksprache hätte weitergeben dürfen. Andererseits ist eine Anfrage vom deutschen Geheimdienst natürlich ...«

»Nein, es war sehr gut, dass Sie schnell gehandelt haben. Es war sogar ausgezeichnet. Allerdings muss ich Ihnen jetzt einen Befehl erteilen.«

»Oh.«

»Nichts Schlimmes, nur eine einfache Anweisung.«

»Schweigen?«

»Sie haben es erfasst. Absolutes Stillschweigen über dieses Gespräch.«

Nur weil Helmine nicht zu Hause war, hatte er dieses wichtige Telefonat einen Augenblick lang vollkommen vergessen. Niemals hätte Albert Craemer gedacht, dass ihm seine Frau und die häusliche Routine ihres Zusammenlebens so wichtig sein könnten, dass darüber dringende geheimdienstliche Belange glatt in den Hintergrund gerieten.

Er legte das Buch zur Seite und fasste den Entschluss, gleich am nächsten Morgen mit dem Zug nach Bonn zu reisen, um selbst vor Ort zu ermitteln. Als er gerade begann, seinen Plan für das weitere Vorgehen zu durchdenken, hörte er, wie die Wohnungstür aufgeschlossen wurde.

Er schwieg. Es wäre albern gewesen, seiner Helmine wie ein aufgeregter Liebhaber entgegenzustürzen. Also richtete er lediglich seinen Oberkörper etwas auf und starrte in Richtung der Tür.

Dort erschien Helmine. Craemer sah sofort, dass ihr ganz gewiss nichts zugestoßen war. Im Gegenteil: Sie machte auf ihn den Eindruck, als sei sie seit dem Abschied am Morgen noch mal ein wenig gewachsen.

»Wo warst du, Helmine? Ich bin ganz … Ich habe mir Sorgen gemacht.«

»Wie schön, das zu hören.«

»Nun, aber …«

»Ich war bei meiner Mutter. Wir hatten viel zu bereden.«

»Das hattest du gar nicht angekündigt.«

»Weil ich heute Morgen noch nicht wusste, dass es zu diesem Gespräch kommen würde.«

»Das verstehe ich nicht.«

»Nun, dann will ich dich nicht länger im Unklaren lassen. Wir werden in einigen Monaten eins der drei leer stehenden Zimmer herrichten müssen.«

»Zieht deine Mutter hier ein?«

»Albert, bitte!«

»Ja, wofür dann? Für wen richten wir das Zimmer her?«

»Für unser Kind.«

Albert Craemer erstarrte. Einen Moment lang versagte sogar seine Atmung, und ein kribbeliges Gefühl machte sich an seinen Wangen bemerkbar.

Tausend Gedanken und Bilder.

Alle gleichzeitig.

Alle unvollständig.

Endlich schoss er aus seinem Sessel empor, stürzte auf Helmine zu und umarmte sie. Dabei stammelte er immer wieder denselben Satz: »Also doch, also am Ende doch.«

»Du siehst, Albert, Ausdauer und stetiges Bemühen zahlen sich immer aus.«

»Unser erstes Kind …«

»Dr. Pape meinte, es könnten auch zwei werden.«

Erneut stockte sein Atem. Statt sich jedoch weiter wie ein verwirrter Ehemann aufzuführen und sich in tiefer Dankbarkeit an sie zu klammern, tat er das, was ihm als Erstes in den Sinn kam.

Albert Craemer machte also zwei Schritte zurück und präsentierte ihr die drei Abläufe in Perfektion.

Fersenkick.

Dann: *Der weiße Kranich breitet seine Flügel aus.*

Und zum Abschluss: *Die Mähne des Wildpferdes schütteln.*

Nur diese drei Bilder präsentierte der Major seiner Frau. Er wollte die Vorführung weder zu lang gestalten, noch irgendwie den Eindruck erwecken, es mangele ihm am nötigen Ernst und er sei seiner neuen Vaterrolle eventuell nicht gewachsen.

Helmine lachte laut, dann bekam der werdende Vater seinen Applaus.

»Ich sehe, Albert, du freust dich und übst fleißig, um auch weiterhin in Form zu bleiben.«

»Ich werde mich stets bemühen, Helmine.«

»Dann lass uns schnell zu Bett gehen. Ich möchte noch eine chinesische Vorführung sehen.«

Zwei Stunden später lag Albert Craemer auf dem Rücken und starrte ins Dunkel. Helmine war, nachdem sie die frohe Kunde noch einmal gemeinsam gefeiert hatten, bald eingeschlafen.

Albert Craemer aber lag wach. Er strich sich mit seiner rechten Hand über den linken Unterarm. Die Seide seines Kimonos fühlte sich fast so angenehm an wie Helmines Haut.

Ein weiterer Toter ..., schoss es ihm durch den Kopf. Einer von vielen. Wer konnte schon sagen, was ihn dieses Mal erwarten würde? Wie oft hatte er sich bei seiner Arbeit schon in höchste Gefahr begeben?

Und im Grunde hast du diese Gefahren immer genossen ...

Hatte er nicht oft gesagt, ein Stück weit am Rande des Todes zu wandeln, sei Teil seines Wesens?

Das alles hatte sich in kaum zwei Stunden verändert. Er würde Vater werden. Es ging jetzt nicht mehr ausschließlich darum, was er wollte.

Gefährliche Situationen gilt es von nun an aufs Strikteste zu meiden.

Es gab Wichtigeres, als sich auf diese Weise zu spüren. Albert Craemer hatte eine neue Aufgabe.

Mir darf nichts geschehen. Ich werde gebraucht.

Zum Glück gelang es ihm schließlich doch noch, sich zu beruhigen. Bonn war eine gemütliche Stadt. Dort würde ihm garantiert nichts passieren. Was das anging, war er sich völlig sicher.

1908, BERLIN

Im *Fideler Egon* hatte Lena ihre Arbeitszeit halbiert. Die Begründung brachte ihr die Bewunderung aller Huren ein. »Mein ziemlich wohlhabender Liebhaber wünscht möglichst viel Zeit mit mir zu verbringen. Das kann ich ihm unmöglich abschlagen.«

Es folgten sogleich jede Menge Tipps.

»Du musst ihn richtig melken, ihn nach Strich und Faden ausnehmen.«

»Oder du kriegst ein Kind und drohst ihm, es an die große Bimmel zu hängen.«

»Glocke. Man hängt so was an die große Glocke«, korrigierte Lena.

»Dann eben Glocke. Hauptsache du verstehst, was ich meine, wenn ich sage, was ich denke.«

Ihre verbliebenen Arbeitsstunden in der Kaschemme reichten immer noch aus, um Rittmeister Craemer die Informationen zu beschaffen, die er brauchte, um Festnahmen vorzunehmen. Lenas Tage waren jetzt zweigeteilt: Einerseits gab es ihre Tätigkeit als Polizeiinformantin, anderseits die zeitraubenden Bemühungen, sich fortzubilden.

Als Gasthörerin besuchte Lena an der Friedrich-Wilhelms-Universität juristische und medizinische Vorlesungen, die sie äußerst interessant fand. Natürlich hatte sie erhebliche Wissenslücken, die sie durch stundenlange Sitzungen in den Berliner Bibliotheken auszumerzen versuchte. Bei ihren männlichen Kommilitonen erweckte sie große Aufmerksamkeit, viele junge Männer umwarben sie. Doch sie hielt sie geschickt auf Abstand.

Die junge Jüdin hatte einfach keine Zeit für Liebesgeplänkel. Denn Lena träumte davon, ihre Informantinnen-Tätigkeit auszubauen und in den Polizeidienst einzutreten. Allerdings wusste sie, dass das wohl eine Illusion bleiben würde. Frauen war das nicht gestattet. Sie fragte sich öfter, warum sie sich überhaupt Kenntnisse aneignete, die sie vermutlich niemals verwenden konnte. Trotzdem war sie nicht bereit, klein beizugeben, sondern wollte umso entschlossener kämpfen. Darin ähnelte sie durchaus ihrer fiktiven Tante Jule.

1910, VÖLKLINGEN / DEUTSCHES KAISERREICH

Endlich war die Stunde gekommen, in der die Abenddämmerung in die Nacht überging. Die Mauer hatte eine Höhe von gut drei Metern.

»Schön leise, Gustav, denk dran.«

»Klar.«

Lena folgte der Mauer nach links, Gustav nach rechts. Nachdem sie in dieser Weise das Fabrikgelände einmal umrundet hatten, trafen sie sich wieder am Ausgangspunkt. Es war jetzt Nacht, doch ein zu annähernd voller Rundung angewachsener Mond ließ alle Konturen, alle Flächen, ja sogar die Textur der Steine und metallenen Rohre plastischer hervortreten, als die Sonne es je vermocht hätte.

»Hast du jemanden gesehen oder gehört?«, fragte Gustav leise.

»Kein Pieps, kein Mucks, kein Wort. Die Fabrik wird offenbar nicht bewacht.«

»Die Schornsteine waren ja auch tagsüber nicht in Betrieb. Sie werden sie stillgelegt haben. Vermutlich gibt es neuere Anlagen für Cristallerie.«

»Fragt sich nur, warum dein Kamerad sie dann fotografiert hat.«

»Also nachsehen.«

»Exakt«, flüsterte Lena. »Komm, ich habe da hinten eine Stelle entdeckt, wo wir reinkommen.«

»Gut. Ich finde übrigens nicht, dass dir das besonders gut steht.«

»Dafür ist es praktisch.«

Lena hatte sich ihren Rock mithilfe von zwei Kordeln so zusammen- und hochgebunden, dass es aussah, als trüge sie eine knielange Hose.

»Jetzt komm, ich werde nicht für immer so rumlaufen.«

Lena führte Gustav zu einer Stelle, an der die Mauer von einem eisernen Gitter unterbrochen wurde.

»Wird wohl die alte Zufahrt zum Gelände sein«, stellte er sachkundig fest.

»Schön, das zu wissen. Willst du zuerst?«

»Da rüber?«

»Dann nicht.« Geschickt wie eine Fassadenkletterin überwand Lena das Gitter.

»Nun los«, zischte sie, als sie drüben war.

Gustav hatte Probleme. Wegen seines größeren Gewichts fanden die Füße nur mit Mühe den nötigen Halt zwischen den senkrechten Stäben. Außerdem trug er den Rucksack.

Während er sich noch mühte, machte Lena die beiden Fäden wieder ab und richtete ihren Rock.

»So besser?«, fragte sie, als Gustav es schließlich auch geschafft hatte.

»Lass uns hier draußen nicht unnötig viel reden.«

Der Einbruch in das eigentliche Fabrikgebäude war viel einfacher, als Gustav zunächst vermutet hatte. Lena benötigte zum Öffnen der kleinen Tür nicht mehr als einen Draht, den sie etwas zurechtbog.

»Wo hast du das gelernt? Auf dem Pferdehof deiner Tante?«

»Wo sonst? Ich hatte als Spielkameraden nur Jungen. Was hätte ich tun sollen, wenn wir in den Hühnerstall der Nachbarn reinwollten? Den Einstieg kaputt machen, wie diese Rotzbengel es immer vorschlugen?«

»Und wem hat man die Schuld gegeben, wenn Eier fehlten?«

»Den Rotzbengeln, wem sonst? Man weiß doch, wie Jungen in einem gewissen Alter sind.«

Als sie das Fabrikgebäude betraten, bot sich ihnen im Halbdunkel ein beeindruckendes Bild.

»Man könnte fast meinen, hier werden Menschen gemacht«, flüsterte Lena voller Ehrfurcht. »Vielleicht werden sie auch gekocht.«

»Wie kommst du darauf?«

»Weiß nicht, liegt wohl am Licht.«

Lena zeigte auf die großen Industriefenster in der Wand zu ihrer Linken, durch die das Licht des Mondes fiel und alles mit einem kalten, beinahe metallischen Film überzog.

Vor ihnen standen riesige Bottiche und raumhohe Kessel. Alles war mit Röhren verbunden, und unter den beiden größten Kesseln gab es eine Befeuerungsanlage.

»Wenn wir es nicht besser wüssten, hätte ich angenommen, das hier sei eine Waschmittelfabrik«, erklärte Gustav, der Lenas Vorstellung von den gekochten Menschen nun wirklich nicht nachvollziehen konnte. *Wahrscheinlich hat ihr die Elsässer Tante zu viele Spukgeschichten erzählt,* dachte er.

»Wir brauchen die Lampen«, flüsterte Lena.

Gustav setzte seinen Rucksack ab, nahm das Zwanzig-Meter-Seil mit dem großen Halteanker heraus, dann verschiedene Werkzeuge, ein Brecheisen sowie ein Beil, und gab Lena schließlich eine der beiden Taschenlampen. Es hatte ewig gedauert, so etwas in Völklingen aufzutreiben.

Die Taschenlampe ging an. Ein gut gebündelter Strahl bildete einen Lichtkreis auf einem der verrosteten Kessel. Während Gustav die übrigen Utensilien wieder in seinem Rucksack verstaute, ließ Lena den Strahl ihrer Taschenlampe über verschiedene Gegenstände und Flächen wandern. Das Licht reichte vollkommen aus, um alles gut zu erkennen.

Sie nahmen sich Zeit, den Raum gründlich zu untersuchen. Hin und wieder erklärte Gustav seiner Komplizin etwas, verlor sich in technischen Details und Vermutungen. Allerdings wies nichts darauf hin, dass in dieser Fabrikhalle je irgendetwas anderes geschehen war, als genau das, wofür die Fabrik einst errichtet wurde.

»Die schmelzen hier Glas und Keramik«, sagte Gustav schließlich. »Oder besser gesagt, sie haben geschmolzen. Die ganzen Gerätschaften sind alt und außer Betrieb.«

»Aber warum hat dein Kamerad Stielke dann die Fabrik fotografiert? Sind denn diese Materialien in irgendeiner Weise von Bedeutung für ... zum Beispiel die Franzosen?«

»Kann ich mir kaum vorstellen. Einen Fall von Industriespionage sehe ich da jedenfalls erst mal nicht.«

»Dann war das auf den Fotos vielleicht gar nicht diese Fabrik.«

»Nun, die Schornsteine stehen so eng zusammen wie auf dem Foto, aber ich fürchte ... Tut mir leid.«

»Gut«, entschied Lena. »Suchen wir eben morgen weiter nach dem richtigen Gebäude.«

»Einen Tag sollten wir noch dranhängen. Ich würde vorschlagen, dass wir bei dieser Suche etwas weiter in das Industriegebiet von Völklingen ...«

»Pst!«

»Hm?«

»Mach aus. Schnell!«

»Was ist denn?«, flüsterte Gustav, während sie im Dunkeln standen.

»Da.«

»Oh.«

Beinahe wären sie zwei Männern in die Arme gelaufen. Buchstäblich in letzter Sekunde gelang es Gustav und Lena, hinter einem der Bottiche Deckung zu finden.

Es war nicht zu übersehen, dass die beiden Männer exakt das gleiche taten wie sie gerade eben noch. Sie bewegten sich leise, inspizierten die Anlagen. Wirkten unschlüssig. Und benutzten hochmoderne Taschenlampen.

»C'est tout ancien«, sagte schließlich der eine.

»Oui, tout ancien.«

»Tout, tout ancien!«

»Je suis d'accord.«

»J'ai raison!«

»Oui, mais vous n'avez pas à tout dire deux fois.«

Auch die Franzosen schienen von der alten Fabrik enttäuscht zu sein.

»Das sind die beiden aus dem Biergarten«, flüsterte Gustav.

»Streiten sich genau wie wir wegen jeder Kleinigkeit.«

»Nicht so laut.«

»Ich bin nicht laut.«

»Soyez calme!«

»Pourquois?«

Die beiden Franzosen lauschten und ließen die Strahlen ihrer Taschenlampen durch die Halle gleiten. Dann gingen sie weiter. Wobei sie sich noch immer uneins darüber zu sein schienen, ob sie gerade etwas gehört hatten.

Harmlos waren sie nicht. Lena und Gustav hatten ihre Pistolen im Mondlicht gut erkennen können. Da sie sich unter keinen Umständen auf eine Konfrontation einlassen wollten, entfernten sie sich so leise wie möglich von den beiden Männern und verließen das Gebäude auf der rückwärtigen Seite.

»Jetzt sind wir endgültig gefangen«, stellte Lena fest, als

sie wieder im Freien standen. Sie befanden sich auf einer Art Hof, umgeben von hohen Mauern.

»Da«, sagte Lena und leuchtete auf ein paar Tonnen, die vor einer der Mauern standen. »Da können wir rüber.«

Sie wartete erst gar nicht auf eine Antwort, sondern machte sich sofort an den Aufstieg. Sie überwand das Hindernis mit großem Geschick. Gustav folgte ihr. Mit etwas weniger Geschick, was sicher an dem schweren Rucksack lag.

»Auch nicht viel besser«, stellte sie nüchtern fest, als er schließlich neben ihr stand.

Sie waren auf einem weiteren ummauerten Hof gelandet. Er lag vor einem deutlich älteren Fabrikbereich, der anscheinend ebenfalls schon lange nicht mehr genutzt wurde.

»Das war dann wohl doch eine etwas vorschnelle Idee.«

»Komm«, sagte Gustav. »Wenn wir schon hier sind, inspizieren wir noch schnell die Baracken.«

Die Gebäude sahen tatsächlich ein wenig wie Baracken aus. Mit dem Unterschied, dass sie recht steile Dächer hatten.

»Vielleicht so was wie das ehemalige Laboratorium oder der Verwaltungstrakt der Fabrik«, sagte Lena und ging zu einer Tür.

»Alles längst tot und verlassen. Dafür interessiert sich schon seit Jahren kein Mensch mehr.«

»Umso überraschender finde ich die Tatsache, dass diese Tür mit einem viel besseren und auch erheblich moderneren Schloss gesichert ist als die des großen Gebäudes«, sagte Lena, die den Schließmechanismus bereits untersuchte. »Das ist eindeutig neu, wurde erst vor wenigen Wochen oder Monaten eingebaut.«

»Nun, dann …«, sagte Gustav, setzte seinen schweren Rucksack ab, öffnete ihn und begann das Seil herauszuholen.

»Lass das mal drin. Jetzt kriegst du was zu sehen.«

»Was denn?«

»Wart's ab.«

Doch statt ihm etwas zu zeigen, sagte Lena plötzlich: »Igitt!«

»Was ist?«

»Ich weiß nicht. Ich bin in etwas Weiches getreten.«

Sie leuchteten den gepflasterten Boden des Hofes ab.

»Kuhfladen«, sagte Lena. »Massenhaft Kuhfladen. Was haben die in einer Industrieanlage zu suchen?«

»Weiß ich nicht, aber ... Was kriege ich denn nun zu sehen?«

»Die Katze!«, sagte Lena und leuchtete sich von unten ins Gesicht.

Dann wurde es dunkel, und Gustav hörte nur noch Kratzgeräusche.

»Du bist wirklich eine Katze«, sagte er mit einiger Bewunderung, als Lena ihm von innen ein schmales Fenster öffnete.

»Natürlich bin ich eine Katze. Und jetzt möchte ich sehen, ob du schlank und wendig bist wie ein Aal.«

Gustav war zwar einigermaßen schlank, aber ein Aal war er nicht, wie sich zeigte. Eher schon ein zappelnder Karpfen. Es nahm jedenfalls einige Zeit in Anspruch, ehe es ihm mit Lenas Hilfe gelungen war, sich durch das schmale Fenster zu zwängen.

Wieder kamen die Taschenlampen zum Einsatz.

»Das ist doch verrückt«, sagte Lena, nachdem sie alle Räume inspiziert hatten.

Gustav war fast noch irritierter als sie. »Das ist nicht einfach nur verrückt, Lena. Das ist geradezu ... Hilf mir mal mit dem richtigen Wort.«

»Gespenstisch? Unheimlich? Dämonisch?«

»Nun, das ist vielleicht etwas übertrieben.«

»Enttäuschend? Überraschend? Ernüchternd?«

»Ich hätte mit einigem gerechnet«, sagte er schließlich. »Aber nicht mit so etwas.«

»Dabei gibt es gar nichts zu sehen.«

»Eben. Ein gut gesicherter leerer Raum. Wozu?«

»Tja, wozu?«

»Trotzdem glaube ich, dass wir im richtigen Gebäude sind.«

»Sagt dir das dein Bauch?«, fragte sie.

»Ich denke, ich habe die Fabrik korrekt wiedererkannt. Nur ging es nicht um die große, sondern um diese Baracken.«

»Vielleicht wurde irgendwer gewarnt und hat hier schnell alles ausgeräumt«, stellte Lena nüchtern fest.

»Die Franzosen wurden jedenfalls nicht gewarnt, denn die suchen ebenfalls. Nur was? Hier gibt es, abgesehen von den paar alten Brettern, rein gar nichts.«

Lena ging zu einem Wasserhahn und drehte ihn auf. Sofort schoss Wasser aus der Leitung. Sie fing gleich den ersten Schwall in der hohlen Hand auf. Schnupperte. Schmeckte.

»Was wird das?«

»Frisch. Das Wasser ist noch angestellt und schmeckt frisch.«

»Du willst sagen, hier wurde bis vor Kurzem gearbeitet.«

Statt zu antworten, zuckte Lena mit den Schultern.

Sie sahen sich erneut um, leuchteten in jeden Winkel. Die Räume waren vollkommen leer. Nur in einer Ecke stand ein Tresor, der allerdings abgeschlossen war.

»Hier an den Wänden haben größere Gegenstände und Apparaturen gestanden«, stellte Lena fest. »Man baut ein hochmodernes Schloss ein, um ... nichts zu bewachen?«

»Vielleicht wurde Stielke beobachtet, als er die Fabrik

überflog«, überlegte Gustav. »Und jemand hat das so gedeutet, dass es Zeit war, zu handeln.«

»Reine Spekulation.«

»Die Franzosen drüben in der großen Fabrik …«, murmelte Gustav.

»Was ist mit denen?«

»Ich dachte zuerst, die suchen etwas, so wie wir. Sie sprachen darüber, wie alt dort alles ist.«

»Das heißt, sie sind genau wie wir zum ersten Mal hier.«

»Exakt. Offenbar ist doch alles etwas komplizierter, als wir dachten …«

»Was meinst du? Jetzt sag schon.«

»Wir und auch der deutsche Geheimdienst sind bis jetzt davon ausgegangen, dass mein Kamerad Stielke diesen Komplex im Auftrag irgendeiner französischen Behörde fotografiert hat. Wir haben die Fabrik gesucht und vermutlich auch gefunden. Aber was, wenn Stielke gar nicht im Auftrag des französischen Militärs fotografiert hat? Was, wenn die beiden Franzosen aus dem Biergarten dieses Labor hier bewachen sollten?«

»Du meinst, hier wurde im Auftrag der Franzosen gearbeitet? Auf deutschem Gebiet? Warum? Die Franzosen haben doch sicher genügend eigene Labore.«

»Nun, das hängt natürlich davon ab, was hier hergestellt wurde. Vielleicht war es etwas Gefährliches, das man nicht im eigenen Land haben wollte.«

»Waffen? Irgendetwas Explosives? Nein, das klingt mir zu abwegig.« Lena überlegte einen Moment. »Andererseits … Mein ursprünglicher Auftrag lautete, herauszufinden, was hinter einem recht schwerwiegenden Unfall an einem Bahnübergang steckt. Da wurden zwei Männer ganz gezielt erschossen. Und zwar von zwei Franzosen, wie ein Zeuge sagte.

Nur waren die Opfer ebenfalls Franzosen. Ich bin der Spur gefolgt und stieß bei einem Wiesbadener Bankier auf den Bonner Chemieprofessor, der uns, wenn auch ohne es zu wollen, hierhergeführt hat.«

»Ein Unfall, ein paar Morde, ein Flugzeugabsturz ... Vielleicht hat das alles gar nichts mit dem Deutschen Reich zu tun. Vielleicht gibt es eine dritte Interessengruppe, die sich gar nicht an eine Nation gebunden fühlt«, fabulierte Gustav ins Blaue hinein.

Während er sich weiter in seinen Überlegungen erging, entdeckte Lena neben dem Tresor ein durchnässtes Blatt Papier. Sie hob es auf und überflog den Text, der darauf stand.

»Was hast du da?«

»So was wie eine Lohnliste. Mit den Namen der Arbeiter, die hier beschäftigt waren.« Lenas Finger wanderte langsam über die Liste. »Es sind nur sieben Personen.«

Sie überreichte Gustav ihren Fund, ließ ihm Zeit, die Namen selbst zu studieren.

»Was ist denn das für eine merkwürdige Minifabrik?«, fragte sie nach einer Weile. »Und warum wurden auf dem Hof Kühe gehalten?«

»Das kann uns vielleicht einer von denen hier sagen«, konterte Gustav und wedelte mit dem Blatt. »Komischerweise wohnen die alle in Bous. Nicht in Wadgassen, nicht in Völklingen.«

»Dann wissen wir jetzt, was wir morgen zu tun haben.«

»Ich weiß, offen gesagt, im Moment nicht mehr als heute früh. Außer natürlich, dass du eine Katze bist.«

»Und du bist mein Aal. Komm, Gustav, zeig mir noch mal, wie du das machst.« Lena deutete mit der Hand auf das schmale Fenster.

WADGASSEN / DEUTSCHES KAISERREICH

Es war schon spät, als sie zurück in ihre Pension kamen. Gustav verabschiedete sich und ging auf sein Zimmer. Lena wartete, bis sich die Tür geschlossen hatte und klingelte anschließend beim Wirt.

»Ich muss telefonieren. Dringend.«

Der Wirt war ein wenig verschnupft, da er sich gerade hingelegt hatte, ließ sich dann aber doch überreden.

Eine große Standuhr zeigte an, dass es beinahe 23 Uhr war.

Craemer wird sicher nicht mehr im Büro sein, dachte Lena. Also rief sie direkt bei ihm zu Hause an.

Es dauerte einen Moment, bis die Vermittlung eine Verbindung hergestellt hatte. Endlich meldete sich Helmine, und ihre Stimme klang zum Glück nicht so, als hätte sie bereits geschlafen.

»Ich bin's, Fräulein Vogel. Verzeihen Sie die späte Störung, aber ich müsste dringend Ihren Mann sprechen.«

»Oh, das tut mir leid, der ist bereits heute Morgen abgereist.«

»Wissen Sie vielleicht, wohin?«

»Aber natürlich weiß ich das, Fräulein Vogel. Er hat in Bonn zu tun. Offenbar etwas Wichtiges, denn normalerweise reist er nicht Hals über Kopf ab. Ich hoffe nur, er begibt sich nicht in Gefahr.«

»Warum befürchten Sie das?«

»Er hat seine Dienstwaffe gereinigt und mitgenommen.«

»Nun, ihm wird schon nichts passieren.«

»Das will ich hoffen«, sagte Helmine. Dann wechselte sie das Thema und berichtete von der freudigen Entwicklung im Hause Craemer.

»Ein Kind!«, freute sich Lena. »Wann soll es denn kommen?«

Die beiden sprachen fast zehn Minuten lang über die frohe Botschaft. Es war nicht das erste Mal, dass sie sich über derart private Dinge unterhielten.

Doch in Lenas Kopf ratterte es. Offenbar war der Major in Berlin auf etwas gestoßen, das schnelles Handeln erforderte. Aber warum hatte er sich dann nach Bonn begeben? Alles deutete doch darauf hin, dass sich das Entscheidende hier, in der Nähe von Wadgassen, zugetragen hatte.

BONN / DEUTSCHES KAISERREICH

Albert Craemers Zug hatte Bonn vor einer halben Stunde verlassen. Seine Ermittlungen dort waren einigermaßen umfangreich und erfolgreich gewesen. Er wusste nun, was er zu tun hatte. Trotzdem konnte er nicht schlafen. Das lag nicht daran, dass der Zug zu laut gewesen wäre; es waren vielmehr seine Gedanken, die ihn wachhielten.

Kurz vor seiner Abreise hatte Helmine ihn ins Gebet genommen und dabei ängstlich gewirkt. Sicher lag es daran, dass sie schwanger war. Beim Abschied hatte sie ihm dann ein weiteres kleines Büchlein in die Hand gedrückt und gesagt: »Zur Ergänzung deiner Übungen.«

Im Zug hatte er darin gelesen. Es war ein Buch mit Zeichnungen asiatischer Art. Doch hier wurde kein chinesisches Wissen vermittelt, sondern solches der Inder.

Helmine war, so fand er bisweilen, zu fordernd und auch ein wenig zu schnell. Er war schließlich mit den Übungen aus dem chinesischen Lehrbuch noch gar nicht fertig.

Immerhin war er bereits bei der letzten Lehrstunde des Meisters angekommen: *Der stolze Storch sticht die zischende Schlange.*

Es war die schwierigste Übung, und er probte sie bereits seit Wochen. Anfangs hatte er sich geweigert, sie zu erlernen, denn sie war von extremer Brutalität – obwohl sie nur mit zwei Fingern ausgeführt wurde und kaum mehr als eine Sekunde in Anspruch nahm.

Craemers Nachforschungen in Bonn hatten in der Gendarmerie begonnen, wo seinerzeit die Aussagen der beiden Zeugen im Fall von Frank Grimm aufgenommen worden waren.

»Die Studenten, ich erinnere mich«, sagte der Gendarm diensteifrig und begann in seinem Protokoll zu blättern. »Aus Berlin kam ja kürzlich eine Depesche wegen der schon recht auffälligen Art, wie er getötet wurde. Hier: Heinrich Kessler und Ludwig Schädelbauer. Die fanden ihren toten Kommilitonen Frank Grimm. Sie hatten noch kurz zuvor mit ihm gesprochen. Gesehen haben sie seine Ermordung allerdings nicht.«

»Ergab die Aussage irgendeinen Hinweis auf den ...«

»O ja! Die beiden waren jemandem begegnet. Einem Franzosen. Hier steht es: ›Erst fielen Schüsse, und kurz darauf kam uns ein Mann entgegen.‹ Und dann hier: ›Dunkle Regenpellerine‹. Aber das Wichtigste ... Moment, ich habe es gleich. Hier: ›Der Mann hatte etwas am Hals. Eine tiefe Schramme oder eine Narbe. Jedenfalls stimmte dort irgendwas nicht mit seiner Haut.‹«

»Eine auffällige Narbe«, sagte Craemer mehr zu sich selbst. »Und die drei Studenten waren Freunde?«

»Kommilitonen. Sie studierten alle Chemie an der Friedrich-Wilhelms-Universität.« Der Gendarm machte eine kurze Pause und fragte dann: »Nützen Ihnen meine Auskünfte, Herr Major? Es wird ja nun höchste Zeit, dass es in der Sache endlich weitergeht.«

»Hat denn Ihre Dienststelle selbst nichts unternommen?«

»Nein, das ging nach Köln. Wir bekamen Anweisung, uns da rauszuhalten.«

Albert Craemer hob die Augenbrauen, und es dauerte einen Moment, bevor er seine nächste Frage stellte.

»Haben Sie die Zeugen zufällig gefragt, womit genau sich die drei Kommilitonen im Studium befasst haben? Chemie kann ja vieles sein.«

»Nein. Es ging ja erst einmal nur um den Mord. Aber ganz sicher weiß das ihr Professor.«

»Steht in Ihrem Protokoll auch der Name des Professors?«

»Aber natürlich. Wenn ich Zeugen befrage, dann immer gründlich. Moment ... Hier: Professor Leo Davidsohn.«

Erneut hob Craemer die Augenbrauen.

»Ich hätte gerne die Adressen dieser beiden Studenten. Und natürlich die der Friedrich-Wilhelms-Universität. Dort werde ich beginnen.«

»An der Universität? Warum nicht mit den Zeugen?«

»Nun, es ist elf Uhr. Ich nehme doch an, die jungen Männer gehen mit Eifer ihren Studien nach.«

»Ein guter Gedanke.«

Albert Craemer sah dem Gendarmen ein paar Sekunden lang direkt in die Augen.

Ein bisschen langsam, aber dumm ist er sicher nicht. Und immerhin hat er auf meine Depesche reagiert. Aus Köln kam nichts.

Craemer winkte den Gendarmen in vertraulicher Manier ein wenig zu sich heran. »Ich verrate Ihnen jetzt ein Geheimnis.«

»Hm?«

»Ein guter Gedanke erspart einem so manchen Weg.«

»Wohl wahr.«

»Und noch etwas ...«

»Zu keinem ein Wort?«

»Guter Mann. Ich danke Ihnen.«

Einige Türen schwangen auf, dann stand Craemer im Freien. Das Wetter war sommerlich, die Damen führten ihre

Garderobe aus, offenbar kamen gerade kleine Hunde in Mode.

Es war ein gutes Stück bis zur Friedrich-Wilhelms-Universität, was Craemer nach der langen Zugfahrt nur recht war.

BOUS / DEUTSCHES KAISERREICH

Bous lag nur zwei Kilometer von Wadgassen entfernt auf der Völklinger Seite der Saar. Obwohl sich der Ort nah am Industriezentrum von Völklingen befand, hatte er immer noch den Charakter eines Dorfes, das in die leicht hügelige Landschaft eingebettet war. Es gab ein paar Straßenzüge, in denen ausschließlich Arbeiter lebten. Man sah den einfachen traufständigen Gebäuden an, dass sie schnell und ohne großen Aufwand errichtet worden waren.

»Würdest du hier wohnen wollen?«, fragte Gustav. »In jedem dieser Gebäude hausen wenigstens sechs Familien.«

»Na und?«, erwiderte Lena mit einer Schärfe, die ihn zusammenzucken ließ.

»Entschuldige bitte, wenn ich dir irgendwie zu nahe getreten bin, ich ...«

»Lass es gut sein«, unterbrach sie ihn. »Wir sind nicht hier, um über diese Leute von oben herab zu urteilen. Wir sind hier, um sie zu befragen.«

Sobald ihnen eine Tür geöffnet wurde, gab Lena vor, sie sei auf der Suche nach ihrem Bruder, der in der Fabrik beschäftigt gewesen war.

»Welche Fabrik?«

»Die Glashütte hier in Bous.«

»Die Cristallerie.«

»Wenn Sie es so nennen möchten ...«

»Und wann hat Ihr Bruder dort gearbeitet?«

»Das wissen wir nicht genau. Sein letzter Brief erreichte uns vor sechs Monaten.«

Lena führte das Gespräch, Gustav fungierte lediglich als männlicher Begleiter.

»Meine Mutter ...« Tränen stiegen Lena in die Augen.

»Was ist mit ihr?«

»Sie möchte ihn noch einmal sehen, bevor sie stirbt. Peter ist ihr einziger Sohn. Und nun ist er uns buchstäblich verloren gegangen.«

»Gott, die Arme ... Aber Ihr Bruder kann vor sechs Monaten gar nicht in der Cristallerie gearbeitet haben. Die wurde nämlich bereits vor über zwei Jahren aufgegeben.«

»Ich glaube, er hat nicht direkt in der Cristallerie gearbeitet. In seinen Briefen erwähnte er eine kleine Fabrik daneben ... Was war das für eine Fabrik? Wir haben da so gar keine Vorstellung.«

Die Frau bekreuzigte sich und sagte: »Tut mir leid, da kann ich Ihnen nicht helfen.« Dann schloss sie die Tür.

So war es jedes Mal. Die Befragten zeigten zu Beginn durchaus Mitgefühl, doch sobald Lena das Gespräch auf die kleine Fabrik brachte, war die Reaktion stets dieselbe. Türen wurden abrupt geschlossen, niemand ließ sich auf weitere Fragen ein.

»Was sind das für Leute?«, fragte Gustav entrüstet. »Knallen uns einfach die Tür vor der Nase zu.«

»Als ob sie Angst hätten.«

»Oder den strikten Auftrag, mit niemandem zu reden.«

Lena nickte. »Wenn wir den Tresor öffnen könnten, wären wir sicher schlauer.«

»Du hast schon gesehen, dass der im Boden verankert ist, oder? Den können wir nicht so einfach abtransportieren.«

»Und wenn wir einen Schmied hinzuziehen?«, fragte sie.

»Da bräuchten wir schon einen Panzerknacker von den Berliner Ringvereinen.«

Als sie beim letzten Namen ihrer Liste angekommen waren, erlebten sie eine Enttäuschung. Die Familie, die hier gelebt hatte, war, wie sie im Treppenhaus von einer Nachbarin erfuhren, in einen anderen Stadtteil umgezogen.

»Wohin, wenn wir fragen dürfen?«

»Das weiß ich nicht«, behauptete die Frau.

Erst als Gustav insistierte, nannte sie ihnen die neue Adresse. Doch als Lena wissen wollte, wann und warum die Familie umgezogen war, fiel die Antwort sehr knapp aus.

»Das kann ich Ihnen nicht sagen, wir kannten die Leute ja kaum.«

»Die haben alle vor irgendetwas Angst«, sagte Lena, als sie und Gustav wieder allein auf der Straße standen.

»Sagt dir dein Gefühl?«

»Sagt mir meine Erfahrung.«

»Du hattest auf dem Pferdehof deiner Tante mit solchen Leuten zu tun?«

»Ich arbeite für Major Craemer, falls du dich erinnerst.«

Gustav blickte in Richtung des Hauses. »Werde bitte nicht wieder wütend, aber ... Hier wohnen einfache Arbeiter, und du weißt, wie manche von denen zu unserer Regierung stehen. Ich könnte mir vorstellen, dass sie schlicht keine Lust haben, mit uns Vertretern der Obrigkeit zu kooperieren. Mit Angst muss das nicht unbedingt etwas zu tun haben.«

BONN / DEUTSCHES KAISERREICH

Als Albert Craemer die Friedrich-Wilhelms-Universität erreicht hatte, fragte er sich durch und kam schließlich zu einem Vorlesungssaal, in dem er Professor Leo Davidsohn anzutreffen hoffte. Auf dem Gang vor dem Raum standen etwa vierzig Studenten und debattierten erregt miteinander. Craemer nahm einen von ihnen zur Seite.

»Was ist hier los?«

»Er ist wieder nicht gekommen.«

»Professor Davidsohn?«, fragte Craemer.

»Es ist bereits der vierte Tag, und wir haben bald Prüfungen«, erwiderte der Student empört. »Kommen Sie von der Universitätsleitung?«

»Gewissermaßen. Ich suche die Studenten Heinrich Kessler und Ludwig Schädelbauer.«

»Ludwig steht da vorne neben der Tür.«

Craemer ging zu dem hochgewachsenen Studenten und zeigte ihm seinen Ausweis.

»Keine Angst, nur ein paar Fragen.«

»Wegen der Ermordung von Grimm?«

»Lassen Sie uns ein bisschen den Gang runtergehen, das müssen ja nicht alle mitbekommen.«

Ludwig schlug vor, sich in den Innenhof zu begeben, und Craemer war einverstanden.

Es war ein großzügig angelegter Hof von wenigstens zwanzig Metern Durchmesser. Ein gut proportionierter umlaufender Säulengang gab dem Ganzen ein herrschaftliches

Gepräge. In der Mitte stand eine gewaltige Platane, einige gut gewachsene Schmetterlingsflieder verströmten angenehmen Duft. Craemer musste sofort an Italien denken. Dorthin hatten er und Helmine ihre Hochzeitsreise gemacht und sich besonders in Verona verliebt. Wie in den Atrien dort gab es auch hier im Innenhof schlichte Steinbänke, die zum Verweilen und Plaudern einluden.

»Setzen wir uns doch.«

»Wenn Sie meinen.« Ludwig Schädelbauer wirkte etwas angespannt.

»Also, was genau studieren Sie hier? Chemie ist ein weites Feld.«

»Anorganische Chemie. Im Moment geht es um die Verflüssigung von Gasen.«

»Und Ihr Kommilitone ... Frank Grimm ...«

»War der Beste. Er war bereits Doktorand.«

»Bei Professor Davidsohn.«

»Ja. Ist der Professor jetzt auch ermordet worden?«

»Es funktioniert am besten, wenn ich die Fragen stelle und Sie antworten. Was für ein Mensch war Ihr Freund?«

»Grimm?«

»Um den geht's.«

»Fleißig. Intelligent. Immer der Beste, aber nicht bei allen beliebt.«

»Weil er so fleißig war?«

»Weil er verrückte Ideen hatte, die nicht allen gefielen. Grimm behauptete, er würde für eine Welt ohne Waffen kämpfen und hätte deswegen bereits mit wichtigen Leuten korrespondiert. Mit Pazifisten wie Bertha von Suttner, Andrew Carnegie und Anatole France. Nur, was nützt uns das alles, wenn die Franzosen nicht wollen?«

»Eine gute Frage. Und da Sie die Franzosen ins Spiel

bringen ... Sie haben damals ausgesagt, der Franzose, dem Sie direkt nach Grimms Ermordung im Park begegnet sind ...«

»Der war so ruhig. Wenn er wirklich gerade unseren Freund erschossen hatte, wie konnte er da so ruhig sein?«

»Solche Menschen gibt es.«

»Was meinen Sie?«

»Menschen, für die so etwas zu ihrem Beruf gehört. Menschen, die regelmäßig mit Gewalt zu tun haben.«

»Soldaten.«

»Zum Beispiel. Aber auch Polizeibeamte können manchmal sehr kaltblütig sein. Oder eben gedungene Mörder. Nun aber zurück zur Sache. Sie sagten bei der Vernehmung, der Mann habe etwas am Hals gehabt. Eine Narbe möglicherweise.«

»Richtig. Ich bin mir jetzt doch ziemlich sicher, dass sich diese Narbe noch ein Stück höher zog, bis über die halbe Wange.«

»Die linke oder die rechte?«

»Links. Also von ihm aus. Und am unteren Ende, am Hals, da zog sich die Narbe nach hinten. Sie sah aus wie der Schwanz einer Ratte.«

»Könnte es das gewesen sein, was wir gemeinhin einen ›Schmiss‹ nennen?«

»Nun, wenn er bei seinem Fechtkampf so getroffen wurde ... Ein Schmiss zieht sich ja für gewöhnlich nicht so weit runter. Es ist schließlich ein Ehrenkampf, und man will den anderen ja nicht entstellen.«

»Zu heftig getroffen, lange Narbe. Äußerst selten, aber so was kommt vor. Jetzt habe ich eigentlich nur noch eine letzte Frage. Nach Ihrer ersten Aussage, wurden Sie da nochmals vernommen? Zum Beispiel von jemandem aus Köln?«

»Nein, aber ...« Ludwig Schädelbauer zögerte, er schien sich nicht recht zu trauen. »Ich möchte auch etwas wissen.«

»Ich höre.«

»Wissen Sie, Grimm war ein Fantast, und wir waren nicht immer seiner Meinung. Heinrich und ich haben ihn auch an diesem Tag aufgezogen, aber ... Glauben Sie, dass Sie seinen Mörder finden werden?«

»Ganz gewiss.«

»Und er wird bestraft? Ich meine, auch wenn er ein Soldat oder ein Franzose war?«

»Ein Franzose?«

»Weil er doch Französisch gesprochen hat.«

»Wie gut können Sie Französisch?«

»Ein bisschen.«

»Und Sie meinen, Sie können einen echten Franzosen von jemandem unterscheiden, der einfach Französisch spricht?«

»Das weiß ich nicht. Aber was passiert am Ende mit Grimms Mörder?«

»Was für eine Frage. Wer immer er war, er wird bestraft. Davon dürfen Sie ausgehen. Jetzt stellen Sie mich doch bitte noch Ihrem Freund vor.«

»Wem?«

»Heinrich Kessler.«

»Der ist heute nicht da. Ich weiß auch nicht warum.«

BOUS / DEUTSCHES KAISERREICH

Gustav und Lena hatten ein gutes Stück laufen müssen, um zur neuen Adresse des letzten Arbeiters auf ihrer Liste zu gelangen. Sie befanden sich nun in einem Stadtteil mit ganz anderem Gepräge.

Die Häuser hier waren bei Weitem nicht so ärmlich wie die, welche sie vorher besucht hatten. Im Gegenteil. Sie hatten nur zwei Stockwerke und gaben mit ihren spitzen Giebeln dem Straßenbild einen vornehmen Charakter.

»Das sieht hier eher aus wie eine Wohngegend für höhere Beamte«, stellte Gustav fest. »Ist bei dem Namen auf deiner Liste irgendein Titel notiert?«

»Nein.« Lena zeigte die Straße hinab. »Guck mal. Man könnte glauben, es gäbe hier den Befehl, diese blauen Blumen zu pflanzen.«

»Was für Blumen?«

»Die blauen, die in jedem Vorgarten wachsen. Ich finde, das hat schon etwas sehr Bürgerliches, meinst du nicht?«

»Protzig, aber geschmacklos«, erklärte Gustav knapp.

»Ist irgendetwas passiert? Oder missfallen dir aus einem speziellen Grund alle Häuser in Bous?«

»Du hast mich vorhin angeschnauzt«, sagte Gustav genervt.

»Weil du Menschen nach den Häusern beurteilst, in denen sie leben.«

»Und das verletzt dich? Das findest du vielleicht sogar falsch? Bist du am Ende eine ... eine ...«

»Ich bin keine Kommunistin, keine Angst.«

»Nummer sechzehn, das muss ein Stück weiter unten sein«, erklärte Gustav jetzt in bemüht nüchternem Tonfall.

Sie gingen schweigend an den Häusern entlang. Als sie die Hausnummer sechzehn erreicht hatten, öffnete Lena ein schmiedeeisernes Tor – und blieb sofort stehen.

»Guck doch mal. Wer stellt sich so was in seinen Garten?«

Die Skulptur stellte ihrer Kleidung und Haltung nach eine Heilige dar.

»Sie schreit«, stellte Gustav fest.

»Sie schreit, ganz recht. Und sie leidet.«

Die Heilige war von einem wild wuchernden Rosenstock umschlungen. Es sah aus, als würden die Rosenranken ihren Augen entsprießen, ihren Adern und ihrem Mund.

»Jetzt klingel schon. Es kann jeden Moment anfangen zu regnen, so wie der Himmel aussieht.«

Lena zog an einer dünnen Kette, und im Inneren des Gebäudes ertönte eine sehr helle Glocke.

Als sich nichts tat, zog Lena ein zweites Mal.

»Jetzt mal nicht so ungeduldig!«, kam es von drinnen.

Kurz darauf öffnete ihnen eine Frau. Sie war Ende dreißig, und ihre Haare sahen etwas zerzaust aus, doch ihre Kleidung wirkte neu, edel und war insgesamt dunkel gehalten.

»Ich hatte mir das doch neulich schon verbeten«, erklärte sie, nachdem sie ihre Besucher gemustert hatte.

»Wie bitte?«, fragte Lena irritiert.

Die Frau warf einen kurzen Blick auf Gustav und wandte sich dann wieder an Lena.

»Ich hatte Ihrer Glaubensschwester letzte Woche bereits gesagt, dass ich, wenn überhaupt, nur der katholischen Kirche etwas gebe.«

»Wir wollen nicht, dass Sie uns etwas geben. Wir haben nur ein paar Fragen.«

Wieder ging ihr Blick Richtung Gustav. Diesmal taxierte sie ihn noch genauer, milderte ihren Tonfall ein wenig. »Es tut mir leid, aber ich habe zu tun.«

Als gelte es, das Gesagte zu unterstreichen, begann in diesem Moment in einiger Entfernung ein Baby zu weinen.

»Ich suche meinen Bruder«, stieß Lena schnell hervor.

»Ich beherberge ihn ganz sicher nicht. Ich habe es nicht nötig, an Fremde zu vermieten.

»Ihr Mann ist in der alten Fabrik beschäftigt?«

»Was interessiert Sie mein Mann?«

»Mein Bruder war ebenfalls dort angestellt. Wir haben seit Monaten nichts mehr von ihm gehört, und meine Mutter ist schwer krank.«

»Das tut mir leid.«

»Sie sind, wenn ich so sagen darf, unsere letzte Hoffnung«, ergänzte Gustav. »Wenn Sie sich vielleicht ein paar Minuten Zeit nehmen würden ...«

Das Baby begann wieder zu weinen. Dieses Mal mit einer Intensität, die keinen Aufschub duldete.

Die Frau ließ die Tür aufschwingen, drehte sich um und marschierte voraus.

»Die Tür leise schließen. Oben schläft der Kleine, der soll nicht auch noch aufwachen.«

1909, BERLIN

Als Lena Vogel an einem Nachmittag im Spätsommer die Bibliothek der Berliner Universität verließ, geriet sie in der Dorotheenstraße in eine Razzia. Eine uniformierte Polizeitruppe war gerade dabei, eine Gruppe Krimineller zu verhaften. Einer der Übeltäter packte Lena, um sie als menschlichen Schutzschild zu nehmen, doch sie wehrte sich beherzt und setzte ihn durch gezielte Stöße mit ihrem Schirm in seine empfindlichen Zonen außer Gefecht.

Als der Kriminelle sich vor Schmerz auf dem Straßenpflaster wälzte, stand plötzlich Kommissar Craemer neben Lena. Er erkannte sie erst nicht in ihrem vornehmen Kostüm und mit dem Bücherstoß unter dem Arm.

»Fräulein Vogel?«, fragte er schließlich.

»Ja ...«

»Mit Büchern?«

»Mit Büchern.«

»Und einem Schirm.«

»Zum Schutz.«

»Und nicht nur vor Regen, wie ich sehe. Ich denke, es ist angebracht, dass wir zwei uns unterhalten.«

Lena nickte.

Eine Stunde später saßen Albert Craemer und Lena Vogel Unter den Linden im *Café Bauer* und tranken heiße Schokolade mit Sahne. Lena erzählte dem Kriminalkommissar von dem Doppelleben, das sie seit einiger Zeit führte.

»Sie sind also einerseits Schankmädchen, führen aber ein zweites Leben als eine Frau, die sich bildet.«

»Ich will nicht in irgendwelchen Kaschemmen enden.«

Craemer bekam genauso leuchtende Augen wie Bertha von Manteuffel.

»Ganz erstaunlich, Ihre Fähigkeit, mit zwei so unterschiedlichen Identitäten zu operieren. Wie es aussieht, habe ich Ihre Qualitäten nicht annähernd erkannt.«

»Danke, Herr Rittmeister«, sagte Lena geschmeichelt.

»Aber noch ist es ja nicht zu spät. Im Gegenteil, der Zeitpunkt ist geradezu optimal.«

»Haben Sie Neuigkeiten?«

Albert Craemer nickte.

»Vor ein paar Tagen machte mir der preußische Geheimdienst das Angebot, in der Abteilung III b, dem militärischen Nachrichtendienst, die neue Frankreich-Abteilung aufzubauen.«

»Oh, das klingt spannend«, sagte Lena mit echter Begeisterung.

»Das ist es auch. Also reden wir nicht lange um den heißen Brei herum. Könnten Sie sich vorstellen, mit mir zum Geheimdienst zu wechseln? Als meine rechte Hand gewissermaßen, als meine Assistentin, Sekretärin und Protokollantin. Was die Stellung eben so mitbringt.«

»Ist das ein ernst gemeintes Angebot?«

»Selbstverständlich. Es würde mir nicht im Traum einfallen, mit Ihnen irgendwelche Spielchen zu spielen. Was denken Sie?«

Lena atmete einmal tief durch. Dann nickte sie wortlos. Vollkommen überwältigt, als sei Alice endlich Gast bei der Teeparty.

»Heißt das Ja?«, fragte Craemer.

»Das heißt es, Herr Rittmeister.«

BOUS / DEUTSCHES KAISERREICH

Lena und Gustav waren der Frau durch einen langen Flur mit moosgrünen Brokattapeten gefolgt, der am Ende in einen Salon mündete. Von hier aus ging es direkt in den Garten, der durchaus ländlichen Charakter hatte. So bürgerlich wie vorne sah es hinter dem Haus jedenfalls nicht aus. Zwischen vier Obstbäumen waren Leinen gespannt. Offenbar war die Frau gerade damit beschäftigt gewesen, Wäsche aufzuhängen.

Aber warum in dieser Kleidung?, fragte sich Lena und begriff augenblicklich.

»Vielen Dank, dass Sie uns eben reingelassen haben«, sagte Gustav in dem Bemühen, das Gespräch behutsam in Gang zu bringen.

»Weil mir die Mutter Ihrer Bekannten leidtut.« Sie sah Lena misstrauisch an. »Wie hieß denn Ihr Bruder?«

Lena ging nicht auf die Frage ein. »Ihre Kleidung ... Ist Ihr Mann kürzlich verstorben?«

»Eine venerische Krankheit.«

»Was heißt das?«

»Erst sagten sie, es habe eine Explosion gegeben, aber dann kam heraus, dass mein Mann und zwei andere sich bei einem Hund angesteckt hatten, der da rumlief. Tollwut. Mein Mann hatte Schaum vor dem Mund, sagte einer seiner Kollegen.«

»Und daraufhin sind Sie umgezogen? In dieses Haus? Hat man Ihnen Geld gezahlt?«

»Ich habe von Professor Davidsohn eine Entschädigung

bekommen. Er fühlte sich schuldig, weil der Hund da frei rumgelaufen ist.«

Gustav drehte seinen Kopf in Richtung des Hauses und überlegte, dass es eine recht großzügige Entschädigung gewesen sein musste.

»Könnten Sie uns bitte die Adresse des Mannes geben, der Ihnen das mit dem Schaum vor dem Mund ...«

»Was hat das bitte mit der Suche nach Ihrem Bruder zu tun?«, fragte die Witwe in deutlich schärferem Tonfall.

»Nun, ich befürchte, meinem Bruder könnte etwas Ähnliches passiert sein. Ich würde auch gerne diesen Professor Davidsohn aufsuchen. Vielleicht weiß er, wo mein Bruder ist. Könnten Sie uns sagen, wo wir den Professor finden?«

In den Augen der Frau ging eine Verwandlung vor sich. Ihr Blick wurde scharf. Gleichzeitig wirkte sie ängstlich.

»Das, was ich hier für mich und meine Kinder habe ... Das ist nur gerecht. Nur gerecht, hören Sie?«

»Aber wir wollen Herrn Davidsohn doch nur fragen ...«, setzte Lena an.

»Gehen Sie! Sofort, sonst rufe ich die Gendarmerie.«

Gustav sah, wie entschlossen die Frau war, und lenkte ein. »Natürlich gehen wir. Und entschuldigen Sie bitte, wenn wir Sie gestört haben.«

Die Frau geleitete ihre ungebetenen Gäste zur Tür, die sich mit einem vernehmlichen Geräusch schloss, sobald sie wieder auf der Straße standen.

Beide brauchten erst mal einen Moment, um sich zu fassen.

»Was war das denn?«, fragte Lena.

»Ich glaube, wir sind hier ganz und gar am richtigen Ort«, lächelte Gustav zufrieden. »Und ich bin mir sicher, dass man unsere Anwesenheit spätestens jetzt registriert hat.«

»Wie kommst du darauf?«

»Wir stellen Fragen, die die Hinterbliebenen nervös machen, wie dir ja sicher aufgefallen ist. Es gibt, wie es scheint, Unklarheiten, was die Todesursache einiger Arbeiter angeht. Vermutlich ruft eine der Frauen, die wir gefragt haben, bei der Polizei an. Und dann wird sich erkundigt, wer wir sind. Immer mehr Stellen erfahren, dass wir Fragen stellen.«

»Das heißt?«

»Wir sollten ein wenig auf uns aufpassen.«

»Mag sein. Und du glaubst nicht, dass ihr Mann sich bei einem Hund mit Tollwut infiziert hat?«

»Da scheint man ihr sehr stark variierende Auskünfte erteilt zu haben. Anfangs war offenbar von einer Explosion die Rede.«

»Und wenn man an Tollwut stirbt, hat man Schaum vor dem Mund?«, fragte Lena.

»Mein Fliegerkamerad Stielke hatte auch etwas am Mund. Für mich sah es so aus, als hätte er sich übergeben, aber ... Vielleicht war es auch getrockneter Schaum. Vielleicht ist etwas passiert, als er die Fabrik überflogen hat, um sie zu fotografieren.«

»Ein tollwütiger Hund wird ihn da oben nicht gebissen haben«, sagte Lena.

»Nein, einen Hund können wir in dem Fall ausschließen.«

BONN / DEUTSCHES KAISERREICH

Zwei Hunde bellten, ein Kind weinte.

Die Geräusche der Straße wurden leiser, als Albert Craemer im vierten Stock ankam.

Fast wie damals in Verona.

Alle Wohnungen wurden von einem langen Laubengang aus erschlossen. Craemer hatte bereits von unten gesehen, dass dieses Gebäude sich von denen unterschied, die üblicherweise in Deutschland errichtet wurden. Wieder hatte er an seine Italienreise denken müssen. Er und Helmine waren in Verona gewesen, weil da angeblich Romeo und Julia gelebt und gelitten hatten. Dort hatte es viele solcher Häuser gegeben, deren Wohnungen über solche langen Balkone erschlossen wurden.

Nennt man Laubengang ...

Ihm fielen heute ständig seltene Worte ein. Craemer war überhaupt in sehr inspirierter Stimmung. Er und Helmine hatten damals ein wunderschönes Zimmer bewohnt. Mit raumhohen schweren Vorhängen, einem richtigen Kronleuchter, venezianischen Schränken und einem wirklich stabilen Bett.

Als Craemer sich der vierten Tür näherte, dachte er noch immer an Helmine. Sie hatte mit ihm im Hof des Hauses gestanden, an dem sich der berühmte Balkon aus *Romeo und Julia* befand. Helmine hatte zum Balkon hinaufgesehen, seinen Arm mit beiden Händen umgriffen und ihn ganz fest, beinahe schon zitternd, gehalten. Solche schönen Gedanken gingen Craemer durch den Kopf, als ein Mann die Wohnung verließ, in der Heinrich Kessler lebte. Craemer fiel auf, dass der Mann die Tür nicht zuzog. Ein Aussetzer. Eine Idiotie. Unerklärlich. Craemer zeigte auf die Tür und sagte: »Sie haben vergessen, Ihre Tür zu schließen!«

Da griff der Mann nach hinten und zog einen Revolver aus seinem Hosenbund.

Albert Craemer kam es vor, als würde sich die Zeit dehnen. Sicher ein Streich seines Verstandes, der sich mühte, den letzten Moment seines Lebens noch ein wenig zu verlängern. Die Pistole schien unendlich langsam hochzukommen.

Und dann rettete ihm Helmine das Leben.

Obwohl sie doch so weit weg war.

Craemer konnte sich seine schnelle Reaktion später nur dadurch erklären, dass er eben noch so zärtlich an Verona und seine Frau gedacht hatte.

Die Pistole war schon fast oben, als Albert Craemer plötzlich an das kleine Büchlein mit den chinesischen Übungen dachte, das er ganz automatisch mit seiner Frau in Verbindung brachte. Alles Weitere passierte eigentlich ganz von selbst.

Die Fußsichel küsst das Kinn von der Seite.

Der Eierdieb holt sich seine Beute.

Der stolze Storch sticht die zischende Schlange.

Kein Laut, kein Schrei. Genau so und nicht anders musste der Dreiklang ausgeführt werden.

Craemer zog die Leiche des Mannes in Kesslers Wohnung.

Dort lag der Student in einer riesigen Blutlache.

Tot war er noch nicht, aber er lag im Sterben.

»Mein Junge ...«

Craemer kniete sich neben ihn.

»Ich musste ihn reinlassen«, röchelte der Sterbende. »Er war doch von der Polizei.«

»Hat er das gesagt?«

Kessler fing an zu kichern. Vielleicht war es auch nur ein Krampf.

»Von welcher Dienststelle kam er?«

Kessler schüttelte den Kopf. Ganz schwach. Craemer hatte so etwas schon gesehen. Es war fast vorbei. Dann aber kam der Student noch einmal kurz zu Kräften. Da war etwas Wichtiges. Seine Gesichtszüge, die doch schon die eines Mannes waren, hatten sich geglättet, er sah jetzt aus wie ein Junge. Und in dieser Zeit schien er auch zu sein, mit seinen Gedanken.

»Sie dürfen es nicht meiner Mutter verraten.«

»Was denn, mein Kleiner?«

»Dass wir nach Köln gefahren sind. Ich und mein kleiner Bruder. Sie darf das nicht wissen, sonst macht sie sich Sorgen.«

Ein letztes feines Zittern ging durch seinen Körper, dann war es vorbei. Albert Craemer schloss Kessler die Augen.

»Ich verspreche es dir, sie wird nichts erfahren.«

Er durchsuchte die Taschen des Mörders und fand einen Ausweis. Er war tatsächlich von der Kölner Polizei. Und es war keine Fälschung, wie Craemer registrierte, auch wenn der Mann sicher nie dort gearbeitet hatte. Es sei denn, Craemer hätte angenommen, die Kölner Polizeibehörden würden ihre Mitarbeiter anweisen, Zeugen zu ermorden und ohne Vorwarnung auf ihnen entgegenkommende Personen zu schießen. Damit war eine wichtige Karte aufgedeckt. Sie lag gut sichtbar auf dem grünen Filz.

Major Albert Craemer wusste nun, was er wissen musste. Ihm war nur noch nicht klar, was das alles mit dem Zugunglück in Bingen und der Notlandung eines Flugapparats zu tun hatte. So konnte er nur hoffen, dass sein Fräulein Vogel bei ihren Ermittlungen inzwischen Fortschritte gemacht hatte.

WADGASSEN / DEUTSCHES KAISERREICH

Es war zu früh fürs Abendessen. Deshalb beschlossen die beiden Agenten, sich auf ihren Zimmern noch etwas zu entspannen. Als Lena ihren Raum im ersten Stock aufschloss, befand sich Gustav schon auf der Treppe zu seinem Zimmer im Stockwerk darüber.

»Gustav!«, zischte sie.

Der junge Flieger drehte sich um und sah Lena, die vor ihrer offenen Tür stand und ihn heranwinkte. Er eilte zu ihr und sah den Grund für ihre Aufregung.

Lenas Zimmer war gründlich auf den Kopf gestellt worden. Den Inhalt des Kleiderschrankes und der Kommodenschubladen hatte man herausgerissen und achtlos auf den Boden geworfen. Das Kopfkissen war aufgeschlitzt, überall im Raum waren Daunenfedern verteilt.

»Wonach kann der Einbrecher bloß gesucht haben?«, fragte Lena wütend. »Meine überaus kostbare Schmucksammlung kann es jedenfalls nicht gewesen sein.« Zur Bekräftigung hob sie eine einfache silberne Haarspange auf, die vor der Kommode lag. Dann fiel ihr Blick auf ihren Schirm, der fast vollständig unter das Bett gerutscht war.

»Zum Glück ist er heil geblieben! Meinst du, das waren die beiden Franzosen?«

»Garantiert. Komm.«

Sie zogen die Tür zu und eilten zu Gustavs Zimmer. Von innen waren leise Geräusche zu hören. Sie tauschten noch einen kurzen Blick aus, dann trat Gustav die Tür mit dem Fuß auf.

Die zwei Franzosen waren gerade dabei, die Schubladen der Kommode auf den Boden auszuleeren.

Lena stieß einen schrillen Schrei aus und rammte dem Franzosen mit der drahthaarigen Löwenmähne ihre Schirmspitze mit aller Macht in die Weichteile. Mit schmerzverzerrtem Gesicht torkelte der Mann zurück und brach dann neben dem Bett zusammen.

»Wir könnten auch Ihnen wehtun«, sagte Lena zu dem anderen. »Das ist Ihnen klar, nicht wahr?«

Der Franzose griff in sein Jackett und zog eine Pistole heraus, hob sie mit der ausgestreckten Hand bis in Kopfhöhe und ging auf Lena zu, deren weit aufgerissene Augen die Waffe fixierten. Die Mündung zielte direkt auf ihr Gesicht. Der Mann kam immer näher, bis die Waffe ihre Stirn berührte.

Lena begann zu zittern, wollte zurückweichen. Sie stolperte, während Gustav neben ihr seine Hand zur Faust ballte. Plötzlich stieß der Flieger Lena zur Seite und verpasste dem Franzosen einen brutalen Magenhaken. Der Mann klappte zusammen, keuchte, würgte und wand sich neben seinem Komplizen auf dem Boden.

Gustav nahm die Pistole an sich.

»Im Namen des Geheimdienstes Seiner Majestät Kaiser Wilhelms II. verhafte ich Sie beide wegen Hausfriedensbruch, Vandalismus und versuchtem Diebstahl.«

◆ ◆ ◆

Es war schon ein komischer Anblick, der sich den Bewohnern von Wadgassen bot, als Lena und Gustav ihre Gefangenen durch den Ort bugsierten. Sie hatten den beiden Franzosen die Hände auf dem Rücken mit einem Strick fest verknotet. Zusätzlich war das rechte Bein des Älteren an das linke Bein des Jüngeren gefesselt. So wirkten die zwei aus der Ferne wie ein seltsames dreibeiniges Tier, und ein plötzlicher Fluchtversuch war ausgeschlossen.

Als sie die Gendarmerie Wadgassen betraten, wurde Gustav von zwei alten Bekannten begrüßt.

»Ach«, sagte der Größere der beiden.

»So was«, sagte der kleine Dicke und begann, auf seinen Zehenspitzen auf und ab zu wippen.

Der Große holte eine Dose Schnupftabak heraus, der Kleine machte sich seine Gedanken. Wie immer flossen sie direkt aus seinem Mund.

»Das sieht ja fast so aus, als seien da zwei verhaftet worden. Haben wohl was mit dem Flugzeugabsturz zu tun. So, so ... Erst hoch hinauf, dann wieder hinab. Aber die junge Dame war damals im Kornfeld noch nicht dabei. Stimmt doch, oder?«

Der Kleine blickte zu dem Großen hinauf, wartete auf Antwort. Er erhielt keine. Der Große legte ihm lediglich seine Hand auf die Schulter, woraufhin das Wippen vorläufig aufhörte.

Gustav wartete ein weiteres Geplänkel zwischen den beiden gar nicht erst ab.

»Wir brauchen zwei getrennte Zellen. Ist das möglich?«

»Aber sicher doch«, sagte der Große und genehmigte sich eine Prise Schnupftabak. Die Schulter des Kleinen war damit entlastet, und er geriet wieder in Bewegung.

Gustav wandte sich, wie schon damals im Kornfeld, ausschließlich an den Großen. »Nun, dann schlage ich vor, dass Sie den Schlüssel holen und die Zellen ...«

»Für die Schlüssel bin ich zuständig«, monierte der Kleine, der wirklich ausnehmend füllig war. Trotzdem bewegte er sich recht flink, und fünf Minuten später waren die beiden Franzosen »verstaut«, wie es der Kleine nannte.

Sein Kamerad fühlte sich bemüßigt, Lena einen Stuhl anzubieten.

»Danke, ich stehe gerne.«

»Dann vielleicht einen Kaffee?«

»Danke, im Moment nicht.«

Zuletzt fragte er sie, ob sie Hunger habe.

»Ich brauche eine Verbindung nach Berlin«, befahl Gustav und unterbrach damit die Bemühungen des Gendarmen um Lenas Wohlergehen.

Es ging schnell. Bereits nach zehn Minuten stand die Verbindung mit der Hauptstadt.

»Ich brauche Sie beide im Moment nicht.«

»Wir halten uns selbstverständlich weiterhin zu Ihrer Verfügung.«

»Das ist sehr freundlich, aber bitte tun Sie das nebenan.«

Die Männer verließen den Raum, und Gustav meldete sich.

»Was ist der Stand der Dinge?«, fragte Lassberg sofort.

»Wir haben eine Fabrik ausfindig gemacht. Dort werden irgendwelche biologischen oder chemischen Experimente durchgeführt, bei denen es offenbar zu mindestens einem Todesfall gekommen ist. Die Fabrik befindet sich nur ein paar Kilometer von der Stelle entfernt, an der Stielke mit seinem Flugzeug niedergegangen ist. Bei unseren nächtlichen Nachforschungen in der Fabrik wären wir beinahe mit zwei Franzosen zusammengestoßen, die dort ebenfalls etwas zu suchen schienen. Als wir heute von unseren Ermittlungen in Wadgassen zurückkehrten, haben wir sie dabei überrascht, wie sie unsere Zimmer durchsuchten, und ...«

»Ihr habt die beiden hoffentlich nicht festgenommen«, unterbrach ihn Lassberg.

»Doch. Sie befinden sich jetzt in der Gendarmerie Wad-gassen. Warum hätten wir sie nicht festnehmen sollen?«

»Weil man so etwas auf anderem Wege regelt. Weil man nicht unbedacht einen Konflikt mit Frankreich provoziert. Weil man solche Leute verfolgt, statt die Spur abreißen zu lassen.«

»Das hatte ich nicht ...«

»Ja, schon gut. Ich kümmere mich darum.«

»Was heißt das?«

»Ich komme selbst und werde versuchen, das wieder hin-zubiegen. Und jetzt hör mir gut zu: keine Vernehmung! Keine Bedrohung! Lass ihnen etwas zu essen und zu trinken brin-gen. Frag sie vorher, was sie wünschen.«

»Ich behandle sie also, als wären sie aus Porzellan.«

»Exakt.«

»Ich habe noch eine Frage«, sagte Gustav. »Da die Fabrik sich in der Nähe von Stielkes Absturzstelle befindet ... Auf den Fotos in seiner Kamera ...«

»War keine Fabrik zu sehen.«

»Verstehe.«

»Bleib ruhig, Gustav, ich regle das. Bis jetzt habt ihr alles richtig gemacht.«

»Abgesehen von der Verhaftung.«

»Ich werde darüber nachdenken, ob wir die Spur nicht doch irgendwie wieder aufnehmen können, um herauszufin-den, wer die Auftraggeber der beiden sind.«

Als Lena und Gustav wieder in ihrer Pension ankamen, war der Flieger noch immer ganz still.

»Ist irgendetwas nicht so, wie es sein sollte, Gustav?«

»Mein Stiefvater wird persönlich herkommen.«

»Und das verschlägt dir die Sprache?«

»Er sagt, wir hätten die beiden nicht verhaften dürfen.«

»Sondern?«

»Uns an ihre Fersen heften müssen.«

»Gut, das wäre eine Option gewesen.«

»Er wird den Nachtzug nehmen. Wir sollen morgen früh in der Pension auf ihn warten.«

»Bist du deswegen bedrückt?«

»Ich bin nicht bedrückt, eher irritiert. Aber nicht darüber ...«

Kein Wort von ihr, nur ein Blick, ein Zusammenziehen der Brauen.

»Ich habe ihn gefragt, ob auf den Fotos, die Stielke kurz vor seinem Absturz gemacht hat, vielleicht eine Fabrik zu sehen war. Er sagte Nein. Ich habe die Aufnahmen aber damals in Berlin gesehen. Und da war genau die Fabrik zu sehen, die wir letzte Nacht inspiziert haben.«

»Er belügt dich.«

»Offensichtlich. Und er schützt die beiden Franzosen, die wir festgenommen haben. Wir dürfen sie nicht mal befragen.«

»Hat Lassberg denn Verbindungen nach Frankreich?«

»Natürlich. Was ist mit deinem Vorgesetzten?«

»Craemer leitet die Frankreich-Abteilung, wenn du dich erinnerst. Übrigens habe ich letzte Nacht versucht, ihn zu erreichen. Er ist angeblich in Bonn.«

»Was will er da?«

»Ich habe zwar einige Talente«, erklärte Lena. »Aber eine Hellseherin bin ich nicht.«

»Und wie schätzt du ihn sonst ein? Glaubst du, dass er mit offenen Karten spielt?«

»Nur weil du Lassbergs Handeln im Moment nicht verstehst, bedeutet das nicht, dass auch Craemer in irgendwelche unsauberen Machenschaften verwickelt ist.«

»Ich will eine klare Antwort.«

»Nun gut, dann eben deutlich: Für Craemer lege ich meine Hand ins Feuer.«

KÖLN / DEUTSCHES KAISERREICH

Als Albert Craemer in Köln aus dem Zug stieg, hatte er seine Entscheidung längst getroffen.

Er durfte nichts unternehmen, was die Operation gefährden würde. Gleichzeitig musste er den Anschein erwecken, er würde Spuren verfolgen. Sein ehemaliger Kamerad Paul Brinkert hatte Fehler gemacht, hatte offenbar gemeint, als stellvertretender königlich-preußischer Polizeipräsident der Rheinprovinz könne er sich alles erlauben. In Wirklichkeit hatte er nur schlampig gearbeitet. Da war zum einen die mehr als offensichtliche Tatsache, dass er versucht hatte, die Ermordung von Frank Grimm unter den Tisch fallen zu lassen.

Das wird jetzt, da ich in Bonn nachgefragt habe, früher oder später ans Licht kommen.

Daran konnte Craemer nichts mehr ändern. Noch fataler, ja geradezu tölpelhaft, war die Tatsache, dass Brinkert den Mord an Grimm nicht nur selbst begangen hatte, sondern auch noch anhand seiner auffälligen Narbe eindeutig identifiziert werden konnte. Albert Craemer wusste nur zu gut, wie Brinkert damals zu diesem Schmiss gekommen war. Er selbst hatte den Degen geführt.

Jetzt musste nur irgendein diensteifriger Ermittler in Bonn oder Köln eins und eins zusammenzählen, und schon wäre Craemers Plan aufs Höchste gefährdet.

Es war eine schwierige Operation, die ihm bevorstand. Als Erstes musste er mit Brinkert sprechen, das war unumgänglich.

Craemers Plan drohte bereits beim ersten Schritt zu scheitern. Denn als er in der Leitstelle der Polizei nach Brinkert fragte, erteilte man ihm die Auskunft, der stellvertretende Polizeipräsident sei krank.

»Der auch!«, entfuhr es Craemer.

»Wieso? Wer ist noch krank?«

Craemer hatte an Leo Davidsohn gedacht, der offenbar unentschuldigt seinen Vorlesungen fernblieb.

»Tut nichts zur Sache. Ich brauche seine Privatanschrift.«

»Ist es denn so wichtig?«, fragte Brinkerts Sekretär.

»Neueste Erkenntnisse im Berliner Geheimdienst erfordern ein schnelles Handeln. Und das würde ich gerne mit ihm persönlich besprechen. Wir haben zusammen Dienst geleistet und kennen uns seit vielen Jahren.«

»Wenn das so ist ...«

Craemer hatte noch keinen neuen Plan, er handelte einfach, indem er einen Schritt nach dem anderen machte, vertraute darauf, dass ihm früher oder später etwas einfallen würde.

Zwanzig Minuten später erreichte er das Haus von Paul Brinkert. Und was er dort sah, enthob ihn der Pflicht, weiter über einen Plan nachzudenken. Fast wäre er mit seinem alten Kameraden zusammengestoßen, der gerade das Haus verließ. Im letzten Moment konnte Craemer hinter einem Baum an der Straße in Deckung gehen.

Der Erkrankte schien recht gesund zu sein.

Eilig hat er es. Ob ihn wohl sein Weg zu einem Arzt führt?

Brinkerts Weg führte nicht zu einem Arzt, sondern zum Bahnhof. Hier bestieg er einen Zug nach Völklingen. Auch Albert Craemer löste eine Fahrkarte und nahm im Wagon nebenan Platz.

Er entspannte sich und musste zugeben, dass auf die

Chinesen Verlass war. In dem Büchlein mit den Anleitungen zur Kampfkunst gab es einen Abschnitt philosophischer Art, der den Schüler lehrte, Vertrauen zu haben und die Dinge zunächst auf sich zukommen zu lassen. Das, so stand dort, sei oft besser als ein direkter Angriff.

WADGASSEN / DEUTSCHES KAISERREICH

Gustav und Lena saßen noch im ansonsten leeren Frühstücksraum, als Gottfried Lassberg die Pension betrat. Die
beiden machten Anstalten, sich zu erheben, doch der Oberst
winkte ab.

»Bleiben Sie sitzen.«

Die drei schüttelten einander die Hände, und Lassberg
setzte sich zu ihnen.

»Meinen Sie, ich könnte hier noch Frühstück bekommen?«,
fragte er.

»Sicher, ich kümmere mich darum.« Gustav sprang auf
und verließ den Raum.

Der Oberst lächelte Lena freundlich an.

»Wir zwei haben in der Abteilung III bislang ja kaum ein
Wort miteinander gewechselt. Umso mehr freut es mich,
dass Sie offenbar mit meinem Mitarbeiter vorzüglich zusammenarbeiten, Fräulein Vogel.«

»Danke.«

»Ich hoffe, Gustav hat mich nicht als allzu streng darge-
stellt. Denn das bin ich nicht. Weder privat noch beruflich.«

Statt zu antworten, lächelte Lena.

»Gustav hat mit Ihnen über unser gestriges Telefonat gesprochen, nicht wahr? Sie wissen, warum ich die weiteren
Ermittlungen persönlich übernehme?«

»Um diplomatische Verwicklungen zu vermeiden.«

»Auch. Ich denke, dass die Verhaftung der beiden Franzosen nicht ideal war und möchte es nicht riskieren, dass die

Spur versandet, ehe wir überhaupt das ganze Ausmaß überblicken können. Und da Ihr Vorgesetzter momentan leider nicht erreichbar ist ...«

Gustav kam mit einer Kellnerin zurück, die ein Tablett mit einem üppigen Frühstück trug. Sie stellte es vor Lassberg ab.

»Lassen Sie es sich schmecken, der Herr.«

»Danke.«

Die Kellnerin entfernte sich, Lassberg goss sich Kaffee ein.

»Wie war eigentlich Ihre Fahrt?«, fragte Lena.

»Der Speisewagen war geschlossen. Irgendein technisches Problem mit den Gasherden. Und die Preußische Staatseisenbahn hat es nicht fertiggebracht, einen Ersatzwagen zu organisieren. Einfach katastrophal, deren Service!«

Lassberg begann, mit Heißhunger zu essen, unterbrach zwischendurch aber immer wieder seine Mahlzeit, um Lena und Gustav über das weitere Vorgehen in Kenntnis zu setzen.

»Ich werde die Franzosen pro forma verhören und ihnen versuchten Diebstahl zur Last legen. Ein Verfahren, so werde ich erklären, das an die französischen Behörden abgegeben wird. Anschließend werde ich die beiden zur französischen Grenze bringen.«

»Um Verwicklungen zu vermeiden«, sagte Lena.

»Genau. Sobald die beiden sich auf französischem Hoheitsgebiet befinden, werden ihnen zwei meiner eigenen Agenten folgen. Oberste Priorität hat die Enttarnung der Hintermänner. Ich vermute zwar, dass diese dem französischen Militär angehören, aber wir müssen absolut sichergehen.«

»Und was passiert mit uns?«, fragte Lena.

»Da Sie und Gustav sich durch die voreilige Festnahme leider selbst enttarnt haben, kommen Sie als Verfolger nicht infrage. Sie bleiben in der Pension und halten sich zu meiner Verfügung. Wer weiß, was der Tag noch bringen wird.«

»Wird gemacht«, antwortete Gustav.

»Schön. Bist du so lieb und bezahlst mein Frühstück, Gustav?«

Oberst Lassberg stand auf und verabschiedete sich, um zu Fuß zur Gendarmerie zu gehen.

Gustav schaute seinem Stiefvater irritiert hinterher, wartete, bis dieser die Pension verlassen hatte.

»So ist er eigentlich nicht. Ich kenne ihn wirklich gut. Irgendwie ... scheint er in der Klemme zu stecken.«

»Auf mich wirkt er ausgesprochen souverän.«

»Diese plötzliche Improvisationsbegabung ... Das ist er nicht.«

»Du meinst, er hat Angst?«

»Vielleicht fühlt er sich von irgendjemandem bedroht. Oder er versucht, irgendetwas auszubügeln, jemandem einen Strich durch die Rechnung zu machen. Ich muss dich das jetzt noch mal fragen, Lena. Ich habe es dich schon einmal gefragt. Hast du mir wirklich alles über deinen Vorgesetzten gesagt?«

»Über Craemer? Ja.«

»Hast du dich nie gefragt, warum er dich und keinen ausgebildeten Agenten eingesetzt hat?«

»Das habe ich mich allerdings gefragt. Ich konnte es mir nicht anders erklären, als dass er jemanden brauchte, der in den Augen anderer harmlos wirkt.«

»Verstehe. Du hast gesagt, du würdest deine Hand für Craemer ins Feuer legen. Worauf gründet sich dein Vertrauen?«

»Darauf, dass er mich gefördert hat.«

»Wieso gefördert? Du kommst doch aus recht guten Verhältnissen.«

»Trotzdem. Außerdem verstehe ich mich sehr gut mit Craemers Frau Helmine. Sie ist klug. Selbstbewusst. Ich kann mir nicht vorstellen, dass sich der Ehemann einer solchen Frau auf irgendetwas einlässt, das ungesetzlich ist.«

Gustav schwieg eine Weile. Lena ließ ihm Zeit zum Nachdenken.

»Was wir über die Fabrik herausgefunden haben, hat meinen Stiefvater nicht im Geringsten interessiert«, sagte er schließlich.

»Darf ich dir etwas sagen, ohne dass du ... Ohne dass du es mir übel nimmst?«

»Natürlich.«

»Schwöre es. Bei deiner Offiziersehre.«

»Ich schwöre es. Bei meiner Offiziersehre.«

»Dein Stiefvater treibt ein doppeltes Spiel. Er hat irgendetwas vor, wobei wir ihm im Wege sind.«

»Lassberg ein Verräter? Dass kann ich mir beim besten Willen ...«

»Was, wenn er die Franzosen an der Grenze freilässt, ohne jemanden auf sie anzusetzen?«

»Und was sollen wir nun machen?«

»Jedenfalls nicht hier rumsitzen und Däumchen drehen«, sagte Lena und ging los.

»Was hast du vor?«

»Herauszufinden, was seine wirklichen Pläne sind.«

Keine Viertelstunde später waren sie bereit. Sie hatten die Bergfex in einer Gasse schräg gegenüber der Gendarmerie abgestellt, sodass niemand das ungewöhnliche Gespann bemerken konnte. Gustav und Lena saßen hundert Meter entfernt auf einer Rundbank, die sich um die Dorflinde wand, neben mehreren Frauen, unter denen sie nicht auffielen. Hin und wieder wechselten sie leise ein paar Worte, fragten sich, wie lange es wohl dauern würde, bis etwas geschah.

Es war bereits eine gute Stunde vergangen, als ein hellgelber Mercedes-Simplex Tourenwagen mit geschlossenem Dach auf den Platz einbog und vor der Gendarmerie hielt. Ein Mann stieg aus und betrat das Gebäude.

»Das ist Professor Davidsohn«, flüsterte Lena. »Und wir haben ihn die ganze Zeit gesucht ...«

»Ich kann das nicht glauben!«

»Sprich es ruhig aus.«

»Wenn er mit meinem Stiefvater zusammenarbeitet ...«

»Wir werden sehen.«

Keine fünf Minuten später kamen Lassberg und Davidsohn zusammen mit den beiden Franzosen aus der Gendarmerie und stiegen in die Limousine.

»Ich sehe keine Handschellen. Die beiden werden auch nicht mit einer Pistole in Schach gehalten«, sagte Lena.

»Warum auch? Sie sollen ja angeblich einfach nur zur Grenze gebracht werden, wo er sie dann freilässt.«

Professor Davidsohn gab Gas und bog auf die Landstraße Richtung Creutzwald ab.

Lena und Gustav rannten zu ihrem Motorrad.

◆ ◆ ◆

Der Mercedes-Simplex fuhr über einen schmalen Waldweg, und die Bergfex folgte ihm mit gehörigem Abstand. Hin und wieder schien es, als hätten Gustav und Lena die Limousine verloren, doch dann sahen sie wieder das Gelb der Karosserie hinter dichtem Blattwerk schimmern.

Plötzlich stoppte der Mercedes am Rand einer Lichtung. Gustav bremste hart. Waren Lena und er etwa entdeckt worden? Sie schoben die Bergfex hinter ein Gebüsch und warteten.

»Wir sind hier direkt an der Grenze«, flüsterte Lena.

Lassberg stand jetzt neben dem Mercedes. »Aussteigen! Tous les deux!«

Die Franzosen sahen einander an und grinsten.

»Beeilt euch«, forderte Lassberg. »Eure Kameraden sind schon auf dem Weg.«

»Non!«

»Ihr müsst euch nicht bemühen, Französisch zu sprechen. Mir ist bekannt, dass Agenten wie ihr sehr gut Deutsch sprechen. Wie solltet ihr auch sonst Gespräche belauschen?«

»Wir wissen, was Sie in der Fabrik machen.«

»Ach ja?«

»Experimente mit Giftgas, mettant la vie en danger!«

»Wer hat euch denn diesen Quatsch erzählt?«

»Was haben Sie vor? Uns auch noch zu ermorden?«, sagte der erste Franzose.

»Wie unsere beiden Kollegen in Bingen, nachdem sie bei von Eisleben die Unterlagen über Ihre völkerrechtswidrigen Aktivitäten sichergestellt hatten?«, ergänzte sein Kollege.

»Sie können nicht gewinnen. Die französische Generalität ist bereits informiert.«

»Ja, ja. Wer's glaubt, wird selig. Giftgas, Generalität. Ihr kommt euch einfach zu wichtig vor. Das Einzige, was euch beiden Idioten gelungen ist: Ihr habt beinahe einen internationalen Konflikt provoziert. Und jetzt steigt endlich aus!«

Lena und Gustav standen immer noch hinter dem Gebüsch neben ihrer Bergfex.

»Sollen wir uns nicht etwas näher ranpirschen?«, fragte Gustav.

»Hast du eine Pistole dabei?«

»Ja.«

»Gut«, erwiderte Lena.

Sie waren kaum zwei Schritte gegangen, als schnell hintereinander acht Schüsse fielen.

»Verdammt!«, stieß Gustav hervor.

Der Mercedes wurde gestartet und fuhr los.

Lena und Gustav liefen zur Lichtung.

Dort lagen die beiden Franzosen. Tot. In Brust und Kopf je zwei Schusswunden.

»Und jetzt?«

»Wir verhaften Lassberg und Davidsohn«, sagte Gustav. Seine Miene drückte eine Kälte aus, wie sie Lena noch nie an ihm bemerkt hatte.

Der Mercedes-Simplex von Professor Davidsohn parkte in der Einfahrt zur stillgelegten Fabrik. Gustav stellte die Bergfex direkt dahinter ab, um einen Fluchtversuch mit der Limousine zu verhindern. Er schaute Lena fragend an.

»Bereit?«

»Immer.«

Die beiden gingen zum Fabriktor. Es war offen, und sie schlichen auf das Gelände.

BERLIN / DEUTSCHES KAISERREICH

Helmine hatte schon zweimal die kleine chinesische Vase an einen anderen Ort getragen. Auch den Reiher aus Jade hatte sie an einen anderen Platz gestellt.

Wie ein Huhn. Du wirst zu einem Huhn.

Helmine war glücklich und besorgt zugleich. Es rumorte in ihr, und das war sicher noch nicht ihr werdendes Kind. Glücklich war sie allerdings genau deswegen. Weder sie noch ihr Albert hatten noch darauf zu hoffen gewagt. Und nun war es doch passiert. Wenigstens eins der zusätzlichen Zimmer würde nun belegt werden. Und falls ihr Arzt recht behielt, vielleicht sogar zwei.

Doch genau diese Vorfreude war gleichzeitig der Grund, warum Helmine Craemer, erfolgreiche Chefin der *Spritanstalt und Likörfabrik Koppen,* nun besorgt war. Das Verhältnis zu ihrem Albert war immer von großer Zärtlichkeit geprägt gewesen. Dabei tat es der Sache keinen Abbruch, dass diese Zärtlichkeit teilweise recht kämpferische Züge annahm. Schließlich wollte sie es ja so.

Nie hatte sie daran gezweifelt, dass ihr Mann auch außerhalb des Ehebetts jeder Situation gewachsen war. Nun aber – wohl, weil sie ein Kind erwartete – hatte sich daran etwas geändert. Als Albert nach Bonn aufgebrochen war, waren ihr Worte entschlüpft, die ihr noch eine Woche zuvor niemals in den Sinn gekommen wären.

»Pass bitte auf dich auf. Versprich es mir. Ich brauche dich jetzt mehr als je zuvor. Wir brauchen dich.«

Als sie sich diese Sätze ins Gedächtnis rief, schämte sie sich. Was sollte ihm in einer verschlafenen Kleinstadt wie Bonn schon passieren? Mit diesem Gedanken gelang es ihr schließlich, sich zu beruhigen.

VÖLKLINGEN / DEUTSCHES KAISERREICH

Gleich der erste Schuss traf Albert Craemer. Er durchschlug seinen linken Oberschenkel und hinterließ eine grässlich blutende Fleischwunde. Der Major biss die Zähne zusammen und bereute, dass er Brinkert ohne Verstärkung in die Fabrik gefolgt war.

Nun, ganz ganz alleine war er nicht. Denn in diesem Moment überquerten Lena und Gustav den Hof, der die Baracken von der großen Fabrik trennte. Sie hörten aufgeregte Stimmen aus dem ehemaligen Büro des Fabrikleiters. In dem schwachen, diffusen Licht konnten sie Lassberg und Davidsohn erkennen. Die beiden standen sich erregt gegenüber und machten einander Vorwürfe.

»Warum haben Sie die beiden Franzosen erschossen, Lassberg? Das war doch sinnlos.«

»Das müssen ausgerechnet Sie mir vorwerfen? Wenn Sie Ihren verdammten Doktoranden im Griff gehabt hätten, wäre das nicht nötig gewesen.«

»Der Junge war völlig unwichtig.«

»Ach ja? Er wollte Bertha von Suttner über unsere Giftgasversuche informieren. Die Frau ist immerhin Trägerin des Friedensnobelpreises. Sie kennt Gott und die Welt. Henry Dunant, Theodore Roosevelt, Louis Renault und jede Menge andere pazifistische Spinner.«

»Sie überschätzen Grimm.«

»Zum Glück haben wir die Post abgefangen. In den Briefen an seine Friedensfreunde hat er detailliert geschildert, wie das Gas wirkt, wie es durch die Haut in die Blutbahn gelangt und den ganzen Organismus blitzschnell lahmlegt.«

»Die reinsten Schauermärchen«, sagte Davidsohn.

»Jetzt machen Sie Ihre Erfindung doch nicht so klein. Die Gasverpuffung hat diesen Flieger in fünfzig Meter Höhe vom Himmel geholt, als er die Fabrik fotografiert hat. Wenn Grimms Briefe ihre Empfänger erreicht hätten ... Denken Sie mal an die Reaktion unserer Auftraggeber.«

»Die sind in alles eingeweiht«, verteidigte sich Davidsohn.

»Wie schön«, sagte Lassberg sarkastisch.

In diesem Moment ertönte ein lautes, schrilles Kreischen, das klang, als hätte man eine Katze auf eine glühende Herdplatte gesetzt.

Lassberg und Davidsohn fuhren herum.

»Entspannt euch«, sagte Paul Brinkert. »Ich bin's. Hab aus Versehen zwei Metallbottiche umgestoßen. Warum macht ihr kein Licht?«

»Der Strom wurde abgeschaltet.«

»Verstehe. Wir haben ein Problem, um es ganz direkt zu sagen.«

»Und das wäre?«, fragte Lassberg.

»Einer aus Ihrer Behörde ist mir auf den Fersen ... Major Albert Craemer.«

»Ach der«, winkte Lassberg ab. »Überschätzen Sie ihn nicht. Er ist viel zu skrupulös, um effektiv zu sein. Der hat sich bei seiner Millionärsgattin ins gemachte Nest gesetzt und ist froh, seine Ruhe zu haben. Sein kriminalistisches Getue ist reine Schaumschlägerei.«

»Da bin ich anderer Meinung«, erwiderte Brinkert. »Craemer ist gerissen, auch wenn er auf Unschuld vom Lande macht. Irgendwann werden wir ihn beseitigen müssen.«

In dem Moment trat Albert Craemer aus dem Dunkeln.

»Vorher verhafte ich dich aber wegen des Mordes an Frank Grimm. Nimm die Hände hoch.«

Während Lassberg und Davidsohn von Craemers plötzlichem Erscheinen geschockt waren, bewies Brinkert echte Straßenköterqualitäten. Er wirbelte auf dem Absatz herum, schoss auf seinen alten Kameraden, erwischte ihn allerdings nur am Oberschenkel.

Noch im Fallen schoss Craemer ihm in die Stirn. Paul Brinkert, stellvertretender Polizeipräsident der Rheinprovinz, war sofort tot.

Noch während Albert Craemer versuchte, die Blutung seiner Fleischwunde zu stoppen, verlor er das Bewusstsein.

Lena wollte ihm zu Hilfe kommen, doch Gustav hielt sie zurück.

»Bleiben nur noch wir beide«, sagte Lassberg und richtete seine Pistole auf Davidsohn.

»Die Unterlagen zu Ihren Experimenten, bitte.«

Davidsohn ging zum Tresor und öffnete ihn. Doch statt Lassberg die Papiere auszuhändigen, entriss er ihm die Pistole. »Ich werde die Sachen nur meinen Auftraggebern aushändigen.«

»Wir könnten die Unterlagen auch verbrennen«, erwiderte Lassberg.

Davidsohn war für einen kurzen Moment irritiert. Doch dieser Moment war zu lang. Lassberg griff nach einem schweren Rohrstück und hämmerte es dem Chemieprofessor ins Gesicht. Dreimal schlug er zu. Dann riss er die Papiere an sich und trat die Flucht an.

Gustav verfolgte Lassberg, rief immer wieder seinen Namen, befahl ihm, stehen zu bleiben.

Lena entdeckte den bewusstlosen Craemer und band ihm sein blutendes Bein ab. Niemals hätte sie gedacht, dass sie ihrem Vorgesetzten einmal den Hosengürtel aus den Schlaufen ziehen würde.

Die Agentin war gerade fertig mit Craemers Erstversorgung, als sie hörte, wie Professor Davidson einige hebräische Worte aus dem jüdischen Sündenbekenntnis murmelte. Noch bevor er sein Ritual vollenden konnte, erstarb seine Stimme.

Lena kniete neben ihm nieder, sprach für ihn die fehlenden hebräischen Worte, und fügte, so wie es an einem Sterbebett Brauch war, das Schma Jisrael, das jüdische Glaubensbekenntnis, hinzu.

»Höre Israel! Der Ewige, unser Gott, der Ewige ist eins.«

»Wir beten? Wir kennen uns also mit jüdischen Ritualen aus?«, fragte Lassberg.

»Wie ...? Wo ist Gustav?«

»Es ist dunkel, und er hat sich schon als Kind oft in der Dunkelheit verlaufen. Ich fürchte fast, jemand hat ihn auf dem Dachboden eingeschlossen. Bleiben also nur Sie und ich. Und Sie wissen sehr viel.«

Lena hatte keine Waffe. Craemers Pistole lag drei Meter entfernt von ihr.

Zu spät ...

Lassberg war bereits zu der Waffe gegangen, die Davidson fallen gelassen hatte. Sobald er sich bückte, ergriff sie die Flucht. Sie stolperte durch die Dunkelheit und spürte einen stechenden Schmerz, als sie mit der Schulter einen Türrahmen rammte.

Und sie hörte Lassberg hinter sich.

»Nicht so eilig. Wo wollen Sie denn hin?«

Als sie endlich draußen war, rannte Lena quer über den Hof auf die alte Fabrik zu, die hoch wie eine Burg vor ihr aufragte. In der mondhellen Nacht war alles gut zu erkennen. Doch nicht nur für sie.

Zwei Schüsse. Direkt neben ihrem Kopf zersplitterte Mauerwerk. Das zweite Projektil streifte etwas aus Metall, zog jaulend seine Bahn. Dann ein dritter Schuss. Diesmal hörte sie keinen Einschlag. Das konnte nur eins bedeuten: Sie war getroffen.

Aber warum spüre ich keinen Schmerz?

Lena war wie erstarrt. Ihr war auf einmal alles egal. Sie war nicht im Kintopp, es tauchten keine flackernden schwarzweißen Figuren aus ihrer Vergangenheit auf. Nur ein einziger Gedanke beherrschte ihren Verstand: Würde sie das Glück haben, ohne Schmerzen zu sterben?

Wie viel Zeit war seit dem Treffer vergangen? Drei Sekunden? Dreißig? Noch mehr?

Sie begriff es nicht. Ihr wurde nicht schwindelig, sie fiel nicht um. Diese Tatsache war so unbegreiflich, dass ihre Vernunft endgültig aussetzte. Sie drehte sich um, wie ein Kind, das sich beim Fangenspielen darüber wundert, dass niemand ihm folgt.

Da lag er, mitten auf dem Hof. Lassberg. Und über ihm stand ein Schatten auf der Dachschräge des Bürogebäudes.

Gustav ...?

Hatte er Lassberg bei diesen Lichtverhältnissen auf fünfzig Meter Entfernung getroffen?

Er schien es selbst nicht zu wissen.

»Lena?«, rief er. Zuerst fast ängstlich, dann lauter: »Lena!«

»Hier!«

»Bist du verletzt?«

»Ich glaube ... Ich weiß nicht.«

»Wo ist Lassberg?«

»Der liegt hier. Hast du geschossen?«

»Auf den zweiten Schatten, ja. Ich sah Mündungsfeuer, und ... Ist er verletzt?«

»Er rührt sich nicht mehr.«

»Warte, ich komme runter.«

Um mehr zu sehen, hatte sich Gustav ein paar Schritte näher an den Rand des Daches vorgewagt. Als er sich umdrehte, rutschten zwei Dachpfannen unter seinen Füßen weg. Er schlidderte vom Dach und stürzte vier Meter tief hinter eine Art lose gefügten Bretterzaun.

Lena lief los. »Gustav!« Der Zaun war zu hoch, und sie konnte nichts sehen. »Sag doch was!«

»Ja, alles gut«, kam es hinter den Brettern hervor.

»Bist du verletzt?«

»Nein. Bin zum Glück auf etwas Weiches gefallen. In eine Art Sumpf würde ich sagen.«

Er schob ein Gattertor an der Seite auf und kam hinter dem Bretterzaun hervor. Im Mondlicht hatte er etwas absolut Glanzvolles.

Auf fünfzig Meter Entfernung getroffen, mir das Leben gerettet ...

Für Lena war er ein Held.

Ein kaum spürbarer Wind strich über den Hof, und auf einmal wirkte ihr Held ganz und gar nicht mehr glanzvoll.

»Ich glaube, du tropfst.«

»Blut?«

»Nein, du stinkst nach Scheiße.«

»Wo bitte sollte die denn herkommen?«

»Hier wurden Tiere gehalten, erinnerst du dich? Tiere, an denen man das Gas getestet hat.«

Gustav schnüffelte an seinem rechten Unterarm. »So eine Scheiße auch. Ich meine, was Lassberg und seine Leute hier veranstaltet haben.«

»Wir müssen Craemer zum Arzt bringen.«

Gustav folgte ihr nicht sofort. Er ging zu seinem Stiefvater, fühlte dessen Puls, faltete die Hände und sprach, noch immer tropfend, ein kurzes Gebet.

Eigentlich verstand er nicht, was passiert war. Er hatte doch nur auf einen Schatten geschossen, als er Mündungsfeuer sah. Er hatte das hier nicht gewollt. Was war in den letzten Monaten mit Lassberg, dem hochdekorierten Soldaten, geschehen? *Giftgas, so hinterhältig...* Hatte der Fontane-Verehrer, der tot vor ihm im Dreck lag, das alles wirklich nur für sein Land getan? Gab es andere Gründe? Gustav fand keine Antwort auf seine Fragen. In diesem Moment traf ihn schon der harte Strahl aus dem Wasserschlauch, mit dem Lena ihn von oben bis unten abspritzte.

BERLIN / DEUTSCHES KAISERREICH

Das Wetter war angemessen für ein Staatsbegräbnis mit Prunk und blitzenden Säbeln. Die Sonne schien, es war angenehm mild. Schon in den frühen Morgenstunden hatte sich im Lustgarten und Unter den Linden eine große Menge von Schaulustigen versammelt. Nun fuhren in fast unaufhörlicher Folge Offiziere, Reichstagsabgeordnete, Industriebarone und hoher Klerus in tiefschwarzen Landauern zu der Trauerfeier im Berliner Dom vor.

Die preußische Bourgeoisie, die Viereinigkeit von Krone, Militär, Kirche und der Zentrumspartei, gab sich ein Stelldichein.

Im Inneren des Sakralbaus war der Sarg mit Oberst Lassbergs Leichnam zwischen dem Hauptaltar und der Kanzel aufgebahrt worden. Seitlich davon stand ein großes Ölporträt des Verstorbenen auf einer Staffelei, daneben ein kleines Gestell mit einem Samtkissen, an dem Lassbergs zahlreiche Orden befestigt waren. Der Sarg selbst war vollständig mit der Kaiserlichen Reichskriegsflagge verhüllt worden.

In der ersten Bankreihe, mit Blick auf das Rednerpult, saßen Lassbergs Hinterbliebene, seine Witwe Helene und sein Stiefsohn Gustav Nante. Zwei Reihen hinter ihnen Enno Huth mit seiner blutjungen Gattin. Die vorderen Plätze wurden ansonsten ausnahmslos von ranghöchsten Offizieren eingenommen: Generalmajore, Generalleutnants, Generaloberste und Generalfeldmarschalle ... Ein »General« musste es schon sein. Nur Ferdinand Kurzhals bildete eine Ausnahme, da er lediglich Hauptmann war.

Albert Craemer saß mit Helmine und Lena Vogel in einer der hinteren Reihen. In der linken Hand hielt er einen Gehstock, da seine Beinwunde noch immer nicht ganz verheilt war, in der rechten einen Trauerkranz, der zu zwei Dritteln aus Buchsbaum und zu einem Drittel aus weißen Lilien bestand. Das Symbol für immerwährende Liebe, Unschuld und Reinheit. *Was für eine Farce!*, dachte Craemer. Eine Trauerschleife trug den letzten Gruß:

Ein Abschied, aber kein Vergessen
Major Albert Craemer

Am Rednerpult stand der greise Generalfeldmarschall Alfred von Schlieffen und hielt eine flammende Rede auf den verblichenen Oberst. Dieser sei ein »Staatsdiener von strengster preußischer Statur« und »konservativ im allerbesten Sinn« gewesen. Außerdem ein »großer Offizier«, der das Ende seiner außerordentlichen Karriere noch lange nicht erreicht hatte.

Als junger Leutnant habe Gottfried Lassberg ihm persönlich bei der Ausarbeitung eines visionären Planes geholfen, der eine deutsche Mobilmachung in kürzester Frist ermöglichte. Ihr Ziel war es, einen Angriff des französischen Erbfeindes nicht nur innerhalb weniger Wochen effektiv abzuwehren, sondern Frankreich vielmehr vernichtend zu schlagen.

»Oberst Lassberg war schon damals ein Militär mit großer politischer Weitsicht, der während des Aufstandes der Herero und Nama in den Deutschen Kolonien stets einen klaren Standpunkt vertrat. Schon früh war ihm klar, dass der dortige Rassenkampf nur durch die endgültige Vernichtung einer der Parteien beizulegen war.«

Zuletzt legte Generalfeldmarschall von Schlieffen die rechte, von zahlreichen Altersflecken übersäte Hand auf sein Herz.

»Oberst Gottfried Emanuel Lassberg, Sie waren ein großer Offizier. Wir werden Ihr Andenken für immer in unseren Herzen bewahren.«

Dann nickte von Schlieffen seinem Begleitoffizier zu, und kurz darauf stimmte das Musikkorps des Infanterie-Regiments von Lützow den Militärmarsch »Ich hatt' einen Kameraden« an.

Unwillkürlich musste Gustav einige Gedichtzeilen leise mitsingen.

Eine Kugel kam geflogen,
Gilt's mir oder gilt es dir?
Ihn hat es weggerissen,
Er liegt mir vor den Füßen,
Als wär's ein Stück von mir.

Major Craemer gab sich einen Ruck, humpelte, gestützt von Helmine, durch die Mittelreihe zum Sarg und legte dort neben den zahlreichen weiteren Gestecken und Kränzen seinen Trauerkranz ab.

Anschließend ging er zu Lassbergs Witwe und ihrem Sohn Gustav und drückte den beiden mit einer angemessenen Verbeugung seine Anteilnahme aus.

In diesem Moment kam Wilhelm Faber, Generalsuperintendent für Berlin, an das Rednerpult und begann, den Verstorbenen mit salbungsvollen Worten als naturverbundenen Familienmenschen zu beschreiben, der die schönen Künste und ganz besonders die Werke des Schriftstellers Theodor Fontane über alles geliebt hatte.

Während der Geistliche sich in weiteren Lobpreisungen erging, drückte Gustav seiner Mutter, die mit tränennassen Augen zusah, wie das Ehrengeleit zum Sarg schritt, zärtlich die Hand.

»Entschuldige mich bitte einen Moment ...«

Der junge Flieger stand auf und ging gemessenen Schrittes Craemer hinterher, der sich, gestützt auf seine Frau, in Richtung Ausgang entfernte.

Lena stand unterhalb der Kaiserempore und zog mit der Spitze ihres Schirms Kreise auf den großflächigen Steinboden.

Craemer nickte seiner Frau kurz zu, und Helmine entfernte sich ein paar Meter. Dann wandte er sich an Gustav und erklärte leise: »Die oberste Generalität hat sich offenbar entschlossen, Ihren Stiefvater und Professor Davidsohn reinzuwaschen. Sie sind jetzt der Sohn eines Helden.«

Gustav schüttelte den Kopf. »Und was geschieht nun mit mir? Ich weiß doch, was gemunkelt wird. Ich war angeblich sein Protegé.«

»Wenn Sie wollen, können Sie in meine Frankreich-Abteilung wechseln. Wollen Sie?«

»Lieber heute als morgen.«

»Bestens. Es wäre schön, wenn Sie am kommenden Montag bei mir den Dienst antreten. Es gibt da eine Sache, die mir momentan Kopfschmerzen bereitet. Ich denke, das wäre eine schöne Aufgabe für Fräulein Vogel und Sie.«

»Worum geht es?«, fragte Gustav.

Albert Craemer bemerkte, dass die sechs Soldaten der Totenwache an den Sarg herantraten, um ihn zu schultern. Ein weiterer Soldat nahm das Kissen mit den Orden, um es im Geleit aus dem Dom zu tragen. Ein Musiker begann, leise auf einer kleinen Trommel einen Marschrhythmus zu spielen.

»Das erkläre ich Ihnen später. Ihre Mutter braucht Sie jetzt, Gustav.«

Gustav Nante nickte. »Danke. Für alles.«

Dann ging er zur ersten Stuhlreihe zurück.

Craemer und Lena verließen den Dom und traten in das grelle Mittagslicht.

»Und Paul Brinkert wird als der alleinige Schuldige hingestellt?«, fragte Lena.

»So kann es kommen.«

»Und was ist mit von Eisleben?«

»Der hält sich zurzeit im Ausland auf. Aber konzentrieren Sie sich lieber auf unseren nächsten Fall.«

»Möchten Sie mir vielleicht mehr verraten?«, fragte Lena und wollte Craemer mit dem Griff ihres Schirms einen sanften Schubser vor die Brust geben. Doch der wehrte die Attacke blitzschnell mit seinem Gehstock ab.

»Vorsicht, Fräulein Vogel! Ab sofort haben Sie in mir einen ernsthaften Gegner!«

»Waren Sie das nicht schon immer, Major?«, fragte Lena.

»Wir werden sehen, wie sich alles entwickelt«, entgegnete Craemer und humpelte, gestützt auf seinen Stock, zu seiner Frau.

GLOSSAR

Anthropometrie – Methodik zur Vermessung des menschlichen Körpers und Skeletts

Daktyloskopie – Verfahren zur Auswertung von Fingerabdrücken

Signalementslehre – Verfahren zur systematischen Beschreibung aller sichtbaren Merkmale des Äußeren einer Person

Typendrucktelegraf – Eine Weiterentwicklung des Morseapparats, die den Vorzug besaß, dass Texte in gewöhnlicher Druckschrift übermittelt wurden

Schtetl – Dörfer und Kleinstädte in Osteuropa vor 1945, die durch einen hohen jüdischen Bevölkerungsanteil geprägt waren

Savile Row – Eine durch ihre zahlreichen Herrenmaßschneider bekannte Straße im Londoner Stadtbezirk Mayfair

Exophthalmus – Das pathologische Hervortreten des Augapfels aus der Augenhöhle, im Volksmund auch »Glupschauge« genannt

Orbita – Die knöcherne Augenhöhle am Schädel, in der das Auge liegt

Schattenboxen – Sowohl ein Scheinkampf gegen den eigenen Schatten als auch eine Technik des Nahkampfes

ANMERKUNG DER AUTOREN

Dies ist ein Roman, und nur wenige Figuren, die darin vorkommen, haben wirklich existiert. Zwar lehnt sich die Erzählung eng an historische Tatsachen an. Wir haben vorhandenes Wissen verwertet und ansonsten fundierte Vermutungen angestellt.

Unsere Darstellung der zeitgeschichtlichen Aspekte in Bezug auf die militärtechnische Entwicklung, die Luftfahrt etc. erhebt keinen Anspruch auf wissenschaftliche Objektivität. Uns war es wichtig, die Welt durch die Augen unserer Protagonisten zu sehen.